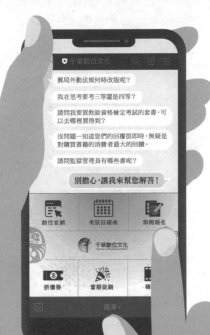

經濟部所屬事業機構
新進職員甄試

一、報名方式：一律採「網路報名」。

二、學歷資格：教育部認可之國內外公私立專科以上學校畢業，並符合各甄試類別所訂之學歷科系者，學歷證書載有輔系者得依輔系報考。

完整考試資訊

https://reurl.cc/bX0Qz6

三、應試資訊：

(一)甄試類別：各類別考試科目及錄取名額：

類別	專業科目A(30%)	專業科目B(50%)
企管	企業概論 法學緒論	管理學 經濟學
人資	企業概論 法學緒論	人力資源管理 勞工法令
財會	政府採購法規 會計審計法規	中級會計學 財務管理
資訊	計算機原理 網路概論	資訊管理 程式設計
統計資訊	統計學 巨量資料概論	資料庫及資料探勘 程式設計
政風	政府採購法規 民法	刑法 刑事訴訟法
法務	商事法 行政法	民法 民事訴訟法
地政	政府採購法規 民法	土地法規與土地登記 土地利用
土地開發	政府採購法規 環境規劃與都市設計	土地使用計畫及管制 土地開發及利用

類別	專業科目A(30%)	專業科目B(50%)
土木	應用力學 材料力學	大地工程學 結構設計
建築	建築結構、構造與施工 建築環境控制	營建法規與實務 建築計畫與設計
機械	應用力學 材料力學	熱力學與熱機學 流體力學與流體機械
電機(一)	電路學 電子學	電力系統與電機機械 電磁學
電機(二)	電路學 電子學	電力系統 電機機械
儀電	電路學 電子學	計算機概論 自動控制
環工	環化及環微 廢棄物清理工程	環境管理與空污防制 水處理技術
職業安全衛生	職業安全衛生法規 職業安全衛生管理	風險評估與管理 人因工程
畜牧獸醫	家畜各論(豬學) 豬病學	家畜解剖生理學 免疫學
農業	民法概要 作物學	農場經營管理學 土壤學
化學	普通化學 無機化學	分析化學 儀器分析
化工製程	化工熱力學 化學反應工程學	單元操作 輸送現象
地質	普通地質學 地球物理概論	石油地質學 沉積學

(二)初(筆)試科目：

    1.共同科目：分國文、英文2科(合併1節考試)，國文為論文寫作，英文採測驗式試題，各占初(筆)試成績10%，合計20%。

    2.專業科目：占初(筆)試成績80%。除法務類之專業科目A及專業科目B均採非測驗式試題外，其餘各類別之專業科目A採測驗式試題，專業科目B採非測驗式試題。

    3.測驗式試題均為選擇題（單選題，答錯不倒扣）；非測驗式試題可為問答、計算、申論或其他非屬選擇題或是非題之試題。

(三)複試(含查驗證件、複評測試、現場測試、口試)。

四、待遇：人員到職後起薪及晉薪依各所用人之機構規定辦理，目前各機構起薪約為新臺幣4萬2仟元至4萬5仟元間。本甄試進用人員如有兼任車輛駕駛及初級保養者，屬業務上、職務上之所需，不另支給兼任司機加給。

※詳細資訊請以正式簡章為準！

 千華數位文化股份有限公司 ■新北市中和區中山路三段136巷10弄17號
■TEL: 02-22289070　FAX: 02-22289076

台灣電力(股)公司新進僱用人員甄試

壹、報名資訊

一、報名日期：2025年1月（正確日期以正式公告為準。）

二、報名學歷資格：公立或立案之私立高中（職）畢業

貳、考試資訊

一、筆試日期：2025年5月（正確日期以正式公告為準。）

二、考試科目：

(一) 共同科目：國文為測驗式試題及寫作一篇，英文採測驗式試題。

(二) 專業科目：專業科目A採測驗式試題；專業科目B採非測驗式試題。

類別		專業科目
1.配電線路維護	國文(10%) 英文(10%)	A：物理(30%)、B：基本電學(50%)
2.輸電線路維護		A：輸配電學(30%) B：基本電學(50%)
3.輸電線路工程		
4.變電設備維護		
5.變電工程		
6.電機運轉維護		A：電工機械(40%) B：基本電學(40%)
7.電機修護		
8.儀電運轉維護		A：電子學(40%)、B：基本電學(40%)
9.機械運轉維護		A：物理(30%)、 B：機械原理(50%)
10.機械修護		
11.土木工程		A：工程力學概要(30%) B：測量、土木、建築工程概要(50%)
12.輸電土建工程		
13.輸電土建勘測		
14.起重技術		A：物理(30%)、B：機械及起重常識(50%)
15.電銲技術		A：物理(30%)、B：機械及電銲常識(50%)
16.化學		A：環境科學概論(30%) B：化學(50%)
17.保健物理		A：物理(30%)、B：化學(50%)
18.綜合行政類	國文(20%) 英文(20%)	A：行政學概要、法律常識(30%)、 B：企業管理概論(30%)
19.會計類	國文(10%) 英文(10%)	A：會計審計法規(含預算法、會計法、決算法與審計法)、採購法概要(30%)、 B：會計學概要(50%)

詳細資訊以正式簡章為準

歡迎至千華官網(http://www.chienhua.com.tw/)查詢最新考情資訊

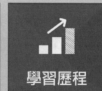

目次

高分快易通

一　國民營考試得分之鑰：國文科

道生：「為什麼國文是國民營考試的利器？」

e博士：「國民營是鐵飯碗，薪水高、福利優，許多人莫不卯足全力準備考試，然僧多粥少，競爭激烈，國文科又是必考學科，搶得高分，贏得先機，離致勝之路不遠矣。」

二、國文科命題新趨勢

道生：「關於國文一科，要掌握什麼資訊？」

e博士：「國文『作文』包括『命題作文』及『限制型作文』，其中『限制型作文』的寫作，與大學多元入學的語文表達能力測驗類似。」

三、作文題數變化

道生：「作文的題數有變化嗎？」

e博士：「通常一題限制型作文。」

四、作文題材的變化

道生：「都像以前一樣是論說文嗎？」

e博士：「朝向多元化、生活化、創意化及時事化的限制型作文，當然文體就不限論說文囉！」

道生：「那豈不是上至天文，下至地理，無所不包？」

e博士：「正是！」

五、限制型作文的準備

道生：「我要讀的專業科目那麼多，限制型作文內容範圍又那麼廣，時間精力又那麼有限，我要怎麼準備？」

e博士：「問得好，作文貴在平日積學以儲寶，平日書報雜誌，媒體網路的資訊皆可以涉獵，用以觸發作文的靈感及累積寫作的材料。平日多提筆練習，到考場自然文思泉湧，下筆如有神助。」

六、限制型作文的類型

道生：「我對『限制型作文』非常陌生，請e博士多談一些吧？」

e博士：「限制型作文的種類有翻譯、修飾、組合、改寫、縮寫、擴寫、設定情境作文、文章整理、仿寫、看圖作文及應用寫作。其實在日常生活中隨處可見限制型作文的應用，例如編劇者將司馬遷所寫『刺客列傳』改編成劇本，將文言的對話化成今日通曉易懂的白話文，即運用『翻譯』的工夫。國文老師批改作文，編輯潤飾英譯或日譯稿，將不通順的句法、謬誤的詞語加以修正，這不就是『修飾』嗎？高中時代學的排列組合，機率的算法，哪些先組合在一起，哪些後組合，都有不同的動機和理由，這就是『組合』；電視連續劇『橘子紅了』是根據琦君所寫的小說『橘子紅了』加以改編，這不就是『改寫』嗎？長篇闊論，要讓編寫者構思字字珠璣的標題及小標題，這種『語不驚人死不休』的寫法，豈不是『縮寫』嗎？各種廣告，每一種商品，廠商僅提供特色及性能，需要廣告撰寫者針對重點，加以鋪采摛文，寫成讓人『心動不如馬上行動』的廣告，這不就是『擴寫』嗎？現在藍綠兩大政黨候選人針對政見，加以辯論，其智囊團莫不卯足全力提出嚴謹的說辭及對策，這豈不是『設定情境作文』嗎？上作文課時，老師切洋蔥，淚流滿面象徵男女主角內心易傷的心靈，用蜂蜜及白醋涼拌洋蔥，請班上每位同學吃一片，讓學生體會愛情的滋味；再讓每人剝一片洋蔥，回家去把玩，然後再創作現代詩，這不就是『引導寫作』嗎？國文老師對朱自清〈背影〉詮釋，莫不針對文章主旨、文意深究鑑賞和修辭文法賞析，並加以引申為人子女善體親意的部分，一一考驗老師治學的涵養，這是『文學鑑賞』的延伸。電影

《賽德克巴萊》的影評、文學獎作品的評析，這都是『文章評論』。各大學研究生所撰寫的書面報告即是培養『文章整理』的能力。電視媒體模仿秀，模仿張菲、費玉清的口吻、表情、動作，維妙維肖，趣味極了！這不就抓到『仿寫』的精神嗎？有一年舉辦汽車創意命名比賽，以十字以內為限，一位參賽者以『傳動藝術家』抱得十萬元的首獎。這豈不是『看圖作文』？每日發生奇聞異事，舉凡SNG小組採訪報導、報章雜誌的文章莫不是運用『應用寫作』。各場演講比賽，企業人士所作的簡報，莫不運用『命題作文』的威力。平常上課玩的『故事接龍』，便是『續寫』的延伸。作文訓練得好，應用在日常生活及職場方面，有助於語言表達及組織能力的展現，對考試及工作而言，一舉數得啊！」

道生：「經過e博士的指點，使我茅塞頓開，拉近我與『新題型作文』的距離。」

七、語言表達能力測驗評量指標

以下參考自「學科能力測驗考試說明」，摘自大學入學考試中心所公告之「國語文寫作能力測驗」各題等第能力說明，表錄如下：

等第	「知性的統整判斷」試題等第能力說明	「情意的感受抒發」試題等第能力說明
A	能精確掌握題旨，善用各種材料加以拓展發揮，思考深刻，論述明確，結構嚴謹，文辭暢達。	能精確掌握題旨，發揮想像，構思巧妙，體悟深刻，結構完整，情辭動人。
B	大致能掌握題旨，取用相關材料加以論述，內容平實，結構平穩，文辭平順。	大致能掌握題旨，略能發揮想像、抒發情感，結構尚稱完整，文辭平順。

等第	「知性的統整判斷」試題等第能力說明	「情意的感受抒發」試題等第能力說明
C	敘寫不盡符合題旨，材料運用未盡允當，缺乏己見，結構鬆散，文辭欠通順。	敘寫不盡符合題旨，情意浮泛，結構鬆散，文辭欠通順。
0	空白卷，或文不對題，或僅抄錄題幹。	空白卷，或文不對題，或僅抄錄題幹。

八、本書特色

e博士：「除了上班和家庭生活外，準備專門科目，已是分身乏術，還要撥出時間吸收『限制型作文』的資訊，真是不容易。因此本書體貼六十萬應考者的需求，透過e博士與道生的對話，使你學習『快速』、考試『容易』，迅速吸收重點，融會貫通。」

結語、感恩有您成全

道生：「本書編排有何特色，吸引我購買？」

e博士：「本書與坊間作文最大的不同處，在於掌握最近作文的趨勢，考慮閱讀的視野，分章分點，用對話的方式，便於閱讀及吸收，有習作區創作。每一類的『限制型作文』分成生活化定義、一針見血的寫作要領、思路導航、範文與賞析、習作與寫作提示、寫作欄及經典考題觀摩。」

黃淑真・陳麗玲

謹識

搶分祕技第一招／翻譯

課前導讀

化文言為白話

道生：「二十一世紀了，還在考翻譯。不嫌落伍嗎？」

e博士：「年代愈久遠，時空人事的變遷，昔日的白話，變成今日的文言。這是語言文字正常的發展。」

道生：「過去都考過了，現代是限制型作文當道，為什麼翻譯還要來攪局？」

e博士：「翻譯使古文的智慧得以流傳，使文化的傳承及創新得以實現。限制型作文如果考翻譯，您應該感到慶幸才對，因為熟悉生信心，信心生實力啊！翻譯的分數不可失去啊！」

一、翻譯的精神

（一）信、雅、達三原則

道生：「翻譯具備哪些精神？」

e博士：「信、雅、達為翻譯三原則。茲說明如下：

1. 信：正確真實性。

(1) 文言文的標點符號要正確。如「下雨天留客天留我不留」可斷句為客人版：「下雨天，留客天，留我不？留。」也可斷句為主人版：「下雨，天留客，天留，我不留。」由於斷句不同，各說各話，翻譯則呈現語意的大歧異。

(2) 專有名詞要正確：文言文若沒有標點符號時，專有名詞如人名、地名、國名、典故等則須辨識清楚，平日多積學，以免將專有名詞分開來翻譯。如杜牧：「東風不與周郎便，銅雀春深鎖二喬。」中「銅雀」指銅雀樓，並不是銅做的麻雀。

(3) 文言要翻成白話文，文法要正確。如孟子〈滕文公篇〉：「勞心者治人，勞力者治於人。」其中「治於人」是被動句，整句翻譯：「用腦的人統治人，出力的人被人統治。」

2. 雅：文雅簡潔。

(1) 遣詞用句簡潔優美，善用同義詞。如上述翻譯「用」和「出」為運用同義詞的實例。

(2) 闡釋意境：如李商隱：「莊生曉夢迷蝴蝶」，邱燮友教授翻譯為：「在我一生之中，就如同莊周夢蝶般，似真似幻，大有人生若夢的感覺。」

3. 達：通順明白。

(1) 將省略代名詞、介詞、主詞或受詞還原，但要注意正確性，避免張冠李戴。文言文為求精簡，常運用省略句，例如〈陳元方答客問〉：「陳太丘與友期行，（陳太丘與友）期日中，（友）過中不至，太丘舍（友）去，（太丘）去後，（友）乃至。」（　）內的主詞及受詞還原，翻譯較能清晰無誤。

(2) 注意文言文語氣的揣摩，將情意推敲出來，並善用修辭，活用語氣詞及連接詞，注意起承轉合的串接，使文氣通順。如李白〈登金陵鳳凰臺〉的前四句：「鳳凰臺上鳳凰遊，鳳去臺空江自流。吳宮花草埋幽徑，晉代衣冠成古丘。」邱燮友教授翻譯為：「鳳凰臺上曾經有鳳凰來翔集過，如今鳳凰飛走了，剩下這座空臺，只有長江仍在滾滾的東流。吳宮中的花草都已埋沒在荒幽的小徑裡，東晉時一些顯貴，而今也變成了累累荒墳。」其中邱教授運用「曾經」、「過」、「如今」、「了」、「只有」、「仍在」、「已」、「而今」等連接詞及語氣詞，造成物去人非之感。其中「如今」和「而今」用詞不重複，當中「滾滾」和「累累」則善用類疊修辭。

二、翻譯的寫作要領

道生：「翻譯有哪些寫作要領？」

e博士：「翻譯的寫作要領，茲分述如下：

（一）先將上下文的主旨體會出來，圍繞這主旨的文句如何闡揚主旨。如李白〈登金陵鳳凰臺〉：『鳳凰臺上鳳凰遊，鳳去臺空江自流。吳宮花草埋幽徑，晉代衣冠成古丘。三山半落青天外，二水中分白鷺洲。總為浮雲能蔽日，長安不見使人愁。』整首的主旨主要為李白登金陵鳳凰臺，登高望遠，睹物思情，慨嘆唐玄宗被高力士等小人所蒙蔽，仁人志士卻無從替國家力挽狂瀾的憂傷。先體會文內之意後，再配合歷史及作者生平去推敲文外之意。

（二）理解生難字詞及典故的意義：例如王維〈輞川閒居贈裴秀才迪〉：『寒山轉蒼翠，秋水日潺湲。倚杖柴門外，臨風聽暮蟬。渡頭餘落日，墟里上孤煙。復值接輿醉，狂歌五柳前。』其中『接輿』是春秋時楚國的隱士，本詩借代為裴迪。陶淵明曾作〈五柳先生傳〉，「五柳」在本詩借代為王維，即作者借以自況。

（三）將文言文中省略的語詞，加以補充上去。如上述〈陳元方答客問〉。

（四）如果文言文句型是倒裝句，則先恢復一般敘事句（主語＋述語＋賓語）或表態句（主語＋表語）的順序，再翻譯。如『久矣吾不夢見周公』為表態句的倒裝，將上句語序調整為『吾不夢見周公久矣。』翻成白話後，讓人通曉明白。

（五）將文言文單音節詞翻成白話文時，常翻成雙音節的白話文。如故人『具』雞黍：準備。其中『具』是單音節，『準備』是雙音節。」

道生：「經過您的講解，我對翻譯考題更有信心。」

三、翻譯常考的題型

道生：「翻譯常考的題型有哪些？」

e博士：「常考詩詞及名篇，如〈赤壁賦〉、〈阿房宮賦〉、〈滕王閣序〉等。」

精選範例

以下是李商隱〈錦瑟〉一詩，請仔細閱讀、推敲，將其譯成白話，以詩歌形式或散文形式作答，均無不可。翻譯時綜合把握全詩的情境、旨意，不一定要採取逐字逐句的翻譯方式。字數不限。

　　　　　　錦瑟無端五十絃，一絃一柱思華年。

　　　　　　莊生曉夢迷蝴蝶，望帝春心託杜鵑。

　　　　　　滄海月明珠有淚，藍田日暖玉生煙。

　　　　　　此情可待成追憶，只是當時已惘然。

思路指引

（一）此詩為李商隱晚年自嘆青春不再，回憶往事之作。本詩用典豐富，其象徵手法已達登峰造極之境。「莊生曉夢迷蝴蝶」，意指人生若夢，夢裡夢外，如真似幻。「望帝春心託杜鵑」，則是望帝希望青春永駐，藉託付杜鵑啼叫而留住春天，奈何杜鵑一再悲鳴，甚至泣血，春天終於還是離去，彷若青春既已流逝，怎麼也留不住。因此每每回首往日，總是悲喜交加，有滄海桑田的追悔之淚，也有藍田日暖的快樂情事。然而當一切的情懷，只剩回憶之時，只能怪當時年輕懵懂，全然不知珍惜。

（二）翻譯時要把握的普遍原則即是「信、達、雅」，而本詩翻譯時以掌握情境為要，必須在字裡行間將李商隱對往日的追憶及無限惆悵，以優美講究的文字及口氣表達出來，才能與原詩所散放的氣息搭配。

絕妙好文

錦　瑟

◎邱維瑜

　　那華貴的錦瑟，為何有五十根絲絃，令我聆錦瑟之繁絃，思年華之往事。殊不知音繁緒亂，惆悵難言。回顧過往的歲月，就如同素女手中的瑟音，閃爍著青春的華采與悲淚。

　　恍如莊周迷濛夢蝶的迷惘與執著，亦似望帝託付杜鵑鳥，希冀能延續美好的青春時光。年少的歲月何等瑰麗，儘管深知時光流逝的迅速，儘管明白這些過往歲月的遙遠虛幻，然而未來依然會回首追憶；像杜鵑鳥在每年三月歸來，看守曾經屬於他那美麗卻又充滿哀愁的春天。

在如此茫茫大海，明月生輝，鮫人的眼淚像顆顆明珠；巍巍藍田山，天朗日暖照射下，碧清清的美玉朦朧生煙。

這樣淒絕的情懷，不過代表那一份逝去的感情只能留待以後永遠的追憶，昔日的悲歡離合已成過去，癡戀無益；只是每當再想起過去的情景，心底總會感到說不出的灼痛、懷念、淒迷、茫然而惆悵。

佳文共賞

(一) 作者演繹了文字的深意，不但情盡乎辭，且好像進入了李商隱的時空，跟隨著他體嘗對歲月流逝的傷感。翻譯不是只對字面作出解釋，更進一步要能領會寫作背後的意義，知曉其所思所感，如此方能撼動人心。李商隱的哀愁與慨嘆，藉著絕美的文字穿透人心，作者翻譯時將情思與文采均拿捏得十分得當，表現入木三分。

(二) 仔細閱讀題目說明：「翻譯時綜合把握全詩的情境、旨意，不一定要採取逐字逐句的翻譯方式。」此乃翻譯的新趨勢，考生必須特別留意。以範文為例，作者除了力求字義的精確外，並設身處地融入其中，多一分闡釋，也多一分對詩意的了然。以第一段為例，「那華貴的錦瑟，為何有五十根絲絃，令我聆錦瑟之繁絃，思年華之往事。」是屬於字面的意思，以下作者則進一步引申演繹，捕捉到原詩的文采之美，最後一句「閃爍著青春的華采與悲淚」，尤其精彩。這種有關聯性的衍生，在不離主旨、意境的情況下，都是被允許的，亦是值得考生學習仿效的。

自我挑戰

以下是屈原的〈漁父〉，請仔細閱讀、推敲，將其譯成白話散文。翻譯時綜合把握全詩的情境、旨意，不一定要採取逐字逐句的翻譯方式。字數不限。

屈原既放，遊於江潭，行吟澤畔，顏色憔悴，形容枯槁。漁父見而問之曰：「子非三閭大夫與！何故至於斯？」屈原曰：「舉世皆濁我獨清，眾人皆醉我獨醒，是以見放。」漁父曰：「聖人不凝滯於物，而能與世推移。世人皆濁，何不淈其泥而揚其波？眾人皆醉，何不餔

其糟而歠其醨？何故深思高舉，自令放為？」屈原曰：「吾聞之，新沐者必彈冠，新浴者必振衣；安能以身之察察，受物之汶汶者乎？寧赴湘流，葬於江魚之腹中；安能以皓皓之白，而蒙世俗之塵埃乎？」漁父莞爾而笑，鼓枻而去，乃歌曰：「滄浪之水清兮，可以濯吾纓；滄浪之水濁兮，可以濯吾足。」遂去，不復與言。

寫作提示

（一）此為屈原被放逐之後，行於江澤之畔，遇漁父，兩人的生命對談。屈原滿腔忠憤，不肯與時俯仰的志節，表露無遺；漁父則是避世隱身，怡然自樂。兩者性格、處世態度形成對比，全文在來回問答之間帶出雙方的觀點，也藉著漁父哲學式的寄寓，來突顯屈原的生命情調。

（二）全文結構以問答形式呈現，因此翻譯時亦須掌握一來一往的趣味，並且要特別注意情緒口氣的表達。屈原何嘗不了解和光同塵的道理，然而他卻不願與當時朝中群臣同流合污，他自認為得一己清醒之體，要花費許多洗濯工夫，本就不是容易的事，如果不善加珍惜，陷入濁醉之中，就好比洗好澡的人，又穿上髒衣服，那和沒洗澡的人不是一樣嗎？漁父好言相勸的話，屈原聽來並不入耳，而漁父也不以為然，自顧自地長歌而去。因此，兩者心裡各有堅持，但言語對應並不特別激烈，考生若能確實體會，應可以寫出較順暢的文氣來。

作答前務請詳閱作答注意事項及試題說明　　　第 1 頁

實戰演練

（答案請從本頁第 1 行開始書寫，並請標明題號，依序作答）

四、經典考題觀摩

　　「翻譯」即是把古文或古典詩、詞、曲翻成白話文。藉著翻譯，不僅可以測度應考人對原文理解或感受的程度，也可以檢驗應考人處理及運用白話文的能力。

---

1. 下面這一段文章，請仔細閱讀，領會其旨趣，然後將其譯成白話。

　　　淳于髡曰：「男女授受不親，禮與？」孟子曰：「禮也。」曰：「嫂溺則援之以手乎？」曰：「嫂溺不援，是豺狼也。男女授受不親，禮也；嫂溺援之以手者，權也。」

（《孟子・離婁上》）

（國家考試國文科專案小組自擬）

---

2. 下面是岑參〈題三會寺倉頡造字臺〉一詩，請仔細閱讀、推敲，將其譯成白話，以詩歌形式或散文形式作答，均無不可。

　　提示：

　　(1) 注意參考原詩題目，翻譯時綜合把握全詩的情境、旨意，不必然採取逐字逐句的翻譯方式。

　　(2) 所譯宜講求文字的精緻與文氣的流暢。

　　　野寺荒臺晚，寒天古木悲。

　　　空階有鳥跡，猶似造書時。

（岑參〈題三會寺倉頡造字臺〉）

3. 下面這一闋小令，主題是「秋思」，請細心閱讀，領會其意境，然後將其譯成白話。

　　枯藤，老樹，昏鴉；

　　小橋，流水，平沙；

　　古道，西風，瘦馬；

　　夕陽西下，斷腸人在天涯。

（馬致遠〈天淨沙・秋思〉）

提示：翻譯時須把握整首作品之意境，但不一定要按照原作字句的順序。

（國家考試國文科專案小組自擬）

4. 請將下列文言文譯為語體文，並注意新式標點的正確使用：

　　是以泰山不讓土壤，故能成其大；河海不擇細流，故能就其深；王者不卻眾庶，故能明其德。是以地無四方，民無異國，四時充美，鬼神降福，此五帝三王之所以無敵也。今乃棄黔首以資敵國，卻賓客以業諸侯，使天下之士，退而不敢西向，裹足不入秦，此所謂藉寇兵而齎盜糧者也。

（李斯〈諫逐客書〉）

（96 年大考中心指定科目考試）

5. 請將下列文言文譯為語體文，並注意新式標點的正確使用。

　　宮中府中，俱為一體，陟罰臧否，不宜異同。若有作姦犯科，及為忠善者，宜付有司，論其刑賞，以昭陛下平明之理，不宜偏私，使內外異法也。

（諸葛亮〈出師表〉）

（98 年大考中心學科能力測驗）

Notes

搶分祕技第二招／修飾

➡ 課前導讀

化腐朽為神奇

道生：「修飾好像是老師在批改作文，挑錯字，改遣詞用句，修正謬誤的文意。」

e博士：「沒錯！修飾最基本的源頭，乃是修改文章，使文章可讀性增高。歷史上有名作家，常對自己的文章，字字推敲，寫了之後，放了數天，又重新修正，精益求精。唐宋八大家之一的歐陽修到晚年不斷修改文章，連他的夫人都不忍心而說：『為何要如此自苦，難道還怕先生責備嗎？』歐陽修笑道：『不怕先生責備，卻怕文章被後人所嘲笑！』連一代文宗尚且對文章如此嚴謹，更何況學習創作的我們呢？」

道生：「下次我寫文章，一定要用認真的態度來創作，創作完了務必加以修改，直到自己滿意為止。」

一、修飾的精神

道生：「字的誤用常見有哪些？」

e博士：「人非聖賢，孰能無過？中國同音字及字形相近字很多，在寫作上常會混淆，批改作文時如『已』經常誤寫『以』經；『以』後常誤寫成『已後』；道聽『塗』說常誤寫成道聽『途』說；氣候乾『燥』常誤寫成『躁』；急『躁』常誤寫成急『燥』；追捕『廝』殺常誤寫成『撕』殺；八卦消息不『脛』而走，誤寫成『徑』；狡『猾』誤寫成『滑』；一『籌』莫展誤寫成『愁』；一『味』偏袒誤寫成『昧』；匪『夷』所思誤寫成『疑』；『躬』逢其盛誤寫成『恭』；感同『身』受誤寫成『深』；『魅』力誤寫成『媚』；『紕』漏誤寫成『皮』；『膾』炙人口誤寫成『燴』；活『躍』誤寫為『耀』；真『諦』誤寫為『締』；『首』屈一指誤寫成『手』；無遠弗『屆』誤寫成

『界』；五光十『色』誤寫成『射』；『渾』身解數誤寫成『混』；『混水摸魚』誤寫成『渾』；一『鼓』作氣誤寫成『股』；『故』步自封常誤寫為『固』；長『驅』直入誤寫成『趨』；『重』新做人誤寫成『從』；迫不『及』待常誤寫成『急』；『癥』結誤寫成『徵』；成『績』誤寫成『蹟』；古『蹟』誤寫成『績』等。」

道生：「哇！那豈不成『錯字大全』了嗎？那濫用成語有哪些？」

e博士：「例如下列都是不恰當：形容生活貧窮用『君子固窮』形容；描寫天坪颱風所造成的水災用『沉李浮瓜』來形容；廚師『上下其手』，一道道滿漢全席上桌；父母愛子女的事蹟『罄竹難書』等。」

道生：「『君子固窮』、『沉李浮瓜』、『上下其手』、『罄竹難書』等成語有什麼喻意呢？」

e博士：「學問貴在自修，參考工具書很多，遇到生難字詞，上網還有辭典可查呢！查閱檢索，便可擴大視野。道生，動手查吧！」

二、修飾的寫作要領

道生：「e博士，修改文章有何祕訣？」

e博士：「將一篇雜亂無章的文字修訂成井然有序且結構嚴謹的文章。須注意：

（一）先使用消去法，將不重要的訊息刪掉。

（二）把錯別字及使用不當的成語或詞語訂正。

（三）若時間的邏輯順序顛倒，須依照順敘法或倒敘法加以改變，若是空間的邏輯順序顛倒，最好使用層遞法描寫，選擇由遠至近，或由近至遠，或由外至內，或由內至外。若採用逐步推移法時，則由先前一點為中心，再跳至另外一點。建議讀者欣賞林文月〈翡冷翠在下雨〉一文，便可體會逐步推移法的妙用。另外須將事件的先後次序及因果關係修訂清楚。

（四）寫作時要注意虛實相互呼應的道理。即論點與舉例要相輔相成，才算文意完整。注意起承轉合的段落，是否彼此相互呼應。

三、修飾常考的題型

道生：「修飾常考的題型有哪些？」

　　e博士：「修飾常考的題型區分如下：
（一）將雜亂無章，火星文或謬誤百出的作文改為通順合理的文章。
（二）網路 e-mail 書信改成雅正的書信。
（三）日譯或英譯或韓譯的短文，翻成合乎中文文法的文章。」

精選範例

　　以下這篇文字，有文意不通順及累詞贅字之處，現在請你仔細閱讀，在不妨礙原意的範圍內加以修改潤飾，使其讀起來通順且兼具修辭之美。文長八百字內。

　　自從我唸了研究所進而搬進這棟位在半山腰的宿舍裡去住，整個生活起了不大不小的變化。宿舍距離熱鬧的市街需要步行十到十五分鐘左右的時間，雖然不是挺遠，但因為不能駕馭任何交通器具，因此走回宿舍需要用爬坡的，時間久而久之以後，使得我出門的興致大為降低許多，懶惰地只肯走到學校餐廳以及附設的合作社或便利商店，一直要到無法忍受之後，才肯去長途跋涉，進入擁擠的人群裡頭去。我的生活因之變得簡單而平凡，原本視逛街如命的我不再熱衷此道，出門成為一種大麻煩的事，加上剛剛進去研究所唸，課業繁重，每天埋首在課業堆裡，也就沒有心追逐流行神話。

　　不巧的是我恰好就正住在頂樓上，視野非常遼闊而且寬廣，目光所看見到的不是樹海就是藍天。不愛出門以後，我經常觀賞天空的變化，偶爾唸書唸煩了，便拿起相機向著窗外隨便按下快門。無垠的天空擁有千變萬化的表情，無論是日薄西山的依依不捨，萬里無雲的意氣用事，或是陰雨綿綿的煩悶躁鬱，它無限自在地表達它的情緒，毫無什麼拘束。

　　我從我的房子的窗外看得見遠方的商業大樓，方正的形狀像極了恐怖的墓碑，它是市中心的地標，庸碌的人們每日每夜圍繞它，崇拜它，臣服於它的腳板下，以為登上高樓就能掌握一切。他們忘了仰望向著天空，忘記單純的凝視能夠帶來很久很久的悸動，忘記生活不只有物質的存在，忘記自己的渺小。

　　天空的純淨自然讓我渴望得要命想回歸，像一件白色的純棉 T 恤，令人禁不起它極度簡約風範格調的率性，它的瑰麗詭譎更像戲法變幻

莫測的變魔術的人，讓人視線久久不忍離去。然而它是睿智的，並非搬弄詭計的戲耍。

所以怎麼說呢？就是看似平淡無奇的天空充滿無限驚奇，不論是雲的流轉、風的自在，它永遠如此自然適得，揮灑出自己的一種不和別人一樣的色彩，它總有深遠的啟示，得憑著感覺依循。

 思路指引

(一)「修飾」可說是最容易取得基本分的考型，考生可先將全文默唸一遍，從整體語感去覺察遣詞造句有無錯誤及用典合不合邏輯，再著手修改。修正是第一步，潤飾則是加分之鑰。亦即先求正確無誤，再求表達精美。

(二)在不妨礙原意的範圍內加以修改潤飾，表示考生以不更動原意為前提下，可以依自己對語文表達的審美觀，進行修飾。本文冗詞贅字甚多，刪除多餘的描述及不合乎用法的字詞，予以適度剪裁，並注意連接語氣的順暢，就符合明白曉暢的得分原則。

 絕妙好文

◎胡蕙萱

自從唸研究所而搬進這棟位在半山腰的宿舍，整個生活起了變化。宿舍距離熱鬧的市街需要步行十到十五分鐘左右，雖然不是挺遠，但因為不能駕駛任何交通工具，因此走回宿舍需要爬坡，久而久之，使得我出門的興致大為降低，懶惰地只肯走到學校餐廳以及附設的合作社或便利商店，一直要到無法忍受之後，才肯長途跋涉，進入擁擠的人群裡。我的生活因之變得簡單而平凡，原本視逛街如命的我不再熱衷此道，出門成為一大麻煩，加上初進研究所課業繁重，每天埋首課業，也就無心追逐流行神話。

我恰巧住在頂樓，視野遼闊寬廣，目光所及不是樹海就是藍天。不愛出門以後，我經常觀察天空的變化，偶爾唸書唸煩了，便拿起相機向著窗外隨意按下快門。無垠的天空擁有千變萬化的表情，無論是夕陽西下的依依不捨，萬里無雲的意氣風發，或是陰雨綿綿的煩悶躁鬱，它無限自在地表達它的情緒，毫無拘束。

　　窗外看得見遠方的商業大樓，方正的形狀像極了巨大的墓碑，它是市中心的地標，庸碌的人們每日每夜圍繞它，崇拜它，臣服於它的腳下，以為登上高樓就能掌握一切。他們忘了仰望天空，忘記單純的凝視能帶來永恆的悸動，忘記生活不只有物質的存在，忘記自己的渺小。

　　天空的純淨自然讓我渴望回歸，像一件白色的純棉Ｔ恤令人禁不起它極度簡約風格的率性，它的瑰麗詭譎更像戲法變幻莫測的魔術師，讓人視線久久不忍離去。然而它是睿智的，並非搬弄詭計的戲耍。

　　看似平淡無奇的天空充滿無限驚奇，不論是雲的流轉、風的自在，它永遠如此自然適得，揮灑出自己的色彩，它總有深遠的啟示，得憑著感覺依循。

佳文共賞

(一) 作者把文章的冗詞贅字都予以刪減，讓全文閱讀起來較為精簡流暢。比如「自從我唸了研究所進而搬進這棟位在半山腰的宿舍裡去住，整個生活起了不大不小的變化」、「我從我的房子的窗外看得見遠方的商業大樓」，缺點皆屬於贅字太多；「方正的形狀像極了恐怖的墓碑」，因行文並無貶抑之意，所以使用恐怖一詞並不恰當；「無論是日薄西山的依依不捨」，其中日薄西山意喻年老壽命將近，用典極不妥當，必改不可。作者都細心注意到了以上細節，修潤得當。

(二) 本文的修飾程度不僅達到基本的要求，且注重文句段落間的語氣連貫，使得閱讀的語感頗佳。其修飾時謹守範圍，未將修飾誤解為改寫。考生應切記改寫是改變文章的形式或內容，修飾則是在不違背原意的原則內，做適度的修潤，兩者不可混淆。

自我挑戰

　　以下這篇文字，有文意不通順及累詞贅字之處，現在請你仔細閱讀，在不妨礙原意的範圍內加以修改潤飾，使其讀起來通順且兼具修辭之美。

　　回憶是不可思議難以相信的，它如此迷離如幻似真，卻是真真實實刻印在我們的生命裡。有什麼事令你回想起來會不禁會心一笑的呢？對我而言，就是模仿吧！而模仿的第一個對象就是我的母親大人。記得媽媽不在家時，我總會好奇地翻開她的化妝品、鞋子、領巾等等，

說不出來那是什麼感覺，是急著變大嗎？偷穿一點兒都不合腳的高跟鞋，偷抹鮮紅色的口紅，還有一些零零碎碎的裝飾品。當時一點都搞不懂為什麼大人要這麼打扮？仍然原原本本照本宣科。接電話時，也會刻意模仿大人的口齒，即使那聲音如此稚氣，種種的行為若說只是為了好玩或者純模仿，似乎又顯得不具有說服力。當時的我，或許已經開始了探索之旅行了。

上了國中之後，注意的對象轉至同班同學，這位同學剪了個什麼髮型，挺好看的，不知道配不配合我？那位同學在學校的時候，總會低下長髮，然後輕輕地用四十五度角對著你微笑。回到家裡自己便照著鏡子，照樣模擬了同學的髮型及動作表情，模仿這、模仿那，將心思都放在自己要有什麼風格上。學業都快浪費掉了，還是將注意力放在自己究竟到底是什麼模樣的樣子探索上。在課業繁重之時候，我所萌發的對自己自身的疑問是很難可以就在一時時候就找到答案解答的。

後來，我養成了寫日記的習慣。當天發生的要事或一時心情的感觸，我都逐一一個字一個字寫在祕密手冊裡，那是他人不可進入的禁地。而且，我本人就在書寫的過程當中，我反而愈來愈貼近自己，沒有了偶像、沒有了模仿，只是單純地不斷學習。因為到頭來最後才發現每個人都是如此獨一無二的啊！我們大家每個人一定會經歷一段自我探索的旅程，或許，曾經迷失過，又或許被外務壓得沒時間去檢視自己，不過，這趟旅程真的能幫助你確定自己的人生方位走向，我便是如此不偏不倚不上不下地給他走下去。

寫作提示

(一)本文的文意大致流暢，但冗詞贅字頗多，須細心閱讀予以刪減。面對此類篇幅較長的文章，更需要從頭到尾讀過一遍，抓出語感，再逐步修整。

(二)修飾的步驟包含字詞修正及文氣潤飾。舉例來說「回憶是不可思議難以相信的」，不可思議與難以相信其實是同義詞，只須保留一個即可；「學業都快浪費掉了」，浪費一詞並不適合，改為「荒廢」才正確；「我便是如此不偏不倚不上不下地給他走下去」，不上不下是贅詞，「給他」是不正確的口語說法，絕對不可出現在文章書寫中。

作答前務請詳閱作答注意事項及試題說明 　　　　第 1 頁

實戰演練

（答案請從本頁第 1 行開始書寫，並請標明題號，依序作答）

四、經典考題觀摩

　　「修飾」是提供一段不通順的文章，這段文章或許原為古文、外文的譯文不佳者，或許是取自某一形式的創作，而其中用字或有錯誤，遣詞或有不當，造句或有不通，前後文句或有銜接不上，整體而言，顯得粗糙而不夠精美者，都可以要求應考人把它修改、潤飾得順暢而精鍊。「修飾」的題型可以評量應考人閱讀、判斷與語文表達的能力，初步測驗其語文表達是否正確，進一步則審查其語文表達是否精美。

---

1. 在那個開滿了水仙花的田地裡，在那個有很多石頭的荒地裡，在那個由一條古怪的流水所灌溉的平地裡，歐蘭朵的祖先曾經騎馬馳騁。他們還曾經從許多肩膀上面砍下了許多顆的不同的膚色的頭顱，把它們帶回家來掛在屋檐的上面。

　　上面這段文字（共六句）譯自英國女作家維琴尼亞‧吳爾夫（Virginia Woolf）的作品《歐蘭朵》（ORLANDO）。因為譯文不夠通順，累辭贅字甚多。請你在不妨礙原意、不更動句子序列的範圍內加以修改、潤飾，使之讀來不僅通順，而且兼具修辭的美。例如第一句可以修成：在那開滿水仙的田野裡。

---

2. 下面是一封情書，文中有粗糙鄙陋的口語，有流於俗濫或使用錯誤的成語。請在不違背其本意，並保留原信時間、地點、人物、情節的前提下，將文字做適當的修飾，使情意能表現得真切而自然。

　　「上個禮拜六在校刊編輯會議首度看到你，就被你煞得很慘。你長得稱得上是閉月羞花，聲音也像鶯啼燕囀。從此，你在我心中音容宛在，害我臥薪嚐膽、形容枯槁。我老媽看不下去，斥責我馬齒徒長、尸位素餐，不知奮發圖強，難道要等到名落孫山、墓木已拱才甘心嗎？我也有自知之明，這封信對你而言只是九牛一毛，你一定棄之如敝屣。但我相信愚公移山的偉大教訓、也就是人定勝天，如果你給我機會讓我向你表白我自己，你會恍然大悟我是個很善良的人。期待你的隻字片語，若收到回音，那一定是我一生中最快樂的一天了！」

搶分祕技第三招／組合

➡ **課前導讀**

人生盡在抉擇中

e 博士：「2011 年，蘋果創辦人之一的賈伯斯因胰臟癌病逝，享年五十六歲，留下許多未竟的理想。有人認為奮鬥一生，都來不及享受，有人認為叱吒風雲，立功、立言已不朽，生命的長短又何足計較呢？便不禁讓人聯想生命的價值孰輕孰重？健康、家庭、工作、休閒、親情、愛情、學識、宗教等，在你個人價值觀的認定，生命的重心，該選擇哪一項呢？隨著個人成長歷程、環境、際遇、年齡及角色的不同，先後順序也有很大的變化。同理，『組合』測驗的目的在乎考生當下的抉擇及思路，請考生當機立斷，決定文句的位置，並寫下抉擇的理由。」

道生：「組合考法最合我意，因為考出生活化的文章，激發我的判斷力。」

e 博士：「考組合題，絕對不可失分喔！」

道生：「我有信心！」

一、組合的精神

次序美學正在上演 ⬇

道生：「組合的精神何在？」

e 博士：「我認為是次序吧！現代人分秒必爭，凡事講究利害得失，為利益當前，則希望創造雙贏。如果是損失，則希望兩權相害取其輕。這便是衡量事情的輕重緩急，是非利害。就如同預算的大餅是固定，哪些要先補助，哪些要刪除。人事的複雜，有時是事緩則圓，有時救命如救火。心中的一把尺，自有衡量的道理。次序便成了取捨的南鍼。」

二、組合的寫作要領

因人而異，自主仍有規則可循 ⬇

　　道生：「當限制型作文考組合時，我可以興之所至，隨意亂書囉！」

　　e博士：「由於將文章句子打散，讓人重組，並不像選擇題有固定的順序，只可依據原創者的思路排序。但也不是說你可以隨便亂排。如果亂排，下筆時，可能窒礙難行，最好探究邏輯思考的常態。畢竟語言文字的功能在於溝通，加上平日語文素養，媒體的推波助瀾；在作組合練習時，隱約有約定俗成的道理可循。」

　　道生：「有何具體建議呢？」

　　e博士：「組合主要目的在測驗考生推理及組織的能力。常見的推理原則如下：

（一）先後原則：

　　　　依時間來看，考生可以選擇用順敘，即由早至晚的方式去組織材料。也可採倒敘，即由後至前的方法去編排材料。

（二）遠近原則：

　　　　依空間來看，考生可以採用由遠至近、由外至內、由左至右、由高至低、由大至小來組織零亂不堪的材料。反之亦然。

（三）因果原則：

　　　　依事件發生來看，有因果關係。可以選擇先原因後結果，或先結果後原因。

（四）合分原則：

　　　　依論點與舉例來看，如果先將所有例子舉出，再由這些例子歸納出通則，則是「先分後合法」，如果是先提出通則，再演繹出各種例子，則是「先合後分法」。

（五）主次原則：

　　　　從重點輕重緩急來選擇，可先突出重點，再陳述細節；或先把細節分析後，再一針見血道出重點。」

三、組合常考的題型

　　道生：「組合常考的題型有哪些？」

　　e博士：「組合常考的題型如下：

(一)詩歌的重組並寫上重組的理由。

(二)雜文的重組並加以條理化，使文章合乎上述推理法則。」

精選範例

(一)下列「祕密」這首詩，共分三段，詩句並未按原來順序排列，請重
　　新加以組合，並說明如此組合的原因，文長三百字內（含標點符
　　號）。

只要我守住了，一切就守住了。

只要祕密守住了，愛情就守住了。

「不會的，我只會告訴他的她，並且告訴她不要告訴他。」

「不會的，我只會忘了不該記得的，並且記得不該忘的。」

只要祕密守住了，回憶就守住了。

「我告訴你的，你不要告訴他。」

「我要你記得的，你不要忘了。」

思路指引

(一)對於詩的組合，側重邏輯組織。詩和其他文類一樣，也講究起承轉
　　合，只不過由於詩句較為簡練，文句之間的聯繫常省略一些連接詞，
　　因此必須更仔細推敲彼此的關聯。比如「」之內均是問話與答話，
　　亦即表示其間有問與答的因果關係。

(二)詩題為「祕密」，每一句也都在祕密的說、記、忘、守之間環繞，
　　其藉著兩個人的對話，來交換祕密，也探測對祕密的忠誠。因此尋
　　找彼此的問答邏輯，即是破解之道。

絕妙好文

「我告訴你的，你不要告訴他。」

「不會的，我只會告訴他的她，並且告訴她不要告訴他。」

只要祕密守住了，愛情就守住了。

「我要你記得的，你不要忘了。」

「不會的，我只會忘了不該記得的，並且記得不該忘的。」

只要祕密守住了，回憶就守住了。

只要我守住了，一切就守住了。

（引自陳澤深（民91）。想念你。台北：台灣廣廈出版集團愛閱社。）

　　組合的原因：四句引號之內的文字其實就是兩個人的對話內容，第一段第一句是一方的提醒，第二句則是另一方的回答。第二段亦然。前兩段的第三句則是針對之前的問答，所做的結論。「只要祕密守住了，愛情就守住了。」表達了對愛情祕密性某種程度的保護，符合第一段的內容。「只要祕密守住了，回憶就守住了。」則表達了對某些回憶的保護，也符合第二段的內容。此外，本詩分為三段，所以把「只要我守住了，一切就守住了。」單獨成為一段，因其形式類似前兩段的結論，並且以意涵來說，「只要我守住了」，所有的祕密將永遠是祕密，也非常適合當成全首詩的總結論。

佳文共賞

(一) 作者找到了問與答的關係，這應是此詩中較易抓出順序的句子，「我告訴你的，你不要告訴他。」是問，「不會的，我只會告訴他的她，並且告訴她不要告訴他。」則是答；「我要你記得的，你不要忘了。」是問，「不會的，我只會忘了不該記得的，並且記得不該忘的。」則是答。

(二) 至於先後次序的問題，則與另外三句「只要祕密守住了，愛情就守住了」、「只要祕密守住了，回憶就守住了」、「只要我守住了，一切就守住了」的邏輯有關。「愛情」牽涉的是男女雙方的情事，

「回憶」包涵的層面則更廣泛，「一切」指涉的更是過去、現在和未來。而且全首詩的關鍵人物就是「我」，因此，一如題目提示的詩有三段，將「只要我守住了，一切就守住了」獨立成段，既符合提示，也是整首詩最好的結語。

自我挑戰

（一）下列這一段文字，並未按原來順序排列，請重新加以組合，並說明如此組合的原因，文長三百字內（含標點符號）。

不再爭辯、不想爭辯。

當我站在同一高度遠眺清越的山之音、水之聲時，躁動的心，完全臣服。

平凡的山光水色，卻又太美。

無言無語的氛氳靜謐，將我消融，化為一塵、一葉。

空靈的美，交雜現實與夢幻的灰色地帶，是真也好，是幻也罷。

環繞的世界隨即形變，是靜、靜，還是靜。

寫作提示

（一）這是一段描述景色且與自我心境交融的文字，考生可以試著先領略每一句所要表達的意義，再找出句與句的關聯。思考的方向有二：一是望景生情，亦即由外在具象的景色觸動了內在思緒；另一是從情望景：也就是心裡有了感懷，於是觀看外在景物時，自然心思會有所觸發。

（二）以第一種情況為例，「平凡的山光水色，卻又太美」，就是很柔和的切入點。因看到了美景產生感動是自然不過的事，但隨著情感的投入，感動的深度加深了，文句也隨之有更深刻的表現。景色是何種的美呢？「空靈的美，交雜現實與夢幻的灰色地帶，是真也好，是幻也罷。」便是極佳的接句。不慌亂，順勢思考，找到自己相應於文字的思索模式。而組合的原因說明，只要將你對整體邏輯的想法，娓娓道出即可。

作答前務請詳閱作答注意事項及試題說明　　　　第 1 頁

實戰演練

（答案請從本頁第 1 行開始書寫，並請標明題號，依序作答）

四、經典考題觀摩

　　「組合」是提供若干詞語、拆散的詩（文）句或文章段落，讓應考人依據這些材料，重新組織成文的作文方式。藉此可以測驗應考人運用詞語、組織、推理的能力，及相關的語文知識。文章之組合自然有種種可能性，故命題時可要求應考人在完成組合之後說明組合的原因。

1. 下列「立場」這首詩分成兩節，每一節除首、末兩行以外，中間三行的次序都已改變。請重新加以組合，並說明如此組合之原因，文長一百五十字至二百五十字（含標點符號）。

> 你問我立場，沈默地
>
> 呼吸空氣，喜樂或者哀傷我望著天空的飛鳥而拒絕
>
> 答腔，在人群中我們一樣
>
> 站著，且在同一塊土地上
>
> 不一樣的是眼光，我們
>
> 腳步來來往往。如果忘掉
>
> 不同路向，我會答覆你
>
> 同時目睹馬路兩旁，眾多
>
> 人類雙腳所踏，都是故鄉。

（向陽〈立場〉）

（國家考試國文科專案小組自擬）

2. 下列詩句並未按原來順序排列，請重新加以組合，並說明如此組合之
原因，文長一百五十字至二百五十字（含標點符號）。

　　巴山夜雨漲秋池　　卻話巴山夜雨時

　　何當共剪西窗燭　　君問歸期未有期

（李商隱〈巴山夜雨〉）
（國家考試國文科專案小組自擬）

3. 有一副對聯，上聯是「五百羅漢渡江，岸畔波心千佛手」；下聯包含
下列八個詞語，其次序已經打散。試予重組，並說明如此組合之原因，
文長一百五十字至二百字（含標點符號）。

　　對月／一／人間／個／嬋娟／天上／美人／兩

（國家考試國文科專案小組自擬）

Notes

搶分祕技第四招／改寫

➡ 課前導讀

青出於藍，更勝於藍

e博士：「生命的美有時是組合各種形式，創造另一種形式美。如花藝教室的講師將日日春、秋海棠、長春藤、雞冠花、蘭花、黃金葛組合成美麗盆栽。將一些枯黃的葉子剪掉，按照植株的高低，重新栽種在有機培養土上。種好後，加上稻穀殼，避免澆水時，土壤溢出來。如此一來，四季開花，四季常青，不像整盆都是蘭花，賞花期結束，便棄之可惜。這種組合盆栽的藝術轉化成改寫的藝術，道理是可以相通的。」

道生：「怎麼說呢？」

e博士：「當考生遇上改寫的題目時，題目上的引文便是創作的材料。材料有時不完美，就如同黃金葛枯枝敗葉，你必須勤勞修剪，方能長出新芽，更加茁壯。改寫的目的之一便測驗出考生修改文章的功力。組合盆栽的各種花材如何搭配，考驗花藝設計師的造詣，依此類推，改寫目的之二便測驗出考生閱讀再創造的能力。至於盆栽大小有一定，各種花材要種多少，在種之前便要構思好；同理新型作文的考題字數有限制，考生便不能無限制的創作，一定要將材料加以取捨編排，下筆謹慎，如同花藝設計師思量植株的高、低、大、小、寬、窄，顏色深淺，日照量及需水量，季節性成長差異等因素，一一斟酌，使花藝達到賞心悅目的目標。」

一、改寫的精神

創意為改寫之母 ⬇

道生：「改寫的精神是什麼？」

e博士：「改寫重在作者再創造，推陳出新，令人耳目一新。」

二、改寫的寫作要領

(一)人稱改變，世界的視野隨之改變

　　e博士：「道生，《中國寫作學大辭典》是一本寫作的工具書，其中對人稱的分析，十分精彩，引用如下：

　　尹均生（民87年，174～176頁）：『人稱問題的實質是作者、讀者與作品中人物三者間的關係。……人稱實質是作者的觀察點和敘述時的立足點。……第一人稱：敘述時，作者以本來面目或假托的某種身分進入故事，成為作品中人物的一員，自稱為『我』，對其餘人物，或稱為他，或稱為你。……第二人稱：敘述時，作者沒有進入故事，而讀者卻是人物中的一員，進入了故事，文中稱呼成為人物的讀者為『你』，其餘人物為『他』；……第三人稱：敘述時，作者、讀者、作品中人物三者處於互相獨立的地位，作者以旁觀者的角度向讀者介紹作品中的人物，對所有人物一概稱為他或她。第三人稱叫做萬能視角，作者是無處不在，無所不知的姿態來進行敘述，……是最常見的敘述人稱。』改寫中人稱的互換，決定文章中角色的互動及改變，觀察視角也隨之變化。當改為第一人稱時，要注意第一人稱的敘述觀點，是把作者所親眼所見的事實，直接將自己變成故事中的主角，將所見所聞描寫在文章當中。當改為第二人稱時，其敘述觀點是站在讀者的角度來描寫，令讀者讀起來會比較有親切感。當改為第三人稱時，其敘述觀點，則是以統觀的觀點，加以抒寫，創作最為自由，不受限制，可儘量將所有事件全部展現在場景中。」

　　道生：「這次我總算弄懂人稱的區別。」

(二)文學體裁改變帶來多元藝術

　　e博士：「自從《哈利波特》小說風靡全世界，每一集的出版都吸引無數哈迷們的嚮往。當改編為電影，魔幻科技及聲光動畫效果，氣勢磅礴，一推出馬上帶動票房的攀升，影迷們大排長龍爭相觀賞。蔡志忠用漫畫詮釋古代經典，包括《莊子》、《孔子》、《孟子》、《史記》、《世說新語》、《六祖壇經》等，都是藝術型態再創造。尤其在多媒體盛行的時代，加上網路無國界的趨勢，任何議題只要能吸引人們的目光，均可能推出新奇的藝術創作模式。改寫符合人

們求新求變的需求，還有文化傳承的功能，所以說改寫扮演著承先啟後的文學創作風潮。」

道生：「改寫既然扮演文化風潮推波助瀾的角色，我們從事文學體裁的改寫要注意些什麼？」

e 博士：「掌握住文學體裁的格律：

1. 改成新詩：無論是語法及排列方式，需隨情意分行斷字，造成新詩的視覺趣味。內容上新詩注重意象的設計，常用具體的形象表達抽象的情理。

2. 改編成散文：則須注意材料皆貫串主旨，結構不可過於鬆散。

3. 改成小說：人物的塑造、角色的安排、對話的串接，不可馬虎，創造合情合理的情節，衝突及問題伏筆的位置設計，正反角色的安排，乃小說構思的菁華處。

4. 改成戲劇：幕與幕之間連結須前後一致，每一幕的衝突點都要掌握住，且更需要從對話動作的舖陳來彰顯情節發展及角色互動的合理性。

總之，要儘量符合各種文學體裁的格律及特色。改寫要加入自己的經驗和主張，創造出不同風格的內容。最重要的是忠於引文的主旨，其餘可做大幅度的創作。」

（三）改寫不是翻譯

e 博士：「改寫切忌將文言文直接翻譯成白話文，改寫不是翻譯。務必掌握引文主旨，再加以改變與創造。」

三、改寫常考的題型

道生：「改寫常考的題型可分為哪些？」

e 博士：「關於改寫的考題類型可分為兩種，可分為形式改變的改寫法和內容改變的改寫法。」

（一）形式改變的改寫法

道生：「形式改變的改寫法有何特色？」

e 博士：「形式改變的改寫法，常見的格式，茲分述如下：

1. 文學體裁的互換：依西洋文學體裁分成詩歌、小說、散文和戲劇。限於考試時間，常見詩歌改寫成散文，或詩歌改寫成短篇小說。

2. 人稱的互換：將文章的敘述觀點從第一人稱改為第二人稱或第三人稱；或第二人稱改為第一人稱或第三人稱；或第三人稱改為第一人稱或第二人稱。

3. 寫作方法的改變：例如順敘法改為倒敘法，倒敘法改為順敘法；詳寫改為略寫，略寫改為詳寫，修辭法改變；肯定句改為倒裝句；直接抒情改為寓情於景、託物言志、寓情於理等間接抒情法；直接描寫法改為側面描寫法等。」

(二)內容改變的改寫法

道生：「內容改變的改寫法有何特色？」

e博士：「內容改變的改寫法，常見的格式，茲分述如下：

1. 將文章風格改變：例如將持論公允的議論改變為嬉笑怒罵，極盡冷嘲熱諷之能事的文章。

2. 人物角色的改變：如主角改為配角，配角改主角。

3. 時空場景的改變：如情節隨時空變化，劇情隨題意的要求而有超乎想像的文意，卻要符合當時的時空事件邏輯。」

精選範例

　　請將以下引文加入更精彩的心理描述，改寫成一篇以第一人稱為敘事角度的短文，題目自擬，文長限四百字內。

　　他已餓了許久，眼神呆滯、身體虛弱無比。相對的，嗅覺和味覺就顯得敏銳。

　　騎樓下的煎餃和烤玉米攤子，溢出的香氣，爭相鑽入鼻子，讓他的胃更難受。

　　當拿著炸雞排的男生經過身邊，他恨不得能咬一口！

　　還好理智叫住了他的衝動。減肥路迢迢，挨餓，不過是減肥戰的前奏。

思路指引

　　(一)題目要求以第一人稱寫作，即是以「我」的角度來揣摩主角的心理。

　　　　由於引文只是以分述的形式呈現，所以改寫時就必須注意每一個分

述點的重心，皆以「我」的想法為描寫的主體，並將各要點貫串。

(二) 主旨是一個減肥的人面對種種食物誘惑，所產生的心理及生理起伏變化。食物的引誘是因，身心的覺受是果。因果交錯在字裡行間，以形成高潮迭起的架構。儘量把自己投身於場景中，去聞去嗅去感受，彷彿挨餓的是自己，角色與感覺絕不能有一絲絲隔閡。

 **絕妙好文**

飢　餓

◎胡蕙萱

　　每每肚子向我發出壓抑已久的深沈抗議，前胸緊貼著後背，眼神泛著不太健康的痴呆，身體只剩下游絲般虛弱的氣息，我能夠感覺到原本飛揚的神采和飽滿的意識正逐漸消弱殆盡，意志也變得薄弱，於是嗅覺和味覺開始變得靈敏起來。

　　騎樓下的煎餃店發出油滋滋的油炸聲，帶著蔥香和烤焦的氣味隨著白煙緩緩飄散，像是在哀求我吃它一口似的，弄得我胃翻騰得更加難耐；烤玉米攤子正大排長龍，顆顆飽滿欲滴的金黃色玉米粒閃著光芒，碳烤黑色醬料的濃郁口感不停誘惑著味蕾，空氣滿是相互爭奪的氣味，急於鑽入我的鼻子。

　　一個手拿著炸雞排的男孩從身旁經過，我忍俊不住，兩眼直盯著他，下意識地吞了吞口水，恨不得能夠咬它一口！待他走遠，轉身回到現實，大腦理性的部分叫我別衝動，身體多餘的脂肪還足以抵擋這短暫的渴求，原來減肥需要通過時間的考驗，忍受飢餓只不過是打持久戰的前奏，一如站哨對士兵來說只是個消磨時光的小懲罰。

佳文共賞

(一) 本文首段就把挨餓時嗅覺和味覺的靈敏起因做了完整交代，以便有效地引出第二段對食物香味的敏感反應。且將食物的色香味均做了生動描述，使得引誘角色的力量更紮實巨大，以期與主角的心緒有更強烈的拉扯，極富戲劇張力。第三段拿著炸雞排的男孩從身旁經過，帶起了情緒的高點，接下來的自我對話，用極精彩的比喻做結

論，同時也加深了這個挨餓片斷闡述的凝聚力。

(二)作者確實掌握了飢餓的剎那間情緒，字詞形容運用貼切，包括多重感官的描寫，有聲音：煎餃店發出油滋滋的油炸聲；有味道：帶著蔥香和焦烤的氣味；有顏色：隨著白煙緩緩飄散；有反應：弄得我胃翻騰得更加難耐。組織後即形成一種食物引誘的完整敘述。

自我挑戰

請將引文改寫成一篇具備以下條件的短篇小說。一、時空背景：一個冬天午後的台北街頭。二、男女主角：已分手多年，但男生習慣在假日到女主角以前常去的市集走走，希望能再巧遇她。請以第三人稱的角度寫作，文長約一千字內。

重逢

你準備好遇見我，可是我沒有準備；你準備好叫住我的心不在焉，可是我沒有準備；你準備好親我的額頭測一測分別已經多少年，可是我沒有準備；你準備好盛裝我剎時的淚水，可是我沒有準備。

可是我一直準備，準備好再愛你，你卻終於說你沒有準備。

（引自陳澤深（民91）。想念你。台北：台灣廣廈出版集團愛閱社。）

寫作提示

(一)戀人分手，重逢常常是可遇不可求的。但題目已設定好一定的條件，男主角是在有準備的情況下，重逢毫無準備卻仍愛著對方的女主角，因此當你感受到畫面時，雙方複雜的心理機轉，應是最值得深刻描寫的。

(二)寫作時把握住可改與不可改處，唯一不可改處即是引文的主要內容及結局。既然要改寫成短篇小說，人物、情節、對話都不可少。兩個角色的性格及想法，在引文中已略知一二，可以此為故事延伸的基點。他們碰面了會說哪些話？分開的這段日子，他們的情感與生活可能各自有何發展？重逢帶給彼此的生命激盪是什麼？皆是舖陳的要點所在。

作答前務請詳閱作答注意事項及試題說明　　　　　第 1 頁

<table>
<tr><td rowspan="20">實
戰
演
練</td><td colspan="22">（答案請從本頁第 1 行開始書寫，並請標明題號，依序作答）</td></tr>
</table>

四、經典考題觀摩

1. 請讀下列詩句，回答框線內的問題。

　　(1) 銀燭秋光冷畫屏
　　　　輕羅小扇撲流螢
　　　　天階夜色涼如水
　　　　臥看牽牛織女星

　　(2) 人閒桂花落
　　　　夜靜春山空
　　　　月出驚山鳥
　　　　時鳴春澗中

　　(3) 黃四娘家花滿蹊
　　　　千朵萬朵壓枝低
　　　　留連戲蝶時時舞
　　　　自在嬌鶯恰恰啼

　　上列三首詩共出現四種動物：第一首「螢」，第二首「鳥」，第三首「蝶、鶯」。請你選定一首，以其中動物為主角，將原詩情境（季節、時間、地點、景物、事件……）當作背景，加以想像，重新寫成三百字以內的故事。若詩中有多種動物，請選定一種即可。

　　例如第一首，可以「我是一隻迷路的螢火蟲……」加以想像鋪陳。

　　引自：大學入學考試中心，語文表達能力測驗預試卷（卷三），
　　　　　　　　　　　　　　　　　　　　　　　　　第三大題。

　　「改寫」是提供一篇或一段詩文，讓應考人改變其形式或內容的作文方式。藉此可以測驗應考人的閱讀、想像及寫作能力。

　　改寫包括：

（一）改變文體

　　如將詩歌改寫為散文。

（二）改變敘述人稱

　　如將第一人稱改為第三人稱。

（三）改變作法結構

　　如將分述法改為起承轉合四段論法。

（四）改變敘述方式

　　如將順敘法改為倒敘法。

---

2. 假設您為執業律師，您友人記者某甲於報端發表時事評論，臧否政治人物某乙的問政言行，某乙旋於某地方法院自訴某甲觸犯刑法第三百一十條規定的誹謗罪。某甲略有法律常識，聞知司法院釋字第五〇九號解釋，對其所涉案件或有助益，來電希望您以書面方式，使用白話文、以千字為度，簡要說明此項解釋的要旨，以便某甲判斷案情，並決定是否委請您為她辯護。試依其所請擬函回覆。（函末請以〇〇〇律師代替署名，慎勿書寫姓名，以符合考試規則。）

司法院釋字第五〇九號解釋：

【解釋文】

　　言論自由為人民之基本權利，憲法第十一條有明文保障，國家應給予最大限度之維護，俾其實現自我、溝通意見、追求真理及監督各種政治或社會活動之功能得以發揮。惟為兼顧對個人名譽、隱私及公共利益之保護，法律尚非不得對言論自由依其傳播方式為合理之限制。刑法第三百一十條第一項及第二項誹謗罪即係保護個人法益而設，為防止妨礙他人之自由權利所必要，符合憲法第二十三條規定之意旨。至刑法同條第三項前段以對誹謗之事，能證明其為真實者不罰，係針對言論內容與事實相符者之保障，並藉以限定刑罰權之範圍，非謂指摘或傳述誹謗事項之行為人，必須自行證明其

言論內容確屬真實，始能免於刑責。惟行為人雖不能證明言論內容為真實，但依其所提證據資料，認為行為人有相當理由確信其為真實者，即不能以誹謗罪之刑責相繩，亦不得以此項規定而免除檢察官或自訴人於訴訟程序中，依法應負行為人故意毀損他人名譽之舉證責任，或法院發現其為真實之義務。就此而言，刑法第三百一十條第三項與憲法保障言論自由之旨趣並無牴觸。

【解釋理由書】

憲法第十一條規定，人民之言論自由應予保障，鑑於言論自由有實現自我、溝通意見、追求真理、滿足人民知的權利，形成公意，促進各種合理的政治及社會活動之功能，乃維持民主多元社會正常發展不可或缺之機制，國家應給予最大限度之保障。惟為保護個人名譽、隱私等法益及維護公共利益，國家對言論自由尚非不得依其傳播方式為適當限制。至於限制之手段究應採用民事賠償抑或兼採刑事處罰，則應就國民守法精神、對他人權利尊重之態度、現行民事賠償制度之功能、媒體工作者對本身職業規範遵守之程度及其違背時所受同業紀律制裁之效果等各項因素，綜合考量。以我國現況而言，基於上述各項因素，尚不能認為不實施誹謗除罪化，即屬違憲。況一旦妨害他人名譽均得以金錢賠償而了卻責任，豈非享有財富者即得任意誹謗他人名譽，自非憲法保障人民權利之本意。刑法第三百一十條第一項：「意圖散布於眾，而指摘或傳述足以毀損他人名譽之事者，為誹謗罪，處一年以下有期徒刑、拘役或五百元以下罰金」，第二項：「散布文字、圖畫犯前項之罪者，處二年以下有期徒刑、拘役或一千元以下罰金。」係分別對以言詞或文字、圖畫而誹謗他人者，科予不同之刑罰，為防止妨礙他人自由權益所必要，與憲法第二十三條所定之比例原則尚無違背。

刑法第三百一十條第三項前段規定：「對於所誹謗之事，能證明其為真實者，不罰」，係以指摘或傳述足以毀損他人名譽事項之行為人，其言論內容與事實相符者為不罰之條件，並非謂行為人必須自行證明其言論內容確屬真實，始能免於刑責。惟行為人雖不能證明言論內容為真實，但依其所提證據資料，認為行為人有相當理由確信其為真實者，即不能以誹謗罪之刑責相繩，亦不得以此項規定而免除檢察官或自訴人於訴訟程序中，依法應負行為人故意毀損

他人名譽之舉證責任，或法院發現其為真實之義務。就此而言，刑法第三百一十條第三項與憲法保障言論自由之旨趣並無牴觸。

　　刑法第三百十一條規定：「以善意發表言論，而有下列情形之一者，不罰：

　　一、因自衛、自辯或保護合法之利益者。二、公務員因職務而報告者。三、對於可受公評之事，而為適當之評論者。四、對於中央及地方之會議或法院或公眾集會之記事，而為適當之載述者。」係法律就誹謗罪特設之阻卻違法事由，目的即在維護善意發表意見之自由，不生牴觸憲法問題。至各該事由是否相當乃認事用法問題，為審理相關案件法院之職責，不屬本件解釋範圍。

Notes

搶分祕技第五招／縮寫

➡ 課前導讀

好東西與好朋友分享

e博士：「道生，我們到誠品書店時，總會看到許多藝文資訊。比如有一年的聖誕節音樂會，由音契合唱管絃樂團在國家音樂廳演出情歌，傳單上寫著『聖誕節談情說愛？』歡迎渴愛及戀愛的朋友們前往傾聽，共享浪漫的心情。而台灣首演『浮士德的天譴』歌劇，內容藉由德國哲學家歌德與法國作曲白遼士對話，探討理性與欲望，激發白遼士創作『浮士德的天譴』歌劇的熱誠。穿梭時空，化身為台北科學家浮士德與英俊小生魔鬼碰觸，發生一連串浮士德內在理性與欲望的衝突，反映人內心抉擇及徬徨的歷程；結合音樂、舞蹈及歌劇的演出，正是國家音樂廳的強檔曲目。類似的精彩節目還有很多，道生，課餘時可搭台北捷運線前往欣賞。」

道生：「我從沒去過國家音樂廳。坐捷運要到哪一站下車？要往哪一號出口呢？」

e博士：「你可坐捷運淡水線，中正紀念堂站下車，每個捷運站都有標示方位及出口的地圖，一目瞭然。地圖是實際縮小的比例圖，不論地圖或上述戲劇節目傳單，莫不用『縮寫』。」

道生：「像國文課本上的題解、主旨、段落大意，每課後面的重點整理、報章雜誌的大小標題、網路上網頁連結的選項，都可算是『縮寫』的應用。」

e博士：「舉一反三，孺子可教也。以後你唸大學或研究所時，擬出研究報告的摘要，上網查的期刊論文索引，簡述主題、研究方法、研究變項、歷程、結果及討論、結論，建議及限制，處處都是關鍵字，即縮寫的展現。」

一、縮寫的精神

精益求精，止於至善 ⬇

　　道生：「縮寫的精神為何？」

　　e博士：「現代企業為提昇競爭力，在人才的培育上莫不精益求精；在產品的獲利上，期以用最低的成本創出最高的利潤；在專利上、在研發上創造優勢。同樣的，縮寫便是用最精練的文字表達最豐富的意象及內涵。如用『愚公移山』表達恆心之意，即是最精鍊，也最能讓人理解的。」

二、縮寫的寫作要領

（一）概括是縮寫的通行證

　　e博士：「所謂摘要即是運用概括法，概括法即用三言兩語歸納出重點，彷彿將玉石加以琢磨，精益求精，取其精華。」

　　道生：「概括法可否再說詳細些？」

　　e博士：「概括大意法：當段落中關鍵句非常明顯時，先找出每一段的關鍵句。試舉你所學的〈師說〉內容來說明，關鍵句出現的位置茲分述如下：

1. 段落前：如『聖人無常師：孔子師郯子、萇弘、師襄、老聃、郯子之徒，其賢不及孔子。孔子曰：「三人行，則必有我師。」是故弟子不必不如師，師不必賢於弟子。聞道有先後，術業有專攻，如是而已。』其中『聖人無常師』為本段的關鍵句。

2. 段落中：如『古之學者必有師。師者，所以傳道、受業、解惑也。人非生而知之者，孰能無惑？惑而不從師，其為惑也終不解矣！』其中『師者，所以傳道、受業、解惑也。』為本段的關鍵句。

3. 段落後：如『生乎吾前，其聞道也，固先乎吾，吾從而師之；生乎吾後，其聞道也，亦先乎吾，吾從而師之。吾師道也，夫庸知其年之先後生於吾乎？是故無貴、無賤、無長、無少，道之所存，師之所存也。』其中『道之所存，師之所存』為本段關鍵句。」

　　道生：「萬一找不到關鍵句怎麼辦？」

　　e博士：「這種情形常見到，又可分成以下二種情形：

1. 當一個段落起承轉合有主從關係，採『取主去從法』。如顧炎武〈廉

恥〉：『《五代史·馮道傳》論曰：「禮、義、廉、恥，國之四維；四維不張，國乃滅亡。」善乎管生之能言也！禮、義，治人之大法；廉、恥，立人之大節。蓋不廉則無所不取，不恥則無所不為。人而如此，則禍敗亂亡，亦無所不至。況為大臣而無所不取，無所不為，則天下其有不亂，國家其有不亡者乎？』看上下文意，以『廉恥』為主，以『禮義』為從，概括出廉恥對國運的重要性。

2. 當一段落起承轉合呈並列關係，採分述法。如〈正氣歌〉：『在齊太史簡，在晉董狐筆，在秦張良椎，在漢蘇武節；為嚴將軍頭，為嵇侍中血，為張睢陽齒，為顏常山舌；或為遼東帽，清操厲冰雪；或為出師表，鬼神泣壯烈；或為渡江楫，慷慨吞胡、羯；或為擊賊笏，逆豎頭破裂。』歸納本段大意：列舉歷史上十二人具正氣史實。」

道生：「遇到多段的文章，概括法又要如何運用呢？」

e博士：「注意引文的段落，通常可分為一段或多段：當引文是一段時，先歸納出主旨及重要字句。當引文是多段時，概括出每一段的段落大意。」

（二）去蕪存菁，留幹去枝葉

道生：「縮寫的精神為何？」

e博士：「縮寫的精神，即是化繁為簡的精神。」

道生：「化繁為簡的具體作法？」

e博士：「1.須先把握住原文的意涵旨趣及段落大意。2.再分析引文的文體，若論說文則去其舉例，只留中心論點；若抒情文則將瑣事去除，將情節中觸發感情共鳴的字句留下；記敘文則重在歸納歷程的結果及保留文中抒情或議論的文句，刪減敘事部分；應用文則重在表達的目的、表達的內容及媒介。3.長句中的形容詞、副詞、介係詞等先刪去，留下主詞、動詞。4.當引文屬於故事或小說時，將引文中次要人物、事件、線索、情節和場景隱藏，保留主要人物、事件、情節、線索和場景。

三、縮寫常考的題型

最常見的是一篇六、七百字文章凝鍊成二、三百字左右，請依提示，不可超出規定字數。須與引文的體裁及創作方式維持一致。

精選範例

請將本篇寓言縮寫成兩百字（含標點符號）以內的短文，文言、白話皆可。不必分段，文字可以改寫。惟縮寫時須符合原文旨趣，力求言簡意賅。

畫水求缽

◎陳麗玲

有一人坐船渡海，到遠方遊歷。

就在美好月夜照耀下，他拿出隨身攜帶的一只銀缽把玩，欣賞它所散放出的銀色光澤。

「真是美極了！」他左瞧右看，不斷發出讚嘆聲。

未料，當他被至美光芒懾住時，船身突然劇烈搖晃，一個大浪捲來，毫不留情地將銀缽吞噬入口。

一瞬之間，手中的銀色光澤頓時空空如也。

「哎喲，我怎麼這麼不小心！」望著銀缽掉入海裡的事實，回憶卻盤繞在大浪來前。

於是，他一廂情願且堅定地自我安慰：「沒關係，我已經牢牢記住水的樣子，」隨即取出紙筆依樣畫下，「日後按圖索驥，不信找不回心愛的銀缽。」

航行兩個月後，他到達目的地。當看見一條河流，其河水盪盪恰如遺失銀缽那晚的景象時，記憶緊緊拉著他縱身一跳，欲尋流失銀缽。

旁人見他賣力地在水中忽而上、忽而下，忙得不得了，忍不住問：「你到底在撈什麼？」

他氣喘吁吁答道：「我在找丟掉的銀缽。」

「你記得掉在哪裡嗎？」

「掉在海上。」

大家正納悶他既將銀缽掉在海上，為何卻跳進河裡找個不停時，接著又問：

「掉了多久？」

「已經兩個月了。」

聽完他的陳述，更令人疑惑。

　　「既然都已經掉了兩個月，潮來潮往，銀缽早就不知漂流到何處？況且又不是掉在這一條河裡，你更沒理由跑到這兒來找呀！」

　　那人直言不諱說出他的信念：「銀缽掉落海裡時，我曾將水的形貌紀錄下來，這裡的水，與我當時所畫的無甚差別，所以在這兒找，準沒錯！」

　　聽了他自圓其說的思維方式，一夥兒人不禁大笑：「兩處的水儘管並無不同，但你要弄清楚，你丟掉缽是在彼時彼地，而你卻想在此時此地覓得，簡直是痴人說夢嘛！」

思路指引

（一）由於這是一篇寓言故事，縮寫時一定要將故事濃縮且完整地表達出來，而非將寓意或個人體悟寫出。也就是應遵循故事的脈絡，且不違背故事的架構，把細節的描述改成簡潔的陳述，把過長的語句改成簡短的語句，並刪去冗贅的形容詞，以凝鍊曉暢為寫作最高原則。

（二）因為縮寫是在重點全然保留的情況下，重新組織，若能新創語句，在不改變原文的意旨下當然是最好的。抽絲剝繭出每一段落的精義，並在符合題目實際要求下，視情況予以合併或分段皆可。

（三）「畫水求缽」正是此篇寓言最精鍊的縮寫，寫作時只要緊抓住這個意念，循序漸進將過程寫出，即是佳作。

絕妙好文

◎陳麗玲

　　一人坐船至遠方遊歷，月夜時分，拿出心愛銀缽把玩，不慎將它掉落海裡，他自我安慰說沒關係，隨即畫下當時海水樣貌，深信只要按圖索驥，日後必可找回。

　　兩個月後，到達目的地，看到一河河水與那夜海水幾無二致，便跳入河裡東竄西找。

　　旁人問他，他答正在找兩個月前掉落海裡的銀缽，且說兩處水流十分類似，一定找得到。聽了他的謬論，眾人點醒他，潮來潮往，妄想在此時此地尋回彼時彼地之物，簡直痴人說夢。

佳文共賞

（一）全文把失去銀缽、尋找銀缽及執迷不悟而旁觀者清的過程分為三段敘述，脈絡清楚，段落各有重心。

（二）謹守縮寫精神，未將個人想法混雜其中。考生必須特別留意，縮寫是把大架構縮為小架構，所依循的均必須是原文所提及的論述，不可為了縮減，而流失本意，甚至另抒己見。

（三）作者雖未新創語句，但是仔細地把原文的對話簡略，而歸納出對話的核心，再加以簡單陳述，已符合縮寫的基本原則。

自我挑戰

請將本篇「台北捷運通車典禮歌頌文」縮寫成為一篇三百字內（含標點）的短文。

　　捷運的誕生標示著台北市交通的一個里程碑。台北都會區大眾捷運系統工程建設之推動開於於民國六十四年，至民國七十五年四月行政院核定初期路網，同年六月二十七日台北捷運工程局，籌備處成立，并於民國七十六年二月二十三日改制，捷運工程局正式成立。

　　捷運不僅如其名般為台北市民紓解了交通巔峰時刻通勤之時間，也相對帶來許多便民之處。捷運是科技化的象徵，便利的交通系統，不僅使民眾簡省交通花費與時間，同時乾淨整潔的車廂與公共設施，為台北市容妝點科技光芒，也可為整體形象加分。

　　捷運不只是運輸工具，也是人文的象徵，從工程規劃與景觀設計可見整個團隊的用心之處。如淡水線的設計風格主要來自於期望淡水線捷運成為台北的國際櫥窗。包括意欲創造出現代台灣建築的雄心，因而設計出以鋼纜懸吊中國式屋頂的劍潭站、以空間桁架及玻璃創造出明亮大跨度空間的北投站、以現代建築的材料表達紅毛城意象的淡水站，其地面站以本土居民建築的意象為設計藍本、高架站則以中國式建築架構為設計意象。綜觀淡水線建築的形式，反映出捷運線在自然環境上的多變特色。此外，在公共藝術的設置與推廣方面，在捷運沿線均定點購置藝術作品，不僅美化市容，增添人文氣息，並型塑了捷運結合藝術的文化圖象。

　　捷運亦為台北市民眾建構了多元城市的交通動線。不僅連結台北市重要地區，配合接駁公車的行駛，使乘客得到便利舒適的服務。在藝文方面，淡水線直接可達中正紀念堂站，前往國家戲劇院與音樂廳相當迅捷；西門站可達國軍藝文活動中心及中山堂；板南線可通國父紀念館，對於參觀展覽與休閒踏青亦有所益。至於故宮博物院與城市舞台等藝文活動主要地點，均有公車接駁可達，為台北市民貼心的規劃藝文活動融入生活的便利性。在娛樂方面，大型百貨公司與商業區均有捷運可供搭乘。做為大型轉運中心的台北車站，兼具交通、文教、休閒的多重功能。忠孝復興站則代表了東區的都會消費型態，而新興的信義計畫區則有市政府站作為連繫，年輕活力的西門町站則可探索青少年的流行文化。還有台灣最具特色的夜市也可藉捷運抵達，如士林夜市。由此可知，捷運亦可帶動休閒娛樂的蓬勃發展，同時藉由捷運更能深入認識台北之美。

　　捷運不只為台北市民帶來了方便，也提高了個人時間分配效率，出門不一定要苦惱於停車位，而可達到輕鬆出門，愉快回家的目的。正因台北市捷運已如期完工通車，我們更應秉此精神，將捷運系統延伸至台灣各大城市，使所有民眾能共同享受捷運系統所帶來的科技與人文便捷性。

寫作提示

(一)欲縮寫篇幅較長的文字，首先把各段的主要論述標記出來，這即是成為縮寫版本的大架構，若縮寫僅需一兩百字時，標記出來的架構甚至就可以符合要求，成為一篇文章。

(二)分析題文的寫作結構為：前言；捷運是便利的交通系統也是人文象徵；以淡水線為例，從其工程規劃與景觀設計，看整個團隊的用心；從表演藝文及休閒娛樂等方面，說明捷運建構了多元城市的交通動線；結語。抓出要點之後，以此為基準，再去補足次要重點。

(三)切記勿將某一段作過多詳細描寫，致使其他段無法提及，顧此失彼，會讓縮寫後的文章破壞結構，失去平衡。

作答前務請詳閱作答注意事項及試題說明　　　　　　　　第 1 頁

實戰演練

（答案請從本頁第 1 行開始書寫，並請標明題號，依序作答）

四、經典考題觀摩

「縮寫」是根據提供的材料，在不改變基本內容和中心思想的條件下，按照一定要求，將文章縮短的一種寫作方式，與「擴寫」正好相反。擴寫添枝加葉，縮寫突顯主幹；擴寫鋪陳情節，縮寫摘出要點；擴寫刻畫細部，縮寫著眼大處。

「縮寫」是測驗應考人分辨主要材料和次要材料的能力。例如：把具體敘述改成概括敘述；把細微的描摹改成簡單的勾勒；把論說文的論證改成扼要說明；把例子改成一言帶過。把握關鍵，去掉沒必要的形容和鋪陳，濃縮出來的文字要自然順暢，盡量去除拼貼的痕跡，可酌量使用原句，也可另造新語，但以不偏離原文風格、文意為原則。

1. 請仔細閱讀下列一段文字（五四一字），將其縮寫為二百字至二百五十字（含標點符號）的短文。

　　旅行中沒有不感覺枯寂的，枯寂也是一種趣味。哈茲利特 Hazlitt 主張在旅行時不要伴侶，因為：「如果你說路那邊的一片豆田有股香味，你的伴侶也許聞不見。如果你指著遠處的一件東西，你的伴侶也許是近視的，還得戴上眼鏡看。」一個不合意的伴侶，當然是累贅。但是人是個奇怪的動物，人太多了嫌鬧，沒人陪著嫌悶。耳邊嘈雜怕吵，整天咕嘟著嘴又怕口臭。旅行是享受清福的時候，但是也還想拉上個伴。只有神仙和野獸才受得住孤獨。在社會裡我們覺得面目可憎語言無味的人居多，避之唯恐不及，在大自然裡又覺得人與人之間是親切的。到美國落磯山上旅行過的人告訴我，在山上若是遇見另一個旅客，不分男女老幼，一律脫帽招呼，寒暄一兩句。這是很有意味的一個習慣。大概只有在曠野裡我們才容易感覺到人與人是屬於一門一類的動物，平常我們太注意人與人的差別了。真正理想的伴侶是不易得的，客廳裡的好朋友不見得即是旅行的好伴侶，理想的伴侶須具備許多條件：不能太髒，如嵇叔夜「頭面常一月十五日不洗，不太悶癢不能沐，」也不能有潔癖，什麼東西都要用火酒揩，不能如泥塑木雕，知死魚之不張嘴，也不能終日喋喋不休，整夜鼾聲不已，不能油頭滑腦，也不能蠢頭呆腦，要有說有笑，有動有靜，靜時能一聲不響的陪著你看行雲，聽夜雨，動

時能在草地上打滾像一條活魚！這樣的伴侶哪裡去找？

（節錄自　梁實秋《雅舍小品・旅行》時昭瀛譯）

（考選部試題研究中心自擬）

2. 請根據下列引文（四二二字），將其縮寫成一百二十字（含標點）以
　 內的短文。
　 (1) 不必分段，文字可以改寫。惟縮改時須符合原文旨趣，力求言簡
　　　意賅。
　 (2) 字數限制在一百二十字以內，超過一百二十字而在一百五十字
　　　以內者扣一分（此題配分占十分，亦即扣十分之一分），超過
　　　一百五十字者不給分。

　　 那時候乘火車這件事在我覺得非常新奇而有趣。自己的身體裝
在一個大木箱中，而用機械拖了這木箱狂奔，這種經驗是我向來所
沒有的，怎不教我感到新奇而有趣呢？那時候我買了車票，熱烈地
盼望車子快到。上了車，總要揀個靠窗的好位置坐。因此可以眺望
窗外旋轉不息的遠景，瞬息萬變的近景，和大大小小的車站。一年
四季住在看慣了的屋中，一旦看到這廣大而變化無窮的世間，覺得
興味無窮。我巴不得乘火車的時間延長，常常嫌它到得太快，下車
時覺得可惜。我歡喜乘長途火車，可以長久享樂。最好是乘慢車，
在車中的時間最長，而且各站都停，可以讓我盡情觀賞。我看見同
車的旅客個個同我一樣地愉快，彷彿個個是無目的地在那裡享樂乘
火車的新生活的。我看見各車站都美麗，彷彿個個是桃源仙境的入
口。其中汗流滿背地扛行李的人，喘息狂奔的趕火車的人，急急忙
忙地背著箱籠下車的人，拿著紅綠旗子指揮開車的人，在我看來彷
彿都趕著有興味的遊戲，或者在那裡演劇。世間真是一大歡樂場，
乘火車真是一件再愉快不過的樂事！

（節錄自豐子愷〈車箱社會〉）

搶分祕技第六招／擴寫

➡ 課前導讀

道生一、一生二，二生三，三生萬物

e博士：「連鎖企業的來臨，象徵著這是一個知識經濟時代，也是全面品質管理走向的工商社會。面對市場的挑戰，如何在同行中脫穎而出，贏得顧客心中理想品牌。各個企業莫不致力於人性化管理及標準化精神。如英國 匯豐銀行在世界各地作廣告，以『繁榮金融，地方智慧』，增進各國人民的認同感。台灣統一超商，秉持『顧客第一，服務優先』，所擴充的每一家分店，無論你是買個茶葉蛋，或只是進去參觀，不論男女老少，店員親切的聲音：『歡迎光臨』，讓每位顧客有賓至如歸的感受，這種以『消費者為尊』、『服務為導向』，已擴展成為企業及公家機關服務品質的共同理念及價值。即每一家連鎖店須以企業精神為標準，共創業績的遠景。也印證了老子：『道生一、一生二，二生三，三生萬物。』萬物的發展，不離其道。這種觀念聯想至擴寫，便能把握將名言錦句擴充為一篇短文，亦即是加油添醋，不離其『主旨』。」

道生：「上星期五看櫻花鉤吻鮭節目，不論費盡千辛萬苦，還是要回到出生地生殖，千百隻鮭魚的基因呼喚誕生地的本能，這不也是『道生一、一生二，二生三，三生萬物。』道理的具體展現。」

一、擴寫的精神

（一）萬變不離其宗

　　e博士：「擴寫的精神：須注意掌握變與不變的原則。」

　　道生：「擴寫中哪些要變呢？」

　　e博士：「擴寫不可以將引文全部放入文中，或閱讀引文後，徒寫啟示和讀後感；而是要將引文意義加深加廣，結合生命經驗及所學知識，加以順勢鋪陳，同時對文采加以鋪采摛文，使內容具有創意

及生活化，不斷喚醒讀者共鳴。此即內容要變且應具有新意。」

道生：「內容要新要變，怎麼創作才不會離題呢？」

e博士：「問得好，首先要體會引文主旨，主旨像汪洋大海上的指南針，使船員可以判讀航行的方位，不會迷失。同樣寫作時，靈感千頭萬緒，稍一不慎，內容可能差之毫釐，失之千里。」

道生：「如果我已掌握了主旨，接下來還有哪些原則呢？」

e博士：「如果是名言錦句的擴寫，文體及布局結構較為自由，若是引文具有完整的故事情節，則文體不變、體裁不變、情節不變，風格不變，只能將語意擴大化。如果遇到小說的擴寫，特別要遵守敘事觀點的一致性，人稱不可改變。遇到有明確主張的評論，儘管你的主張和看法與引文的觀點歧異，但仍須維持擴寫的一貫性，要站在擴寫引文的立場來論述舉例，才不會造成文不對題。」

二、擴寫的寫作要領

（一）擴寫是與縮寫相對的創作方式

e博士：「掌握擴寫主要精神後，道生，我們一起來探討擴寫的寫作要領。」

道生：「上次我們學習了縮寫，縮寫的精神是強幹去枝，擴寫就反其道而行，不僅留幹留枝葉，還要讓它開花結果，花枝招展。」

e博士：「沒錯。具體作法如下：

1. 分析引文的文體，若論說文除了引文內中心論點外，不斷舉出正例及反例；若抒情文則將情節中觸發感情共鳴的字句，加以鋪陳事件的前因後果及衝突的導火線；記敘文則從文中抒情或議論的文句，演繹敘事的內涵；應用文則在表達的目的、表達的內容及媒介交代過程中，融入生活的經歷及彼此的交情，將應用文應用的格式全部套用進去。

2. 短句拉長法：從精鍊的短句，除了主詞和動詞外，儘量加入形容詞、副詞、介係詞等修飾性的詞語。

3. 當引文屬於故事或小說時，除了彰顯主要人物、事件、情節、線索和場景臨場感，使讀者如聞其聲，如見其景外，還要將引文中次要人物、事件、線索、情節和場景趁機展現。」

（二）修辭是擴寫法的萬靈丹

　　e博士：「摹寫使擴寫親切化。」

　　道生：「什麼是摹寫呢？」

　　e博士：「摹寫茲分述如下：

1. 視覺摹寫：如形容山寨大王的模樣，施耐庵《水滸傳》中〈魯智深大鬧桃花村〉：『頭戴撮尖乾紅凹面巾，鬢旁邊插一隻羅帛像生花，上穿一領圍虎體挽戎金繡綠羅袍，腰繫一條稱狼身銷金包肚搭膊，著一隻對掩雲跟牛皮靴，騎一匹高頭捲毛大白馬。』施耐庵對『新郎倌穿著打扮』加以擴寫，彷彿山寨大王就在眼前。

2. 聽覺摹寫：如蘇軾〈赤壁賦〉：『客有吹洞簫者，倚歌而和之，其聲嗚嗚然：如怨、如慕、如泣、如訴；餘音嫋嫋，不絕如縷；舞幽壑之潛蛟，泣孤舟之嫠婦。』此乃蘇軾用形象化的字眼擴寫『簫聲』。

3. 觸覺摹寫及嗅覺摹寫；如徐志摩在〈翡冷翠山居閒話〉：『風息是溫馴的，而且往往因為他是從繁花的山林裡吹度過來，他帶來一股幽遠的澹香，連著一息滋潤的水氣，摩挲著你的顏面，輕繞著你的肩腰，就這單純的呼吸已是無窮的愉快；』那種清清芳香，舒服的觸感經由徐志摩擴寫，躍然紙上。

4. 味覺摹寫：如『吃烤地瓜口感，香濃、甜蜜蜜地滑入咽喉，一種幸福的滋味甜在心裡。』」

（三）示現法使擴寫脈絡化

　　道生：「除了摹寫，擴寫常用的修辭有哪些？」

　　e博士：「可用誇飾、排比、譬喻、映襯、示現等修辭來加油添醋，使內容具體化及豐富化。」

　　道生：「上述修辭，國中及高中都學過，惟獨對示現法不太熟悉，請e博士指點一下。」

　　e博士：「示現法即將過去、未來或想像的情境，化抽象為具體，把情境說得如在眼前，彷彿作者置身其中，親身遭遇一樣。依時間可分成：

1. 追述示現；將過去的經歷，說得如在目前。如李白〈長干行〉：『妾髮初覆額，折花門前劇。郎騎竹馬來，遶床弄青梅。同居長干里，兩小無嫌猜。十四為君婦，羞顏未嘗開。低頭向暗壁，千喚不一回。

十五始展眉，願同塵與灰。常存抱柱信，豈上望夫臺？」用追述的手法描寫童年與丈夫青梅竹馬，兩小無猜，結婚後如膠似漆，恩愛情深的情景。

2. 懸想示現：把現在想像的情境，說得好像在眼前發生的表達方法。如李白〈長干行〉：『十六君遠行，瞿塘灩澦堆。五月不可觸，猿聲天上哀。』訴說著少婦對丈夫旅程上艱險的懸想。

3. 預言示現：把未來發生的情境說得彷彿看到一般。如李白〈長干行〉：『早晚下三巴，預將書報家。相迎不道遠，直至長風沙。』描寫少婦在家期盼丈夫歸訊忽報，將不辭道遠，親身迎接的摯情。上述示現法，使抽象的情感有具象的脈絡。」

（四）「六 w」使擴寫情節化

e博士：「擴寫培養見林又見樹的工夫，引文通常是概括的，全體的，重要線索的。擴寫時則要重局部，重細節，重舉一反三，觸類旁通，掌握住引文的原則，不斷加以引申，加以舉例，加以說明。使觀念到實證，乃至個人的思想與見解，都圍繞著引文的主旨及線索加以鋪陳，無所不用其極，直到文義及華采彰顯，情節來龍去脈，角色間愛恨情仇在文章中如實地上演，讓讀者讀來興味淋漓。循著引文的思路，不妨以『六 w』探索內容，觸發創作的靈感。」

道生：「『六 w』是什麼？」

e博士：「『六 w』即『why？』、『how？』、『who？』、『when？』、『where？』及『what？』，有了『為什麼？』，文章自然要交代理由；有了『如何？』，便要闡述問題及方法；有了『誰？』，便要安插主要人物及次要人物互動關係；有人就有事，事情的先後緩急，發展順序，便思考『何時？』；掌握了時間，便會探索在『何地？』發生，『有哪些事發生？』。於是舉出各種事物的例子，比如人例、事例、時例、地例、物例、言例、古例、今例、中例、外例等紛紛出現，有如國慶日施放的煙火，繽紛奪目。擴寫的內涵，不知不覺就加深加廣了。」

三、擴寫常考的類型

道生：「擴寫常考的題型有哪些？」

e博士：「一是名言錦句：若是此類型，建議將名言錦句放在擴寫文章的開頭或結尾，加以議論發揮。

二是短文：若是此類型，可能包涵許多重點，建議將各重點鋪陳在各段落。如果是故事型態則加入情節、場景、次要人物與主要人物的對話及引發的事件等。」

📝 精選範例

請寫作一篇散文，以闡發下列引文之旨趣。文長限一千字內（含標點符號）。

◎陳麗玲

人生像是一趟旅行。

一開始我們對行程並不熟悉時，便必須藉靠有經驗的領隊來帶路，一步一步往前走去。況且一路上總難免有艱難險阻，當過往的歷練不足以越過難關，熟稔的帶領更是不可少。但我們卻抱怨，為什麼好像總是要亦步亦趨？不能自己做決定。

漸漸地，我們成長了，領隊放手了。可以自行選擇方向，辨別危機，雖然折挫還是會有的，我們堅定地往每一次的目標走。後來我們甚至可以成為領隊，帶領新手上路，相同的，我們也不免成為他們質疑的對象。因為每個人都想要走自己的路。

的確，在被帶領和帶領的角色變換中，在旅程終點，回看從前，最重要的不是目標的達成，而是品味沿路的生命累積。所以，勇敢上路吧！

📝 思路指引

(一)當題材為一篇短文，而要闡發其旨趣擴寫成篇幅較長的文章時，可以選擇把各段的重點加以擴充，或針對最主要的觀點做抒發，亦即將概說加以深化而成詳述，也可舉例說明，但前提都是不能改變原本素材的理念宗旨及架構方向。

(二)抒發擴充並不表示可以天馬行空地加入自己不同的論調，題文是根，擴寫是枝葉，所以枝葉必定是從根發展而來，至於枝葉繁茂與

否，端看你要如何形塑這棵樹，只要在字數限制，做合情合理的擴大描述，則毫無問題。

(三)擴寫的順序要跟隨原文的脈絡，起承轉合，結構布局不能隨心所欲，想變就變，而段落的配置則視重點意旨的陳述，段落數目不一定必須與原文相同。

(四)此類擴寫的出題方向，大致會以符合一般社會多數人的人生體悟，希望考生做發揮，因為多數人共通的看法，形成一定的生活價值，當然也較容易從中做思考的延展，如本題的「人生像是一趟旅行」，是多數人都有的類似體會，因此只要根據材料再結合感想撰寫，應該就是一篇完整的文章了。

絕妙好文

◎盧慧君

人生就如同一場旅行。

在旅途的開始，我們是個什麼都不懂的生手，需要熟練的領航者來帶領我們行動、教導我們旅途上的知識。在領航者的協助之下，我們就這樣展開了這場冒險。

不久之後，我們開始對旅途上所遇到的各種事物產生好奇，幾乎每個景點都想去遊玩一番，但並不是每條路都適合我們。旅途上充滿各種誘惑，在在都不斷地誘使著我們走上歧路，此時的我們還沒有足夠的知識來決定自己往前的方向，是否會受到誘惑而踏上不歸路，端賴領航者對我們的照顧、保護。在這樣的過程中，也許我們會抗議、會憤怒為何我們不能決定自己要走的方向？為何事事都得聽從領航者的命令？但領航者必須堅定立場、不能妥協在我們的抗議之下，否則剛踏上人生旅程的我們，也許就因此而迷失了方向，毀去了這場旅行卻還不自知。

跟著領航者行動了一段時間後，我們已然茁壯長成，終於到了可以放手選擇自己目標的時候了。承襲著領航者教導給我們的知識，我們興奮地訂定了一個目的地，持續向前邁進，這時候的我們，步伐快

速、衝勁十足，焦急地想要趕快到達目標。過程中可能曾經跌倒、更可能遭遇挫折，但我們絕不後悔、毫不膽怯，因為目標是我們自己選擇的，無論過程中會遭遇多少困難，我們都一定要到達目的地，享受成功的果實。

旅程過了這麼長的一段時間，我們的身分也從新手晉升到老手的行列了，這時候，我們步伐的速度開始降低，因為我們已經懂得去欣賞沿路的美景，去享受旅途的「過程」。也許我們還會選擇成為另一名領航者，去帶領不斷加入這個世界的新玩家學習一切。這時候我們就會發現，自己的身上多了一個甜蜜的負擔，我們必須小心看顧著新手，還得承受他們的抗議，然後我們才終於了解，當初帶領自己認識世界的領航者是多麼的偉大。

人生是一趟旅行，過程中無論遭遇何事何物、是苦是甜，都是獲得、也是經驗的累積。走到了旅程的末尾，也許我們已經站在目標的終點，但這並不是我們等待結束的時候，因為重要的不是我們達成目標了，而是我們在這趟旅行中所經驗的所有過程。這時候反而該是我們細細品味、收成的時刻，先前為了這趟旅程所做的一切努力，就是為了這一刻的品味收成啊！所以不要怕困難，努力前進吧！為我們的旅行增加色彩、為我們的旅行增加經驗，走出自己的一條康莊大道！讓我們的人生旅程不虛此行！

佳文共賞

(一)本文的結構與段落貼近題文原始的架構，每一段各有重心，確實掌握了擴寫的原則。文章簡潔開始後，第三段描述初踏旅途所可能遭逢的困境，被帶領及帶領者雙方的心情；第四段描寫獨立走在旅途中的，對達成目標的自信；第五段寫的是蛻變成為一個成熟的旅者，甚至是領航者的心路歷程；最後一段的體會領悟，闡述了人生旅行的真義所在。

(二)文章的層次感佳，思緒刻劃細膩，立論實在完整，將人在生命旅途中因角色位置的不同，而產生相對的邏輯論點，拿捏得很恰當。

 **自我挑戰**

請將以下引文擴寫為一篇六百字以內的散文。

智慧無價

◎陳麗玲

再多的金錢也買不到智慧升起的一念清明。人們卻總容易在事實尚未釐清之前，就妄下斷語，往往傷了別人，又誤了自己。

現代社會在要求人們勇於表達意見的同時，也應強調「退一步，再想想」的智慧美德，讓即將做出的情緒、判斷、抉擇，有冷卻而如實的呈顯。

想一想，請再想一想。在言與行之前，讓我們平心，靜思。

寫作提示

(一) 本文強調的智慧，是指在說話與行動之前的深思熟慮，考生必須在此範圍內闡述題旨，擴充文意。針對引文的原有架構予以合理化的膨脹，包括中心思想、結構布局、論述立場。切記絕不可提出與引文立論相反的說法，必須謹守格局與限制，做有限度而合乎要求的擴大。

(二) 寫作時可依三步驟進行：先寫未經思索而出的言行，所造成的負面結果，可以舉例加以輔助說明；再就社會現狀，如國會發言、地方抗爭或個人職場生涯及日常生活為例，從正反兩面闡述退一步海闊天空的哲學；最後歸納言行之前深思熟慮，所產生對國家社會及個人的價值。

作答前務請詳閱作答注意事項及試題說明　　　　　第 1 頁

實戰演練

（答案請從本頁第 1 行開始書寫，並請標明題號，依序作答）

第 2 頁

四、經典考題觀摩

「擴寫」是以一段話或一則短文為基礎，將文旨擴大而鋪排成長篇或完整文章。「擴寫」並不是單純的添加字詞、拉長篇幅而已，而是要先歸結出基本材料的旨意，再就旨意想像、引申，化簡單為豐繁，化籠統說明為精細描述，因此可以測驗出應考人理解、分析、想像、表達等能力。

1. 「擴寫」是以原有的材料為基礎，掌握該材料的主旨、精神，運用想像力加以渲染。請仔細閱讀下列《史記‧項羽本紀》的文字後加以擴寫。文長約 300-400 字。
   提示：本題非翻譯題，請勿將原文譯成白話。

   范增起，出，召項莊，謂曰：「君王為人不忍。若入，前為壽，壽畢，請以劍舞，因擊沛公於坐，殺之。不者，若屬皆且為所虜！」莊則入為壽。壽畢，曰：「君王與沛公飲，軍中無以為樂，請以劍舞。」項王曰：「諾！」項莊拔劍起舞；項伯亦拔劍起舞，常以身翼蔽沛公；莊不得擊。

   （97 年大考中心指定科目考試）

2. 請閱讀下列文章，並根據括弧內的提示來描寫形容，完成本文：

   「在我高一時，班上有位同學，他長得很帥〔有多帥？〕但最令人羨慕的是他很聰明〔有多聰明？〕只是他有個嚴重的缺點〔什麼缺點？〕讓大家都很討厭他〔看到他，有何反應？〕最後大家終於受不了了，於是開會〔可能會有哪些意見？〕做出了一個決定〔什麼決定？〕，並且嚴格執行〔如何執行？〕，最後〔依你的想像給這則故事一個結局〕」。
   說明：
   (1) 寫作時須引用原文〔劃線部分〕，以使文章完整。
   (2) 文須分段，字數五百字至六百字（含標點符號）。

3. 請將下列材料擴寫成一篇五百字至六百字（含標點符號）的論說文，
題目自擬。

　　先安己心，才能安人心。和平者比博學者更有用處。壞脾氣的
人甚至好事也弄壞，並輕信人的惡，良善的和平人把萬事都弄好。
一個真的和平人不疑惑人，但是一個心裡動搖而不知足的人，常起
各種疑惑。自己既不安靜，也弄得別人不安靜。他常說不該說的話，
該做的事卻置之不理。他留意別人該做的，自己該做的倒不管。所
以你先要對自己關心，然後才能關心鄰居的事。

　　　　　　　　　　　　　　　　（國家考試國文科專案小組自擬）

　　　　　　　　　　　　　　　　　　（南方朔《有光的所在》）

4. 根據下列引文旨趣，撰寫一篇二百五十字至三百字的優美白話文（含
標點符號）。

　　本題非翻譯，切勿只是譯成白話而已。宜發揮想像，對故事中
的角色、情節作更多的引申、描寫。

　　梟逢鳩。鳩曰：「子將安之？」梟曰：「我將東徙。」鳩曰：「何
故？」梟曰：「鄉人皆惡我鳴，以故東徙。」鳩曰：「子能更鳴可矣；
不能更鳴，東徙猶惡子之聲。」

　　　　　　　　　　　　　　　　　　　　（錄自《說苑・談叢》）

5. 請將「山徑之蹊間，介然用之而成路；為間不用，則茅塞之矣。」擴
寫成白話短文，以闡發其旨趣。

(1) 字數限二百字至三百字之間（含標點），可不分段。

(2) 本題非翻譯題，切勿僅將原文譯成白話。

(3) 不得以詩歌或書信體寫作，違者不予計分。

搶分祕技第七招／設定情境作文

➡ 課前導讀

生旦淨末丑，扮誰就像誰

隨著時空環境的不同，每個人在一生當中都會扮演許多角色，有時候甚至在一天當中就會有幾種角色變換，比如在家是一個爸爸，上班時是一個銀行行員，下班後到英文補習班上課，變成了學生。當爸爸時，會自然地對孩子說出兒語，心甘情願讓孩子當馬騎；身為銀行行員時，必須專業地解答顧客的問題，做到最好的服務；而在英文補習班裡，就要暫時把白天的一切放下，精神貫注地聽說讀寫，以求最佳的學習效果，同樣的，設定情境作文也是如此，當你置身在不同時空，必然會面對當時的情境而有相對應的邏輯思考、說話語氣及動作表情。有時候是針對特定的的事件或問題提出觀點及看法，所以絕不能漫無天際地自由發揮。」

一、設定情境作文的類型

問題與故事⋯⋯ ⬇

道生：「設定情境作文的類型有哪些？」

e博士：「1.解決問題型：

(1)解決問題型的結構：

A.是什麼？即說明問題焦點何在？

B.為什麼？即分析事情的前因後果及導火線。

C.如何解決？即抽絲剝繭，尋求解決之道。

D.結果：目標及宗旨要交代，並說明解決問題的成效及影響。

(2)解決問題的寫法，最好採用論說文的結構方法，並且用數字標示解決及建議之道。

2.創造故事型：

(1)創造故事型的要素：

      A. 人物：注重形貌、心理、行動及對話的描寫。

      B. 情節：包括故事『開端』、『發展』、『高潮』及『結果』。

      C. 場景：時空社會背景及自然環境。

      D. 事件：事件在情節高潮處出現衝突。

(2) 選擇適當敘事觀點來組織要素。

      A. 第一人稱：以『我』、『我們』為視角與角色互動。

      B. 第二人稱：以『你』或『你們』為視角與角色互動。

      C. 第三人稱：以『他』或『他們』為視角，作者全視角的眼光去統觀故事的發展。」

二、設定情境作文寫作要領

以設身處地為經，以想像力為緯 ⬇

    道生：「設定情境作文寫作要領為何？」

    e博士：「針對特定的的事件，提出觀點，設身處地，發揮所知所感。茲注意以下原則：

  （一）虛實不限

    設定情境作文的寫作要點是，必須跟隨故事整體架構，設計合情合理的情節，可以融入自己或他人的經驗，也可善用想像力虛擬，也就是虛實不限。

  （二）須前後一致

    重要的是把握前後一致的原則，無論是角色扮演、性格塑造或思想口吻都要符合情節的脈絡發展，不能有前後矛盾的情形發生。

  （三）要能夠自圓其說

    要能夠自圓其說、情感投入、論述清晰，從字裡行間可明白看出思路觀點，創意想像及解決問題的能力。

  （四）認清扮演的角色

    揣摩角色的性格、心理、邏輯思維是設定情境作文所最關切的。

    至於角色要如何才能活靈活現，以符合題意的要求呢？

  1. 人物性格的塑造：可透過獨白及對話方式，呈現問題與角色之間的互動，得以彰顯人物間內心的想法和感受。

2. 人物言行、容貌、個性要符合虛擬的角色，主角及配角創作要呈現鮮明的對比。

（五）描摹逼真的場景

極力鋪陳當時情境的場景，包括社會背景、自然景物及環境布置設計，都創造得合情合理。

（六）創造具有生命力的故事

找出問題的衝突點，尋找途徑，加以解決。也就是把問題的發生、衝突的焦點到解決之後的結果，作一連串情節的展現。

（七）認清解決問題的焦點

分析解決事情的輕重緩急，找出切入點，提出對策，創造解決問題的良方。

三、設計情境作文的題型

人生問題及情節不斷上演 ⬇

　　e博士：「因為人類與環境互動所產生的故事和問題，讓歷史不斷上演。於是設定情境作文常考類型有了如下的風貌：

（一）社會時事及現實人生所會遇到或待解決的問題，希望考生發揮想像力，尋求解決之道。

（二）故事的撰寫：可以小說的架構模式來思維，注意情節、對話、場景及人物性格塑造。」

✏ 精選範例

　　低房貸時代的來臨，台灣不動產購屋市場呈現熱絡的景象，無論是平面廣告、路面招牌、歌舞秀、電視、報章雜誌及網路上的廣告、仲介業者及建築業者正以動人的聲光、文字、影像、推銷等方式，刺激您的購屋慾，羅列以下特色，請在單身貴族、新婚夫妻、雙薪家庭且子女在學中、銀髮族、投資理財族、開店作生意的老闆等六種角色中選擇兩種，依照自己價值需求，選出前五項特色，請排序並說明理由。文長各三百字內。

　　◎送全套裝潢◎ SRC 鋼骨結構，消能避震器◎零公設◎公園作厝邊◎明星學校旁◎政府開發新市鎮◎捷運公車站旁◎贈車位◎近大賣場◎從客廳到廚房窗窗有景◎具有社區巴士及購物中心◎五百坪超大花園中庭◎二十四小時保全服務◎ SPA 及游泳池、健身房、撞球及桌球室、籃球場◎完善消防設施及逃生動線◎山海景觀◎透天厝◎低房價◎屋齡◎社區居民生活素質

思路指引

(一) 當情境寫作考題有多種選擇時，儘量選擇與個人的生命體驗或者生活觀察能夠接觸得到的範圍，來做經驗轉換，試著從印象、媒體、影視戲劇、報章雜誌……所有可能提供輔助的管道進行搜尋，即使資料不完整，只要你能自圓其說，找出一種說法，就可以得到基本分數了。

(二) 本題提供的選項，其實就是幫助考生可以快速地為自己的虛擬身分做確認，同時該身分考慮事情的脈絡也順勢釐清，面對這類考題，它已經有了一個範圍，除了一定要避免提及範圍之外的理由，其餘即可盡情發揮。

(三) 生活周遭的事千變萬化，每個人每一天時時刻刻莫不處在情境之中，也就免不了常常要做出一些決定，尤其一些重大決定的考量面更須謹慎。看到房屋廣告到起心動念買房子的思路過程，正是測試考生能否設身處地著想，也正是情境作文最基本的意涵。

絕妙好文

◎胡瓊文

1. 雙薪家庭且子女在學中
   ◎贈車位
   ◎捷運公車站旁
   ◎社區居民生活素質
   ◎明星學校旁
   ◎近大賣場

　　我們夫婦倆都在工作，車位是一定要有的，所以首先便關心這個條件是否符合。再者，孩子全都在上學了，我們不可能一一接送，所以將房子地點選在捷運公車站旁，這樣小孩子上下學的交通就方便許多。此外，為了孩子的安全及品格著想，我們當然也希望社區居民生活素質好一些，畢竟，生活環境就是孩子最主要的學習環境。選擇住在明星學校旁，耳濡目染之下，想必孩子也會沾染上明星學校的氣息吧，這麼一來孩子的品德與課業就可以兼顧了。

　　雖然每天的生活都很忙碌，尤其打理一個家，總有許多東西需要購買，如果能近大賣場，那麼不管是採買一個禮拜的糧食或是日常用品，既便利又可節省不少時間。

　　2. 銀髮族
　　　◎ SPA 及游泳池、健身房、撞球及桌球室、籃球場
　　　◎公園作厝邊
　　　◎山海景觀
　　　◎具有社區巴士及購物中心
　　　◎捷運公車站旁

　　辛苦了大半輩子，終於可以好好享受人生了，選的房子不具有一流的休閒設施怎麼行！SPA、游泳池、健身房、撞球及桌球室、籃球場都很棒啊，也很必須，可以讓我想做什麼就做什麼，不需要一大把年紀了還要到外面和別人擠。有公園作厝邊，那就更好了，我可以常常去公園散散步、打打拳，找人下棋、抬槓，逍遙快活地過日子，這真是人生的一大樂事呢！若有山海景觀的寬廣視野，在家裡就如同沐浴在大自然裡，鐵定讓人心胸更開闊。

　　除此之外，有社區巴士和購物中心，可接送我到市區或者就近採買日常生活用品，那真的是再方便不過了。靠近捷運公車站旁，出門不須舟車勞頓，即使我想跑遠一點找老朋友，遊山玩水也不是問題！

✍ 佳文共賞

（一）作者將兩種不同身分購買房子的考慮，作了設身處地的思維，比如有孩子上學的上班族夫妻，一定以孩子就學的需求做為首要考量，

優越的學區及生活環境，絕不可或缺；而退休的銀髮族，則著重在個人生活品質的提升，因此會希望社區內即要具備良好的休閒設施，外面鄰近公園，戶外景觀也要好。而便利的交通及採購生活用品的方便性，則是兩者共同的需求。

(二) 此類考題只需要把每一個選項，加以簡單說明，提出看法，立論就已足夠。本文敘述口吻符合主角的身分、年紀，讀起來頗為自然不造作。

自我挑戰

人一生當中總有許多夢想，每一天的努力其實都是為實踐夢想做準備。可貴的是我們都做著不一樣的夢，我們希望自己有不同於別人的樣子。儘管世事多變，計畫常常跟不上變化，但是相信在內心深處，你一直擁有著屬於你自己的夢。現在把時光快速推進，請你擬想十年後的自己。場景請設定在十年後的聖誕夜，可以敘寫一個片刻的心情、一天的行程、一頓飯……，可以是一人的獨白，也可以是對話式的情節，請務必把握虛擬情境的要素。文長一千字內。

寫作提示

(一) 十年後的自己無論是對人對事的想法看法勢必與現在有許多不同，不僅因為環境改變了，本身的生活歷練就是生命成熟的最主要催化劑。只有你最了解你自己，也只有你可以塑造未來的自己。因為誰也不了解你，唯有靠你的摹寫，帶領讀者相信你就是你寫的樣子。

(二) 因此，十年後的自己除了是現在自我的延伸外，請多設想客觀環境可能的變化，因著這些變化會帶給你何種轉變。也許你在工作職場上有一番成績，也許你已為人父母，也許你正忙著拓展事業，也許你正在讀一本書給孩子聽，夢想無分遠大或渺小，重要的是在此情境下你如何呈現自己的心情。

(三) 除了內在情緒的描寫，外在的氛圍、人物的身分、說話的口氣，都可以烘托出你所營造的場景，且要注意其合理性，使虛擬有如真實一般。

作答前務請詳閱作答注意事項及試題說明　　　　　第 1 頁

實戰演練

（答案請從本頁第 1 行開始書寫，並請標明題號，依序作答）

四、經典考題觀摩

　　「設定情境作文」是就我們所見所聞的某一現況或虛擬的事件，設定一些情境，讓應考人發表議論、感想的命題方式。藉此可以測驗應考人針對實際問題或某種事件，提出觀點加以申論，或提出解決方案加以闡述等能力。

---

1. 請針對下文敘述的事況、情境，撰寫一篇短文加以評論。

　　爸爸指導讀小二的兒子寫作文，題目是「郊遊」。文章提到路邊樹上的小鳥。爸爸說：「……譬如你可以這樣寫：小鳥在樹枝上一邊跳舞，一邊快樂地唱歌。」等兒子寫好作文，爸爸一看，他寫的是：「樹上有小鳥一邊叫，一邊跳來跳去。」爸爸問：「怎麼不照我教的寫呢？」兒子說：「我覺得小鳥只是亂叫亂跳，根本不像唱歌跳舞！」

---

2. 說明：試以今年中秋節，台鐵員工集合約八千人，採集體休假方式，赴總統府前抗議為例，就公務人員權利、義務和現代社會民營化趨勢來考量，提出自己的觀察、分析、推論，字數不拘。

　　題目：平心論台鐵中秋節罷工

---

3. 就下列情境，找出堪以立論的焦點，闡發成一篇四百字至五百字的短文，題目自訂。
　　情境如下：

(1) 林宗傑是高中二年級的學生，從國中到高一，學業成績每學期均居前三名以內，為人誠懇有禮，是一位品學兼優的學生。

(2) 讀高二時，因受品行不良學生的引誘，放學後常到玩具店玩樂，荒廢學業，成績大為退步，其父痛加責備，遂意志消沉，終於誤藉「安非他命」以排解苦悶，鑄成大錯。

(3) 林宗傑痛悔如此下場，只怪定力不夠，當邪念萌生時，不能以理智克服，一念之差，誤入歧途，因感一個人遇到外界邪惡的

引誘時，須嚴守規範，千萬不可懷著苟且一試的心理，破壞自己一貫秉持的修為，一般罪惡的行為，大多起於此種心理，所以凡事須慎始，否則，「道德的堤防一決口，本有的德行，便隨波流失而不能自止」，到時悔不當初，為時已晚。

4. 下列是關於「魚」的三種不同情境，請發揮你的想像力，寫一篇富於創意的短文。

(1) 大海中的魚

(2) 養在魚缸中的魚

(3) 餐桌上盤子裡的魚

提示：
(1) 可以從「人」的角度或「魚」的角度敘寫。
(2) 文章的主題要切合設定的情境。
(3) 僅選擇其中一種情境寫作。
(4) 字數限三百字至四百字。

5. 成長的道路曲曲折折，成長的故事豐富多樣，對於自己的成長，你一定有許多話要說。請以「成長」為題，寫出你的經歷與感受。

（101 年身心障礙特考四等）

6. 臺灣原住民族的居處環境、文化傳統、風俗習慣，都與其他族群不同。試以「我的部落風」為題，作文一篇，詳加敘寫，並述所思所感。

（101 年原住民特考三等）

搶分祕技第八招／引導式作文

➡ 課前導讀

一沙一世界，一花一天堂

e博士：「生命的成、住、壞、空在世界上無處不上演。當您觀察小小的盆栽，生物系及食物鏈不斷的循環，有微生物，有飛蟲螞蟻，有陽光、空氣和水，還有開著花的秋海棠，真是一沙一世界，一花一天堂。同樣的，引導式作文，面對引文的洗禮，思想的啟迪，文采的吸引，當您看到引文，就如同看到一花一世界，讓您不能無視它的存在。這朵花正放在釋迦牟尼佛的手上，在靈山會上，大梵天王獻上金色波羅花，釋迦牟尼佛拈花示眾，只有摩訶迦葉笑逐顏開，於是釋迦牟尼佛將不立文字，教外別傳法門，傳給迦葉。這一段《景德傳燈錄》的記載，令人無不法喜充滿，生命及道，彼此以心印心，相契相知，生命的大徹大悟就此展開，人生莊嚴求道的歷程格外的溫馨。」

道生：「那豈不說明了『師父領進門，修行在個人』？」

一、引導式作文的精神

頓悟 ⬇

　　道生：「引導式作文的精神是什麼？」

　　e博士：「引導式作文要寫得好，最重要是頓悟。頓悟不僅是思想的洞澈明白，還包括生命習慣、行動及整個生命力徹底的改變。如電視曾經報導一位越戰後退役的軍官，由於念念不忘越戰下的生民，放下美國優渥的生活，隻身前往越南叢林，運用他製作義肢的專業，協助被地雷及砲火炸傷的傷患裝上義肢，使他們能夠正常地行走，這位軍官和他們吃住在一起，並聘請患者在義肢工廠上班，讓傷患復健後，能自立更生，重新恢復生機。但他發現只能協助少數人，解決不了失業、飢餓、擇偶及教育問題。於是他決定投入所有積蓄，辦學、教導當地的文盲，教導他們學習謀生的技能及語言文字，

甚至投資蠶絲工廠，教導當地居民如何種桑，養蠶、繰絲，紡布、染色及製作絲織品，供網友及國內外朋友訂購。我從 Discovery 探索頻道，看到這個節目，看到柬埔寨傷肢患者的笑容，我深深向這位美國老兵致敬。這位美國老兵為他們找到明天，找到幸福及人的尊嚴。這位老兵是柬埔寨人的菩薩啊！在生命發展的一刻，這位老兵頓悟他的使命，活出『民吾同胞，物吾與也』的精神。在引導式作文中，如果我們的身心靈放鬆，深深受引文的啟迪，統整自我生命的經歷，創作出的文字，將足以感人。」

二、引導式作文的寫作要領

觀照引文及提示 ⬇

　　道生：「引導式作文的寫作要領有哪些？」

　　e 博士：「引導式作文的寫作要領如下：

(一)頓悟引文的主旨及義理，使作文不離引文的主旨。

(二)頓悟引文中中心論點及次要的論點，將這些論點的先後緩急順序排序後，再將這些主題提煉在文中。

(三)當引導文字是多則短文，則選擇共同主旨，並選擇你有把握的材料去發揮。

(四)依提示文體的需求，見招出招。

　　1. 當出現記敘文時，試著找出引文中抒情及議論的部分，加以陳述，用類似的話，表達抒情及議論的重點，再擇要舉例補充。

　　2. 當出現論說文時：頓悟引文的主旨及主要論點，用概括筆法寫出，再舉引文中典型特例或自己所見所聞，加以闡述。

　　3. 當出現應用文時：則依提示，隨應用文體例，功能及目的去選取材料發揮。

　　4. 當出現抒情文時：從引文閱讀後，抒發頓悟後的生命情懷，情感將深刻而真摯。」

三、引導式作文常考的題型

歷史悠久，最常出現的題型 ⬇

　　道生：「引導式作文常考的題型有哪些？」

　　e 博士：「引導式作文常考的題型，茲分述如下：

(一)一段名言錦句的觸發。如引用朱熹：『為政之道，在行天下人之所欲，去天下人之所患。』，請闡述道理。作文的主題及立意須圍繞這個主題去發揮。」

(二)一則或多則流行或勵志短文的觸發，希望讀者抒發情感文思。

精選範例

　　請閱讀以下引文，寫下觸發您內心深處「告別」的經驗，文長不限，對象不限。

　　你希望再見到我嗎？那麼請你不要和我說再見。

　　和童年說完再見，童年就走了；

　　和情人說完再見，情人就走了；

　　媽媽總安慰我：「不哭不哭，媽媽不走。」

　　但是我知道，有一天和媽媽說完再見，媽媽也會走。

　　再見不是見，是不見。

　　我很想再見你，所以決定不要和你說再見。

〈引自陳澤深（民 91）。想念你。台北：台灣廣廈出版集團愛閱社。〉

思路指引

(一)當引導寫作的引文是一首詩、一句名言、一段話或一個寓言，它的功能是一種觸發，亦即藉由另一形式文字的帶領，引起考生對生活經驗及生命體悟的聯想。因此，考型常常是希望考生創作有別於引文模式的文體。

(二)引文就是最重要的線索，但並不表示寫作時主角或情節的安排，必須跟隨它的架構。考生應確實掌握引文深意，以引文為發揮的基礎，將其當作思路開展的發射基地，無論選擇何種形式創作，都應盡情展現思索推演的能力，並提醒自己不必受其限制，反而要設法突破，開創新局。

(三)本題引文以簡單的新詩型式，帶出各種告別情況的不可捉摸，暗指

人生生離死別的倉促與荒謬，只要考生能將所閱歷的告別經驗娓娓道出，情感真誠動人，或許不需要特意雕琢辭藻，便能引起共鳴。

絕妙好文

◎邱維瑜

　　那一夜，我原酣睡如昨，本該精神奕奕自冷涼的清晨中醒來，卻在不明就裡的情況下慌亂地被驚醒，只見一張滿面淚痕的臉對我說他不能動了，今天沒辦法送我去上學，匆匆塞了幾百塊在我手裡，只叮嚀我要堅強、要勇敢。

　　煙塵漫漫的柏油路令我腳步虛浮，乾枯的行道樹連少許幾片落葉也脫離最後的依歸，一切都蕭瑟地令我打從心底冰涼。路旁早餐店飄散的熱氣和香味像一陣濛濛的霧，濕涼而缺乏溫暖；油膩的氣味讓我厭惡、噁心，反胃得想把前晚吃的東西全吐出來，連同我莫名的傷悲一起吐在布滿坑洞的柏油路上；震耳欲聾的引擎聲拚命敲打我脆弱的耳膜，痛得我直想蹲下大叫；義交尖刺的哨音讓我有股衝動想把他推往車水馬龍的地獄。我尚不明白發生了什麼事，只是那張面色驚惶、瀕臨崩潰的臉龐映在我仍無知的雙瞳，我警覺到安樂的生活將遭遽變。

　　那夜之後再沒見過完好如初的他，這中間的日子像被踩爛在泥土裡的杜鵑，掠過我的生命而毫無印象，似乎有那麼點蒼白得過了頭的顏色，卻又遭污泥掩沒，化作春泥。遺落的記憶我也不想尋回，總天真地以為我的痛苦也會隨著故意弄丟的回憶一同消逝。少了他，我的生活該會有很大的不同，但我卻想不起我的步調有無失衡，那最初與他共同生活的日子又該擺在日記的哪一頁？

　　最後一次看他是在冰冷的磨石地長廊，一個人孤零零地躺在綠色裝飾的床，幽暗陰冷的光照在他始終緊閉的唇，彷彿遭世界惡意的遺棄。身著白袍的男人緩緩走來宣告他的命運，毫不留情地撥開他眼簾，將一束連我都覺得刺眼的光射進他原十分耀眼的眼瞳。那男人冷漠僵硬的唇一開一闔，宣佈，他已腦死。從今後再沒有行為能力，關於他存在世上的所有證據終將被銷毀，身分證、駕照、行照、健保卡通通被扔進碎紙機，所有事情都像沒有發生過，他不曾出生、也不曾存在。

　　我無法接受他離開我的事實，看著裝載他身軀沉重的棺木推入熊

熊烈焰；我想阻止，阻止那灼人的痛蔓延到他身上，可是我沒辦法，只能眼睜睜望著他被火焰吞噬。

如此，人世走一遭。還年輕的爸爸徒留一罈骨灰於我，捧著的骨灰曾經是憐愛擁抱過我的身體，而如今細白的粉末，卻是我對父親最後的記憶。

佳文共賞

(一) 死亡的告別最令人痛徹心扉，尤其是沒有預警的死亡更帶給生者巨大的衝擊。作者在處理本文時運用的卻是比較冷靜的方式，除了一開始的事件背景交代較為起伏，之後皆是以舒緩的調子敘述，使得這篇文章具有另一番味道，不至於過度煽情，反而落入俗套。

(二) 全文在最後一段才點出告別的對象是爸爸，之前均僅以「他」代替，讓讀者凝結的情緒在最後一刻彷彿得到答案，而想回頭參看細節，再把為人子女對父親的愛做一整理、對照、印證。

(三) 作者與爸爸的告別其實是間接的，是透過醫生的宣布，透過熊熊火焰的吞噬，最後當他懷抱父親的身體已是灰燼的事實，這一次告別的體驗終於是有溫度的，不再有隔閡，扭轉了前面段落的清淡，反冷為熱。

自我挑戰

請參考下列資料，為慈濟骨髓捐贈資料中心撰寫一則骨髓捐贈宣導文案，必須包括標題，內容文限二百字以內。

◎陳麗玲

「落地為兄弟，何必骨肉親。」簡短兩句話，道盡了非親屬間骨髓捐贈的動人意義。當捐髓者的救命骨髓點滴注射入受髓者的體內，血髓的交融，正是人類無私大愛的具體展現。

因為對於面臨白血病（俗稱血癌）、惡性淋巴瘤、嚴重再生不良性貧血、嚴重海洋性貧血、先天性造血系疾病、先天性代謝異常……威脅的患者來說，透過化學治療、放射線治療或輸血治療，並無法根治，且復發的機率很高，骨髓移植被認為是目前最理想的治療方式。

「救人一命，無損己身」——骨髓具天生的再生能力，移植過程約只抽取全身百分之五的骨髓幹細胞，所以不會減損免疫與造血能力，一般健康人在十天左右即可補足所捐的骨髓量。

異體骨髓移植必須在捐髓及受髓者雙方的「人類白血球抗原」（HLA）相符情形下，才能進行。每個人的 HLA 型分別自父母雙方各獲一半遺傳，亦即兄弟姐妹間各有四分之一相同機率；若無法從其中找到配對，只有在非血親的人身上尋找配對。而無血緣關係的人，HLA 相同的機率約僅數萬分之一，因此唯有收集足夠的 HLA 資料，供病人尋找配對，才有機會挽救更多寶貴性命。

在民眾愛心的共襄盛舉下，「慈濟基金會台灣地區骨髓捐贈資料中心」自八十二年十月成立以來，已建立了近二十萬筆資料，成為世界第三大、華裔資料為全球第一大的骨髓資料庫。其中經由配對成功進行移植的共有一百九十八例。

歷經多年來的宣導及推動，志願參與捐髓的人數仍持續成長，但因台灣地區種族血統複雜，HLA 相符的機率還是不夠。以台灣的情況為例，十萬名志願捐髓者配對率約為百分之四十六，若志願捐髓人數增至一百萬名，配對率則可提高至百分之七十。

因此，多一個人，多一筆資料，就多一個機會。愛心必須蔓延，號召更多人加入捐髓行列，是骨髓資料庫刻不容緩的使命。

寫作提示

(一) 因字數限制，所以在極短的文字敘述裡，要做到字字珠璣，呈現本廣告的中心思想及所希望達到的效果。建議先圈出提示資料中的關鍵字句，做為骨架，然後再從中擷取你所感受深刻的部分，作為血肉。

(二)「落地為兄弟，何必骨肉親」、「救人一命，無損己身」即是頗具震撼力的字句，可以以此發揮，或是有類似自創的語詞亦可。總之，引導的文字帶領你的思維，卻不應局限你的突破。

(三) 類似的考題以觸動，感動，撼動的漸層法，為情緒舖陳的最佳模式，逐漸增強的力度，也將達到最好的宣傳效果。

作答前務請詳閱作答注意事項及試題說明　　　　　　　　第 1 頁

實戰演練

（答案請從本頁第 1 行開始書寫，並請標明題號，依序作答）

四、經典考題觀摩

　　「引導式作文」是在作文之前先提供材料，有的很簡短，只有一、二句話或格言，有的是一首新詩，有的是一段短文或一段寓言，有的則是一段新聞或一種現象、流行的描述，或只是一小段說明文句，也有的是二段短文或更多到七、八段的……，不一而足。而引言之後的題目或採閉鎖式——題目已經固定；或採開放式－－自訂題目；或採半開放式——如：請以「××的啟示」、「我對××的看法」或「○○是什麼？」……為題；有的甚至除題目之外，還列出題綱式的指引，讓應考人根據指引寫作。藉此可以測驗應考人在受到指定寫作方向限制之下，類推、聯想、表達的能力。

1. 美國發生安隆事件，使得社會大眾質疑會計師是否保持超然獨立及客觀公正的立場。美國國會迅速於去年七月通過【企業革新法案】，加強企業管理當局對財務報表的責任，並限制會計師之執業範圍。國際性之會計師事務所亦積極採取各種措施，以重建社會大眾對會計師的信任。

   我國財政部也於最近參考國內實務環境，並擷取國際先進國家之制度與規範，就會計師業務之監理、會計師事務所組織與責任、會計師獨立性、會計師公會與自律、懲戒與罰則等，擬具會計師法修正草案提請行政院審查中。

   請您就此主題，自訂論文題目，寫一篇文章，表達您的看法；文長不拘，建議至少包括下列一項內容：

   （一）整件事情發展對會計師執業之可能影響，或

   （二）會計師應如何保持超然獨立，或

   （三）會計師應如何重建社會大眾對會計師的信任。

2. 您於順利通過民間公證人高考之後，開始執行民間公證人業務。您就讀的高級中學聞知您是傑出校友，邀請您回到母校，為有志投考法律系的學弟學妹，以「民間公證人的社會功能、道德責任與專業倫理」為題，介紹民間公證人這項新興的法律專業，並請您將演說內容濃縮寫成一篇簡單易讀的短文，以供校刊刊登之用。

3. 讀過〈桃花源記〉的人都知道，「桃花源」是陶淵明心目中的「烏托邦」。對你而言，「烏托邦」或許是太遙遠的世界，但只要是人，都有他的「嚮往」。這「嚮往」也許是一個具體的目標，也許是一個抽象的境界，或許只是區區卑微的願望，也或許是永不可能達成的幻想，卻都代表了內心的願景。

請以「我的嚮往」為題，寫一篇文章，文長不限。

提示：內容應包括：(1) 自己的嚮往是什麼

　　　　　　　　　 (2) 為何有這樣的嚮往

　　　　　　　　　 (3) 如何追求這種嚮往

　　　　　　　　　 (4) 自我的感懷

4. 閱讀下文後，請就作者所見所感，發表你的觀點，寫一篇短文，必須自訂題目。

　　路邊有一截斷木，已經完全腐朽，輕輕用腳一踏，就粉碎了。但是木幹上長了幾朵蘭菇，長得很好，鮮潔的顏色，肥厚的菇的帽子，十分飽滿神氣。我們以為完全無用的東西，還可以生養出這樣飽滿的生命。對我們來說，是一截枯木，對這幾朵蘭菇而言，卻無疑是富庶膏腴的大地啊！

說明：

1. 務請依照題目的提示與要求寫作，照抄原文或離題申論者，酌予扣分。

2. 字數限三百五十至四百五十字（含標點），字數不符規定者，酌予扣分。

3. 文言、白話不拘。

5. 閱讀下文後，請以「等待」為題寫一篇文章，文長不限。

　　鄭愁予〈錯誤〉一詩有云：「那等在季節裡的容顏如蓮花的開落」。等待的心情也許平靜，也許焦躁；等待的滋味也許甜蜜，也許苦澀；等待的過程也許短暫，也許漫長；等待的結果也許美好，也許幻滅。凡人都有「等待」的經驗，請以「等待」為題，寫一篇文章，內容至少應包含：等待的對象（人、事、或其他）、等待的過程、等待的心情、等待的結果……。
說明：
1. 請抄題，文言、白話不拘，須加新式標點。
2. 不得以詩歌或書信體寫作，違者不予計分。

6. 閱讀下文後，請以「義工」為主題，自擬題目，寫出你的看法。

　　人生在世，須有所付出。面臨需要幫助的人，我們應該伸出援手。唯有付出，人生才會更加飽滿而充實。其實我們的周遭，處處充滿了這種高貴的情操，如義消、義交、導護、醫院義工以及各種服務和行善的團體，他們都奉獻出自己的時間、金錢和溫暖的情誼。
說明：
1. 文言、白話不拘，須加新式標點。
2. 不得以詩歌或書信體寫作，違者不予計分。

7. 閱讀下列引文後，請就你的經驗、感受，以「鞋子」為題，寫一篇文章，文長不限。

　　你穿什麼樣的鞋？是今夏最 in 的流行款式？還是舒適透氣的休閒鞋、涼鞋，或是一雙髒兮兮的球鞋？如果「鞋子」會洩露主人的祕密，它說出了你什麼樣的習慣、個性、品味與堅持呢？記憶之中，你最難忘的一雙鞋是什麼？是某一年生日時的意外禮物？還是曾經渴望過的灰姑娘玻璃鞋、喬丹十二代球鞋？又或者是曾祖母的三吋繡花鞋？難忘的鞋子背後是否有過一個特別的故事呢？

8.閱讀下列引文後，請以「鏡子」為題或自擬題目，寫一篇文章，文長不限。

　　我們身邊有各種不同的「鏡子」，不過大致可分成「有形的鏡子」和「無形的鏡子」兩類。有形的鏡子可用來修整儀容；無形的鏡子可用來改進缺失、進德修業。唐太宗說：「以銅為鏡，可以正衣冠；以人為鏡，可以明得失；以古為鏡，可以知興替。」就是這個意思。

9.據報載：在臺東市中央市場賣菜維生的陳樹菊女士，民國四十六年小學畢業時，因母親難產身亡，不得已放棄升學，接下母親的菜攤。從青春年少到現在年過半百，日復一日在市場內用心工作，甚至連自己的婚姻都耽誤了。但她仍然發揮大愛，聽說母校—仁愛國小圖書館老舊計畫重建，基於對母校深厚的感情，立刻把賣菜所賺的蠅頭小利，多少年來一元、十元慢慢儲存的辛苦錢四百五十萬元全部捐獻出來。報上推崇「賣菜阿菊」的義舉最具教育意義，足以啟迪人心。試以「感恩與回饋」為題，寫出你的看法，文長不拘。

◎ 寫作導引

(1) 可於首段先行說明「賣菜阿菊」的義舉所帶給你的感動。舉凡具說服力的文章，多半是由內心的某種感動所促發，思考一下這個義舉觸動了你什麼樣的感動。

(2) 試著將你的感動與「感恩」做成聯結，說明感恩的重要性，以及它對於人心的淨化作用。

(3) 心靈的淨化，必須搭配著實際行動的推廓，才能將這股善的力量擴散，說明「感恩」與「回饋」之間的關係、「回饋」的方式，並舉例證說明。

(4) 總結「感恩與回饋」為生命帶來的美的感動。

10. 《老子》云：「聖人不積，既以為人己愈有，既以與人己愈多。」
    請根據這段文字，試以「為人著想，與人分享」為題，詳加深論。
    （101 年不動產估價師）

11. 劉兆玄教授應邀於 2012 年國立臺灣大學畢業典禮中致詞，他以臺
    大校園最具代表性之椰子樹：「只顧自己往上長，連一點樹蔭都不
    給」的生物特色為喻，對即將進入社會工作之畢業生多所期許。請
    本此概念，以「卓越與關懷」為題，作文一篇。文體不拘，字數不限。
    （101 年司法特考三等）

12. 張潮在《幽夢影》中說：「善讀書者，無之而非書；山水亦書也，
    棋酒亦書也，花月亦書也。」人生於天地之間，如果能細心體會，
    不管任何事務，必能如同書本一般，讓我們入寶山而滿載歸。請以
    「讀書的收穫」為題，作文一篇。
    （101 年司法特考四等）

13. 《禮記》上說：「大道之行也，天下為公。……故人不獨親其親，
    不獨子其子，……貨惡其棄於地也，不必藏於己；力惡其不出於身
    也，不必為己。」請參酌此說法的意涵，以「專業人士的服務精神」
    為題，作文一篇。
    （101 年社會工作師）

14. 「幸福指數」為近年來的熱門話題。前一陣子有問卷調查各縣市民
    眾的幸福指數，澎湖縣民雖然物質生活不富裕，但在主觀「幸福指
    數」得分居冠，這件事很值得吾人深思。試以「幸福」為題，抒發
    個人的觀察、感受及體會。
    （101 年原住民特考四等）

15. 身為現代公務人員，必須內外兼修，除廉潔自持、詳悉法規、嫻熟溝通技巧外，並應人情事理練達，方能提供民眾滿意的服務。試以「衡情酌理，守正修仁」為題，作文一篇，加以論述。

（101 年高考三級）

16. 人生有悲有喜，有失有得，有困阨有順遂，以不同的角度對待，會產生不同的感覺。不僅人生如此，社會上許多問題，如果換個角度思考，也往往能夠「柳暗花明」。請就生活體驗，以「換個角度思考」為題，寫作一篇文章。

（101 年關務、移民行政三等）

17. 在日常生活中，他人的一種行為、一段話語，或是一件新聞、一篇故事，乃至於自己經歷過的人與事，往往都能帶給我們一些思考和反省。請以「生活中的一個啟示」為題，作文一篇。

（101 年關務、移民行政四等）

18. 「反求諸己」是立身處世的根本立足點，也是自我覺知與自我管理的核心概念。若能將「反求諸己」的功夫落實在日常生活中，時時自我反省、自我修正、自我改進，超越困境，追求成長，當能逐步實現人之為人的本性與夙願。試以「反求諸己」為題，撰寫一篇文章，文長不限。

（101 年普考）

19. 一位名家的文章裏這麼寫道：「為什麼十年前路上的大石頭到現在還是大石頭？原因無他，每個路過的人不認為這是他的事，也不相信自己能移動它。」這真是一針見血地指出了我們大部分人的自私與怯懦。現在請以「我願、我能、我做」為題，作文一篇，申述現代公民應有的心態與作為。

（101 年警察三等、鐵路高員三級）

20. 有一種人，會為自己的失敗作檢討，其目的在找出原因，避免重蹈
覆轍；也有一種人，在失敗時不願面對，而編造各式理由，文過飾
非。前者的人生態度積極、光明；後者則消極、灰暗，那一種人最
後較有成就，不言而喻。試以「拒絕為自己找藉口」為題，作文一
篇，加以論述。

(101 年警察四等、鐵路員級)

21. 我們一方面享受科技發展帶來的經濟成長與社會進步，另一方面，
為了防止過度開發危害到自然環境，避免背負太多生活負擔而引發
「過勞死」的憾事，回歸簡約生活成了趨勢。有人從返璞歸真、找
回自我的理念倡導簡約生活，也有人從環境保護、理性消費、公平
合理等不同的角度來宣揚簡約生活。
試以「簡約生活帶來的好處」為題，闡述你的看法，並提出實踐簡
約生活的方式。

(100 年普考)

22. 《論語》中曾記載子張問政，孔子回答：「居之無倦，行之以忠。」
意即對工作應懷抱熱忱，對職守須敬業盡責。時至今日，孔子的話
仍允稱不刊之論。請以「恪盡職守，主動積極」為題，作文一篇，
申論其義。

(100 年高考三級)

23. 美國壓力管理專家漢斯塞爾說：「完全沒有壓力，就會死亡。」林
肯中心爵士藝術總監馬沙利斯也認為，「如果沒有壓力，你就不會
認真對待你的工作。」試以「責任感與壓力承擔」為題，作文一篇，
加以申論。

(100 年原住民特考四等)

24. 我們不能做所有的事，但總能做一些事。試以「總能做一些事」為題，作文一篇，申論其義。

（100 年地方特考四等）

25. 立身處世若能長期堅持言行一致，可以建立個人信譽；國家治事若能長期堅持政策一貫，則足以樹立施政方針。請以「行之苟有恆，久久自芬芳」為題，撰文一篇，申論其旨，文長不拘。

（100 年地方特考三等）

Notes

搶分祕技第九招／文章賞析

課前導讀

懂得欣賞的人最幸福

e博士：「體會生命的美好從欣賞開始，當我還有六個限制型作文還未說完，我欣賞我已完成的十個作品，讓我有勇氣及毅力再向六個挑戰。感謝天恩施德。我感恩父母：願意以愛來生養我；感恩哥哥：願意鼓勵我『從哪裡失敗，便從哪裡站起來。』感恩公婆賜給我疼愛我的丈夫；感恩老公喜歡我黏；感恩好友願意和我一起奮鬥；感恩學生賜給我靈感及歡笑；感恩國家給我們創造的空間；感恩千華出版社的信任及支持，讓我們得以全力完成作品；感恩眾生賜給我精神及生命的富足；感恩讀者，你們的建議讓我們成長。我愛大家，也謝謝大家。」

道生：「聽起來好窩心。也感恩這些日子以來，讓我對作文的恐懼減了不少。」

e博士：「若把每篇文章視為前人給我們的智慧，身為一個讀者既無作者案牘勞形，嘔心瀝血，只要一書在手，逍遙自在。」

道生：「可是，考試就不好玩了。」

e博士：「金榜題名時，那種喜悅真是筆墨所難以形容的啊！各位考生加油喔！」

一、文章賞析的精神

愛在心裡口要開 ⬇

道生：「文章賞析的精神何在？」

e博士：「便是俗話說：愛在心裡口要開。」

道生：「怎麼說？」

e博士：「您曾用過 word 文書處理嗎？」

道生：「用過。」

e博士：「我覺得word文書處理最可愛的地方便是『小幫手』，打字時，它不時向你眨眨眼，烏溜溜的眼珠子左瞧右瞧，有時迴紋針的身軀左右搖擺，向下瞧瞧，向左下角俯瞰，更神奇的是眼睛眉毛整個往上瞪一下，看看四處沒人理它，又用伸長的迴紋針彎向頭上搔癢，眼珠子往右下角睨一下，實在引人愛憐。有時存檔時，整個迴紋針變成四角形，向上跳躍飛舞。當你真正要向它問問題時，它又化作帶電的電子軌道，一個眼珠子在中間，一個眼珠子像彈珠般繞著軌道在運行，之後又恢復成迴紋針的形狀。打開檔案時，兩眼珠化作腳踏車的輪子，其下的紙化作馬路。啾一下，騎進畫面；結束關閉檔案時，啾一下，又騎出畫面。真是你作文書處理的好朋友。有問題傾訴時，它含情脈脈，一五一十為你解答。讓你打字時不寂寞。」

道生：「我也有同感。如果它只是冷冰冰的問號，你可能無視它的存在，有什麼問題，你也不會找它幫忙。」

e博士：「所以說人性化的電腦軟體設計都能做到如此的體貼，身為萬物之靈的我們更需要將愛表現出來。文章賞析，作者真心真意獻出他的所思所感，化作文字，希望與你的心靈為友，當你欣然會意時，不要吝嗇筆墨，將文章中動人處寫出來。」

二、文章賞析的寫作要領

(一)文章是個圓

道生：「文章賞析的寫作要領有哪些？」

e博士：「無論文章的長短、體裁、段落為何，文章都是一個完整的有機體。以幾何圖形『圓』來形容最為貼切。」

道生：「如何以『圓』來形容文章呢？」

e博士：「1. 以文章的主旨為圓心。

2. 以文章的字詞為圓上的每一個點。

3. 以文法修辭為半徑，將字詞串成句。

4. 字詞句再依主旨為圓心畫圓，連綴成段落篇章。

5. 每一篇文章依主旨來起、承、轉、合，分成數個段落。

6. 每一段落又區分起、承、轉、合，每一個起、承、轉、合的句意，即是段落中的層次。

7. 每個層次是由一個至數個語意完整的句子組成。

8. 每個字詞、句子、層次、段落及篇章皆圍繞主旨，達成滴水不漏的有機體，前後呼應的圓。

9. 每一段的第一句記得將上一段用不同的話歸納一遍，結尾最後一句話用精句扼要總結整段話。如此，即達到承上啟下，前後呼應的工夫。」

（二）「圓」的分析

道生：「實際賞析要如何寫呢？」

e博士：「無論題意有沒有要求寫出主旨，賞析最重要的關鍵便是道出主旨。」

道生：「主旨像三軍統帥，使軍隊調度有方，否則千軍萬馬像一盤散沙。」

e博士：「說得妙！接著要注意以下幾點：

1. 賞析可區分為內容深究及形式鑑賞。

2. 內容深究偏風格特色。可分為以下幾點：

   (1) 揭示主旨。

   (2) 概括段落大意。

   (3) 指出重要論點。

   (4) 探究作者生命情懷與創作文章的關係。

   (5) 探究結構。

3. 形式鑑賞偏寫作藝術。可分為以下幾點：

   (1) 修辭。

   (2) 文章作法。」

道生：「太過抽象，e博士，請您舉一篇文章賞析吧！」

e博士：「你學過王安石〈遊褒禪山記〉吧？」

道生：「學過。」

王安石〈遊褒禪山記〉

褒禪山亦謂之華山，唐浮圖慧褒始舍於其址，而卒葬之，以故其後名之曰「褒禪」。今所謂慧空禪院者，褒之廬冢也。距其院東五里，所謂華山洞者，以其乃華山之陽名之也。距洞百餘步，有碑仆道，其文漫滅，獨其為文猶可識，曰「花山」。今言「華」如「華實」之「華」者，蓋音謬也。

　　其下平曠，有泉側出，而記遊者甚眾，所謂前洞也。由山以上五、六里，有穴窈然，入之甚寒，問其深，則其好遊者不能窮也，謂之後洞。余與四人擁火以入，入之愈深，其進愈難，而其見愈奇。有怠而欲出者，曰：「不出，火且盡。」遂與之俱出。蓋予所至，比好遊者尚不能十一，然視其左右，來而記之者已少；蓋其又深，則其至又加少矣。方是時，予之力尚足以入，火尚足以明也。既其出，則或咎其欲出者，而予亦悔其隨之，而不得極夫遊之樂也。

　　於是予有嘆焉：古之人觀於天地、山川、草木、蟲魚、鳥獸，往往有得，以其求思之深，而無不在也。夫夷以近，則遊者眾；險以遠，則至者少。而世之奇偉瑰怪非常之觀，常在於險遠，而人之所罕焉。故非有志者，不能至也；有志矣，不隨以止也，然力不足者，亦不能至也；有志與力而又不隨以怠，至於幽暗昏惑而無物以相之，亦不能至也。然力足以至焉，於人為可譏，而在己為有悔；盡吾志也而不能至者，可以無悔矣，其孰能譏之乎？此予之所得也。

　　余於仆碑，又以悲夫古書之不存，後世之謬其傳而莫能名者，何可勝道也哉！此所以學者不可以不深思而慎取之也。

　　四人者：廬陵蕭君圭君玉，長樂王回深父，余弟安國平父、安上純父。至和元年七月某日，臨川王某記。

　　道生：「洋洋灑灑，如何賞析呢？」

　　e博士：「在內容深究方面：

1. 主旨：宋仁宗至和元年，王安石與弟弟及朋友共五人，一同遊褒禪山，作者借遊洞來闡述立志、有力及外物相助是成功三法則。

2. 段落大意：

　　(1) 第一段：說明褒禪山命名的緣由及『華』山讀音辨正。

　　(2) 第二段：遊洞的經歷。

　　(3) 第三段：抒發遊洞後的心得。

　　(4) 第四段：藉由仆碑文字謬傳，揭示學者深思慎取。

　　(5) 第五段：後記記遊時間及隨行者的姓名。」

3. 揭示重要論點

　　因為是遊記，屬記敘文，重要論點多分布在記敘及抒情的部分。依此原則，重要論點茲分述如下：

(1) 今言「華」如「華實」之「華」者，蓋音謬也。（慨嘆）

(2) 而予亦悔其隨之，而不得極遊之樂也。（後悔）

(3) 古之人觀於天地、山川、草木、蟲魚、鳥獸，往往有得，以其求思之深，而無不在也。（議論）

(4) 世之奇偉瑰怪非常之觀，常在於險遠，而人之所罕焉。故非有志者，不能至也；有志矣，不隨以止也，然力不足者，亦不能至也；有志與力而又不隨以怠，至於幽暗昏惑而無物以相之，亦不能至也。（心得）

(5) 學者不可以不深思而慎取之也。（議論）

4. 探究作者生命情懷與創作文章的關係：

　　孟子強調「知人論世」的重要性。這篇文章是宋仁宗至和元年，西元一〇五四年，王安石任舒州（安徽省）通判時，與朋友蕭君圭、王回和弟弟王安國、王安上，共遊褒禪山後所寫的感想。當時王安石是地方官，抒發這一篇文章來表達學問實事求是，不苟且，任何事靠「志」、「力」、「物」相輔相成。陸九淵為王安石作祠時讚嘆：「秦漢以後，當塗之士，蓋未曾有此。」王安石求學深思力學，在學術上深思慎取，解釋經義強調經世致用，如從管仲：「輕重斂散之權，當操之自上。……即摧兼并，濟貧乏也。」學會理財之道，不僅在鄞縣實施青苗法，後來變法時實施均輸法、市易法及青苗法，都基於管仲的理論，活用於民生改革。王安石對改革有志有力，但因「外物」中的人才及保守派的掣肘不能配合而失敗。但文中「盡吾志也而不能至者，可以無悔矣，其孰能譏之乎？」為王安石變法寫下伏筆。

5. 探究文章結構：

　　王安石〈遊褒禪山記〉採先記遊後議論抒情的結構。」

　　道生：「在形式賞析方面呢？」

　　e博士：「在形式賞析方面：即遣詞造句的鑑賞。

1. 修辭：本課最常用修辭特色是層遞。如

(1) 入之愈深，其進愈難，而其見愈奇。

(2) 然視其左右，來而記之者已少；蓋其又深，則其至又加少矣。

(3) 夫夷以近，則遊者眾；險以遠，則至者少。而世之奇偉瑰怪非常

之觀，常在於險遠，而人之所罕至焉。

(4) 故非有志者，不能至也；有志矣，不隨以止也，然力不足者，亦不能至也；有志與力而又不隨以怠，至於幽暗昏惑而無物以相之，亦不能至也。

其他修辭如：

(1) 映襯：

　　A. 夫夷以近，則遊者眾；險以遠，則至者少。

　　B. 於人為可譏，而在己為有悔。

(2) 感嘆：

　　A. 於是予有嘆焉

　　B. 後世之謬其傳而莫能名者，何可勝道也哉！

(3) 頂真：余與四人擁火以入，入之愈深，其進愈難，而其見愈奇。

(4) 類疊：

　　A. 類字「其」字：其文漫滅，獨其為文猶可識。

　　B. 類字「其」、「愈」字：入之愈深，其進愈難，而其見愈奇。

　　C. 類字「而」字：而予亦悔其隨之，而不得極夫遊之樂也。

　　D. 疊字「往往」：古之人觀於天地、山川、草木、蟲魚、鳥獸，往往有得。

　　E. 類字「以」、「則」、「者」：夫夷以近，則遊者眾；險以遠，則至者少。

　　F. 類字「而」：而世之奇偉瑰怪非常之觀，常在於險遠，而人之所罕至焉。

2. 文章作法：

(1) 本文先敘後議，以遊記為賓，以議論為主。為遊記的變格。

(2) 遊華山洞以遊前洞為略寫，遊後洞為詳寫。

(3) 遊記與議論、抒情相輔相成。」

三、文章賞析常考的題型

道生：「文章賞析常考的題型有哪些？」

e博士：「各種文學體裁皆可測驗文章賞析，考生可先從高中課本範文開始鑽研。」

精選範例

請仔細閱讀鑑賞以下文章，就「遣詞造句」方面加以分析。文長不限。

豢養的魚

◎邱維瑜

不過是一隻被豢養著的魚。

你再怎麼囂張，也不過是一隻被我用溫暖海水豢養著的魚。

才不是，我是脫離波波未知的海浪、張張凶險的魚嘴，選擇我要的安逸生活。你懂什麼，別以為按時替我換水、餵食、清理魚缸、量溫度、吃感冒藥就了不起了。你又有什麼資格批評我毫無起伏的日子。我夜夜面對你的空虛孤寂，次次聽你哀怨嘆氣；自欺欺人地認為這就你目前做的最好決定，裝聾作啞、視而不見就是你在浪潮重疊的人世活下去的方式嗎？

我啞口無言，百口莫辯。讓一尾被我用滿載腥味飼料豢養的魚堵住了嘴。

少自以為是，你那凸大的魚眼真正望盡我心底最深沉的慾望嗎？我有我的包袱，我的考量；要顧忌社會規範，別人加諸在我身上的束縛。難道我不想丟下一切，義無反顧地浪跡天涯，尋找屬於自己的路？可惜我是人啊，身為人就必須遵從既定的規則，並非你願不願意或想不想要的問題，否則人類這般高度的文明從何而來，做人絕不是你想像的如此簡單，簡單地順從自己的渴望。你眼中的世界太狹小，看清的盡是我的悲哀。

別狡辯了，其實你僅僅只是畏懼改變後的失敗會讓你措手不及。你從未試著追尋可能觸及的理想，連伸手奮力一抓的勇氣都沒有。無知的懦弱造成你的叛逃；膽怯的雙瞳讓你不敢正視所謂的際遇，只能一再屈服，瑟縮在假象的幸福、比陰影更晦暗的角落。你一直都明白我倆的不同，我無力抗拒你們人類掌握我命運的手，蠻橫粗暴地把我撈起，裝入打了空氣、調好海水濃度的透明牢籠。自此以後我再沒有重回海洋的權利，不斷說服自己將獲得嶄新的未來，一輩子不愁吃穿，只需保持優雅身段，悠游地穿梭在魚缸的那頭，繞著圈圈逡巡在虛偽

造景周圍，日復一日。有誰在乎過我的心情，永遠只能憑藉透明玻璃看那走樣的世界，我的心也跟著扭曲，來來回回用鰓感受冰冷的魚缸；用腦袋猛烈衝撞那令人憎恨的透明，仍舊逃不出去，逃不出去豢養著我的監牢。你不同，不用像我一般以鮮血淋漓換取自由，不要告訴我你做不到。

哼！想不到一尾魚也有壯士斷腕的決心。

也許你說得對，但我還是辦不到。我沒有勇氣用生命做賭注來換取一個出口，只好鎮日在虛無與存在的論證中擺盪，在重複的場景裡麻木，在匆忙擁擠的街道上喘息。最後莫名其妙於自由與不自由間擱淺，睜眼望著夏日炎炎，無情烤乾我破敗的身軀，卻只能流淌著口涎睥視謊稱自由的信徒。

諷刺一尾魚對你的快感難道勝過於放縱自由的解脫？你奢望我同你一樣孤寂，缸裡沒有多餘的裝飾，毫無新意，像你的周圍環繞的是再普通不過的人事物。你寧願當個迫於現實不得不放棄夢想而活在當下的人，也不願放手一搏掙脫禁錮你的枷鎖。沒用的人類。我在你們身上看見華麗而堅固的項圈。

我竟被一尾用人工氣泡豢養的魚節節逼退。他最後的口氣似是要證明給我看他嚮往自由的決心，我並非訕笑，而是諷刺我自己。寧可在浪潮擁擠的人世載浮載沉，只因眾人皆醉我獨醒的痛苦難以承受。我也是一尾被蒙騙豢養著的魚，無力抗拒。

「……。」

我在客廳地板上發現已乾癟冰冷的魚。

魚缸反射日光燈閃耀地刺眼，空晃晃，彷彿從未有魚進駐的痕跡，水流依然潔淨。

我似乎瞧見他一躍而起流線型的擺尾，充滿美感的拋物線是他承諾我的誓約；橫躺粉色地磚上是一尾魚的自由。

那毫無生氣的魚身衝擊我的感官，眼前盡是令人憎恨的透明，耳邊充斥氣泡冒上水面的空虛。

從今天起，我什麼都沒有了。

思路指引

（一）這是一篇個人對生命的深沈省思，使用人魚對話的形式來揪出自己的盲點，重新面對自己一直逃避的生活課題及內在矛盾。人們總主觀地以自以為是的角度來看待生命的遭遇與抉擇，而當有一天有一雙眼睛在不同的高度審視我們的一切，起初，抗拒否認必不可免，但對決之後，相信有一些成長將會發生。因此文中的遣詞用字多有深層的涵意，分析時先將字句找出，再進一步說明寫作者的用心。

（二）文章賞析非文章評論，亦非讀後心得或感言，寫作時一定要依題旨規定分述。最常考的部分包括遣詞造句、氣氛營造及文章風格。「遣詞造句」乃是希望考生挑選出文中的精美語句，或以結構特殊，或以思想獨特取勝；「氣氛營造」是指在字裡行間蘊藏的節奏感，它帶領著文章進行時或低迴或高亢；「文章風格」則是全文寫作技巧手法及表現方式，所綜合建構出來的整體感。寫作時可分點分段加以說明，力求條理簡明清晰。

絕妙好文

◎陳麗玲

　　關於本文的「遣詞造句」分析如下：「不過是一隻被豢養著的魚。」一開始顯示人以近乎睥睨的口氣來看待這一條被他豢養的魚。「你從未試著追尋可能觸及的理想，連伸手奮力一抓的勇氣都沒有。」、「無知的懦弱造成你的叛逃；膽怯的雙瞳讓你不敢正視所謂的際遇。」魚直言人對改變現狀及追尋理想的怯懦，口氣十分直接。「永遠只能憑藉透明玻璃看那走樣的世界，我的心也跟著扭曲，來來回回用鰓感受冰冷的魚缸；用腦袋猛烈衝撞那令人憎恨的透明，仍舊逃不出去。」充滿畫面感，魚用腦袋猛烈衝撞玻璃，令人讀來心碎。也說明了魚嚮往自由的渴望，可是迫於被人們掌控的現實，魚一點兒辦法也沒有，但是魚的自白，除了說出自己的無能為力之外，其實最重要的是要點醒他，魚都如此以實際行動追尋自由，更何況是擁有自由之身的人，更應爭取廣闊的天空。「哼！想不到一尾魚也有壯士斷腕的決心。」儘管魚看透了人的心事並直言不諱，但他依然是不願打開心門接受，

只能一再地把辯證焦點推回到魚的身上，以掩飾內心的脆弱。口氣與文章一開始，互相呼應，但實際上他已對魚有了另一番看法。「諷刺一尾魚對你的快感難道勝過於放縱自由的解脫？你奢望我同你一樣孤寂，缸裡沒有多餘的裝飾，毫無新意，像你的周圍環繞的是再普通不過的人事物。你寧願當個迫於現實不得不放棄夢想而活在當下的人，也不願放手一搏掙脫禁錮你的枷鎖。」魚徹底透視了他不願面對內在聲音的心虛，口氣也愈來愈強硬。「我也是一尾被蒙騙豢養著的魚，無力抗拒。」他的內心其實已被碰觸、且軟化了，但為維持尊嚴，他只有一方面抵抗，而另一方面自我赦免，「只因眾人皆醉我獨醒的痛苦難以承受」。「我似乎瞧見他一躍而起流線型的擺尾，充滿美感的拋物線是他承諾我的誓約；橫躺粉色地磚上是一尾魚的自由。」整個句型具畫面感，魚為爭取自由而美麗的離開方式，沒有怨懟，反而簡潔而意義深長地留給人思索空間。「從今天起，我什麼都沒有了。」這句用字簡單的結語，對照一開始的睥睨，卻有強烈的失落感，也為全篇你來我往的爭論，畫下最深沉的句點。

佳文共賞

(一) 作者挑選出文章中精彩的文句，並從口氣、用字及句型結構加以分析。一篇好的文章，其遣詞用字必定講究，並且會隨著角色的情緒以及欲傳達的意念而有不同的表現方式，直接關乎文章的樣貌，比如題文中人與魚的口氣各有堅持，充滿內省式的用字，使得兩者的辯論更有可讀性。

(二) 口氣的拿捏，對於文字的力道也有相輔相成的作用，作者細心觀察出文章中人對於魚的態度轉變，藉著口氣的睥睨、激烈而至緩和，也代表了人面對內在真實聲音從否認、辯解而接受。至於句型結構，生動地呈現出畫面，作者也將相關的語句整合說明，符合賞析寫作規範。

自我挑戰

　　以下是陶淵明的〈歸去來辭〉，請仔細閱讀品味，就「主旨大意」及「遣詞造句」兩方面綜合分析。文長不限。

歸去來兮！田園將蕪，胡不歸？既自以心為形役，奚惆悵而獨悲？悟以往之不諫，知來者之可追；實迷途其未遠，覺今是而昨非。舟遙遙以輕颺，風飄飄而吹衣。問征夫以前路，恨晨光之熹微。

乃瞻衡宇，載欣載奔。僮僕歡迎，稚子候門。三徑就荒，松菊猶存。攜幼入室，有酒盈樽。引壺觴以自酌，眄庭柯以怡顏，倚南牕以寄傲，審容膝之易安。園日涉以成趣，門雖設而常關。策扶老以流憩，時矯首而遐觀。雲無心以出岫，鳥倦飛而知還。景翳翳以將入，撫孤松而盤桓。

歸去來兮！請息交以絕遊，世與我而相遺，復駕言兮焉求？悅親戚之情話，樂琴書以消憂。農人告余以春及，將有事於西疇，或命巾車，或棹孤舟，既窈窕以尋壑，亦崎嶇而經丘。木欣欣以向榮，泉涓涓而始流。羨萬物之得時，感吾生之行休。

已矣乎！寓形宇內復幾時，曷不委心任去留，胡為遑遑欲何之？富貴非吾願，帝鄉不可期。懷良辰以孤往，或植杖而耘耔，登東皋以舒嘯，臨清流而賦詩。聊乘化以歸盡，樂夫天命復奚疑。

✍ 寫作提示

(一) 就主旨大意而言，本文為陶淵明抒發胸懷之作，首段說明以往心為形役，實非出於所願，既辭官返鄉，又有何嘆？第二段寫家園之樂，閒適安逸，怡然自得。第三段寫享受田園山林之趣，但心中不免會有些悵惘。末段則全是對生命及人世的感慨，但也說服自己以樂天知命的態度面對。

(二) 就遣詞造句而言，陶淵明運用了多項寫作技巧，如「『悟以往』之不諫，『知來者』之可追」、「實迷途其未遠，覺『今是』而『昨非』」，雙引號中的文句即是運用映襯手法；「舟遙遙以輕颺，風飄飄而吹衣」則是運用排比的手法。

作答前務請詳閱作答注意事項及試題說明　　　　　　第 1 頁

實戰演練

（答案請從本頁第 1 行開始書寫，並請標明題號，依序作答）

第 2 頁

四、經典考題觀摩

　　「文章賞析」是根據題目所提供的一篇或一段文章，要求應考人從遣詞造句、氣氛營造、布局結構、風格特色等方面加以鑑賞分析，藉此可以測驗應考人理解、欣賞、分析、表達等能力。

---

1. 閱讀下列文章之後，請分析：（一）「漁人甚異之」的「異」和漁人發現桃花源有何關聯？（二）陶潛從哪些方面來描寫桃花源？（三）從中可看出陶潛嚮往什麼樣的理想世界？答案必須標明（一）（二）（三），分列書寫。（一）（二）（三）合計文長約 250-300 字（約 11-14 行）。

　　　晉太元中，武陵人，捕魚為業。緣溪行，忘路之遠近。忽逢桃花林，夾岸數百步，中無雜樹，芳草鮮美，落英繽紛。漁人甚異之。復前行，欲窮其林。林盡水源，便得一山，山有小口，彷彿若有光。便捨船，從口入。初極狹，才通人。復行數十步，豁然開朗。土地平曠，屋舍儼然，有良田、美池、桑竹之屬，阡陌交通，雞犬相聞。其中往來種作，男女衣著，悉如外人；黃髮垂髫，並怡然自樂。

（陶潛〈桃花源記〉）

（101 年大考中心學科能力測驗）

---

2. 閱讀下列內文章後，回答問題：
（一）客所以有「而今安在哉」的感歎，是因何而起？
（二）「寄蜉蝣於天地，渺滄海之一粟」所提示的人生問題是什麼？
（三）客云：「知不可乎驟得，託遺響於悲風。」請解釋他對於問題（二）要如何解決？
答案必須標明（一）（二）（三）分列書寫。（一）、（二）、（三）合計文長限 250 字 -300 字（約 11 行 -14 行）

　　　客曰：「『月明星稀，烏鵲南飛』，此非曹孟德之詩乎？西望夏口，東望武昌。山川相繆，鬱乎蒼蒼。此非孟德之困於周郎者乎？方其破荊州，下江陵，順流而東也，舳艫千里，旌旗蔽空，釃酒臨江，橫槊賦詩，固一世之雄也，而今安在哉？況吾與子漁樵於江渚之上，

侶魚蝦而友麋鹿；駕一葉之扁舟，舉匏樽以相屬；寄蜉蝣於天地，渺滄海之一粟；哀吾生之須臾，羨長江之無窮；挾飛仙以遨遊，抱明月而長終；知不可乎驟得，託遺響於悲風。」

（蘇軾〈赤壁賦〉）

（100 年大考中心學科能力測驗）

3. 仔細閱讀框線內的文章，分析作者如何藉由想像力，描述搭火車過山洞時所見的景象與感受。文長限 100-150 字。

　　鄉居的少年那麼神往於火車，大概因為它雄偉而修長，軒昂的車頭一聲高嘯，一節節的車廂鏗鏗跟進，那氣派真是懾人。至於輪軌相激枕木相應的節奏，初則鏗鏘而慷慨，繼則單調而催眠，也另有一番情韻。過橋時俯瞰深谷，真若下臨無地，驪虛而行，一顆心也忐忐忑忑吊在半空。黑暗迎面撞來，當頭罩下，一點準備也沒有，那是過山洞。驚魂未定，兩壁的迴聲轟動不絕，你已經愈陷愈深，衝進山嶽的盲腸裏去了。光明在山的那一頭迎你，先是一片幽昧的微熹，遲疑不決，驀地天光豁然開朗，黑洞把你吐回給白晝。這一連串的經驗，從驚到喜，中間還帶著不安和神祕，歷時雖短而印象很深。

（余光中〈記憶像鐵軌一樣長〉）

（96 年大考中心學科能力測驗）

4. 著濃溪營地附近，雪深數尺。溪水有一段已結冰。冷杉林下的箭竹全埋在雪下。冷杉枝葉上也全是厚厚的白，似棉花的堆積，似刨冰。有時因枝葉承受不住重量，雪塊嘩然滑落，滑落中往往撞到下層的枝葉，雪塊因四下碎散飛濺，滑落和碰撞的聲音則有如岩石的崩落，在冰冷謐靜的原始森林間迴響。

這是陳列〈八通關種種〉裡的一段文字，其中沒有任何艱難晦澀的詞句，可是寫得非常精彩。請細細咀嚼，加以鑑賞分析。

提示：請就上引文字，由「遣詞造句」、「氣氛營造」、「文章風格」三方面綜合分析。

5. 說明：下列是《水滸傳》中「山大王周通前來娶親的場景」，請細細
品味，從「遣詞造句」、「氣氛營造」及「人物描寫」三方面綜合賞析。

　　只見遠遠地四、五十火把，照耀如同白日，一簇人馬飛奔莊上
來。劉公看見，便叫莊客大開莊門，前來迎接。只見前遮後擁，明
晃晃的都是器械旗槍，盡把紅綠絹帛縛著。小嘍囉頭上亂插著野花。
前面排著四、五對紅紗燈籠，照著馬上那個大王：頭戴撮尖乾紅凹
面巾，鬢旁邊插一雙羅帛像生花，上穿領圍虎體挽狻金繡綠羅袍，
腰繫一條稱狼身銷金包肚紅搭膊，著一雙對掩雲跟牛皮靴，騎匹高
頭捲毛大白馬。那大王來到莊前，下了馬，只見眾小嘍囉齊聲賀道：
「帽兒光光，今夜作個新郎；衣衫窄窄，今夜作個嬌客。」

Notes ‿‿‿‿‿‿‿‿‿‿‿‿‿‿‿‿‿‿‿‿‿‿‿‿‿‿‿‿‿‿‿‿‿‿‿‿‿‿

‿‿

‿‿

‿‿

‿‿

‿‿

‿‿

‿‿

‿‿

搶分祕技第十招／文章評論

➡ 課前導讀

文章評論與文章賞析的差異

道生：「文章評論與文章賞析有何差異？」

e博士：「文章評論重在文章內涵探究，及考生對文章發表自己的看法及對文章給予公道的評斷，你認為好就說好，你認為壞就說壞，你發現文章的優點，加以發揚，如果有缺點，也要不吝惜指正。文章賞析則重在文字藝術的鑑賞，認同作者創作的優點，針對遣詞造句、風格特色，內涵意旨加以摘要。」

一、文章評論的精神
呈現評論者內心的真實 ⬇

　　道生：「文章評論的精神何在？」

　　e博士：「詮釋文章評論的精神，最貼切的話是孟子所說：『富貴不能淫，貧賤不能移，威武不能屈。』評論者要捫心自問，這篇文章的價值何在？不溢美，不扭曲，不從眾，不好惡，還給這篇文章真實的影響力。」

二、文章評論的寫作要領
廣博的知識及設身處地的體會 ⬇

　　道生：「文章評論要如何著筆呢？」

　　e博士：「史學家司馬遷說得好：『究天人之際，通古今之變，成一家之言。』其中『究天人之際，通古今之變』說明評論者能給文章一個真實的評價，須有豐富的人生歷練，深刻的文學史知識及多元化的學科知識，博古通今，了解此篇文章在文學史的定位及影響力。除此之外，探究與這位作者文風相近的人有哪些？做些比較，便可看出作者在文學史的影響力。當我們對這位作者的生平事蹟有所了解之後，較能體會作者在什麼時空背景下及生

命歷程中寫下這篇文章。思索作者前期與後期創作有何變化？是什麼因素促成改變？如果我是作者，處在這個時空及特殊事件的生命歷程，我會有哪些抉擇，我會有哪些感觸，我該如何應對？周遭的人因我而有哪些影響？作者寫這篇文章給我的感動何在？哪些觀點是我非常贊成的，哪些是我所反對的？哪些內容與我的生命體會有共同的感受？哪些是與我格格不入，卻能擴大我的視野及生命的深度？作者所寫文章在當時社會造成什麼影響呢？在後世又有哪些評論呢？我從前人的評論是否可以增進我對這篇文章的了解呢？我是否很認同前人對這篇文章的評價呢？還是發現前人評論的謬誤，而我能提出證據反駁呢？這些文章對我又有哪些啟示？引起我共鳴的又有哪些呢？如此一一思索，然後娓娓道來。」

道生：「如果是同時代的作者，而且尚未蓋棺論定，我又該如何評論呢？」

e博士：「問得好，凡人活著，心路歷程隨著時間及環境有所變化，當我們評論現代作家的作品時，只要就我們所體會的去評論即可。」

三、文章評論常考的題型

道生：「文章評論常考的題型有哪些？」

e博士：「最常考的是一首詩，或節錄一篇短文中的片斷去測驗考生的想法。」

精選範例

閱讀下列文章後，請就作者的所思所感，發表你的觀點，寫作一篇短文，文長五百字內。

爸　爸

◎陳麗玲

爸爸，每一個孩子身上血液的二分之一。爸爸和媽媽一樣，都是兒女們的至愛至親。但曾幾何時，和爸爸的距離卻愈來愈遠？

在幾次的心理諮商中，諮商師不約而同指出在我生命中缺少了父親愛的支撐。我強辯反駁，說我的父親非常顧家，努力工作全為了家。

他，是愛我的。不願承認的是父親對於我內在愛的給予及微細情緒照顧的缺乏。在敏感孩子心裡，失落了父親陽剛氣息的疼惜，滿脹的空虛一刺即破。父愛表示的蛛絲馬跡，遂成了幼小心靈所必須辛苦尋覓才能確認的證據。甚至懷疑父親對我是否有愛？

若說造物者愛人，卻因無法一一守護，而創造了母親。那麼，在密密呵護之上的那雙羽翼，我想，除了母親，當還有父親。只是在家庭成員關係互動中，父愛總是隱微。期待由厚實臂膀湧出的磅礡熱愛，怎麼就是在沈默裡溜走？

思路指引

(一)人皆有父，然而每個人和父親的關係可能都有些不同。本文主旨是子女因感受不到父親的愛，在成長過程中總覺得若有所失，因而對父愛產生了疑問。作者的感觸是否也讓你有些想法，不論是父親與你之間的互動，或是你對父愛的體會，都是做評論時很好的切入點。

(二)題目是希望你將觀點寫成一篇短文，所以切記不能以列點方式表示，而是要把你看過文章之後的想法，做一番簡短而完整的陳述。你的體會不一定要與原文相同，你可以將原文想像成一個人與父親的關係省思或對於父愛的心得分享，而你則是另一個分享感受的人，當然可以暢所欲言你獨一無二的看法。

絕妙好文

全世界最容易被忽略的人

◎陳麗玲

難以感受父親的愛，似乎是天下孩子的共同難題。

男人從小被要求建立強韌的自尊，再歷經工作職場的強力摧化，即便回到家中也很難卸下。他們堅強、勇敢，學不會柔軟。因此孩子感受不到父親的愛好像也是必然。而孩子也因為得不到父親的關懷，於是在許多時候，都覺得有一種欠缺什麼的孤單。也許在學校表現很好，也許遇到成長的難題，孩子很想得到父親的肯定及注意，但父親

總是很忙，忙著賺錢維持家計，讓全家人過更好的生活。「爸爸在外面工作很辛苦，你沒事不要煩他。」媽媽也總是這麼告訴孩子。一天又一天，父親錯過了孩子的童年、青春期、甚至成年。

而錯過的，便不再重來。當父親與子女有一天驀然回首，會可惜哪些原本可以共享的親密時光。父親錯過了孩子成長的感動，從另一個角度來看，孩子也錯過了父親人生的故事。因為父親並不如我們看到的堅強，當家人彼此傾訴分擔一切，他可能獨自撐過了一些工作或生活的壓力，他不會表達出來，他認為那是他的責任。因為，他是一個父親。

原來，爸爸，是全世界最容易被忽略的人。愛要及時，逾時的表達，勢必留下滿心的遺憾。為人子女者應對於父親更加關注，身為父親者也應自我審視在家庭的位置。

對父愛的疑問，原來還是以愛當作解答。

佳文共賞

(一) 標題非常具震撼力，「全世界最」是誇飾法，卻又合乎一般人的認知，為此篇短文增色不少。原文只單方面說出作者對父愛欠缺的感受，作者卻從其中反思，當父親不和孩子在一起時，孩子也是無法體會父親的苦；另一方面，當家人彼此共享或分擔時，父親總是一個人，默默地承受解決他認為只應屬於自己的難題。因此，寬容地理解了父親。

(二) 提出觀點，是文章評論重要的得分要領。作者先肯定了原文的看法，一開始就指出「難以感受父親的愛，似乎是天下孩子的共同難題。」接著提出問題的癥結點，進而抽絲剝繭分析在同一時空中兩者關係的互相欠缺，孩子要愛，父親也是要愛的。最後結論以同理心站在父親的位置，體諒他的角色扮演，也試著以客觀角度為雙方建言。

自我挑戰

閱讀下列文章後，請就作者的看法，發表你的觀點，以「我贊成核四廠興建」或「我反對核四廠興建」，寫作一篇短文加以評論，文長八百字內。

◎盧慧君

關於核四廠興建與否的問題，近幾年來一直都是全國人民在茶餘飯後熱烈討論的話題。問我是否贊成核四的興建？我想這並不是一個用簡單的贊成或反對就可以回答的是非題，畢竟核四廠的興建對我們存在著莫大的影響，所以我們不得不好好地分析一下其中的利害關係。

首先我們先思考一下，為什麼需要新增一座核能發電廠？那當然是因為電力能源不敷使用嘍！沒錯，隨著時代的進步，科技日漸發達，在我們日常生活中出現了太多的物品，樣樣都需要用電，習慣了現代便利的各種耗電器具，要人們反璞歸真，回到過去低耗電量的生活實在不容易。再加上國人普遍沒有節約能源的觀念，電力只出不進，電力開發成為迫在眉睫的問題，既然改變國人用電習慣無法在短時間內達成，那麼興建電廠便是勢在必行了。

獲得了這樣的結論，一定有人會質疑，難道沒有其他的替代方案嗎？例如水力或是火力發電？很遺憾的，現今台灣可供開發的水力能源已告枯竭，而火力發電所需要的燃料—石油在全球更是供不應求，利用核能發電似乎是唯一可行的方法。

但令人兩難的，若要利用核能發電，我們必須承擔環境遭受污染的風險，這實在教人難以取捨。若一旦核廢料外洩，其所產生的傷害誰都不願承受，於是產生了人人皆須用電，卻無人願意和電廠比鄰而居的情況。

其實大家會有這樣的想法也是人之常情，畢竟誰也不想生活在核污染的陰影之下，日日擔心自己的身體是否會產生病變。但是換個角度來想，建了核電廠就一定會造成污染嗎？果真如此，那麼台灣先前建造的三座核電廠該怎麼辦？全世界那麼多國家建造的那麼多核能發電廠又該如何是好？若是每個電廠都產生核污染，那地球豈不是要毀滅了？但就全世界各個核能發電廠運作的情況看來，發生污染的機率

可說是微乎其微。如此看來，只要確實地將防護措施做好，核電廠與核污染之間是不會劃上等號的。

✍ 寫作提示

(一)題目清楚指出「我贊成核四廠興建」或「我反對核四廠興建」，因此不論原文是贊成或反對的論述，他的論點只是提供你寫作的參考，比如他提出了「興建核四廠的理由」，他認為「核四並無其他替代方案」，「興建核四的兩難」，但結論仍認為「核電廠與核污染之間是不會劃上等號的」。以上的論點，正好可以做為你寫作時的架構，若你是持反對意見的話，亦可將其轉化。比如「反對興建核四廠的理由」、「核四有其他替代方案」、「不應興建核四」、「核電廠與核污染之間是劃上等號的」。

(二)此類題目可測驗出考生平時對時事的了解及對社會民生問題的關心程度，更可藉此測試考生思辨、比較及演繹的能力。而增強實力方法無他，就是要靠平時的累積，多參考不同媒體或報導對同一議題的論述，並訓練自己對問題保有一套條理式的解讀。

作答前務請詳閱作答注意事項及試題說明　　　　　第 1 頁

實戰演練

（答案請從本頁第 1 行開始書寫，並請標明題號，依序作答）

第 2 頁

四、經典考題觀摩

　　「文章評論」是在題目中提供一篇或一組文章、報導、故事等，讓應考人就其中的思想、觀點、寓意加以分析評論。藉此可以測驗應考人思辨、比較、演繹等能力。

　　文章賞析側重對文章寫作藝術、風格特色等的鑑賞分析，文章評論則側重對文章的思想內涵的批評討論。

---

1. 閱讀下列內文章，回答問題，文長限 200 字 -250 字（約 9 行 -11 行）。

　　　　途中是認識人生最方便的地方。車中、船上同人行道可說是人生博覽會的三張入場券，可惜許多人把他們當作廢紙，空走了一生的路。我們有一句古話：「讀萬卷書，行萬里路。」所謂行萬里路自然是指走遍名山大川，通都大邑，但是我覺得換一個解釋也可以。一條路你來往走了幾萬遍，湊成了萬里這個數目，只要你真用了你的眼睛，你就可以算懂得人生的人了。俗語說道：「秀才不出門，能知天下事。」我們不幸未得入泮（入泮：就學讀書），只好多走些路，來見見世面罷！對於人生有了清澈的觀照，世上的榮辱禍福不足以擾亂內心的恬靜，我們的心靈因此可以獲得永久的自由；所怕的就是面壁參禪，目不窺路的人們，他們不肯上路，的確是無法可辦。讀書是間接地去了解人生，走路是直接地去了解人生，一落言詮，便非真諦，所以我覺得萬卷書可以擱開不念，萬里路非放步走去不可。

（改寫自梁遇春〈途中〉）

雖然古人說：「讀萬卷書，行萬里路。」梁遇春卻主張：「萬卷書可以擱開不念，萬里路非放步走去不可。」他的理由何在？請你解讀他的看法，並加以評論。

（100 年大考中心指定科目考試）

2. 閱讀下列的文字，並根據你對《楚辭‧漁父》和屈原的了解，說明文中如何描述屈原的外貌？這些描述凸顯了屈原性格上的何種特徵？請以 200 字 -250 字加以說明。

　　（漁父）睡了一覺，下午的日光還是一樣白。

　　他一身汗，濕津津的，恍惚夢中看到一個人。

　　一個瘦長的男人吧，奇怪得很，削削瘦瘦像一根枯掉的樹，臉上露著石塊一樣的骨骼。眉毛是往上挑的，像一把劍，鬢角的髮直往上梳，高高在腦頂綰了一個髻，最有趣的是他一頭插滿了各種的野花。

　　杜若香極了，被夏天的暑氣蒸發，四野都是香味。這男子，怎麼會在頭上簪了一排的杜若呢？

　　漁父仔細嗅了一下，還不只杜若呢！這瘦削的男子，除了頭髮上插滿了各種香花，連衣襟、衣裾都佩著花，有蘼蕪，有芷草，有鮮血一樣的杜鵑，有桃花，柳枝。漁父在這汨羅江邊長大，各種花的氣味都熟，桂花很淡，辛夷花是悠長的一種香氣，好像秋天的江水……。

　　「你一身都是花，做什麼啊？」

　　漁父好像問了一句，糊裡糊塗又睡著了。

（蔣勳〈關於屈原的最後一天〉）
（99 年大考中心指定科目考試）

3. 閱讀下列的對話，先依對話內容的象徵意涵，闡釋「玫瑰」與「日日春」分別抱持哪一種處世態度，再依據自己提出的闡釋，就玫瑰與日日春「擇一」表述你較認同的態度，並說明原因。文長限 300-350 字。

　　玫瑰說：「我只有在春天開花！」

　　日日春說：「我開花的每一天都是春天！」

（杏林子《現代寓言》）
（96 年大考中心學科能力測驗）

4.閱讀下列的文章，請簡要歸納作者對文化與藝術的觀點，並從日常生活中舉例，印證作者的觀點。文長限 150-200 字。

　　　每個人生命中都有豐富的文化因素與美感經驗，有來自先天的主體脈絡，也有包容、吸納外來經驗的空間與環境。文化、藝術並非特定菁英份子的專利與責任，每個人的文化意涵不因富貴貧賤而有高低多寡之別，體認藝術的社會本質與文化的基礎，也與學歷、族群、性別沒有太大關係，更不需要高深的理論。

（邱坤良〈非關文化：移動的觀點〉）
（97 年大考中心學科能力測驗）

5.請閱讀下列資料後，分別針對老師甲、家長、吳生的觀念、態度，各寫一段文字加以論述。

（甲）老師與家長的對話

　　　老師甲：「吳茗士同學是我們班最優秀的學生，天資聰穎，不但有過目不忘的記憶力，數理推論與邏輯能力也出類拔萃，任何科目都得心應手。更可貴的是，他勤勉好學，心無旁騖，像大隊接力、啦啦隊等都不參加。我想，他將來不是考上醫學系，就是法律系，一定可以為校爭光！」

　　　家長：「我們做家長的也是很開明的，只要他專心讀書、光耀門楣就好，從來不要他浪費時間做家事。老師認為他適合什麼類組，我們一定配合，反正醫學系、電機系、法律系、財金系都很有前途，一切就都拜託老師了！」

（乙）A 同學疑似偷竊事件

　　　A 生：「老師，我沒有偷東西！吳茗士當值日生也在場，可以為我作證！」

　　　吳生：「我不知道，我在算數學，沒有注意到。」

　　　老師乙：「吳茗士，這關係到同學的清白，請再仔細想想，你們兩人同在教室，一定有印象的！」

　　吳生：「我已經說了我在算數學，哪會知道啊！而且，這干我什麼事？」

（丙）生物社社長 B 與吳同學的對話

　　B 生：「你不是不喜歡小動物嗎？為什麼要加入生物社呢？」

　　吳生：「我將來如果要申請醫學系，高中時代必須有一些實驗成果，而且社團經驗也納入計分，參加生物社應該很有利。」

　　B 生：「我們很歡迎你，但是社團成員要輪值照顧社辦的小動物喔！」

　　吳生：「沒有搞錯嗎？我是參加生物社來做實驗的，又不是參加寵物社！」

（丁）同學 C 的描述

　　「吳同學功課好好，好用功喔！不但下課時間不和我們打屁聊天，而且對課業好專注，只讀課本和參考書呢！像我愛看小說，他就笑我無聊又浪費生命。唉，人各有志嘛！我想他將來一定會考上很好的大學吧！」

　　　　　　　　　　　　　　　　　（95 年大考中心學科能力測驗）

6. 政府公務人員處理某項公務時，有時會同時面對民眾兩種不同的期待。有些民眾認為公務人員凡事應該依法辦事，才能維持政府的公信力和公平性等等。有些民眾則認為公務人員更重要的是要會彈性調整作法，不要繼續執行不合時宜的法令制度或措施，才能減少民怨和增進民眾服務滿意度等等。

譬如，根據法律規定，購買政府十年期公債者，若未在屆期後五年內兌現，此後政府就沒有償還本金的義務，但卻有位退休長者，在屆期後第六年才發現，並要求政府從寬處理，補發原本他用所有退休金購買的 150 萬元本金。

參酌上述的背景說明，請你撰寫一篇「依法辦事的正反價值」文章。文章內容至少必須討論到以下幾項重點，但如何安排文章結構的起始、段落間的承轉和全文書寫的邏輯，請自行構思。

(1) 引伸陳述何以兩個觀點，分別都是公務人員處理公務時，應該重視的原則。

(2) 論述當同時面對民眾兩種不同期待時，應該如何處理的一般性見解。

(3) 以所舉個案為例，陳述該個案背後所涉及兩種不同期待的狀況，以及你對如何處理該案的看法。

◎ 寫作導引

(1) 首段可先言明公務人員與民眾之間的關係，一種在法治的基礎上服務與被服務的關係。

(2) 第二段陳述公務人員處理公務時所應重視的原則，包括「依法辦事」的原則與「彈性調整作法」的原則，並分別說明其優缺點，以及運用的智慧。

(3) 延續第二段的陳述，說明當同時面對民眾兩種不同期待時，你的處理方式是什麼，並論述你的理由。

(4) 以所舉個案為例，詳細分析此案之所以發生的原因，以及正反兩面不同期待的狀況，並提出你的處理方式，而你的處理方式必須與第三段的論點相互呼應，才能明確表述你在這個議題上的堅持與見解。

7. 閱讀下文後，請就作者所見所感，發表你的觀點，寫作一篇短文，必須自訂題目。

　　路邊有一截斷木，已經完全腐朽，輕輕用腳一踏，就粉碎了。但是木幹上長了幾朵蘭菇，長得很好，鮮潔的顏色，肥厚的菇的帽子，十分飽滿神氣。

　　我們以為完全無用的東西，還可以生養出這樣飽滿的生命。對我們來說，是一截枯木，對這幾朵蘭菇而言，卻無疑是富庶膏腴的大地啊！

（蔣勳〈蘭菇〉）

8. 請針對下文敘述之事況、情境，以「枯葉蝴蝶的命運」為題，寫一篇
   短文加以評論。

　　　峨嵋山下，伏虎寺旁，有一種蝴蝶，比最美麗的蝴蝶可能還要
美麗些，是峨嵋山最珍貴的特產之一。

　　　當它闔起兩張翅膀的時候，像生長在樹枝上的一張乾枯了的樹
葉。誰也不去注意它，誰也不會瞧它一眼。

　　　它收斂了它的花紋、圖案，隱藏了它的粉墨、彩色，逸出了繁
華的花叢，停止了它翱翔的姿態，變成了一張憔悴的，乾枯了的，
甚或是枯槁的，如同死灰顏色的枯葉。

　　　它這樣偽裝，是為了保護自己。但是它還是逃不脫被捕捉的命
運，不僅因為它的美麗，更因為它那用來隱蔽它的美麗的枯槁與憔
悴。人們把它捕捉，製作標本，高價出售。最後，幾乎把它捕捉得
再也沒有了，這時候，國家才下令禁止捕捉枯葉蝶。但是來不及了，
國家的禁止更增加了它的身價，枯葉蝶真是因此要絕對的絕滅了。

　　　　　　　　　　　　　　　　　　（節錄自徐遲〈枯葉蝴蝶〉）

9. 閱讀下面節錄自英國作家佛斯特的名作「民主的優點」的短文，讀後
   請就相關內容，抒發見解，自訂題目，申論成文。

　　　雖然民主制度比起當今其他的政府型式，其實一樣有所可厭之
處，但是它應該值得我們某種程度上的支持。民主制度的立足點在
於相信每一個人都是重要的，相信我們的文明需要各種各類人民的
參與創造。民主制度下的人民，不會像在威權體制一樣，被分為治
人者與被治者兩個階層。我所讚美的是哪些充滿了敏銳創造力的人，
他們不會從權力的角度詮釋人生，而這樣的人也只能在民主制度下
得到最充分的發展。……民主制度還有其他優點，就是它允許批評，
如果沒有公開的批評，就會有很多被隱匿的犯罪醜聞。

　　　（譯自英國作家 E. M. Forster's "Merits of Democracy," A Writing
　　　　Apprenticeship, ed.By Norman a Britten, 1981）

搶分祕技第十一招 ╱ 文章整理

➡ 課前導讀

抽絲剝繭，錦繡文章

道生：「什麼是文章整理？」

e博士：「文章整理的道理像蠶吐出的蠶絲，人類加工後，加以染色，紅、橙、黃、綠、藍、靛、紫，七彩繽紛，製作成蠶絲被、衣衫、布料等手工藝品；材料是蠶絲，加工及彩繪和編織是人工再剪裁、再編織、再創造的歷程，提高蠶絲的利用價值，增加其附加價值。應用在文章整理，題目的引文是材料，也就是蠶絲，文章整理後所寫的成品是脫離不了材料的，就如同蠶絲被沒有蠶絲就無法製作。其中遣詞造句便是增加文章的華采，像蠶絲染了五顏六色。文章作法及內容的取捨，如同蠶絲布料剪裁，因題意及提示要求，量身訂作。」

一、文章整理的精神

整理先從計畫開始 ⬇

　　e博士：「生活中事物的整理佔了家事時間大部分，有人物歸原處，一下子就找到所需要的東西，有人卻隨地一放，當需要時，翻箱倒櫃，找得滿頭大汗，效率成了習慣的試金石。」

　　道生：「我常找不到我所穿的衣物。」

　　e博士：「您是如何整理的？」

　　道生：「當我收好晾乾的衣物，摺好，便往抽屜一塞，隨便一掛。」

　　e博士：「難怪出門找不到合適的衣物搭配。」

　　道生：「e博士，您是如何整理衣服的呢？」

　　e博士：「整理先從計畫開始。所謂計畫是先決定先後緩急、優先順序，並且將整理的事物加以分門別類，一項一項整理完了，再整理另一項。例如

衣服分春夏秋冬四季，最明顯是夏冬二季換季，現在寒流來襲，先把夏季的衣物摺好收起來，將冬季衣物分成上班、宴會、居家服，內衣褲襪和各種配件。居家服可放在抽屜，上班及宴會裝一套套配好，掛在衣櫥，隨著心情及場合搭配，方便得很，內衣褲襪及各種配件則運用分格整理盒分門別類整理好，以搭配穿著，如此每天豈不光鮮亮麗？而穿不下的衣物，則不妨考慮送給別人。同理，文章整理也是如此。先仔細斟酌文句後，體會主旨及大意所在，先用筆畫出重點及寫作時需要用的材料，然後決定哪些材料和觀點要搭配一起先用，哪些則後用。文章章法計畫好了，便依據提示所要求字數取捨，如果字數很少，先擇重要觀點表達清楚，再搭配一、兩個最典型的例子。如果字數很多，則各採各引文的菁華加以書寫。」

二、文章整理的寫作要領

見招出招，四兩撥千斤 ⬇

　道生：「文章整理要如何創作呢？」

　e博士：「見招出招，四兩撥千斤。考試出現的招式如下：

(一)當提示要求根據引文，將散亂的文章，整理成一篇條理分明，主旨明確的文章，這時先刪除冗言，再將相關的論點及例子組合編號，重新依主旨，分項取材，強調文意清晰，文筆流暢即可。

(二)當提示要寫考生寫讀後心得，這時考生要將自己生命經歷與文章不斷地對話，不斷省思內在的生命經驗及時代潮流的演變，將深刻的思想，呈現在答案卷上。

(三)當提示要求閱讀很多篇題材相近似或全然對立的文章，這時考生則要歸納出共同點或差異點，重組成一家之言。

(四)有時提示要求寫閱讀引文啟發，這時比寫讀後心得能有更進一步發揮。可選擇以小見大法，一開始先描述故事，再由這故事聯想萬事萬物的道理，驗證萬物殊途同歸，一以貫之的道理。

(五)有時提示要求寫閱讀評論，這時考生就要針對文章內容好壞，加以評述。

　換句話說，文章整理，便是閱讀寫作。」

三、文章整理常考的題型

道生：「文章整理常考的題型有哪些？」

e博士：「文章整理的範圍很廣，常運用在研究報告和論文寫作中的『文獻探討』。無論是大學入學考試或國家考試，文章整理的題型常見及常考的類別如下：

(一)文章整理類

從隨性的對話中去提煉文章重點，刪去情緒性語言及客套話，再去從對話內容中找出撰寫的重點，加以組織整理。或從多篇相近主題的文章去萃取菁華，再依自己思緒加以組織成文。

(二)文章閱讀心得或評述類

先深度閱讀，用心體會文章深意後，再寫出讀後感或評述，引文的文章是觸發創作的靈感及材料。

(三)文章閱讀啟示及閱讀新作類

重在推陳出新，從引文吸取主旨及重要觀點後，即要勇於抒發己見。」

精選範例

(一)請仔細閱讀參考以下文字，整理出自己的思緒，以「寂寞」為題，另寫一篇散文，文限一千字內。

1. 交談

樹葉與風交談。

筆與紙交談。

棉被與床交談。

礦泉水與保特瓶交談。

眼鏡與眼睛交談。

手指與鍵盤交談。

不沾鍋與瓦斯爐交談。

書與心交談。

吸管與嘴唇交談。

地板與腳交談。

眼淚與面紙交談。

思念與天花板交談。

音樂與牆壁交談。

相片與回憶交談。

我　與誰交談？

（引自陳澤深〈民91〉。想念你。台北：台灣廣廈出版集團愛閱社。）

2.尋找

◎陳麗玲

　　我開始感受到一個人的孤獨。並知道自己一個人無法過得較好，但是，心裡卻充滿了掙扎的痛苦。如果，我只是不停地在尋找依靠，那誰又是永遠不變的港口呢？也許，港口並不會移動，然而，海上的船是否能永遠追隨指引的光而不迷航呢？

　　我是船、我是港口、我是海──我是流動的，也許，落日盡處才是故鄉。

思路指引

（一）參考文字在此的功能是擔任觸發思路的媒介，並不是要考生模仿其形式、語言、風格或想法，而是藉由整體呈現，讓考生從中體會而滋生自我的創作，也就是閱讀並吸取了其寫作精華後，加以思緒整理，重新創造出一篇嶄新作品。

（二）兩篇文章以「交談」和「尋找」為題，其實都充滿寂寥的愁緒，而希望能找到傾訴與陪伴的對象。體會到這一層意涵，應就可以掌握寫作方向。相信每個人都有寂寞孤單的時刻，是親人遠離、是結束一段感情、是對天地宇宙的感懷、是沒來由地對生命的恐懼，不管

是大或小的寂寞，當寂寞來襲時，你有什麼感覺？你怎麼面對？如何釋懷呢？同時，和你的寂寞相對應的外在環境是處於何種狀況呢？把屬於你個人的絕對寂寞感受寫出來，並與外在作對比，讓寂寞感更為突顯。

絕妙好文

◎胡蕙萱

「孤獨的人並不寂寞，寂寞的人卻很孤獨」，這是大學同學在BBS站建立的名片檔，心想他大概是有深刻的體悟才會寫下這句話，否則，大學生活怎能容許寂寥無趣的存在？然而，當寂寞像浪一波又一波朝我襲來，我才明白自己終究不只是孤獨而已。

自從選擇另一種生活之後，一個人吃飯，一個人看電影，一個人散步，如此閒適的生活，讓工作忙碌的友人大嘆求之不得，殊不知一個人的無話可說，看著成群的人們談天笑鬧、叨叨絮語，或是不小心瞧見情人們正甜蜜地交換耳語，內心的空虛感更形巨大，壓迫每一條渴望顫動的感覺神經。

人無法離開群體生活。許多人想逃離令人窒息的城市，遠離擁擠的車潮，離開罹患購物症的人群，出走狹隘的巷弄。遠離一切，只為得到喘息的空間。可是人與人之間一旦築起高聳的磚牆後，卻又耐不住寂寞，渴望一個溫暖的擁抱和親切的微笑。

於是我只能正面迎擊，就像人出生後不得不面對死亡。試著多唸幾本書，領會文字構築的空間；試著多看幾部電影，想像生活擁有的可能性；試著多拍幾張照片，凝視瞬間捕捉的真實。可是心卻像個無底洞，永遠無法滿足。我向它迎擊，只是對著空氣揮拳，徒勞無功。再多的文字也只是抽象意義的聚合，膠捲滾動的是虛構的人生，觀景窗所擷取到的，充其量只是近乎真實的仿傚。寂寞的存在正好再次證明自己的空虛和不安，讓巨大的空虛與不安有正當理由滲進每個孤獨的時刻，與之長相左右。

總有結束的時候吧！我這麼想著，總有一天，寂寞的人們會拿著

錘子敲碎寂寞的牆，開啓新的道路，那會是一條康莊大道、一條幸福之路。

可是寂寞起於人啊！它也必須由人來終結。假如我願意多和人交談、多花時間訂幾個約會、多打幾通電話……。

甚至多一點笑容。

那麼，或許我能稍微釋放空虛的情緒，讓人情的溫暖填補進來。大學同學的醒悟或許有我這般思考的歷程，「孤獨的人並不寂寞」源於他時時刻刻與另一個自我對話，寂寞只有無盡的怨懟。驅散寂寞，心靈需要真實力量的慰藉，我想那並非文字或影像能夠代替。

只需要靠近。

佳文共賞

(一)作者以個人的寂寞思緒為起點，卻梳理出一般人們共同的寂寞感懷。尤其寫出了應付寂寞的方式「試著多唸幾本書，領會文字構築的空間；試著多看幾部電影，想像生活擁有的可能性；試著多拍幾張照片，凝視瞬間捕捉的真實」，然又破解了這些方法的不堪一擊。「再多的文字也只是抽象意義的聚合，膠捲滾動的是虛構的人生，觀景窗所擷取到的，充其量只是近乎真實的仿傚」。文字洗鍊精彩，富含哲思。

(二)作者領會到寂寞起於人，也必須由人來終結，「多和人交談、多花時間訂幾個約會、多打幾通電話……。甚至多一點笑容」，作者「拿著錘子敲碎寂寞的牆」，更進一步認知到，孤獨的人之所以不寂寞，就在他勤於自我對話，「心靈需要真實力量的慰藉，我想那並非文字或影像能夠代替」。這些體悟式的描寫，讓寂寞重新再找到出口，而使結構層次感提升，文章更耐人尋味。

自我挑戰

請仔細閱讀參考以下文字，一方面整理出其涵意，一方面也整理出自己的人生體會，另寫一篇散文，題目自訂，文限一千字內。

（一）位子

看電影要買票訂位子，聽演講要早點到搶位子，照相前須先擺好 pose 站好位子。

工作有工作的位子，床有床的位子，愛人有愛人的位子。

到城市尋找工作的位子，到床上尋找作夢的位子，到愛人的懷抱尋找被愛的位子。

如果有一天，工作沒了、夢碎了、愛人走了，我們還能不能找到自己的位子？

（引自陳澤深〈民 91〉。想念你。台北：台灣廣廈出版集團愛閱社。）

（二）第一天

◎陳麗玲

失去工作的第一天，我一個人在外面晃盪了一天。坐車的人，走路的人都與我無關。二十四小時之前，我忙著趕車、跑步、爬樓梯，在辦公室裡穿進穿出。一覺醒來，世界變了，在今天，我張望著明天，也張望著另一天。

✍️ 寫作提示

（一）「位子」，用來隱喻抽象的人生位置，找位子，其實也就是找人生的位置。每個人一生都花很多時間、很多力氣在找位子，坐位子，離開位子，正因為人生的角色是變動的，誰也不可能永遠停留在同一個位子上。「第一天」則是一段隨筆，是失去工作之後，重新面對新的一天的心情。了解兩篇文字的意涵，映照自己的人生經驗，可以綜合整理，寫一段尋找人生定位、追求人生價值的歷程。

（二）寫出這段歷程的高低起伏，可以兩種思維模式：一是擁有位子而後失去位子，對你的衝擊與啟示；另一是努力找到位子的奮鬥過程，所帶給你的滿足及啟發。當然你也可以交錯敘述多次換位子的感受，重點是讓人的心情隨著你坐上位子，離開位子，跟著你的生命階段起起落落，就稱得上是佳作。

作答前務請詳閱作答注意事項及試題說明　　　　　第 1 頁

實戰演練

（答案請從本頁第 1 行開始書寫，並請標明題號，依序作答）

第 2 頁

四、經典考題觀摩

　　「文章整理」是在題目中提供一段或數段具有相關性的資料，要求應考人將這些資料加以整理，組織成一篇條理清楚、主題明確的文章。藉此可測驗應考人歸納、整理、排序及掌握要點、剪裁繁蕪的能力。

---

1. 說明：閱讀下列資料，綜合各則要點，重新組織，以〈再生紙〉為題，撰寫一篇四百字至五百字（含標點符號）的白話短文，以發揮資料中的觀念。

(1) 「環保」這個話題，近年來在全世界引起廣大的迴響，多年來人類罔顧「環境倫理」，對大自然任意破壞，已導致了地球生態環境的失調。……以被稱為「地球之肺」的熱帶雨林為例，平均每一秒鐘就有一個足球場大小面積的森林被砍伐，而其砍伐的速度卻遠超過樹木的生長速度，面對此種情形，消失中的森林已逐漸成為世界共同的隱憂！

(2) 「再生紙」廣義而言就是把廢紙回收處理後再製成的紙。其中又分工業用再生紙及文化用再生紙。……就紙漿來源來看，雖然國內一九八九年廢紙回收量高達百分之四十五，居世界第一，但每年仍必須自國外進口大量廢紙，其原因不外乎國內廢紙回收沒有分類，或者是分類不合乎紙廠處理條件而導致了資源的浪費。如果能將國內廢紙妥善回收，則可節省每年進口紙張的巨額外匯，更可減少垃圾產量及延長垃圾場使用年限，可說是一舉數得，故在廢紙回收的流程中，分類是極重要的關鍵！

(3) 廢紙再生過程較原木紙漿可減少百分之七十五的空氣污染、百分之三十五的水污染。除此之外、省略了漂白處理的原色再生紙，對環境的污染可降至最低點。基於以上的環境保育觀念，「再生紙」在歐美、日本早已大行其道，例如西德已採用「再生紙」作為電腦報表紙，比例達百分之三十七點一。美國政府立法規定新聞用紙、化妝面紙需摻入一定比例的「再生紙」。日本東京都政府下令，所有影印用紙一律使用「再生紙」。甚至森林資源豐富的北歐瑞典，「再生紙」的使用也極為普遍。

(4) 森林是生命之源，近年來溫室效應逐漸導致了全球性的氣候轉變；森林的大量進行開採也使得土壤流失，水循環被破壞。而造紙卻是森林的主要用途之一，紙張的消耗量更成了衡量人民生活水準的指標。在此種惡性循環下，自然原則被破壞，人類生存環境受到威脅，所以多一個人使用「再生紙」就可多救活一棵樹，多救活一棵樹就可以讓地球更雄壯的呼吸。

(5) 「沒有一棵樹，因為你手中這本書而倒下。」在你看完此篇文章，希望你也能夠響應再生紙的使用，讓下一代依然能有一個美麗而青翠的地球！（以上節錄楊婉儀、陳惠芬、陳雪芬〈二十一世紀的良心用紙—再生紙〉）

(6) 從環境成本的角度來看，再生紙是相當經濟的。根據台北市政府的調查，台北市垃圾中廢紙佔百分之三十五點六，換算後每日有高達一千公噸以上的廢紙送入掩埋場；回收廢紙再製可直接減少掩埋場的容積壓力。

(7) 若從社會成本的觀點來看再生紙，那它的成效更是驚人。目前國內一噸垃圾的運輸費用大約是二千多元，而一公斤垃圾的焚化費用，約是五至七元，而廢紙的回收量一年為一百八十萬公噸。換言之，再生紙的推出不但達到垃圾減量的目的，一年更節省了一百四十多億的成本。（以上節錄施榮華〈再生紙環保〉）

(8) 生產一噸紙漿，約需高度八公尺長、直徑十六公分之原木二十棵。一棵用於製漿之樹木，平均經過二十年到四十年的風吹雨打，才能長到可供使用。如果只寫幾個字就被丟棄實在是暴殄天物，能加以回收利用，發揮樹木更多的生命價值，那就是功德了。若以目前國內每個月約兩萬噸的造紙市場，也就是每年至少需要砍伐四百八十萬棵樹。如果能以再生紙取代，則不但垃圾可以減量；森林也會因為減少砍伐，而對資源水土之保育，及環境生態之平衡產生更大助益。

（節錄黃修志〈再生紙的推廣〉）

2. 下面有三項資料，是三隻駱駝的自述，仔細閱讀後，寫一篇介紹駱駝的說明文。（字數一百字至一百五十字，包括標點符號。）

(1) 我叫晴晴，我的身體長得很高，脖子很長，在沙漠裡能看得很遠。上星期我在沙漠裡行走了七天，又找不到水源，幸好我是不會覺得口渴的，因我的駝峰貯存了很多脂肪，供我救急之用。

(2) 我叫輝輝，昨天跟一大隊旅行隊走在沙漠，那時風沙真大，我趕忙緊閉鼻孔才能抵禦漫天的風沙。我看見哪些商旅趕忙用毛巾掩著鼻子，真是有趣。

(3) 我沒有名字，但人們看見我和我的同類，都叫我們「沙漠之舟」，因為我們完全適應了沙漠的生活，人們都把我們當成是沙漠上的交通工具。在沙漠上行走，人們最感謝我的，是我經常替他們尋找水源，因為我的嗅覺特別靈敏呢！

3. 下列引文為楊牧的〈科學與夜鶯〉一文，請閱讀後說明文中科學家何以說：「聽的時候是無限的甜蜜，之後是無限的感傷」？

說明：

(1) 字數不限，可不必分段，亦不必成文。

(2) 不得以書信體或詩歌體寫作，違者不予計分。

　　我的朋友是核子物理學家。他突然從瑞士寫了一封信來：「去年冬天在斯得哥爾摩都沒有覺得給你寫信的必要的我，今天晚上卻忍不住心中的衝動，在實驗室給你趕這封信。午夜裡我從實驗室出來，正要上車，便被遠處小鳥的歌聲吸引住了，立刻我就想到了濟慈的夜鶯。半片殘月掛在東方山頭，樹梢間隱約閃爍著幾顆星光，靜悄悄的大地就充滿了它的歌唱。我沿著大道找去，在實驗室的籬笆外面的一棵大樹上，在枝葉的黑暗處，歌的泉源就從那裡發生。連濟慈都祇有拋筆的，我怎麼能形容它的美妙呢？」

　　「以前在大度山聽啼鳥，那，最多祇是個複音。」科學家開始他的分析：「我從來沒聽過怎麼二十幾個連音，高低有致，忽急忽緩，起先還以為最少有兩隻鳥在合唱，一高一低，但漸漸發覺高音

與低音無論多接近，卻總不是在同時發出。它真是一個全能的歌手，引起聽者無限的感觸——聽的時候是無限的甜蜜，之後是無限的感傷。」

　　我的朋友屬於真正的「尖端」科學家，他們一年之中，上半年在麻省理工學院，下半年在日內瓦尋找各式各樣奇奇怪怪的「粒子」。「粒子」是找到了，已經震驚了全世界，那也許是永恆的知識。可是當他們對全世界宣布他們已經找到了一個甚麼「粒子」的時候，有人問，這個發現有甚麼用？他們的答覆是，目前說不出有甚麼用，也許十年二十年以後它可顯示出它的用處來。真正的科學，他們說，總是如此。我也相信總有一天它會改變人類的生活型態。而就有那麼一個午夜，他從實驗室出來，聽到小鳥的啁啾，好偶然的際遇，他用尋找「粒子」的精神去尋找那聲音的來源。哦，是夜鶯，他發現，是一隻同時可以唱出二十幾個連音的夜鶯，這是他初步的發現。可是他不會解說這發現。不會解說的發現不算發現，我想他會同意我這樣講。他覺得甜蜜而感傷，卻不知道為甚麼，乃轉向濟慈一首詩——一份短暫的體認，一百六十年前寫出來的抒情詩，偶然的發現。也到這時他才算真正發現了夜鶯，發現了時間和自己的生命。

　　一顆甚麼「粒子」被發現，解說，承認，但謙沖的物理學家衹說，那是發現，並不能在短暫的時光裡給予甚麼，它是不是改變人類的生活型態，須是若干年以後才能分曉。可愛的科學，偉大的科學。一首詩被發現，在一百六十年前，被一位蒼白孱弱的英國詩人發現了，那也是一顆「粒子」，在人類的心志意識中形成，可是它又能給予甚麼呢？然而它給予許多。在日內瓦核子科學研究中心試驗室的籬笆外，它為一位深刻思維的中國物理學家解開時間和生命之謎，快樂和憂傷之所自來。詩不是可怕的，所以並不偉大，然而詩——即使衹是一首描寫夜鶯的抒情詩——也不但是短暫的體認，竟是永恆的知識。

（大考中心題庫試題）

4. 請參酌下列引文各家觀點，並結合自身經驗、體認，用自己的文字寫出人與自然共生共榮、交流感發的關係。

說明：

(1) 文長不得超過六百字，必須成文。

(2) 不得抄襲或組合原文，違者不予計分。

(3) 不得以書信或詩歌體寫作，違者不予計分。

1. 天地有大美而不言，四時有明法而不議，萬物有成理而不說，聖人者，原天地之美而達萬物之理。

《莊子·知北遊》

2. 人是自然的產兒，就好比枝頭的花與鳥是自然的產兒；但我們不幸是文明人，入世深似一天，離自然鄉遠似一天。離開了泥土的花草，離開了水的魚，能快活嗎？能生存嗎？從大自然，我們取得我們的生命；從大自然，我們應分取得我們繼續的滋養。哪一株婆娑的大木沒有盤錯的根柢深入在無盡藏的地裡？我們是永遠不能獨立的。有幸福是永遠不離母親撫育的孩子，有健康是永遠接近自然的人物。不必一定與鹿豕遊，不必一定回「洞府」去；為醫治我們當前生活的枯窘，只要「不完全遺忘自然」一張輕淡的藥方，我們的病象就有緩和的希望。在青草裡打幾個滾，到海水裡洗幾次浴，到高處去看幾次朝霞與晚照——你肩背上的負擔就會輕鬆了去的。

（徐志摩〈我所知道的康橋〉）

3. 望著湯湯的流水，我心中好像忽然徹悟了一點人生，同時又好像從這條河上，新得到了一點智慧。的的確確，這河水過去給我的是「知識」，如今給我的卻是「智慧」。山頭一抹淡淡的午後陽光感動我，水底各色圓如棋子的石頭也感動我。我心中似乎毫無渣滓，透明燭照，對萬彙百物，對拉船人與小小船隻，一切都那麼愛著，十分溫暖地愛著！我的感情早已融入這第二故鄉一切光景聲色裡了。我彷彿很渺小很謙卑。

（沈從文〈湘行散記〉——1934 年 1 月 18 日）

4. 自然與人、人與自然之間的關係，可分從兩方面言之：人類的生存依賴於自然，不可一息或離，人涵育在自然中，渾一不分；此一方面也。其又有一面，則人之生也時時勞動而改造著自然，同時恰亦就發展了人類自己；凡現在之人類和現在之自然，要同為其相關不進遞衍下來的歷史成果，猶然為一事而非二。……人類的發展和自然的變化今後方且未已；這是宇宙大生命一直在行進中的一樁事而非二。

（梁漱溟〈人心與人生〉）

5. 半個鐘頭以後，雪漸漸小了，天色廓清。在神聖的寂靜中，我搖下窗戶外望，覺得天地純粹的寧謐裡帶著激越的啓示，好像將有甚麼偉大的真理，關於時間，關於生命，正透過小寒的山林，即將對我宣示，一種宿命的接近，注定在空曠和遼闊的雲霧中展開。我不自禁開門走出來，站在松蔭的懸崖上，張臂去承受這福祉，天地沈默的福祉，靜的奧義。

（楊牧〈搜索者〉）

6. 在那次途程中，接近四川邊境時，那在夕晚中高聳入雲的秦嶺，那遍山的蒼老松櫪，和獵戶的幾把輝亮野火，山村居民驅狼的銅鑼聲，引起我一種向所未有的肅穆之感，李白的詩句「慄深林兮驚層巔」，宛如活生生地呈現在我的眼前了。天地間雄偉的景色使我憬然瞿然。我感到生命的布景竟是如此的壯美，自己應該如何實踐生命的意義、聖賢教訓，以不負在這壯麗的、自往古至今日的連續劇中，做了一個小小的角色。……而窗前這幾片樹葉，更使我感到造物者的智慧、細心，他以大筆寫意，為我們描出了高山長水，而又如此的心思細膩，連幾片小小的木葉，都不掉以輕心，都仔細地予以賦色、描繪，使我們生活中處處發現了美的痕跡，我遂進而悟解出：自己在日常的生活的畫室中，也應摹仿這位偉大的畫師，一筆不苟；更使自己生活的畫面上，無一漏筆或敗筆出現。

（張秀亞《白鴿‧紫丁花‧幾片樹葉的聯想》）

7. 山靜，水動

動靜之間自有大自然的脈動運轉。

凡人疲於生活，未必能領會天地間山水的奧祕，因此只能算是山水所屬而已，一切仰賴山水而生。

仁者與天地同體，聖者則能閱讀山水的智慧，從中取得生命的方向。

因此仁者樂山，智者樂水；求其沉穩靜謐，求其流暢、可塑、能應萬變的特性也！

（王鑫〈看！岩石在說話〉）

5. 閱讀下列資料，依框內要求作答。

1. 香米
「香米」，顧名思義即是煮熟後會散發出香味的米。民國六十六年的農業試驗所，嘉義分所開始從事香米育種研究，引進國外香米品種與臺灣優良水稻品種進行雜交育種。

2. 益全香米
益全香米穀粒大而飽實，米粒透明度佳，黏度適中、彈性優、口感Q。據實驗，其單位面積產量比一般稻作多，育苗時間短，對於稻熱病的抵抗力強。益全香米具獨特的芋頭香，據吃過的人表示，掀開飯鍋時，會被那股香芋味感動。……。

3. 臺農71號
「臺農71號」是繼「臺種4號」及「臺農72號」之後，在臺灣地區育成的第三個型香米品種。
「臺4號」是民國79年由花蓮區農業改良場命名；「臺農72號」則是於民國76年由農試所嘉義分所命名，兩種米雖然都有香味，但各有缺點，雖曾推廣種植，卻成效不佳。「臺農71號」是以「臺種4號」為父本，取其具有國人喜愛的芋頭香味，母本則為外觀、品質均佳的「日本絹光米」。農試所自民國81

年起正式將「臺種4號」與「絹光米」進行雜交，據參與育種的人員指出，「臺農71號」不僅是二十幾年來農試所自行雜交育種成功的第一個稻作新品種，也是農業界首度跳脫舊框架，以品質而非產量或抗病性為主要育種目的的新品種。專家表示，連栽種方法也不能再循舊有模式，農民必須配合新香米的生長特性作改變。

4. 關於郭益全

姓　　　　名	郭益全
籍　　　　貫	臺南縣 鹽水鎮
生　卒　年	民國35年生，民國89年9月9日猝逝，享年55歲。
死　　　　因	家族本有心血管疾病病史，又因工作過勞，引起胸口悶痛卻不察，導致心臟病發，送醫不治。
學　　　　歷	美國 德州農工大學博士，研究「水稻遺傳與育種」。
經　　　　歷	民國81年起，擔任農試所「水稻育種計畫」主持人，帶領團隊投入高品質香米品種改良工作。民國89年10月25日，正式通過農委會之審查登記，命名為「臺農71號」。
工作信念	「要種稻，就要種好稻；要吃米，就要吃好米。」
讚　　　　譽	1. 農試所同仁讚譽他是「接受正統水稻遺傳育種訓練，在臺灣從事相關研究的第一人」。 2. 農委會視「臺農71號」為革命性稻作品種，為紀念郭益全，特訂名為「益全香米」。
其　　　　他	1. 郭益全猝逝後，同事接手他未完成的事務，見堆積如山的資料，才體會到他對工作的投入有多深。 2. 郭夫人說：「每天洗米的時候就會想到他，如果他能吃一口香米再走，該有多好！」

5. 加入 WTO

　　加入「世界貿易組織」（WTO）後，世界各國的米將大舉進軍臺灣，從日本高級米「越光米」、泰國皇家御用米到美國米、澳洲米……，對稻農而言無疑是一大打擊。

閱畢上列資料，相信你對臺灣香米育種歷史及「益全香米」靈魂人物郭益全博士已有初步的認識。香米的育種過程讓我們看見，即使是最尋常的東西，也藏有無名英雄的心血。

現在假設要立一座「香米碑」，告訴民眾香米的故事，請將上列資料融會貫通，並運用文學想像，以「香米碑」為題，鋪寫一篇紀念郭益全博士並記述臺灣香米育種歷史的文章，文長不限。

注意：無須拘泥於碑文體製。

6. 請依據下文旨意，對文中「八面玲瓏」之意加以闡釋發揮。文長不限。

說明：

(1) 文言、白話不拘，須加新式標點。

(2) 不得以詩歌或書信體寫作，違者不予計分。

　　昨遊江上，見修竹數千株，其中有茅屋，有棋聲，有茶煙飄颺而出，心竊樂之。次日過訪其家，見琴書几席，淨好無塵，作一片豆綠色，蓋竹光相射故也。靜坐許久，從竹縫中向外而窺，見青山大江，風帆漁艇，又有葦洲，有耕犁，有餉婦，有二小兒戲於沙上，犬立岸傍，如相守者，直是小李將軍（唐朝山水畫家李思訓）畫意，懸掛於竹枝竹葉間也。由外望內，是一種境地；由中望外，又是一種境地。學者誠能八面玲瓏，千古文章之道，不出於是，豈獨畫乎？

　　乾隆戊寅清和月，板橋鄭燮畫竹後又記。

（鄭燮〈遊江〉）

7. 請閱讀下列二則故事後，將所獲得的啟示寫成一篇結構完整的文章。
   題目自擬，字數不得少於六百字。

   (1) 趙老闆運了一船鮮蚌在海上航行，阻於風浪，誤了歸期，滿船
   蚌肉都腐爛了，老闆見血本全部損失，急得要跳海自殺。

   船長勸他：「等一等，也許你還剩下什麼東西。」他率領水手
   清理船艙，從滿船爛肉中找出一粒明珠來，它的價值足以彌補
   貨價和運費而有餘。

   (2) 兩家製鞋公司都派員到非洲去調查當地的市場，兩人在非洲所
   見相同，其中一人拍回電報向公司當局報告：「毫無希望，這
   兒的人根本不穿鞋子。」可是另一個調查員拍回去的電報大異
   其趣，他說：「大有可為，這兒的人都還沒穿鞋子。」

   （節錄自王鼎鈞《開放的人生》）

   （台北市高中推甄試題）

Notes

搶分祕技第十二招／仿寫

→ 課前導讀

模仿是學習的開始

ｅ博士：「從牙牙學語開始，人類的語言從模仿開始。人類許多社會性行為，從同伴身上模仿而來，模仿是人類天生求生存與社會化的一個學習型態。」

道生：「從小我臨摹字帖，練習書法，學習大人握筆的姿勢，學習媽媽如何拿筷子夾菜，模仿大人的聲音、表情及日常生活的動作，逐漸成為習慣，習慣成為自然。」

ｅ博士：「同樣文學家在創作以前，也曾經閱讀名篇佳作，如杜甫熟讀《昭明文選》，讀書破萬卷，下筆如有神，歐陽修年輕時閱讀韓愈的文章，愛不釋手，日日揣摩創作，終於自成一格。」

一、仿寫的精神

師其意而不在師其詞 ⬇

　　道生：「仿寫的精神是什麼？」

　　ｅ博士：「仿寫不是完全依樣畫葫蘆，更不是種瓜得瓜，種豆得豆。也不是像放大鏡將原物放大，也不是像透視圖依原樣縮小。而是依題意的提示及要求，照其規定，運用自己所思所感所經歷的生命經驗去創作。即師其意而不在師其詞。」

二、仿寫的寫作要領

　　道生：「仿寫有哪些寫作要領？」

　　ｅ博士：「(一)師其意：模仿名篇主旨，段落大意及寫作方法，使整篇仿寫內容與名篇的風格及內涵近似。(二)不師其詞：仿寫最忌諱完全拾人牙慧，鸚鵡學語，一字不漏將引文完全抄襲，沒有自己的見解及遣詞造句的新

意。成了『千古文章一大抄』，失去文化進步的意義。」

　　道生：「那要如何不師其詞呢？」

　　e博士：「仔細深究引文的微言大意，針對自己對引文的體會，去創新並取捨材料。可以模仿引文的修辭及語氣行文。甚至模仿文體及文章作法來創作。」

　　道生：「可舉出實例嗎？」

　　e博士：「如王勃所寫〈秋日登洪府滕王閣餞別序〉：『落霞與孤鶩齊飛，秋水共長天一色。』據說仿寫庾信〈馬射賦〉：『落花與芝蓋齊飛，楊柳共春旗一色。』王勃選擇庾信句子，因喜愛句式的結構，進而模仿句式，填寫新詞，另謀佳篇。

三、仿寫常考的題型

　　道生：「仿寫常考的題型有哪些？」

　　e博士：「常考題型：常用詩歌，因詩歌有最精鍊的文意，最豐富的意象，最能測出考生仿其意，而不師詞的功力。其次，模仿名篇散文，截取一段，但仿寫時，不能亦步亦趨，而無自己的新意。」

精選範例

　　歐陽修的〈秋聲賦〉：「歐陽子方夜讀書，聞有聲自西南來者，悚然而聽之曰：『異哉！』初淅瀝以蕭颯，忽奔騰而砰湃；如波濤夜驚，風雨驟至；其觸於物也，鏦鏦錚錚，金鐵皆鳴；又如赴敵之兵，銜枚疾走，不聞號令，但聞人馬之行聲。」及蘇軾的〈赤壁賦〉：「客有吹洞簫者，倚歌而和之。其聲嗚嗚然：如怨如慕，如泣如訴；餘音嫋嫋，不絕如縷；舞幽壑之潛蛟，泣孤舟之嫠婦。」其用具體的形象描寫抽象的聲音，成為千古佳作。請參考上述二文，仿寫一篇以大自然聲音為內容的散文，文限一千字內，題目自擬。

思路指引

(一)大自然聲音包括風聲、雨聲、雷聲、流水聲、蟲鳴鳥叫聲、……，可以發揮的範圍很大，寫作時可以只選定一種聲音做闡述，也可以選擇在同一個時空內表現多種聲音形貌。

(二) 若選擇一種聲音做闡述，要儘量從各個面向加以形容，可包括這種聲音原始的特色、不同時間點的差異、和人的情緒或記憶的共鳴；若選擇多種聲音做闡述，除了以上要點，還可以多加描述這些聲音交融的場景，但忌諱只做泛泛之談。

(三) 具象描述是本文取得高分的重點，千萬不要只堆疊了眾多形容詞，這樣並無法觸動人心。另外，若能以擬人法的寫法，易地而處站在物的立場去設想它的生命旅程，文章將更有生命力。

 絕妙好文

聆 蟬

◎邱維瑜

春天是花開爛漫的季節，總是燦爛地叫人心痛，濃郁的香氣遊蕩在你我之間，是華麗豔射的駢文，讀完徒留不知所措的虛無。蟬聲是夏季的高潮，聲聲蟬鳴，雖短卻輕易左右思緒。如四面楚歌千軍萬馬奔騰而來，沒有目的地把人拋向某個地方，流浪；又是一卷童年的錄音帶，緩緩播放當初拾起的蟬鳴，原音重現。夏蟬，那急切短促的聲音乍起乍停，緊緊綑綁我隨之起伏的心湖，靈魂似滔天巨浪，攀入雲端又跌落沙灘，瞬間的撼動勝過一季繁華的艷麗。

風把歡樂的童年推向天空，蟬聲配合得放肆喧鬧，那一波波聲浪淹沒現實。蟬聲喚回童心也喚起記憶，是一陣襲人的浪激起我們的心靈，想要擁有那不可捉摸的聲音，所以捉蟬。小孩子不懂，長大後才有某種覺悟。捉得住蟬，卻捉不住蟬聲，蟬亦是禪，在我們被各種聲光控制得麻木不仁時，不知覺沁入生活；但當我們企圖捕捉，卻什麼也沒有。

蟬鳴明朗的節律吟誦著，蟬抒發對仲夏熱烈的情感，有牠執著的生命情調，無可取代。晨間的蟬鳴朦朧清逸，遙遠亦透明，使人的心靈澄澈，有「何處惹塵埃」的領悟。午後的蟬鳴喧囂，黃昏的蟬鳴洗滌該沉澱的人心，如一潭清泉的天籟，感覺是那麼心曠神怡，遠離塵囂。

聆聽蟬聲，起初只是感官的本能，漸漸成為一門心靈的藝術。那仲夏放晴的日子，蟬聲可如行雲流水讓人了卻憂愁，如驚濤駭浪激起心中的漣漪，又如狂浪淘沙攫住手裡的輕愁，可以纏綿地如泣如訴，可以撕裂絹帛般鏗鏘、擲地有聲，而寥寥的斷簡殘篇只留下一些悵惘和感傷。

蟬鳴如生命之歌，牠在暗無天日、濕冷的地下度過大半的生命，牠委屈地蟄伏只為了夏季的盡情奔放，待到曙光乍現，展開一生中最亮麗的風華。牠的聲音即是不斷散發的熱情，那聲聲蟬鳴高唱所綻放的火花令人驚歎。在地底好些年，就因為那一個月甚至一星期的絢爛，又有何憾？

當牠們不約而同收住聲音時，胸臆之中，似乎有許多豪情悲壯的故事要說，說某個夏夜的羽化，和著聲嘶力竭的鳴叫，敘述傳奇的一生。每年每年，俐落依舊的蟬鳴呈現夏季的精華，似絕句雖短，卻餘韻無窮。

佳文共賞

(一) 本文成功之處在於運用了許多具體的象徵，形容抽象的蟬聲。尤其首段「又是一卷童年的錄音帶……」，使得思念童年的情懷有所依據，更與現在的體悟有所聯結。

(二) 於是蟬聲不再只是一種聲音而已，蟬亦是禪，第二、三、四段細膩描寫不同時間點蟬聲帶給作者的心靈感受，這種映照個人生命體驗的感懷式抒寫，極易引起共鳴。

(三) 末二段寫法乃作者從個人感懷又回到蟬的聲音、蟬的生命，將心比心以蟬戲劇化的一生，做為收束。尤其「當牠們不約而同收住聲音時，胸臆之中，似乎有許多豪情悲壯的故事要說……」，情韻綿長，頗有引人回味之感。

自我挑戰

請自由選擇一種動物，並從其角度，模仿以下引文寫作型式，文限六百字內。

◎胡瓊文

　　喵……喵……，小花貓住到對面窗子的第七個晚上，我終於在王老闆家的屋頂，發現她留給我一個人的「賣身契」，上面蓋好了她美麗的爪印：

1. 哼哼，從此以後，我們可不能常常窩在自己家火爐烤火，得到屋頂上吹風了。

2. 你要常常到我主人家屋樑子來，我有空也到你主人家陽台去，但是不要忘記我們的新家在外面紙箱裡。

3. 還有記得多藏一些好食物到紙箱裡面去。

4. 以後不管小貓像你還是像我，高貴的黑色或是華麗的花色，我們都一樣喜歡他們。

5. 每天都要一起坐在屋頂看月亮，除非下雨。

6. 你要替我梳毛，讓我沒有一天不漂亮；也只有我可以替你梳毛，要是哪隻野貓梳了你的毛，看我不抓花他們的臉才怪！

7. 咱們說好如果誰的主人搬家了，一定要逃出來，流浪也不要怕。

8. 每個星期要一起出遠門去郊遊一次。

9. 我們要記得對方愛吃什麼，愛玩什麼，愛聽什麼歌，愛去什麼地方，愛什麼東西，愛誰。

10. 你的朋友就是我的朋友，我的朋友就是你的朋友，我們除了喜歡自己的朋友，也愛護彼此的朋友。

寫作提示

(一) 動物的語言與思考，人類鐵定難以模仿。所以要將動物擬人化，賦予人類的愛憎情緒，另一方面也要將人類擬動物化，設想動物所處的世界。引文生動描寫了一隻小貓對另一半的親密宣言，文字活潑逗趣，作者已然化身成貓，把貓的愛戀心情形容得出神入化。

(二) 確實掌握動物的特性，習性，發揮想像力，想想人類對愛情的追求、執著、奉獻、夢想，移轉到動物身上會是何等模樣？愛戀時的痴言傻語，若發生在動物的世界又會以怎樣的型態展現？將心比心，文字用語力求簡單幽默，情意動人。

作答前務請詳閱作答注意事項及試題說明　　　　　　　　第 1 頁

實戰演練

（答案請從本頁第 1 行開始書寫，並請標明題號，依序作答）

第 2 頁

四、經典考題觀摩

「仿寫」是提供一段或一篇範文，要求應考人運用自己所掌握的材料，寫成類型相似的文章。仿寫的項目，可以仿思想內容、組織結構、表現手法或句式、段落、修辭等。這種題型可以測驗應考人閱讀、依文章類型寫作（如公文寫作）之能力。

---

1. 所謂精彩的文字，除了語言須錘鍊、技巧須講究外，在描繪具體事物時，要鮮明而生動；摹寫抽象情思時，要細膩而雋永；並且往往情景交融、相互烘托，以下選自楊牧《亭午之鷹》（紐約日記），雖短短五百字，卻頗能符合這樣的標準，堪稱精緻動人。請仔細閱讀、品味，以「窗外」為題，另寫一篇文章，文長不限。

   提示：

   (1) 須點明「時間」與「空間」。

   (2) 須有具體的景象以及自己興懷感悟。不可亦步亦趨模仿原文。

   　　所謂「窗」，可以是任何形式的窗，如天窗、車窗、教室的窗或監獄的鐵窗等等。

   　　我把窗簾拉開，簾後還有一層帆布帘子，我隨手抽那繩索，布帘一抖向上衝，眼前亮了，天光照了進來。

   　　窗外正是中央公園。隆冬落盡葉子的樹林從腳下向遠處伸展，呈現一種介乎枯槁和黃金的光彩，在寂寂停頓中透露無窮生機，公園西東兩條道上的巨廈連綿起伏而去，俯視那片樹林。天空是灰中帶著微藍的顏色。早晨八點鐘，也許正逢上星期天，你會覺得紐約是死靜的，好像剛經過一場政變，悄悄然甚至還有點不安或恐佈，人們在屋裡等待觀望，不知道應該做甚麼，不知道如何處理這一整天的時間。

   　　從十六樓向下望，路上幾乎就是空曠的。紅綠燈還照常閃動。對街有兩座銅像，都是騎者之姿，耀武揚威的樣子，散發著古舊的綠鬱，軍帽和馬蹄構成一種可笑的角度，頡頏均衡。那騎者的長刀下指，我集中精神朝那方向看去，刀尖下兩個男子圍著一個大鐵桶在跳動，桶裡生了一盆多煙的火，大概是昨天晚報或早報，從垃圾

箱裡撿來的。他們將報紙點上火，就站在鐵桶邊取暖，縮著脖子搓手，不時還跳著，並且說話。但聽不見他們在說什麼。那火旺燃燒上片刻就弱了下來，他們輪流到樹邊的垃圾桶裡掏拿，一疊一疊報紙扔進桶裡，白煙突突冒升，在早晨冰寒的公園一角，銅像騎者的刀尖之下。

　　早起的鴿子零落地飛來。

　　鴿子又停在廣場上，毫無聲息。

（引自大學入學考試中心，語文表達能力測驗預試卷四。第三大題。）

2. 就寫作而言，比喻是一種重要的技巧，以下五則資料，是不同作家對「生命」的不同比喻，他們除了採用「生命像□□」的表達方式，並對這種比喻作了進一步的描寫。請以「朋友」或「夏天」為題（二者擇一），運用類似的比喻法，寫一段文字，文中須包含此種句型，字數以八十字為限。

(1) 生命好比是一只箱子，這只箱子很小，裝不下太多東西。

（王鼎鈞〈旅行箱〉《人生試金石》）

(2) 生命是那麼瞬息而不留痕跡，像淌下來玻璃窗的一滴雨。

（鍾玲〈竹廈──雪湖書簡之一〉《赤足在草地上》）

(3) 生命像個鐘擺，不得不開始，不得不在死亡與疲倦之間擺動，然後不得不停止。

（簡媜〈陽光不到的國度〉《水問》）

(4) 到如今我仍堅持：生命應該像鞭炮，劈哩啪啦一陣就完了，有聲勢、有繽紛、有壯烈、也有淒美。

（張拓蕪〈老，吾老矣！〉《左殘閒話》）

(5) 生命是一個古怪的盒子，打開或關上，彷彿不由自主。然而在裡面，我們卻可以任意蒐集我們一生此起彼落無數的煙花。

（喻麗清〈盒子裡的黃花〉《依然茉莉香》）

搶分祕技第十三招／看圖作文

→ 課前導讀

視覺化思考

e博士：「『看圖作文』這四個字倒著看，就成了『文作圖看』，若四個字由左至右輪流著當第一個字，會產生『看圖作文』、『圖作文看』、『作文看圖』、『文看圖作』；如果這四個字由右至左輪流當第一個字，則產生『文作圖看』、『作圖看文』、『圖看文作』、『看文作圖』。可以將『看圖作文』當作一整個圖，可從左看，也可右看，也可從中間看，也可從圖外看或從圖內看。每一種看法都有意義。這是看圖作文最重要的聯想法則。」

道生：「好有趣！其中『文作圖看』，讓我聯想到中國文字中象形文字，真能望文生義。如日、月、川、目、耳、口、馬和牛等。」

e博士：「中國文字的造字時代，真是『看圖作文』時代。古人造字時，近取諸身，看到眼睛，畫出眼睛的形狀，就作出『目』字，看到人張開手站立的形狀，於是畫出『大』字，遠取諸物，看到人頭上都有一片天，創出指事字『天』，看到流水的水文，便創出『川』字，看到峰巒，就畫出『山』字。看到熊熊大火，便畫出『火』字，看到長著兩隻角，四隻腿的羊，就創出『羊』字。在溝通天地裡，不分地域東西南北，年代的古今，種族的差異，彼此都能明白這些字的字義，這些看圖作『文』的智慧，令人嘆為觀止。」

道生：「不止古人會造字，今天網路語言及簡訊語言，也同樣會造字喔！而且彼此都能溝通呢！不信，你看，$$ 表示見錢眼開，@.@ 表示疑惑，＞＜表示痛苦，=.= 表示不認同。不賴吧！」

e博士：「啊！我真的是LKK了，這些語言，我真的一竅不通啊！真服了新新人類的創意。」

一、看圖作文的精神

聯想是看圖作文的好朋友 ⬇

　　ｅ博士：「聯想是人類天生的思考力，運用在看圖作文上，特別適用。看圖作文即在已有的圖象中，由考生加以聯想，創造新意義的審美過程。」

　　道生：「什麼是聯想？」

　　ｅ博士：「聯想是由甲事物想到乙事物，甲乙二事物產生意義上的關聯。本書最大的特色是運用聯想力。例如續寫聯想到『接龍』撲克牌遊戲、看圖說話聯想到中國文字造字等。」

二、看圖作文的寫作要領

　　道生：「看圖作文的寫作要領是什麼呢？」

　　ｅ博士：「(一) 集中注意力，注意圖中每一事物，串結成故事。注意事物與事物的關係，加油添醋一番，聯想架構成有機體的故事。(二) 多做圖內和圖外聯想、圖與圖之間聯想、圖與生活的聯想。」

三、看圖作文常考的題型

　　道生：「看圖作文常考的題型有哪些？」

　　ｅ博士：「類型茲分述如下：

(一) 一格（即一張圖）：若是一張圖須注意圖內與圖外的聯想。

(二) 多格（即兩張圖或兩張圖以上）：兩張圖或兩張圖以上者須注意圖與圖之間起承轉合的脈絡，以作情節的鋪陳。」

精選範例

　　仔細參看附圖，請發揮你的想像力，撰寫一篇短文。題目自訂，文限四百字內。

思路指引

(一) 從畫面可以很直接地看出一個人在跑步，這就是唯一的參考依據。當題目是單張圖時，代表它就是聯想的起點，所有的想像及創造都由此開始延伸擴充。甚至圖本身只是很簡單的隨筆，沒有表情，沒有外在的景物搭配，這時候想像空間就更寬大，必須做相關的觸發，製造情境，描摹心情。

(二) 為了什麼原因跑步？跑步時的身心感覺與平時有何不同？跑步時都想些什麼？跑步的程序與步驟為何？發揮無邊無盡的想像力，深入表現某一聯想點，或者把各聯想點連接起來，呈顯整個跑步過程的身心狀態。

絕妙好文

我愛跑步

◎江佳霖

負面的能量在我體內快速地流竄，累積得太久了，我知道它需要出口。換上慢跑鞋，蹬了蹬地板，出發吧！去跑步吧！剛開始一個人有些不自在，呼吸並不規律，身體的擺動似乎也不自然，然而，一圈、兩圈、三圈，腦子逐漸一片空白，愈來愈專注於我的跑道，只是想不斷地向前，呼吸與動作也開始規律了。我調整我的步伐，再跑快一點吧！我的心跳隨著速度的增加而加快，心中湧出了一股烈火，呼吸漸漸變得急促，汗水已滲透了衣裳。哪些不安躁動的情緒都揮灑出來吧！哪些身心苦痛的感覺，就讓風撫平吧！我清楚地聽見自己的喘息聲，心裡愈來愈平靜。再加快速度、再加快速度，我知道使盡力氣後，能給緊繃的神經帶來放鬆。就這樣地跑著，自在地跑著。由我自己決定速度，在心底某處我與自己相遇，當自己與自己為伴時，那是多麼令人愉悅的感覺。我享受著這一個人的時刻，那熱力、那溫度，可以令我感覺到自己真實地存在。我愛那速度感，我愛跑步。

佳文共賞

(一)本文巧妙地以極具速度感的敘述節奏，具體傳達跑步的感受。起因於為心裡累積的負面能量找出口，接著實際跑步的過程則有具層次感的描寫。從呼吸不規律到開始規律而至急促，表現了漸入佳境的狀態，此時一些內心的感知也隨之而出，也更進一步讓身體的感覺愈加清楚，又由此牽動內在的感動。整個文章的情緒環環相扣，安排合理又緊湊。

(二)作者先觀圖而為文，但即使不作文圖對照，單從文字解讀，遣詞造句活靈活現，全文具足絕佳的畫面感。「再加快速度、再加快速度，我知道使盡力氣後，能給緊繃的神經帶來放鬆。……」作者圓熟地將焦點移轉至內心，使得跑步不單是跑步而已，反倒像是一場身心再生的洗禮。

 自我挑戰

　　請仔細觀察這張圖，發揮你的創意及聯想力，自擬題目，撰寫一篇三百字以內的短文。

寫作提示

(一) 人是一個元素,圓圈是一個元素,兩個元素彼此有什麼關聯?為這種關聯找一個精彩的說法。人原本不應是在圓圈內的,圓圈是限制,還是空間?人對於圓圈是追求,還是陷落?不一樣的感觸會形成截然不同的詮釋結果,因此事先預想大致的走向為何,再一步一步設計故事的發展。

(二) 不斷地在人與圓圈之間辯證,無論是設計成一個故事或一則心靈小品,均要以圖示為發想的起點。仔細觀察這幅再簡單不過的圖畫,它可能和你的人生境遇有某些雷同,把圖與個人或他人做一些串連,把圖與生活中的人事物做比照,一定可以有所觸發。

作答前務請詳閱作答注意事項及試題說明　　　　　　　　第 1 頁

實戰演練

（答案請從本頁第 1 行開始書寫，並請標明題號，依序作答）

第 2 頁

四、經典考題觀摩

　　「看圖作文」是提供一幅或一組圖畫，讓應考人據此來寫作。應考人必須先仔細觀察圖畫內容，然後展開合理的想像、聯想，再清晰完整地將自己的感受表達出來。藉此可以測驗應考人觀察、聯想、表達等能力。

　　提供的圖畫，可單格、二格、三格、四格甚至五格以上；內容可以是詳細的全圖，或只強調重點而捨棄細節的示意圖。

1. 說明：請仔細觀察此圖，根據你想發揮的主題，自訂題目，寫一篇三百字至四百字結構完整的文章。

2. 請仔細品味下圖之四格漫畫後，自訂題目，寫一篇二百字至二百五十字的短文。

　　註：(1) 不得以詩歌、小說、書信體裁寫作，否則不予計分。

　　　　(2) 限在答案卷劃定的格子內書寫。

　　　　(3) 請將作文題目寫在答案卷上，沒有訂題目者，扣五分。

3. 下圖車子裡坐著一男一女，他們是要外出旅行？還是正在返家的途中？或是……，請發揮想像力，敘寫一則三百五十字以內的故事。題目自訂，須有人物、對話與情節。照片中的景象（如人、車、路、車牌）都可以應用到故事裡。

4. 下圖顯示的是傳染病 X 從民國 98 年到 101 年，各年度四季之間的發生率。圖的橫軸是不同年度，縱軸是每十萬人發生的個案數（單位：人數／十萬人）。請判讀本圖，歸納、分析它所傳達的訊息，並以條列的方式陳述。
注意：
(1) 請分點列舉，力求簡明扼要。
(2) 不必詳述具體的數字。

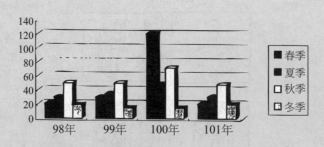

搶分祕技第十四招／應用寫作

➡ **課前導讀**

應用寫作最吃香

e博士：「翻開報紙，處處是應用寫作。如報紙刊頭的報刊名的命名，頭條新聞的大標題、全版廣告、民眾論壇、藝文副刊、家庭版、綜藝版、健康醫療版、娛樂新聞、休閒版，旅遊版、社會版、政治版及財經版等。電視媒體的字幕、網路資訊，文字充斥，令人眼花撩亂，文字的影響力，就在日常生活中，無所不在。應用寫作即寫作應用，與生活息息相關。」

道生：「學生時代就一直在文字符號中學習啊！」

e博士：「文字符號便是萬物之靈的人類，其文明及文化傳承和創造最重要的媒介。」

一、應用寫作的精神

（一）挑戰和顛覆讀者視覺印象

道生：「應用寫作的精神何在？」

e博士：「這是一個資訊爆炸的時代，除了色彩、動畫、照片、影劇等吸引人的目光外，如何打動讀者的心靈，願意開啟生命靈魂，將注意力專注在你訴求的文宣上，進而達到溝通的效果，這便是應用寫作的目的。一方面以創意、新奇、刺激、重複、曲折的情節等手法，不斷挑戰和顛覆讀者的認知及視覺印象；另一方面，以真誠、感動、慾求和渴望、喜怒哀樂、愛惡、生老病死、人性等題材喚醒人類共同的感情記憶。」

（二）溝通是二十一世紀美學

　　e博士：「大眾傳播：『拉斯威爾公式』：

　　上述『拉斯威爾公式』溝通的模式可應用在應用寫作上。

　　考生是『傳送者』，『訊息』則是根據限制型作文的題目及提示，以完成新聞報導、標語、書籤、文宣、企畫、廣告、書信、卡片等訊息；『媒介』則透過文字，『接受者』則是閱卷老師及假想觀眾，分數則是產生什麼『效果』。可畫一個圖表示。

　　考生致力點可放在充實限制型作文的知能，及熟悉歷屆試題的趨勢。並根據應用寫作的不同題型提示，將閱卷老師設想成接受者，設身處地揣摩接受者好惡及需求，針對接受者，動之以理，感之以情，無所不用其極傳達，以達到溝通的效果。」

二、應用寫作的寫作要領

　　道生：「應用寫作根據上述，即考生根據題意，透過文字表情達意，達到雙方心領神會的效果。」

　　e博士：「歸納得很好。應用寫作範圍包含很廣，茲取最常見新聞寫作、廣告文案及活動企劃來介紹：

（一）新聞寫作：

　1. 『六ｗ』是新聞內容六要素：

　　(1)『why？』：『為什麼？』，新聞為滿足人知新聞奇的心理，所以要交代事情發生的緣由。

　　(2)『how？』：『如何？』，事情發生了，要如何善後？

　　(3)『who？』：『誰？』，事件的產生，是由人物造成的，介紹人物互動關係，人物背景、動機、發生及事後想法。

　　(4)『what？』：『何事？』，有人就有事，事件成為報導的中心。

(5)『when？』:『何時？』,事情的先後緩急,發展順序,便思考『何時？』。

(6)『where？』:『何地？』,掌握了時間,便會探索在『何地』發生?

2. 寫作態度

(1)新聞報導貴在客觀,所有誤導觀眾的情緒及主觀性字眼要去除,不虛構、不加油添醋、不杜撰,不報導尚未求證的謠言傳聞。

(2)新聞報導貴在即時性,愈新及正在發生的事件,愈能吸引觀眾的目光。

(3)新聞報導題材蒐集貴在現場性及第一手原始資料。

(4)引用權威人士及機構的發言,要盡可能引用出處,減少如『據重要機構提供獨家訊息』等用詞,以免混淆視聽。

(5)寫完報導後,署名:『記者○○○報導』,以表示負責。

3. 寫作格式:

(1)訂下概括全文的標題:為整個報導事件的主旨,而且要字字珠璣,畫龍點睛。

(2)用最生動及精彩的文字寫下導言。(除非提示要求或引文示範,考試通常可省略)

(3)以六 w 簡述事件發生經過。

(4)寫出發人深省的總結。

(二)廣告文案

廣告即向大眾傳播訊息,以達到宣傳的效果。其寫作要領如下:

1. 寫下『語不驚人死不休』的廣告標語。如賣炭烤地瓜。廣告標語為:『台灣心、台灣情、台灣蕃薯尚介讚。』運用雙關修辭結合台灣和蕃薯意象。

2. 簡潔有力的敘事內容。運用簡報,將醒目的標題要點揭示。

3. 效果的證明,善用形象代言人分享心得,營造品牌形象,鼓吹好東西要讓好朋友分享的旋風。

4. 高附加價值,吸引消費者。折扣、優惠、贈品等利多。

5. 留下主辦單位、協辦單位、機構公司的聯絡地址、姓名、電話及 e-mail,方便洽詢及訂購。

(三)**活動企劃**：各項活動及比賽辦法皆須活動企劃。身為公務員承辦各
項活動及業務，撰寫活動企劃成了公文處理重要的一環。以下茲舉
校外教學為例：

1. 活動企劃名稱。

   如『台北市立○○高級中學102學年度高二校外教學實施辦法』

2. 依據：公文字號及出處註明清楚。

   如『壹、依據台北市公私立中等學校舉辦校外教學實施要點辦理。』

3. 活動宗旨及目的撰寫明確。

   如『貳、活動目的：

   (1)拓展學生對鄉土的認識，啟發學生關懷環境的精神。

   (2)增進學生生活體驗，促進身心健康。

   (3)增強班級凝聚力，落實均衡的全人教育。』

4. 活動時間：要把起訖時間標示清楚。

   如『參、集合時間：102年1月24日星期四上午七時。』

5. 活動地點：說明活動舉辦的地點。

   如『肆、集合地點：本校大門口前廣場集合。』

6. 活動內容及方式：通常說明活動的項目及舉辦方式和流程。

   如『伍、活動內容及施行方式：

   一、行程：環島四天三夜之旅

   　　(一)1月24日（星期四）

   　　　　星際碼頭→水世界→關山夕照→PUB巴比Q→夜遊出火
   　　　　奇景→夜宿墾丁凱撒大飯店

   　　(二)1月25日（星期五）

   　　　　龍坑生態保育區→南灣沙灘排球大獎賽→午餐→卑南文化
   　　　　公園→夜宿小熊渡假村

   　　(三)1月26日（星期六）

   　　　　關山環鎮自行車之旅→布農部落→兆豐農場→光復糖廠→
   　　　　夜宿花蓮黃金海岸國統飯店

   　　(四)1月27日（星期日）

   　　　　新城光隆礦石博物館→羅東運動公園→北關蘭城公園→溫
   　　　　暖的家

二、實施方式：請參加班級詳填參加人員名單，附家長同意書，以班級為單位收齊參加費用、繳費證明單和家長同意書交至訓育組。』

7. 工作分配：活動要辦得好須大家同心協力。

如『陸、工作分配：

一、總領隊：校長。

二、副領隊：學務主任。

三、活動組長：訓育組長。

四、安全維護組：生輔組長及各班輔導教官。

五、招標及行前車子檢查：總務處。

六、醫護組：健康中心派一名護士攜帶急救箱隨行。

七、領隊：各班導師。』

8. 預算或經費：活動除了人力還要物力，經費來源相當重要，說明從政府補助、民間贊助或自行繳費。

如『柒、報名與費用：請高二各班班代於 1 月 4 日中午到訓育組交家長同意書，以便進行招標事宜。參加費用每人新台幣五千元整（多退少補），請參加同學至台北銀行繳費，繳費期限至 1 月 15 日前為止，請高二各班班代於 1 月 16 日前收齊台北銀行收據聯到訓育組繳交。』

9. 相關注意事項：作活動申明及補充要項。

如『捌、注意事項：

一、要求車輛於出發前半小時到達，請總務處監督駕駛作行前必要之檢查，並注意駕駛員健康狀況及精神狀態。

二、以班為單位集體行動，如有自由活動時間應分組由小組長帶領，不得個人單獨行動，並須準時回隊，參加人數不足四十人之班級分組併班，學生如有身體不適合長途旅行者，請勿報名參加。

三、每車請健康中心準備簡易急救箱，並隨時注意衛生及安全事項。請務必帶健保卡及國民身分證。如有暈車或宿疾，請攜帶隨身藥物或止疼藥膏。若有氣喘、心臟病或其他不適宿疾，不宜參加刺激性遊樂及水上活動，如有突發狀況，請隨時通知學校及隨團人員，以便有效處理。

四、已報名繳費而臨時取消不去者，只能退門票費用，統一於 102
　　年 2 月 1 日中午辦理，逾時不予辦理。』

10. 長官核示後開始公布施行。

　　如『玖、本辦法經呈校長核定後實施。』

11. 附件：如

學生家長同意書

本人□同意□不同意讓子弟參加校外教學活動。

參加同學願配合以下事項：

一、有宿疾者願告知（　　　　　　　　　），並註明如何照顧，其在活
動期間遵守學校一切規定，聽從師長指導，注意活動安全。

學生家長簽章：　　　　　　　學生簽章：

學生身分證字號：

出生年月日：

聯絡電話：

地址：

三、應用寫作常考的題型

　　道生：「應用寫作常考的題型有哪些？」

　　e 博士：「應用寫作題型很多，試舉幾種：

(一)新聞報導：如報導 2012 年總統大選結果等。

(二)公益廣告：如為捐血救人寫文宣廣告等。

(三)競選文宣：如里長選舉文宣等。

(四)書信及請柬：如家書或婚喪喜慶的邀請卡等。

(五)活動企劃：如台北市政府跨年晚會活動企劃等。」

精選範例

(一)以下文字是台灣文學館的參考資料，現在請你充當記者，加以整理
　　寫成一則關於台灣文學館落成的新聞，文長限一千字內，並請自訂
　　主標題及副標題。

1. 開館時間：10 月 17 日。

2. 社會責任：文學館在收藏、整理台灣文學之餘，也扮演社會大眾接觸文學和文物的角色，提供文學閱覽的空間；另一方面，則在於如何將台灣自明鄭、日據到今天的傳統與現代創作加以整理，建立起台灣文學脈絡的架構，成立台灣文學資料庫；透過新的展示手法，讓一般人能認同。

3. 位置：台南市中心，為有八十年歷史的國家古蹟，原是台南州廳，也是從前地方最高政治權力中心。

4. 活動推行：文學館為了利用新館的空間，以後將會陸續推動文學研討會、文學座談會、文學研習活動、文學展覽活動等。

5. 台灣文學的特質：台灣的文學一直在移民史、殖民史的陰影下，艱辛向前，也因此建立了多元、堅韌的特質。

6. 記者會內容：行政院文建會主委陳郁秀在主持開館前記者會時，說「心肝有厝，生命豐富」，就是要將台灣的「詮釋權」收回到這塊土地的人手裡，也就是宣示「自己說自己的故事，自己創作自己的文學作品，建立自己史觀時代的來臨」。

7. 收藏、功能及使命：以台灣文學史發展為經，作家創作和文學社團活動為緯。範圍包括自明鄭以後的傳統文學創作、日據以後的新文學及民間文學的採集相關文學文物、史料等。民間文學是另一個重要的研究方向，像是原住民的文學研究部分，早期是沒有文字記錄的，如何去規劃把不同的族群地區以及各種階段的文學活動收集起來，就是台灣文學館最大的功能和使命。

思路指引

(一) 新聞寫作是應用寫作常考的類型之一，一般說來題目多已提供足夠的相關資料，以供整理。新聞寫作主要是在於傳遞訊息，讓讀者快速閱讀掌握，因此必須在前段的行文中，就要將重點提出，接下來才是次要資料的補充說明。記得結論必須是綜合前面的資料，做論述範圍之內的總結。若題目未要求做評論，切記絕不可漫無限制抒發個人見解，以維持報導的客觀公正。至於標題的擷取，重在引人目光，也就是考驗「一言以蔽之」的功力，找出新聞中最具力量或代表性的論點，做為標題，就不致離題。

(二)「人、事、時、地、物」是新聞寫作的五個基本元素，也可以此來檢查新聞的完整性，其次序則視新聞的種類及傳達重點而有所別異。以此則新聞為例，報導重點首要即是開館時間、位置、記者會內容，亦即當讀者瀏覽報導時，一開始就可以確切得知台灣文學館開館所要傳遞的基本訊息。接下來較為深入詳細的說明，皆是補充基本訊息之用，使得報導更有深度及知識性。

絕妙好文

◎黃佳鳳

主標題：說自己的故事，寫自己的文學——台灣文學館慶落成
副標題：文建會主委陳郁秀說：將台灣的詮釋權回歸到這塊土地人民手中

　　期待已久的台灣文學館，終於在十月十七日於台南正式開館了！台灣文學館位於台南市中心，為原台南州廳，是有八十年歷史的國家古蹟，從過去象徵地方最高政治權力的政治中心，轉變為今日的文學殿堂，也為台灣文學館賦予更嶄新的意義。

　　「心肝有厝，生命豐富」，行政院文建會主委陳郁秀在主持台灣文學館開館前記者會時，提到台灣文學館的開館，最重要的是將台灣的「詮釋權」回歸到生長在這塊土地人民手中，亦即揭示著「自己說自己的故事，自己創作自己的文學，建立自己史觀時代的來臨」。

　　因著台灣坎坷的歷史，我們的文學一直在移民史、殖民史的陰影下艱辛地匍匐前進，建立了多元、堅韌的特質。台灣文學館內容收藏，即是以台灣文學史發展為經、作家創作和文學社團活動為緯，範圍包括自明鄭以還的傳統文學創作、日據以後的新文學，以及民間文學的採集，包括相關文學文物、史料等。

　　由於民間文學在台灣文學裡，也是一個很重要的研究方向，比如原住民的文學研究。因為早期沒有文字紀錄，如何去規劃把不同的族群地區以及各種階段的文學活動整合收集起來，這正是台灣文學館最大的功能和使命。

　　台灣文學館在收藏、整理台灣文學之餘，也扮演社會大眾一個接觸文學和文物的重要橋樑，提供文學閱覽的空間；另一方面，則在於

如何將台灣自明鄭、日據迄今的傳統與現代創作蒐羅整理，建立起台灣文學脈絡的架構，成立台灣文學資料庫；並透過新穎活潑的展示手法，讓一般民眾及年輕人也能認同、喜愛台灣文學。台灣文學館為善加利用新館的空間設備，今後將會陸續推動相關的文學研討會、文學座談會、文學研習活動，並推廣文學展覽活動，鼓勵大家可以一同共享台灣文學的世界，這將是另一個重要課題。此外，文學館古典優美的外貌，也可以提供民眾一處文化休閒的新據點。

在二十一世紀步向全球化的過程，我們不僅要建立自己的文學觀，也應和世界有所互動，了解什麼是不可取代的，才能建立自己的歷史特色，並匯集起來，進一步建立我們自己的史觀。台灣文學的範疇不應侷限於台灣本地，而是以台灣為中心，吸取全球文化的內涵，發揚本土特色。

佳文共賞

(一) 本文以陳郁秀的致詞做為主標題，相當符合報導主旨，且副標題也達到說明主標的功能，亦頗具震撼力。大體上寫作簡潔明晰，連貫語氣流暢，寫作順序也將重點先放在前段，讓人對於新聞要點一目瞭然，緊接著的說明敘述有致，並無加入個人主觀的看法，未逾越新聞寫作分寸。

(二) 結論整合了前列各項資料的核心，予以適度引申，並不違背整則報導的論述，而是深化了新聞的焦點，比如「台灣文學的範疇不應侷限於台灣本地，而是以台灣為中心，吸取全球文化的內涵，發揚本土特色。台灣文學館的開館，正代表著我們已邁開了關鍵性的第一步。」即是具思考性又頗有企圖心的結語。

自我挑戰

以下是埃及文物展的相關資訊，現在，請你在閱讀之後，以一個文教記者的身分，將其整理撰寫成一則五百字左右的新聞稿。此則新聞將於 11 月 20 日刊載，須下新聞標題及虛擬記者姓名。

◎展覽名稱：羅浮宮埃及文物展

◎展覽時間及地點：1 月 21 日至 3 月 28 日／台北國立中正紀念堂中正

藝廊、4 月 9 日至 7 月 18 日／台中國立台灣美術館、7 月 30 日至 11 月 7 日／高雄國立科學工藝博物館

◎主辦單位：法國羅浮宮博物館、聯合報系、九觀文化、國立中正紀念堂管理處、國立台灣美術館、國立科學工藝博物館

◎展覽主題：

1. 破解古埃及——法國與埃及考古
2. 埃及文明搖籃—尼羅河及其生態
3. 埃及與法老王—古埃及四千年之文化與歷史
4. 千年之謎—古埃及的生與死

◎展覽特色：

1. 展出文物多達六百件，打破羅浮宮出借展品之多，也創下台灣特展史上最高的展覽數量。
2. 環島巡迴展出一年，打破過去只在台北展出的慣例。
3. 羅浮宮破例將借展時間由過去的三個月延展成一年。
4. 從不外借木乃伊收藏的羅浮宮，破例出借台灣其珍藏的少女木乃伊，以及數件動物木乃伊。

寫作提示

(一)由於所提供的資訊相當完整，只要在各重點之間加以貫串，即已具備基本的新聞寫作型式。本文屬於純粹資訊告知，所以資訊的正確性是首要注意的，絕不可有任何差錯，另外，因字數限制，其餘的形容詞酌量使用即可。

(二)標題是新聞報導中最先被注目的焦點，因此標題必須簡鍊明白，讓讀者在第一時間內就可以被吸引，並藉由標題的指引，很快地掌握住新聞內容所要傳達的要點。以本次展覽的幾大特色做為標題，將可以使人提高閱讀的興趣。

(三)無論何種的新聞報導，重點陳述幾乎都離不開人、事、時、地、物之間互相的關係的交代說明，因此必須依照所提供的資料及狀況據實報導，不可有虛構的人、事、時、地、物出現，也不應加入個人的喜怒好惡，而影響客觀事實的呈現。

作答前務請詳閱作答注意事項及試題說明　　　　　　　第 1 頁

實戰演練

（答案請從本頁第 1 行開始書寫，並請標明題號，依序作答）

第 3 頁

四、經典考題觀摩

　　「應用寫作」亦稱實用文學，是指將文學應用於日常實用性事物的寫作，例如：新聞、廣告、柬帖、書信、啟事、楹聯、公告等。它是文學的生活化，也是生活的文學化。藉此可以測驗應考人語文綜合運用的能力。

1. 「假設你是某社會福利機構的社會工作者，最近，議會接到一封陳情函，陳情人 A 女士提到她是原住民單親家長，又因失業，家境清寒，尤其她懷疑就讀國中的女兒透過網路與不明男士發生性關係。三個月前，她曾到貴機構求助，社工 B 小姐接待她，問清案情後，答應幫她申請社會救助，或是轉介民間慈善會，希望能得到補助，也答應將本案轉介就業服務機構，並承諾協助她處理女兒的問題。可是，日子一天一天過去，她女兒最近也失蹤了，貴機構都沒有回應。她準備向社會局及報社投訴貴機構騙人，造成她二度受害。」

　　　你的主管接到所轉來之陳情函後，要求你（你不是社工 B，但你接替她的工作，她已離職）立刻草擬一份足以說服議會、媒體、社會大眾，以及同行的報告以為答辯，以免事態擴大，影響機構聲譽，請你下筆。

2. 以下文字中，預報員以閒聊的方式將氣象資訊與私人感受混合陳述。現在，請你充當氣象記者，從下列文中揀選有用的氣象資訊，寫成一則三〇〇字左右的氣象新聞。

提示：

(1) 這則新聞會在二月十四日情人節當天見報，請在寫作時注意「時間」的轉換。例（記者王大明／台北報導）今晚外出歡度情人節的情侶須攜帶雨具。……。

(2) 須定新聞標題，記者姓名為王大明。

　　二月十三日下午三點鐘左右，在中央氣象局一間會客室內，得了重感冒的預報員一面咳嗽一面跟他的記者朋友聊天：「真要命，咳了一個禮拜還沒好。噢，明天晚上會下雨，如果你要跟情人出去兜風，別忘了帶傘。台灣地區明天會受到鋒面影響，北部、東北部、還有東部地區都會變天啦，降雨機率高達百分之七十。其他地區也好不到那兒去，雲量會增多，明、後兩天西半部局部地區早上會有濃霧，很危險的，我上次開車碰到霧，差一點就撞樹了，所以開車要特別當心才行。還有，十五日到十七日這三天包你冷的『嘎嘎叫』，沒辦法啦，誰叫我們受到大陸冷氣團的影響呢！中部以北會出現十三度以下的低溫。唉！我看我會得肺炎。你情人節怎麼過？如果要出去，別忘了帶傘，真的會下雨，我沒有騙你！」

搶分祕技第十五招／續寫

大隊接力，棒棒相連

e博士：「道生，你跑過大隊接力嗎？」

道生：「何止跑過，我還是箇中好手呢！班上還得全校第一！而且贏過體育班，我們班導還親自指導呢！」

e博士：「真不簡單！你們班導是如何指導？」

道生：「導師真是用心良苦，除了研究體育專書，還親自示範接棒的標準動作。前一位跑者以左手傳棒時，喊『接』，後一位跑者，助跑幾步，重心向前，身軀前傾，彷彿要衝出去，以右手接棒後，便將棒交至左手。跑時步伐要大，雙肘呈九十度，向肩以上前後擺動。當然啦啦隊加油打氣，凝聚班級向心力及榮譽感是很重要呢！」

e博士：「難怪會得第一！同樣續寫也需要大隊接力的精神。作文的稿紙是跑道，每一隊伍是競爭的考生。莫不卯足全力，爭取成績。每一隊的隊員在跑道奔馳，好像每一位考生在續寫的考題遣詞用句，無不絞盡腦汁。不管接錯棒或掉棒，將會拖垮整隊成績。就如同續寫接得突兀，文不對題。那豈不就糟糕了。」

道生：「這就叫牛頭不對馬嘴。」

一、續寫的精神

（一）連貫性是續寫的不二法門

e博士：「續寫要接得自然，有如外科醫生整容手術，既要顧到裡子，又要顧到面子，在原貌上加以加工，不能有任何破綻。」

道生：「文章怎樣接得自然呢？」

e博士：「續寫即考承上啟下及前後呼應的工夫，換句話說是聯絡照應的寫作技巧。」

道生：「承上啟下的工夫在日常生活中常見嗎？」

e博士：「最常見的就是玩撲克牌的『接龍』，只要前面一張牌不出，或蓋起來，後面所有牌相繼陣亡。其中『七』就是中心主旨，也像大樓的地基，地基結構改變，整棟大樓遇到地震，便搖搖欲墜。台北市松山東興大樓便是最明顯的例子。續寫要靠『主旨』貫串全文，承上啟下；包括字詞的連接、句子的相承、層次的分明和段落的起承轉合都需要主旨在文章內運功。其中『六、五、四、三、二、一』及『八、九、十、十一、十二、十三』是撲克牌串接的順序，當中的『順序』是遊戲的公平正義，也是共同認同的規則。『順序』是文章聯絡照應的一盞明燈，使得舟子在文章汪洋中，可找回歸家的路。」

（二）「順序」使文意具有「邏輯」性

道生：「『順序』在文章中要如何使用呢？」

e博士：「順序是文章文意連貫的重要利器。小至句子的組成，如『王貞治打全壘打』，這是敘事句。王貞治是主語，打是述語（動詞），全壘打是『賓語』（受詞）。大至文章的『章法』，如論說文是採『是什麼？』、『為什麼？』，『如何』的行文方式。或採先敘後議（即論據在前，論點在後）、或先議後敘（即論點在前，論據在後），或夾敘夾議法。記敘文採順敘或倒敘，空間的安排是由遠至近，由外到內，還是由近到遠，由內至外呢？抒情文是先敘事後抒情呢？還是先抒情後敘事，或抒情敘事交雜呢？應用文之前開頭問候語及結尾祝福語都有一定格式，這些都是文章布局（章法）所要注意的。」

（三）靈活的創意是續寫生命力

道生：「這好像我媽媽玩的股票，哪一張要先逢低買進，哪一張要逢高賣出；哪一張要長期投資。這可要伺機而動，察顏觀色，逢機布局啊！我媽的心情正隨著大盤的指數起起伏伏，漲跌互見呢！」

e博士：「真鬼靈精！其實續寫除了『順序邏輯性』及『連貫性』外，最需要『想像力』及『創造力』了，續寫的目的是挑戰創作者能創造出與眾不同的『新意』，每個考生拿的『舊瓶』是一樣的，要裝進什麼『新酒』？才是命題者所期待的。」

二、續寫的寫作要領

道生：「續寫要注意些什麼？」

e博士：「(一)注意提示的要求：

1. 須審視提示中字數的限制：字數少，則不需要的細節，能省就省。只就文意起承轉合加以統整。若字數多，則可多發揮想像力，多在舉例及情節著墨。

2. 須注意文學體裁的說明：就新詩、小說、散文或戲劇等體裁續寫，不可混淆。

3. 須體認風格的限制：例如寫出嘲諷的風格。

4. 須注意作法的介入：例如用倒敘、寓言、寓情於景、象徵等作法，只能根據提示的作法行文。

(二)不斷賞析引文，體會文章的主旨妙意。

如陳澤深（民91）所寫〈位子〉一詩為引文時：

「看電影要買票訂位子，

聽演講要早點到搶位子，

照相前須先擺好Pose站好位子。

工作有工作的位子，

床有床的位子，

愛人有愛人的位子。

到城市尋找工作的位子，

到床上尋找作夢的位子，

到愛人的懷抱尋找被愛的位子。

如果有一天，工作沒了、夢碎了、愛人走了，

我們還能不能找到自己的位子？」

整首詩在思索自我的定位由誰決定？價值由誰來彰顯？續寫時掌握主旨，就不會離題太遠。

(三)掌握前後文的語氣一致性：例如引文若是風趣幽默的口吻，續寫時則承上語氣行文。

(四)維持邏輯思想主旨的一致性：例如引文是反對核四興建，有明確的立場，續寫時則要放下個人的主觀好惡，純粹就引文的論點來論述，不可提出相反的意見。

（五）如果引文是具有人物、場景、固定敘述人稱，特殊的場景，則要遵照人物性格、言行及特有的時空背景來創作。」

三、續寫常考的考試類型

道生：「續寫常考的考試題型有哪些？」

e 博士：「續寫常考的題型，茲分述如下：

（一）擷取一首詩或一篇文章的名句加以續寫。

（二）根據寓言、名著或電影中一段有趣的情節，加以續寫。」

精選範例

一位風燭殘年的老兵，訴說一段褪了色的感情，請接續引文，依其角色安排及情節發展，完成一篇包含對話及場景的短篇小說。文限一千兩百字內。

「魏爺爺！」小雲一邊進門，嘴裡一邊喊著，「魏爺爺你在嗎？」

小雲是社會局裡面的一名志工，平日負責照顧這個社區中一些孤苦無依的獨居老人們。今天小雲來到的這間房子，裡頭住著一個退休榮民，每個月小雲都會排時間固定來探視。

小雲很輕易地就找到魏爺爺的所在，老爺爺行動不方便，沒什麼特別的娛樂，平日就最喜歡坐在窗口邊看著窗外的天空，回想年輕時候的往事。

「魏爺爺，我又來看你嘍。」小雲走到魏爺爺身邊，輕聲對老爺爺說。

這時候老爺爺才像是恍然夢醒般，注意到小雲的出現。

「小雲你來啦？」魏爺爺操著一口河北口音說道：「來來，快坐到魏爺爺的旁邊來，魏爺爺講一個好聽的故事給你聽。」

小雲順從地坐到了魏爺爺身旁的地上，她知道魏爺爺一定又想到過去了。

魏爺爺眼光從小雲臉上緩緩轉回到遙遠的天際。

「那是好久以前的事了……」

思路指引

(一) 老兵在社會上似乎已然形成一種特殊的符號，他們的過去和現在總有某種程度的故事性，由於題材鎖定的是老兵褪色的感情故事，可以設計較為感傷的事件而造成雙方不能結合，或者雙方因某種外力阻撓而分離。

(二) 接續的是往事，特別要注意時空的背景的交代與年輕時候面對事情的心理考量。同時要兼顧小說的寫作要素，有對話、有情節、有高潮、有餘味。

(三) 人同此心心同此理，進一步能去揣摩當事人的境遇，以同理心融入角色隨其喜悲，感同身受描寫重要轉折，使得情節更為逼真，當然也就更容易使人感動。

絕妙好文

◎盧慧君

「什麼？北方的戰事已經蔓延到這邊來了嗎？怎麼會這麼快？」小紅不可置信地詢問。

「我也沒想到會這麼快。」魏遠困難地說道，「明天，明天我就必須要向部隊報到了。」

「不！阿遠，你這一去哪還有回來的時候？」小紅聞言衝上前去，抓住了魏遠的大手，眼中充滿著淚水，「我們逃吧！逃到遠遠的地方，這樣我們就可以永遠在一起，不會分開了！」

看著小紅激動的眼神，魏遠強迫自己別睜開眼，痛苦地說，「小紅，你明知道這是不可能的，我們不能這樣一走了之，這樣會害到爸和媽。」

滿懷希望的小紅聽到了魏遠給她這樣的回答，絕望地鬆開了抓著魏遠的手。

「那你的意思是要放棄我嘍？」

「不是的！小紅，你等我，我一定會再回來的，相信我。」這次換魏遠衝上前去抱住小紅。

小紅掙脫了魏遠的擁抱，轉過身背對著魏遠，「等你，你要我等你一年？十年？還是一輩子？」

「小紅……」

「魏遠，再見了，從今以後，我會徹底忘了你這個人，也請你徹底地忘了我。」

說罷小紅轉身跑開，身影越來越小，直到離開了魏遠的視線。

※　　　　　※　　　　　※

算算，從魏遠被抓入部隊當軍伕至今也有三年了，今天部隊行進的路線恰好又回到魏遠的故鄉，於是魏遠趁機向隊長告假，說是希望回去看看家人是否安好，由於魏遠平日表現一向很好，隊長沒太為難魏遠，便答應了他的請求。

剛踏上故鄉土地的魏遠，第一個想到的就是小紅。他帶著滿腔喜悅，馬不停蹄地趕到小紅家門口。

「小紅！我回來了！我答應過你的，我實現諾言回來看你了！小紅！」奇怪的是魏遠已經敲了好一會兒的門，都沒有人來應門。

「年輕人你要找誰啊？」旁邊一位路過的大嬸問道。

「請問大嬸，您知道住在這兒的梁紅在嗎？」魏遠有禮貌地詢問大嬸。

大嬸嘆了口氣後說：「你在這是找不到紅兒的。」接著大嬸手一伸指向了前方不遠處的山坡，「紅兒現在是住在那兒才對。」

※　　　　　※　　　　　※

「兩年前，紅兒嫁給了……，怪紅兒沒能生兒子，他沒有善待紅兒，才使得她抑鬱以終。」

順著大嬸的指示，魏遠奮力地爬上了這片山坡。

伴隨著紛飛的紅花，他跪倒在佇立在風中的那塊墓碑前。

「你為什麼不等我？為什麼？」

陣陣強風夾帶著朵朵紅花及痛哭的聲音，飄向遠方天際。

　　　　※　　　　　　※　　　　　　※

説完了整個故事，魏爺爺像是累了，緩緩閉上眼睛，此時爺爺的周圍似乎籠罩著一層淡淡的寂寥。

小雲不願打斷爺爺此刻的回想，輕聲地稍微整理了一下屋內的環境後，轉身走出了魏爺爺的故事……。

佳文共賞

(一)題文已提出切入點，從社工人員的角度與老兵對談，引發回憶故事的緣起，之後接續的故事主軸便完全移至老兵的過往，敘述起來直接自然且貼近真實。

(二)作者在約一千字的字數限制內，脈絡清楚地交代了故事的幾個段落，成功地勾勒一個褪色戀情，讓人不勝唏噓。

(三)社工人員小雲的角色有穿針引線的意味，帶領讀者走入魏爺爺的回憶，也在最後帶領讀者回到現實。

自我挑戰

請仔細閱讀以下文章，揣摩其文字表現、氣氛營造及敘述發展的可能性，續寫完成一篇結構完整的文字。文限六百字。

雪白的空間中，一望無際的寬敞，給人一種空蕩蕩的感覺，我聞到一種氣味，有一種酸酸甜甜的味道四處飄散著。這氣味莫名地吸引著我，讓我興起了遊戲的念頭。我試著尋找，尋找著到底什麼樣的東西能夠散發出這樣誘人的香味！

首先，我向右邊出發，沿途仍是一片白茫茫的景色，完全沒有發現任何可疑的目標，但鼻間飄過的氣味卻明明白白告訴我，一定有某種東西存在，至少它是曾經存在過的，要不怎會有這樣的氣味在這空

中飄散不去。我再試著向左邊尋去，走著走著，突然聞到有另外一種味道，是屬於酸與甜的另外一種味道。我仔細地聞著，無法判斷是屬於什麼味道，彷彿有些苦澀。這股新興的味道更加堅定我尋找的意念，我持續地朝著左邊走去。一路上除了酸甜的味道不斷出現外，苦與澀也摻雜其中，並且陸陸續續出現其他不同的味道。

寫作提示

(一) 這是一個極有發展空間的起頭，完全以氣味和誘人的氣圍引人入勝。除了主角一人，其餘都是可以填補創造的。這是一場作者的獨自探索，至於探索的是什麼？端看考生的慧心和觀照了。

(二) 續寫的型式，必定要留心主題、人稱、背景及口氣的一致性。而本篇以「我」為主題，是主觀式的抒寫，然考生如何讓自己真正融入其中成為故事裡的「我」，仔細體會氣氛統一的串連，已提供了重要線索。

(三) 從氣味可能牽動的記憶、印象、感情去著手，把酸甜苦各種味道能夠象徵的可能意義，不管是人物、事件或感受，找出彼此的關係，盡量讓想像沉浸，構築創寫一篇富哲思的心靈散文。

作答前務請詳閱作答注意事項及試題說明　　　　　　　第 1 頁

實戰演練

（答案請從本頁第 1 行開始書寫，並請標明題號，依序作答）

第 2 頁

四、經典考題觀摩

1. 閱讀下列文字，回答下列問題。

甲、楊牧作品（散文）

一隻鷹曾經來過，然後竟走了，再也沒有蹤影。

這發生在去年秋冬之交。……

以散文方式續寫，限三百字以內

乙、紀弦作品（詩）

我們已經開了船。在黃銅色竹的

朽或不朽的太陽下，

在根本沒有所謂天的風中，

海，藍給它自己看。

……以新詩方式續寫，限十至二十行

以上二則文字分別是二位作家某篇作品的開頭，皆具有各種發展的可能性；例如，楊牧作品：「一隻鷹曾經來過……」既可發展成客觀的動物寫作，也可以以鷹喻己，探索內在世界，請你從二則開頭中選定最喜歡的一則，加以揣摩、想像，依其文類（散文或詩）撰寫，使它成為一篇完整的作品。注意：不可用作者原作續寫，違者不予計分。

（引自大學入學考試中心，語文表達能力測驗預試卷。第一大題。）

搶分祕技第十六招／命題作文

➡ **課前導讀**

最常見也是最悠久的寫作法

e博士：「在我成長階段，凡是寫作文，幾乎是命題作文的天下，國文老師彷彿出了題目，就大事底定。台下學生個個搔頭苦思，搜索枯腸，莫不希望寫些名篇佳句，贏得滿堂喝采。聯考時作文題考『請、謝謝，對不起』、研究所國文作文考題：『論師嚴而道尊』，高考論文考：『宋儒程顥曰：「明者見於未形，智者防於未亂。」試申論之』，不論是大學期中考，期末考，期中報告，或期末報告，研究所專業科目及高考專業科目全是申論題，無不是命題作文。」

道生：「歷史上科舉考試及經義策論也幾乎是命題作文的天下。」

e博士：「的確。」

一、命題作文的精神

（一）誠於中，形於外

道生：「命題作文的精神是什麼呢？」

e博士：「誠於中形於外。惟真是古今佳作不變的真理。惟真足以感人。」

（二）作文喜新

e博士：「作文貴在立意新，題材新，惟新足以吸引人。」

二、命題作文的寫作要領

（一）申論題是所有考試占分最多的

道生：「申論題是命題作文的一種，寫申論題，我最沒把握！請多教導。」

e博士：「不只是你，連我也一樣，我也面臨同樣的問題。因為我

本身也曾是考生之一，不管準備聯考、高考、公費留學考及研究所考試。那種心力交瘁及心路歷程和所有考生是一樣的。尤其是考研究所的經驗，考了四年，書並不是唸得比別人少，所花的時間也不輸人，但我為什麼一次又一次失敗。

（二）一次難得的經歷，改寫申論題分數

直至第四年考研究所時，我參加托福和 GRE 英文補習，第一天考國文和英文，相當順利，考完後，我去上廁所，在廁所旁一堆資源回收中，我無意間看到教授改完的期中考卷，我撿回家看，第二天所考專門科目並無出相類似的題目，但我從教授閱卷分數中體會作答技巧，同樣六十個同學，所閱讀的單元相同，所寫的內容大同小異，為什麼有人二十五分，有人卻是十分，這便是作答技巧的問題。為什麼大學教授在寫完報告或考試後，只給我們分數，短評，甚至就丟在廢紙箱中，難道教授們忽略了評量後再學習的重要性嗎？評量的目的固然測驗出考生學習成果，但很重要的歷程是要給予考生學習回饋，修正考生的錯誤認知，讓他們有觀摩學習，見賢思齊，見不賢內自省的機會。傳統的師徒制，可以做到這樣的功能，但閱卷老師沒有時間讓考生更正學習作答的表達方式。於是考生只能一再錯誤學習，甚至在考場上蹉跎了青春。我是過來人，韓愈說：『師者，所以傳道、受業，解惑也。』我將效法韓愈的明訓，道生，今天，我要將我考上研究所的祕訣分享給你。」

道生：「感恩，謝謝 e 博士。」

（三）申論題常犯寫作的盲點

e 博士：「命題作文中申論題，我最常犯以下的錯誤：

1. 時間控制不恰當：通常專門科目會有四至六題的申論題，時間約一百分鐘。考生常會挑最會寫那一題，作長篇大論的發揮，彷彿將肚中所有墨水全部傾倒，忘記這一題可能佔十五分，還有八十五分尚未完成呢！加上答案卷空間不夠，寫完可能只剩下三十分鐘做其他題目。」

2. 忽略分點分項：對於熟悉的題目，知無不言，言無不盡，最常見是三百字擠成一團，像一條龍似的，論點與論據摻雜，重點與細節難以取捨，一股腦兒全都寫，一題十五分，你說得了同情分數十三分

還算好，可能教授認為答案蕪雜難辨，只給你六分。那豈不是滿紙血淚，被視為荒唐嗎！」

道生：「那豈不像《三國演義》的周瑜，賠了夫人又折兵！」

e 博士：「正是！我大考數十回合皆敗於此。你能怨懷才不遇呢？還是只能怪自己不能『識時務者為俊傑』！」

道生：「第三呢？」

e 博士：「

3. **忽略教授認知結構**：認知結構就是人的一切學習中已有的知識和經驗，決定人將如何吸收新知，如何統整，如何再創造。教授們受學術訓練的歷程中，研究與論文撰述是其中二大關鍵。其中論文的撰述方法，影響教授的認知結構甚大。」

道生：「怎麼說呢？」

e 博士：「在我唸研究所期間，寫論文的階段，指導教授（老闆）常指責我說：『以前老師沒有教你寫報告嗎？你先去國家圖書館閱讀大量論文，回來向我報告心得。』讓我非常挫折，有時還繞著操場哭泣。」

（四）虛心檢討，師論文之長技制題

道生：「那 e 博士如何來解決困境呢？」

e 博士：「當時我廣泛閱讀研究法專書，教導如何寫論文的專著，甚至抱數十本論文猛 k，有以下的發現：

1. 每一本論文都具有緒論、文獻探討、研究歷程、方法與限制、結果與討論、結論與建議，參考書目。
2. 每一種研究題目的定義及研究變項的界定和範圍要很明確。
3. 最重要是論文結果架構呈倒三角型螺旋圖。

4. 研究結果發現內容及證據最多，而且只能受限於研究變項、研究方法及歷程所得來的內容整理成結果。

5. 絕對要根據結果發現來討論，討論的範圍不能超過結果發現，即使其他資料或相關研究有其他統計數據顯示，須確實遵守研究發現。

6. 結論更是依據『結果與討論』的精華加以縮寫，字字珠璣。

7. 建議只能根據研究結論下建議，結果、討論及結論都未提及的部分，更是不能提出一些理想性的建議，否則口試或博士班口試，就會被教授批得體無完膚，慘遭滑鐵盧。

8. 論文須去除理想性的字眼、主觀的好惡，及感情性的字眼。

9. 論文所推出來的推論，都需要實證研究佐證，在論文中只能一分證據，說一分話，絕不能加油添醋，信口開河。

10. 寫作的型式，不論是每一章或每一小節，或考試的申論題都有一個基本架構可以參考：

壹、前言
（扼要將題旨說明後，將正文所要申述的論點 A、B、C、D，分點寫在前言內。）
題旨：
一、A　　　　　　　二、B
三、C　　　　　　　四、D
茲分述如下：
貳、正文
　　一、A：例 1，小結論 a。
　　二、B：例 1，小結論 b。
　　三、C：例 1，小結論 c。
　　四、D：例 1，小結論 d。
參、結論：歸納 a、b、c 及 d 小結

(1) A、B、C、D……，大論點舉越多點越好，命中答案越高，分數得分越高，但不是無的放矢。

(2) 每個 ABCD 四大論點，都舉『例 1』，舉例只能舉最典型，最具有說服力的例子作說明，最多不超過三個。

(3) 每一段都要分點，而且每一點都要有小結。

(4) 結論只能根據正文小結下結語，原理和上述寫論文相同，要呈倒三角型。不能提出新的創見。因為沒有實證，說了也等於白談。甚至會被扣分。

　　上述心得，可是花了我六年的青春所得到的精華，我願意分享給大家，同時表示對本書創作尊重及負責的態度。希望對道生參加各種考試有所助益。」

　　道生：「謝謝您。」

（五）命題作文的結構是個圓

　　e 博士：「雖然在文章賞析已講過了，但寫作的道理及賞析的道理是一樣的。無論文章的長短、體裁、段落或整個篇章，文章是一個完整的有機體。以幾何圖形『圓』來形容最為貼切。」

　　道生：「如何以『圓』來形容文章呢？」

　　e 博士：「茲說明如下：

1. 以文章的主旨為圓心。

2. 以文章的字詞為圓上的每一個點。

3. 以文法修辭為半徑，將字詞串成句。

4. 字詞句再依主旨為圓心畫圓，連綴成段落篇章。

5. 每一篇文章依主旨來起、承、轉、合，分成數個段落。

6. 每一段落又區分起、承、轉、合，每一個起、承、轉、合的句意，即是段落中的層次。

7. 每個層次是由一個至數個語意完整的句子組成。

8. 每個字詞、句子、層次、段落及篇章皆圍繞主旨，達成滴水不漏的有機體，前後呼應的圓。

9. 每一段的第一句記得將上一段用不同的話歸納一遍，結尾最後一句話用精句扼要總結整段話。即達到承上啟下，前後呼應的工夫。」

三、命題作文常考的題型

　　道生：「命題作文常考的題型有哪些？」

　　e博士：「命題作文常考題目與勵志類及報考專門科目類別所需職業道德及展望最有關係，建議考生在生活中及工作中思考如何讓自己工作更愉快，更有效率，更有人性化。多閱讀與所學專門領域的書報雜誌，多作剪報，多寫心得，一定對命題作文有幫助。」

精選範例

　　2011年觀光局推動「觀光拔尖領航方案」及「旅行臺灣・感動100」工作計畫，朝「發展國際觀光、提升國內旅遊品質、增加外匯收入」之目標邁進，讓世界看見台灣觀光新魅力。請以「如何提振台灣觀光產業，提升國際競爭力」為題，文限一千字內。

思路指引

（一）此類考題須以論例兼具的結構方式抒寫，著重「如何」，也就是方法，該如何做，才能提振台灣觀光產業，進而提升世界競爭力，依據題目的目標，層次分明地加以論說。

（二）寫作次序可先從觀光產業對台灣的重要性談起，再說明提振觀光產業的步驟，及提升國際競爭力的做法，既然談的是台灣的觀光產業，那麼台灣知名的觀光景點及特色觀光活動介紹必不可少，這些資料的取得有賴於平日對新聞資訊的留意。若欠缺舉例，本文將失去立論的根據與力道。

絕妙好文

◎黃佳鳳

　　「觀光產業」不僅是一個國家重要的經濟命脈，對於地理位置特殊的台灣而言，更是塑造台灣形象的最佳管道，可進一步「行銷台灣」。透過「觀光產業」的蓬勃發展，不但可帶動國內的各項經濟，更可促進人文的交流，進而大大地提升台灣的國際競爭力。因此「如何提振台灣的觀光產業」，便成了政府與人民刻不容緩的工作。

　　台灣因地理環境特殊，擁有豐富而多樣化的人文與自然資源，因此具有雄厚發展觀光的潛力。然而欲得到各國觀光客的青睞，首先便得先將國內的觀光資源做一番整合，規劃出所謂的「套裝行程」，讓觀光客能有清楚而明確的選擇。

　　台灣有許多具國際觀光魅力的節慶賽會，如：台灣慶元宵、大甲媽祖國際觀光文化節等；此外尚有目前仍致力推廣的國際藝文及博覽會，包括：竹塹國際玻璃藝術節、墾丁風鈴季、宜蘭綠色博覽會、宜蘭國際童玩藝術節、台灣美食節等；另外還有其他國際賽會活動，如：秀姑巒溪國際泛舟賽、台灣風箏節、國際自由車環台邀請賽等。各種傳統文化節慶活動、街上嘉年華會、地方小吃及美食展；得天獨厚的自然景觀，包括日月潭、綠島、墾丁、蘭嶼、太魯閣等；此外，體驗農事、果園採水果、認養果樹等都是很具吸引力的地方觀光產業活動。而台灣便捷的交通網，更可以在短時間之內，從海邊到高山，使台灣地理環境的獨特性一覽無遺，讓觀光客體驗不同的風光及人文。這些都是台灣觀光業特殊的優勢所在，也是政府所應努力的重點。

　　在「產品」上有了良善的規劃後，接下來所須致力執行的重點便是「宣傳」。有好的產品，沒有好的宣傳結果仍是枉然，因此政府應加強在國際的重要媒體頻道中宣傳「台灣觀光」；並擴大參加國際旅展，讓台灣的觀光業有機會「走出去」與他國一爭長短。同時也可藉由舉辦國際性活動的機會，打響台灣的國際知名度。

　　台灣或許尚無法成為「全球旅遊中心」，但成為「區域旅遊中心」卻是絕對有可能的。因此於重要交通據點設立旅遊服務中心，並充實觀光資訊網的功能，以及提供廿四小時旅遊諮詢服務熱線與建立觀光巴士系統，亦是極為迫切需要的規劃。如此在各方面都有了完善的規劃後，我們便可宣告「台灣觀光產業正式起飛」，「提升台灣的國際競爭力」也將不再只是口號。

佳文共賞

（一）本文開宗明義指出發展觀光產業對台灣的重要性，再就國內觀光資源的現狀──包括特殊的地理環境、豐富而多樣的人文及自然資

源，歸納提出「套裝行程」概念，並以大量的例子輔助說明，且加以分類為國際級的節慶賽會、藝文及博覽會、傳統文化節慶活動及地方觀光產業活動。條列清楚，說明性強，使得全文論例兼備。

(二) 此外點出「宣傳」，乃是走向國際化不可或缺的另一主軸，最後也提出台灣成為「區域旅遊中心」的建言及相關規劃，全文從內而外，再從外向內的論述，懇切而扎實。

自我挑戰

請以「我最欣賞的作家」為題，撰寫一篇散文，文長八百字以內。

寫作提示

(一) 無論古今中外，詩人、散文家、小說家均可，寫作要點有二：你欣賞的原因及其作品的特色。欣賞的原因可以包含作家的生平、性格、及作品，至於作品的特色則為重頭戲，包含作品的文學價值、時代意義及特色賞析。最好能列舉一些書或篇章文句，讓論述更有條理。

(二) 此類型考題測試考生的價值判斷及陳述說理的能力，但絕不是一定得以知名作家為論述對象，而是要找一個你最熟悉的、對你最有啟發，且其作品也是你所耳熟能詳的作家，並以你的觀點出發，不人云亦云，才具有獨特性。

(三) 不管是從哪一個角度剖析，要儘量強調該作家的特殊性，因為人如其文，文如其人，兩者必互為因果，穿插說明可增強文章張力。

作答前務請詳閱作答注意事項及試題說明　　　　　　　第 1 頁

實戰演練

（答案請從本頁第 1 行開始書寫，並請標明題號，依序作答）

第 2 頁

四、經典考題觀摩

1. 子曰：君子固窮，小人窮斯濫矣。（101 年中央警大碩士班）
2. 用信心創造美好人生。（101 年身心障礙特考三等）
3. 論情緒管理。（100 年海巡、關務、稅務、退除役三等）
4. 文化差異的省思。（100 年原住民特考三等）
5. 抱持崇高理想，堅忍奮進不懈。（101 身心障礙特考三等）
6. 全球化環境下國營事業的角色定位與發展願景。
   （101 年經濟部所屬事業機構）
7. 感動服務。（101 年台灣電力公司養成班）
8. 提升職場工作效能之我見。（100 年中央造幣廠）
9. 論如何從顏色點染生命的丰采。（100 年中央印製廠）
10. 君子居易以俟命，小人行險以徼幸。
11. 嚴以律己，寬以待人。
12. 如何自我提昇服務品質。
13. 如何共創全民優質生活。
14. 人和為施政之首要論。
15. 論儉樸。
16. 論地球村的襟懷。
17. 藝術與人生。
18. 乘風破浪，勇往直前。
19. 醫師與人權。
20. 日日是好日。
21. 提昇服務品質之我見。
22. 超越自我。
23. 吾愛吾鄉。
24. 人生與服務。
25. 自立與合群。
26. 享受與回饋。
27. 論公權力與人權。
28. 關懷他人，成就自己。

29. 正義與包容。

30. 飲水思源。

31. 論當前的社會風氣。

32. 知識之追求與實踐。

33. 博學與專精。

34. 權力與責任。

35. 坐而言不如起而行。

36. 接受挑戰。

37. 論毅力。

38. 終身學習，日新又新。

39. 美化從心靈做起。

40. 徒善不足以為政，徒法不足以自行。

41. 要怎麼收穫，先那麼栽。

42. 積極任事與奉公守法。

43. 新聞自由與國家安全。

44. 全民抗疫，共建台灣命運共同體。

45. 義與利。

46. 改善社會，從服務做起。

47. 論教育與改革。

48. 戮力從公、回饋原鄉。

49. 試論如何建立互相承認、彼此尊重的族群關係。

50. 服務的人生觀。

51. 信義為立業之本。

52. 知識就是力量。

53. 敬業樂群。

54. 自強不息，日新又新。

55. 淨化社會，從個人做起。

56. 論台灣文化之多元性。

57. 當前台灣社會的危機與生機。

58. 登高與築夢。

59. 身在公門好修行。

60. 瘟疫的啟示。

61. 論中國偷渡犯死亡事件之賠償。

62. 平心論台鐵中秋節罷工。

63. 化阻力為助力。

64. 君子成人之美。

65. 一生之計在於勤。

66. 革新與革心。

67. 執法與風紀。

68. 析論護照加註「臺灣」的利弊得失。

69. 紮根本土，擁抱海洋。

70. 論風險觀念及其預防之道。

71. 個人行為與團隊形象。

72. 論「不忍人之心」。

73. 論知識份子的時代使命。

74. 如何發揮敬業的精神。

75. 掌握自我，經營人生。

76. 科技發展與人文精神。

77. 人體內的戰爭與和平。

78. 敞開胸襟做人，腳踏實地做事。

79. 從逆境中挺進。

80. 走自己的路。

81. 當困阻來臨時。

82. 心理健康勝過身體健康。

83. 富貴與貧賤。

84. 求勝。

搶分祕技第十七招／精選寫作集錦

一、義與利

1. **題旨**：必須分別說明何謂「義」？何謂「利」？二者之間的關係為何？又該如何抉擇？

2. **大綱**

    (1) 說明「義」與「利」的意含：義是指仁義，利是指能滿足個人貪欲的利益。

    (2) 說明「義」與「利」的關係：「義」與「利」不必然衝突。唯有踐履「義」，個人的「利」才能長久、有保障。

    (3) 有德的君子應該重義輕利，不會因貪圖個人慾望的滿足，而不依道理行事，喪失了社會公義，個人的私利也無法享有。

3. **範文**

    孟子說：「義，人路也。」所謂「義」是公義，是每一個人都應當依循的正道。而所謂「利」是私利，是個人感官慾望的滿足。孔子說：「君子喻於義，小人喻於利。」有德的君子和鄙陋的小人之間的差別就在於，君子以公義為重，小人則著眼於私利。

    然而「飲食男女，人之大欲存焉。」耳目口鼻會有慾望是天性，是非善非惡的，是需要滿足的。但，當利慾薰心時，人會喪失理智，往往不擇手段爭逐利益，損害他人以圖利自己。這樣的行徑就是惡的，是不義的，因此被貶為小人。人之所以為人的可貴在於具備仁心，以踐履公義為天命。《大學》云：「德者本也，財者末也。」人的價值不在於財富，在於個人德行的實現。因此，實踐公義是善的，是無私的，因此稱為君子。

    孔子說：「富與貴，人之所欲也，不以其道得之，不處也。」事實上，「義」與「利」並不是必然衝突的，人若是能「以其道」就可以「處」，心安理得地享受富與貴。事實上，若是人人都顧念國家公義，致力於追求社會的長治久安，其實，同時也保障了個人身家

的安樂與幸福。若是人人只思慮個人私利，則如孟子所說：「苟為後義而先利，不奪不饜。」大家互相爭奪，企圖獲取更多的利益往往招致干戈，如此，易造成社會紛亂。最終個人或許取得利益，耳目口鼻得到物質的滿足。但，社會情勢不安，使自己身陷危殆的處境，個人的利益也無法得到保障。

古人云：「人苦於不知足，既得隴，復望蜀。」人重視的私欲的滿足是痛苦的根源。我們應當輕利重義，不受物慾所控制，顯揚仁心，義無反顧地追求公義；不犯「利令智昏」的弊害，善用智慧，建設國家公義，個人也將因此受益。

二、改善社會，從服務做起

1. **題旨**：必須詳細說明「服務」如何能改善社會。

2. **大綱**

    (1) 說明社會是由許多人所組成的，改善社會，要從個人做起。

    (2) 「服務」是最直接、最積極的與人互動的形式，藉由「服務」，我們可以發揮個人的學識、才能幫助他人改善眼前的困境，解決棘手的難題，推己及人地影響下，則有「我為人人，人人為我」的善循環，就能共同締造美好的未來。

    (3) 人若只是追求一己的私利，則會強凌弱，眾暴寡，互相攻擊、爭鬥，社會風氣則會暴戾不安。

    (4) 個人的生命得以茁壯、成長是受到眾人的提攜、拔擢，理當貢獻一己之力，將所學服務於社會，謀求更好的未來。

3. **範文**

    由於網際網路發達，資訊傳播變得快速，社會某一處的進步與變革，透過網路、傳媒的介紹，往往足以造成巨大的影響。這是知識經濟的時代，也是廣告行銷蓬勃的時代，比起以往任何時代，人們可以更無障礙地運用所學造福人群，只要有真才實學，不會有懷才不遇。然而，也因為彼此互相影響或是傷害的機會提高，這個時代更需要人們貢獻智慧和能力，才能同享幸福成果。唯有社會上的每個人都肩負起「改善社會」的責任，各盡所能，群策群力，才能形成一股澎湃的潮流，推動社會的進步。

對身為社會一份子的我們而言，「改善社會」是責無旁貸的，但，要思慮如何具體行動呢？「服務」其實是落實改善社會的最好方法。以熱情、誠懇的態度為他人服務，先積極地打破人我的藩籬，將彼此的距離拉近，就已經搭建了一座友善的橋，也能逐漸促成社會和樂的氛圍。譬如冰遇冷堅硬如鐵，遇熱則融化為水。當我們以冷漠相待，對旁人的困難袖手旁觀，一旦我們遭遇難題時，他人也會置之不理。但，當我們樂意服務他人，幫助他人解決棘手的問題，脫離困境，一旦我們窘困時，他人也會伸出援手。而就在「我為人人，人人為我」的善循環之下，社會也將日益趨向美善。

社會經濟的大幅進步，使得社會上充滿了各種發展的機會。從出生到成人，我們得到更多、更好的社會關懷與照顧。有些人不知為已得到的心存感謝，反而將一切已得到的呵護與教育視為當然，甚至不知滿足。他們企圖追求享有比他人更多的利益，利令智昏，因此，心懷詭計，危害他人。對個人而言，內心永遠無法平衡、無法安穩。對社會而言，也在一片叫罵、構陷中，變得暴戾不安，開始向下沉淪。

我十分相信，人若是體會個人的生命得以茁壯、成長是受到眾人的提攜、拔擢，必定心懷感謝，會盡力地活得更好，使自己不斷地進步和成長，同時，他也必定懂得愛人、尊重他人的價值，也必定會盡力地服務，讓更多的人能活得更好，使這個世界成為和諧愉快的所在。

三、自強不息，日新又新

1. **題旨**：「自強不息」出自《周易‧乾》：「天行健，君子以自強不息。」意即自然法則的運行，晝夜不止，周而復始，故謂天行健也。有德的君子應該以為榜樣，奮力自強，努力不懈怠，故謂君子以自強不息。君子唯有「自強不息」，才能一直精進，達到「日新又新」的自我期許。因「自強不息」與「日新又新」是因果關係，因此要先詳論前者，再詳述後者。

2. **大綱**

   (1) 自強不息的重要。

(2) 如何做到自強不息。

(3) 自強不息促成日新又新的好處，不自強的壞處。

3. **範文**

「自強不息」出自《周易‧乾》：「天行健，君子以自強不息。」先賢勸勉有德君子進德修業，應該效法自然法則的運行，週而復始、晝夜不止，培養積極奮發的精神與勇猛前進的意志，開創日新又新的璀璨人生。人生的光景有時風雨、有時晴，而天助自助者，唯有「自強」才能搭建屋舍，擋風遮雨。然而短暫的振作、一時的奮進是不足以建設、經營穩固的家園，長久保障生命的安樂。有心自強之餘，還需要以堅韌的意志，貫徹自強的心念永不停歇。人生的境遇是不斷變化的，唯有「自強不息」才能時時更上一層樓，從容因應變局，歡收勝利的果實。若是不矢志自強，當順境轉逆，就垂頭喪氣，止步不前，就像是「為山九仞，止，吾止也。」終究是一場空。「自強不息」不是理論空談，不是教條，而是一種人生態度，貴在實踐。踐履「自強」的第一步應該是先懂得「自重」。當我們肯定自我價值，必定愛惜自己，必能堅持個人操守，進而增進才學，以培養實現理想的力量。因此，其次要緊的就是「自立」。自立就是相信自己的意志與力量，為了開闢通達理想的道路，依靠自己充沛的力量，勇敢地與眼前重重的荊棘奮戰；始終堅強意志，只要荊棘尚未披斬殆盡，就不輕言放棄。因此，只要能踐履「自重」與「自立」就是實踐「自強不息」，就能開創「日新又新」的人生境界。

如果一切的生命都立志在荊棘間，企求立足的天地，那麼，人生的道路縱然曲曲直直，也必定是柳暗花明，一景好過一景。世界必然處處精彩動人，百花齊放、生機盎然。如果一切的生命都不願意在荊棘間尋求立足，那麼，這世界就是一片死寂。如果生命只貪戀當下的安逸，或是畏懼吉凶難測的挑戰，就躊躇不前，如何完備自己立身處事的能力？又如何使自己更加堅強呢？我相信要使人生變得唉聲嘆氣、舉步維艱的方法很多，但要使人生的道路時時傳播歡聲與笑聲的方法只有一個：自強不息，日新又新。

四、淨化社會，從個人做起

1. **題旨**：首先應該了解「淨化社會」的意義，社會淨化的關鍵，不在於具體環境的改善，而是指社會的組成份子—人內心需要淨化、需要向上提升。人人做好「心靈環保」，形諸於外的就是良善的社會氛圍，反映在具體環境的就是有序的交通、乾淨的道路、寬敞的騎樓……。

2. **大綱**

   (1) 申論淨化社會的重要。個人依賴社會而生存，社會漸趨良善，個人才能享有安適的生活。

   (2) 如何淨化社會？唯有人人積極進取，努力向學。學成後，樂意貢獻所學，才能創造社會嶄新的生機。

   (3) 個人不淨化，將阻礙社會的進步。

3. **範文**

   科技時代經濟日益繁榮，物質生活安適之餘，許多人開始追逐更高的享受，迷戀名牌，崇尚用金錢堆砌身分地位，藉以肯定自我，對於道德與倫常的重視不再。甚至為了擁有奢靡的生活，違法亂紀，販賣毒品、竊盜、詐騙、綁架等暴力事件層出不窮。社會道德低落，價值觀混淆，治安必然亮起紅燈，「望治殷切」是大家共同的心聲，企望政府加強公權力的執行，深化品德教育，以建立大眾正確的價值觀。然而，這些都是需要長期努力，不是立竿見影的。社會的組成份子是每一個人，個人依賴社會而生存，社會漸趨良善，個人才能享有安適的生活。與其坐在原地吹警示的號角，未免錯失良機，當務之急還是應該先從自己做起。每個人都自我淨化，社會自然日趨良善。

   許多人或許會心生遲疑，自問：個人力量如此微小，對於龐大的社會人群能發揮多少影響力？在躊躇之間，自我教育及奉獻的意志就轉弱、心力也就減少了。李白曾說：「天生我才必有用」，每個人都有自己的長處，不要妄自菲薄。只要我們願意著力於品德教養，自立自強地建立正確的價值觀，並培養某種專業能力，必定可以在與他人互動中，促成正面的影響、善的循環。　國父孫文說：「聰明才智愈大者，當服千萬人之務，造千萬人之福；聰明才智略小者，

當服十百人之務，造十百人之福。」才能出眾的人發揮的影響力固然相當可觀，但是，聰明才智略小的人能影響「十百人」也是不容小覷。社會長養、教養我們長大、成材，人人都應飲水思源，更要「湧泉以報」。既然是做對的事，我們應當有「舜何人也？予何人也？有為者亦若是」的壯志與豪氣。人人都應該積極進取，努力向學，汲取人文思想，接受聖哲的教化，體現「己欲立而立人，己欲達而達人」的精神。不論是生活或工作中，都應時時實踐忠恕之道，破除唯物的鄙陋思想，才能創造社會嶄新的生機。

終日爭逐奢華，酒足飯飽之餘，我們可曾想到，肚腹的飢飽是解決了，然而，如果輕視品德教養、忽略心靈淨化，再名貴的綾羅綢緞、山珍海味可能掩蓋生命的貧寒、品格的瑕疵嗎？當精神空虛、心靈飢渴，舒適的環境、豪華享受能提供我們內心的平安幸福嗎？愈追求物質享受，相對地失落感往往也愈強烈，人們痛苦指數提高，社會整體的不安感會隨之上升，此時，各項建設將會進步緩慢，甚至停滯不前。

現代人的痛苦就在於我們永遠不知道自己真正要的是什麼！其實，「安居樂業」是最基本的想望，如果人人都能注重品德教養，時時淨化自己，形諸於外的自然是溫、良、恭、儉、讓等美德，具體的反映就是有序的交通、乾淨的道路、寬敞的騎樓、親切的問候、真誠的關懷，一個富而有禮的美好社會。

五、滿分人生

1. **題旨**：作文題目是「滿分人生」，考題中特別舉例，美籍華裔滑冰女將關穎珊以「努力工作、活出自我、享受人生」自我惕勵，並成功地八度摘下全美冠軍。因此，本篇文章內容應以「努力工作、活出自我、享受人生」定義「滿分人生」。

2. **大綱**
   (1) 努力工作、活出自己、享受人生就是擁有滿分人生。
   (2) 申論「努力工作」、「活出自己」、「享受人生」三者的關係，闡釋如何「努力工作、活出自己、享受人生」以擁有滿分人生。
   (3) 「努力工作」、「活出自己」、「享受人生」這三者其實是「愛」

的體現，缺乏愛的人生就是不圓滿。

(4) 發揮對生命的熱愛，創造自己的滿分人生。

3. **範文**

追求滿分是許多人共同的目標，大家總是希望自己在各方面有滿分的表現，如：學業、工作、運動競賽、親子關係、朋友交誼、社會服務等，卻未曾認真思索如何才能有滿分的人生。美籍華裔滑冰女將關穎珊八度摘下全美冠軍，曾經分享她成功的動力是時時以「努力工作、活出自己、享受人生」作為惕勵。其實要有滿分人生的關鍵正是在於我們是否「努力工作、活出自己、享受人生」。

檢視公認創造了滿分人生的人物，例如：海倫凱勒、史懷哲和德瑞莎修女。我們會發現，他們都做到「活出自己」—突破生命限制，展現不屈的意志，奉獻自己；「努力工作」—奮力投入貧窮疾苦的改善工作，並且活在當下；「享受人生」—用盡自己的全力，揮灑出璀璨的光與熱。在某些人眼裡「精打細算」的評估下，或許會覺得海倫凱勒既盲又聾還啞，肉體必須承受諸多病痛，是痛苦的。也或許有人認為史懷哲是擁有哲學、神學、醫學、音樂四個博士學位的歐洲才子，原本可以過富足、平安的日子，卻把五十多年漫長的歲月奉獻給非洲土人，是不智的。也或許有人以為德瑞莎修女焚膏繼晷地為貧病付出，是勞累的。然而所謂「滿分人生」的價值及榮譽，不是在於擁有平順的日子、創造多大的事業成就，而是在於面對現實的諸多限制與痛苦，能激起向生命、生活挑戰的意志，克服種種的折磨，永不妥協地向人生目標勇往邁進，從平凡走向不平凡的這段旅程。

細究起來，海倫凱勒、史懷哲和德瑞莎修女「努力工作、活出自己、享受人生」都是發揮「大愛」淋漓盡致的表現。他們自愛、更愛人。因為自愛，所以不畏辛勞，力求進德修業；因為愛人，所以將愛介紹給別人，致力為自己以外的人服務。而自愛或是愛人成就的信心與希望就是他們人生最快樂的享受。

人若是缺乏「愛」的能力，如：不自愛，對於自身的不完美，往往是自怨自艾；不懂得愛人，面對工作就只剩下責任，勢必味同嚼蠟。如此，生活不僅過得辛苦，甚至是痛苦，這樣的人生不僅是沒有滿

分，甚至是不及格。

每個人與生俱來的特質不同，擁有的優勢不一，起跑點是不一樣的。但是，我們的努力，我們的信心，我們對自我的要求，對生命的執著，對社會的關愛等，任何一項都在累積分數，都是我們締造佳績的機會。所以我們不必介意從哪個分數起跳，只要「努力工作、活出自己、享受人生」，終究會有滿分人生。

六、益友與損友

1. **題旨**：考題中特別要求詳論擇友時，益友與損友如何辨別。因此，申論時，「何謂益友」與「何謂損友」應分成二大段詳述。

2. **大綱**

   (1) 指出結交朋友的重要。

   (2) 為何要結交益友，避開損友。

   (3) 何謂益友？

   (4) 何謂損友？

3. **範文**

   有位心理醫生曾說：「為我的病人開一張萬靈的藥方是很容易的，只是那種藥很不容易買到。」他所說的藥方是「好朋友兩個」。人類是群居的動物，人與人之間的友善交流與肯定，是個人更熱愛生命的動力。人若是沒有朋友，在覺得寂寞、疏離的狀態下，往往會爆發出較負面、偏激的念頭。所以曾有心理學家說：「所謂『變態心理』，大致上也可以說是一種『沒有朋友的心理』」。由此可見，對任何一個人，擁有幾位可以談心的朋友是重要的。孔子說：「三人行必有我師。」大多數的朋友都有值得我們效法、學習的長處，但，也有些朋友行止不當是我們應該引以為鑑的。魏徵就曾對唐太宗說：「以人為鏡可以明得失。」

   雖然益友能激發我們見賢思齊，而損友也可以使我們見不賢內自省。但是，《說苑・雜言》云：「與善人居，如入蘭芷之室，久而不聞其香，則與之化矣；與惡人居，如入鮑魚之肆，久而不聞其臭，亦與之化矣！」就是所謂的「近朱者赤，近墨者黑」。人與人交往，會在潛移默化中，受到周遭朋友的影響，進而變化心性。我們要積

極樹立端正的言行，就應該多親近益友，在耳濡目染之下，陶冶良善的品德。並且應該遠離損友，拒絕惡習的污染。

然而何謂益友呢？孔子說：「益者三友，損者三友：友直、友諒、友多聞，益矣。」有些朋友像是一泓清澈的河流，彼此相遇時，他們總是誠實相待，不會花言巧語、阿諛曲從；有些朋友就像是日日東昇西落的太陽，他們始終誠信以待，不亢不卑，卓然獨立；有些朋友就像是山，他們穩重、可靠、涵養許多識見。這些朋友各具不同的秉性，但因為都追求公義，大家都和諧相容，這就是「君子和而不同」。因此，判斷對方是不是益友，以孔子所昭示的道理為依據，審視他是否有踐履公義的心志。結識這樣志同道合的朋友，不僅有助於進德修業，即使彼此不能聚首、砥礪，也可以有「海內存知己，天涯若比鄰」的快樂。巴金就曾說：「古聖先賢所說『富貴不能淫，貧賤不能移，威武不能屈』……，有了這樣的朋友，我的生命才有了光彩，我的心才有了溫暖。」

然而何謂損友呢？孔子說：「友便辟，友善柔，友便佞，損矣。」有些朋友貌似謙虛、恭敬，實質上是不正直的，為了私利會陷人於不義；有些朋友言語甜如蜜，卻不信實，達到目的後，會違背諾言；有些朋友巧言令色，卻沒有學問，追求享樂之餘，會怠惰荒佚。這些朋友都是只顧慮眼前慾望的滿足，為了爭取利益，紛爭不斷，這就是「小人同而不和」。觀察一個人，他若是爭逐權力與享樂，就應該與他保持距離，以免受到不好的影響，誤入歧途。

「君子之交淡如水。」友誼最美好的境界是彼此自在地交流，並還能享有心靈的自由。不因利益而結黨，只以公義互相期勉，不強制對方要對自己盡義務，只在心靈交流時迸出美麗火花。

七、論生命的意義

1. **題旨**：現今是一個物質富裕、科技發達的社會，人類生活不虞匱乏，但是人類心靈卻越來越貧瘠。因為心靈的匱乏，使我們越益不重視生命的價值，虛擲光陰、輕視生命、為非作歹、怨天尤人的人比比皆是。本題目即是針對現代社會的人類，對於漫無目的、汲汲營營的生命態度而發。

2. **寫作導引**

第一段：首先論述正面、有價值的生命意義是什麼。生命真正的價值與意義是認真的去過我們的生活，使每一刻光陰都充實運用，勇敢、努力的去追求我們的理想，盡心盡力的去做每一件事情，而絕不是庸庸碌碌像無頭蒼蠅一樣，白忙過一生；也絕不是功利、自私，毫不為別人著想。

第二段：這一段可藉由舉例，古今中外的例子皆可，來陳說這些成功的名人，是用什麼方式和態度來詮釋他們的生命，使其生命充實且豐美。

第三段：陳說完古今名人對生命的態度與看法之後，這一段可述說自己的觀點，陳說自己認為有價值的生命意義是由哪些元素所組合而成。

第四段：總結前三段所論述的內容。每一個人對生命的意義都有不同的見解和看法，肯定只要是光明面的、有價值的生命態度，都是積極、值得學習的。

3. **相關名言**

(1) 人生的問題不在誰輸誰贏，而是如何演好人生這一齣戲。

(2) 我從不只為生存的要求而生活著。

(3) 上天生下我們，是要把我們當成火炬，不是照亮自己，而是普照世界。（莎士比亞）

(4) 我重視祖國的榮譽，勝於自己的生命和我所珍愛的兒女。（莎士比亞）

(5) 生命不是讓我們無所事事，閒散度日，不，生命是一場奮鬥，也是一趟旅程。（馬志尼）

(6) 生命成熟的頂點，是以無可取代的自信，掩藏不住的美麗，和幾乎無法負荷的喜悅，來通告這個世界的。

(7) 千萬不要讓生命變成一個容器，生命應當是個飲者，唯有飲才能嚐盡人間的酸、甜、苦、辣。

4. **範文**

有一句廣告詞是這麼說的：「生命就該浪費在美好的事物上。」這句話簡單而清晰的道出了生命的意義。所謂「美好的事物」，當然

說的不是人類所沉溺的慾望，而是在我們有限的生命中，盡心盡力投入一項有意義的工作。西方哲人馬志尼說：「生命不是讓我們無所事事，閒散度日；生命是一場奮鬥，也是一趟旅程。」即是這個意思。

宋朝大儒張載認為生命最重要的意義即是達成「為天地立心，為生民立命，為往聖繼絕學，為萬世開太平」的目標；而前不久剛得到哈馬寒漠超級馬拉松冠軍的林義傑，他則認為生命就是「實現自己的夢想和堅持」。這些人用他們最熱忱的態度與毅力在詮釋生命，他們認為，生命的意義就是實現自己的理想。

曾有一個腦性麻痺的年輕人，每週固定跟隨教會到偏遠地區擔任義工，幫助需要幫助的人，當記者訪問這位年輕人的動機時，他回答：「我不想要賺大錢，我只希望社會上的每一個人都有一顆善良的心。」而這就是我所認為的生命的價值與意義──對人類付出關懷與愛。有些人將追求功名利祿當成人生唯一目標，但是由功利所組合而成的生命，會使得我們個人顯得狹隘。我們因愛來到人世，有一天離開，帶不走錢，只帶得去滿懷的愛；只有將生命換化成愛，並以真誠的心關懷他人的人，才能品嚐出生命的甘甜。

每個人對生命的價值與定義都有不同的見解，無論如何，只要我們是認認真真的在過每一刻，我們的生命就猶如那盛滿酒的酒杯，充實且甘醇。

八、坐而言，不如起而行

1. 題旨：「坐而言，不如起而行」即是與其坐著高談闊論，不如站起身來，親身實踐。主要是說明「實踐」這項功夫的重要性。許多人都很容易犯一種「只說不做」的毛病，將計畫與理想說得天花亂墜，但卻止於「言」而未「行」。而這種生活處事態度，只會使計畫與理想淪於失敗，絕不可能獲取成功。一個實踐，勝過一百個理論，不論是行善、環境保護或是夢想的達成，都是相同的道理。本題目主要具有勸勉的意涵，命題的動機即是針對人性中的惰性而發，希望藉由「言」之後「行」的重要性，來勉勵所有的人。

2. **寫作導引**

寫作「坐而言，不如起而行」這個題目，應注意到「立下目標」（言的功夫）和「實踐」（行的功夫）相同重要，就如同王陽明所說：「志不立，天下無可成之事」；但是人往往忽略實踐與行動的功夫，使我們所下的目標流於空言，因此在寫作這個題目時，將立下目標之後的「實踐」作為本文論述的重點。各段提示分述如下：

第一段：對於未來，我們往往充滿期待，因此會有許多想實現的夢想。甚至生活中，也會訂定許多的計畫，來規劃每日的活動。對於夢想來說，我們可能希望成為一名除暴安良的警察，或是有教無類的老師；對於生活，我們可能會制定讀書計畫、希望每週保持規律的運動……。因此這一段，可藉由我們生活中的實例，來敘說我們如何將生活與計畫緊密結合在一起。

第二段：陳說「實踐」也就是「坐而言，不如起而行」的重要性。我們的生活與計畫息息相關，而我們也常訂定周詳完密的計畫書和時間表，但卻常常不了了之，因為人性中怠惰的個性，將計畫書規劃完整之後，我們就懶得進行下一步實踐的步驟，也因為少了這個過程，因此往往也很少獲取成功。就像社會上所提倡的口號也是一樣，例如「捐血一袋，救人一命」、「日行一善」，或者是我們都知道環境保護、垃圾分類的重要，但卻鮮少切切實實地去實踐，於是口號只是口號，我們並不會多喊幾次口號，就夢想成真。因此我們明白，會失敗與不能完成夢想的原因，即是因為沒有「行動」的緣故。在這一段，應特別陳說行動的重要。

第三段：這一段可舉更強而有力的例證來佐證第二段。因為人生太短暫，一舉步便跨過去了，若我們還是情願年復一年述說著同樣的理想，而不親身實踐，我們可能不只無法達成目標，等到年紀老了，一事無成的時候，我們可能還會擁有深深的遺憾。說明「坐而言，不如起而行」的重要之餘，我們即可知它不只是一句勉勵人的話語，更是一句警惕人生的良語。

第四段：回歸呼應主題。實踐的與否，決定了成敗的首要條件。重點還是放在「實踐」的功夫上。最後的一段要做一個總結，陳說行動可以幫助我們達成目標。古代之聖賢，他們之所以成為受人敬仰

的賢人，即是因為他們都努力的把自己的理想付諸行動，若是我們也能切實實踐，那麼即使我們完成的只是一件小事情，但只要是從頭到尾都努力去實行的，就是所謂的成功了。

3. **相關名言**

(1) 一切都靠一張嘴來做，而絲毫不實幹的人，是虛偽和假仁假義的。（蘇格拉底）

(2) 如果空喊能造出房子，那麼，驢子就能修一條街。（伊朗諺語）

(3) 為其所應為，這樣的人才是勇敢的。（托爾斯泰）

(4) 志不立，天下無可成之事，雖百工技藝，未有不本於志者。（王陽明）

4. **範文**

「人生因為有夢想而偉大」，我們時時刻刻都期盼著未來，對於人生的規劃有著美麗的憧憬和藍圖。這些對於未來的期盼當中，有些人或許希望成為一名有教無類的教師，而有些人則或許希望成為像貝聿銘一樣優秀的建築師。每個人心中都有一份計畫書，一一詳細列舉了步驟與時間表，甚至非常豪氣的公諸天下，自己即將實行的規畫。

但是這些人，通常都只是雷聲大雨點小，空有周全嚴密的計畫，而殊不知實際的實踐才是最重要的。明代理學大師王陽明曾說：「志不立，天下無可成之事，雖百工技藝，未有不本於志者。」由這句話，可以知曉「立下目標」之重要，但光只立定目標，並不意味著就能走向成功的坦途，我們必須還得仰賴著實踐的功夫，才能實現理想，成就美夢。可見古人所謂：「坐而言，不如起而行」的重要性。

作家愛亞曾說：「人世太短，趕緊哪！」即是一句告誡我們最響亮的警語。我們對於時間的概念，可說極不敏銳，因為我們情願年復一年述說著同樣的人生夢想，而不願把握當下立即親身實踐，於是時光蹉跎，所有的豪情壯語，就只因為乏於行動而流於空言。

孟子說：「舜何人也，予何人也，有『為』者亦若是」，我想這句話，除了孟子勉勵我們不要看輕自己的一層意涵之餘，更透露出，只要肯將夢想勇於付諸行動，實行實踐的功夫，相信我們的人生必是發光發亮的。

九、愛心、熱心、用心

1. **題旨**：此處提及愛心、熱心、用心，是指出內在於人心的三個美好特質的重要性。因此，必須分別定義三者的意涵，並申論它們的重要性。

2. **大綱**

   (1) 何謂愛心、熱心、用心？

   (2) 申論愛心、熱心、用心三者的關聯為何？

   (3) 申論實踐愛心、熱心、用心的益處及不重視三者的壞處。

3. **範文**

   愛心是關懷別人的起點，富有愛心就會有「人飢己飢，人溺己溺」的惻隱；熱心是推廣愛心的意志力，保持熱心就會有「當仁不讓」的勇氣；用心是一種處事的智慧，凡事用心讓一個平凡人變得不平凡。概括來說，愛心是「仁」的展現，熱心是「勇」的呈現，而用心則是「智」的實現。

   愛心、熱心與用心是必須兼具的，三者不可偏廢。人如果只有愛心，而沒有熱心與用心，見到他人遭逢災難，會流於一時的濫情。伸出援手後，往往不見改善，就畏懼懦弱地縮手，或是缺乏智慧，愈幫愈忙。而人如果只有熱心，而沒有愛心與用心，就會積極地參與身旁的事務，提出自己的主見，希望獲得大家認同並一起施行改善現況。因為缺乏愛心，他的主見多半不符合他人需要；而不夠用心，也導致他的辦法對事務沒有幫助。另外，如果人只有用心，卻不具備愛心與熱心，他有足夠的聰明可以看清問題的癥結，想出有效的解決方案。但是，因為愛心不足，熱心不夠，他不願分享，只能獨善其身，不願兼善天下。由此可見，愛心、熱心與用心三者是不可或缺的，只要有所偏廢，就無法成就圓滿。

   人類之所以能夠有今天的進步，而且殷切地期待一個更美好的未來，主要歸功於愛心、熱心與用心。因為有愛心，我們自愛、愛人、愛生活、工作的每一個環節，那麼所有的阻力可能成為助力，所有的挫折將成為我們學習成長的機會。因為熱心，自愛、愛人不再是痛苦責任與負擔，而是富意義的神聖使命，那麼所有的承擔都可能變得舉重若輕，所有的努力付出都是甘之如飴。因為用心，我們會

將愛心與熱心用對地方，讓社會踏對步伐，走對方向，邁向更美善的明天。

如果沒有愛心人，人情就會淡薄；如果沒有熱心人，社會就會呈現停滯；如果沒有用心人，世界就會變得平凡。太陽可以西下，春花可以凋謝，只要稍待片刻，我們還是可以見到太陽的生氣、春花的明麗。然而愛心、熱心與用心是天地間的生機，是人世間的火種，是不可以片刻熄滅的。讓我們守護這生機，延續這火種，為世界帶來更多的祥和與希望。

十、論禮儀

1. **題旨**：「禮儀」是倫理社會中，人與人之間相處的規範和橋樑。中國人非常重視禮儀，將其當成是一切行事的最高準則。而在今日社會中，秩序崩壞、個人主義高漲的情形下，人人以自我為中心，對長輩大聲呼喝、見人視若無睹的情形日益嚴重。在這種惡性循環下，人心越益疏離，社會將會越益冷漠。因此，禮儀在我們生活中就更顯得重要。

   禮儀不僅是行事準則，更是一種道德規範，它幾乎主宰了倫理社會中的一切秩序。而本題目命題的主要動機，就是針對禮儀在人類社會中，所具有的高度影響力而來。

2. **寫作導引**

   第一段：先闡述禮儀是什麼，並陳說禮儀具有哪些層面的意涵與功用。禮儀不僅是一種禮節或禮數，它更含有道德的高深意義。古人待人處世，莫不以禮為依歸。禮儀也可以說是道德教育的一種，人人若皆具備這項道德修養，那麼不論是生活上、社交上、工作上、家庭上，或是政治方面，我們的社會都會更加安定。

   第二段：既然禮儀對我們的生活和社會占有非常重要的地位，那麼在這一段即可論述若失去禮儀的規範與約束，我們的生活和社會將會產生什麼程度的影響，而這個影響可能是道德的敗壞、犯罪率的提高、人心的疏離，或是人倫秩序的崩解……，由這些可見的隱憂，來襯托出禮儀的重要。

   第三段：題目中明確規定要舉生活上或工作上的經驗為例子，來加

以闡述禮儀，這一段即可用來舉例說明。人的生活即是以禮來維繫，工作上與同事相處的進退應對，生活中所發生的各種事件，都可以是舉例的內容。

第四段：回歸呼應主題。在第一段中，我們敘述了禮儀的意義與重要性；第二段中論說了失去禮儀社會將會趨向崩解，因此在最後一段，可由「得禮儀」與「失禮儀」之間，秤量出禮儀的重要意義，以達到論禮儀的目的。

3. **相關名言**

(1) 禮儀乃是通行四方的推薦書。（英、培根）

(2) 禮儀的所有外在標誌都含有高深道義的基礎。（托爾斯泰）

(3) 居處恭，執事敬，與人忠。（論語）

(4) 非禮勿視，非禮勿聽，非禮勿言，非禮勿動。（論語）

4. **範文**

禮儀是人類行動、起居和交際的一定規定，它更是道德教育的一種。孔子說：「不愧屋漏。」即是說我們在眾人面前，舉止言行要得體，而就算一人在家中獨處，行為、言論更加要合乎禮儀的標準，無怪乎西方哲人托爾斯泰會說：「禮儀的所有外在標誌，都含有高深道義的基礎。」由此可知，若是人人皆具備這項道德修養，那麼不論是工作、治事、家庭生活、社會活動⋯⋯等等，我們的社會必會更加安定。因此禮儀不僅僅是一種禮節，更有維繫社會的功能，也唯有禮儀，才能使我們「居處恭、執事敬、與人忠」。

禮儀活動的產生，使人與人之間的相處融洽，而且更加懂得彼此尊重，傳統社會人倫秩序的建立，天、地、君、親、師地位階層的牢不可破，皆是屬於禮儀的範疇，藉由這些規範和約束，使我們的社會保持著和諧，道德於是不至於淪喪。而今日社會，個人主義高漲，許多人容易犯眼比頭高、目中無人的毛病，於是人際間的相處越來越緊張，且處處充滿火藥味，這種一觸即發的關係，就是因為禮儀不張的緣故。禮儀它所扮演的角色，就如同軌道；而人類就是行駛在軌道上的火車，若火車行出軌道，那麼後果將是招致無可避免的災禍。火車與鐵軌是相依不可分離的，而它們的關係就如同人類與禮儀。

我們的生活中，除了人與人間相處的緊繃之外，也有許多不合乎禮儀的情形。例如今日社會上的人，非常喜歡窺探別人的隱私，所謂有關名人「八卦」的媒體報導，不論是新聞、雜誌，或是報紙，真有如汗牛充棟。有些媒體甚至是以不正當手段取得報導的內容，而人人卻將之視為茶餘飯後的話題，我們不但不加以撻伐這種不道德的報導內容，反而以探討別人的生活為樂趣，這些行為，完全視別人的尊嚴如敝屣。孔子說：「非禮勿視、非禮勿聽、非禮勿言、非禮勿動」，古人的行為舉止、做事標準，莫不以禮為依歸。我們應重視並學習古人的尚禮精神，做任何事之前，應試問自己是否合乎禮儀的標準，否則現代禮儀的敗壞，只會使得個人得不到應有的尊重，也會因為彼此間失去信任，讓社會上的每一個人更加疏離。

人類社會的秩序，有賴於禮儀的維繫，發揚禮儀的傳統，可以說是當務之急，人倫社會是否維持，並正常運行，端看禮儀所發揮的功效。禮儀和社會的關係，真可以說是「得之則存，失之則亡」。英國培根說：「禮儀是通行四方的推薦書」，可見唯有具備「禮儀」，才能夠在人生的道路上越行越穩與暢行無阻。

十一、落實全人教育

1. **題旨**：全人教育是我國教育所倡導的理念之一。而全人教育的願景，是將學習成果分成三種能力：一、自省能力；二、知識基礎；三、技藝。也就是說：教育要教導學生的並不只著重於智育成績的提高，而是德、智、體、群、美各方面的均衡發展。但這種崇高的教育理念，並未落實於我們的教育當中。今天的教育，面臨了升學主義高漲、成績為學習唯一目的的偏差價值觀，而這種功利思想腐蝕學子心靈甚深。這種思潮不僅妨礙學生健全人格發展和正確價值觀的養成，也會造成社會的一項隱憂。本題目即是針對現今教育的弊病而發。

2. **寫作導引**

第一段：教育是百年樹人的工作，教育實行的成功與否，關係著一個國家的興衰發展。孔子之所以偉大和受後人敬仰，即是因為他的「有教無類、因材施教」的先進教育觀念。很多的古代中國文人學者，將教育看成是治國的第一要務，由此我們可以知道，教育的影

響力，是百代而萬世的。

因此作文的第一段，先藉由舉例來說明教育的重要性。

第二段：今天的教育環境，非常重視升學率，以成績評斷學生的未來發展是否會有成就，而這種衡量學生的標準太過獨斷，且也會影響學生的身心人格發展，造成偏差價值觀的養成。以更長遠的眼光來看，這種錯誤的教育方針，所養成的國民道德是不及格的，它可能會造成人心污穢、治安敗壞，可以說是社會一項嚴重的隱憂。這一段可先從社會教育現況來論說。

第三段：論述完現今教育的隱憂與弊病之後，這一段應提出落實全人教育的方法，而這也是全文重點所在。培養正確的價值觀，明白成績不是人生唯一目的、學習體諒別人、培養第二興趣、提高人文素養……等等都是落實全人教育的方式。可舉例分項說明，會使論點更加清楚詳細。

第四段：總結前面所言做結論。落實全人教育是勢在必行的教育方針，藉由各種的方式，來實現我們所崇尚的教育理念，以培養擁有健全人格的下一代。

3. **相關名言**

(1) 建國君民，教學為先。（《禮記‧學記》）

(2) 我們生來是軟弱的，所以我們需要力量；我們生來就是一無所有的，所以我們需要幫助；我們生來就是愚昧的，所以我們需要判斷的能力。我們出生所沒有的東西，我們長大的時候所需要的東西，全都由教育賜給我們。（盧梭）

(3) 教育是百年樹人的長遠事業，它對後世的影響永無止息。

(4) 我的深思彌補了知識的不足，合乎情理的思考，幫助我走上正確的方向。（盧梭）

(5) 受教育的人容易領導，不易驅使；容易管理，不可能奴役。

4. **範文**

《禮記‧學記》篇中說：「建國君民，教學為先」，可見教育在人類社會活動中，占著舉足輕重的地位。「上學去」一句話，隱含了人類希望所在，藉由教育的各種功能，使我們學得知識並陶冶性情。戰國諸子之一的荀子，他的性惡說中，特別強調教育對人性的影響，

〈儒效〉篇中說：「習俗移志，安久移質……涂之人百姓，積善而全盡，謂之聖人」，更加明確說明了教育之最終功能。

而今日社會日新月異，追求快速，因此每個人皆問，獲得成功最快速的捷徑是什麼，只管唯利是圖，就連教育也變成了「功成名就」的管道，於是孔子所說的「朝聞道，夕死可矣」的崇高理想，消失不存。青青子衿們不再說「學而時習之，不亦說乎？有朋自遠方來，不亦樂乎？人不知而不慍，不亦君子乎？」而只一味追求成績的高分，於是這種太重功利的結果，使得成熟健全的人格不易養成，更會造成價值觀的扭曲。假如我們的社會將每個學子都教育成以自我中心為本位的人生觀，那麼，我們所生活的環境將沒有人願意付出，這實在是社會的一大隱憂。

為了破除與預防這種情況的發生，我們應該在青年時期即培養正確、有價值的人生觀，明白「人生的意味在於過程，而不在結果」，並且學習墨子「愛人若愛其身」、「視人身若其身」，用同理心去體貼、關懷別人；而就學習而言，不要怕任何的失敗與挫折，「選擇堂堂正正的失敗，絕不求不清不白的成功」，積極進取，快樂學習。

胡適先生說：「做學問要在不疑處有疑；待人要在有疑處不疑」，這句話清晰扼要的說明了做學問與待人接物的方法，我們應該明白「拿高分」並不是教育的唯一目的，因此只有落實全人教育，學習有價值的人生觀，才會使我們人生的道路越行越寬。

十二、論「公私之間」

1. **題旨**：「公」與「私」，是對比的命題，在論述時，或可反向操作，先以詰問的方式，提出公私之間若混為一談所將引發的問題，及其導致的後果。隨後，再予以申論我們應該如何看待、區分「公」與「私」，以及公私分明可以帶給個人或社會的良好影響。

2. **寫作導引**

   第一段：可用詰問的方式，以公私不分的問句來揭開本文的論述。

   第二段：論述公私不分所將導致的結果，包括對個人、公司或社會的影響。

第三段：申論公私分明的重要性。
第四段：總述前文。

十三、行所當行，為所當為

1. **題旨**：「行所當行，為所當為」，此命題的關鍵在於「當」字。考生首先應思考的是：怎麼樣的行為是「所當行」、「所當為」的？那必然是符合正義、不違中道的事。順著「正義」、「中道」的思維主軸，文章便能產生次第脈絡。身為關務人員，如何把持正義，拒絕利益的誘惑，而秉守中道而行，對於整體社會的重要性何在，是考生可以極力發揮的論述方向。

2. **寫作導引**

   第一段：直接破題，解釋「行所當行，為所當為」的意涵，提煉出「正義」與「中道」的概念及其重要性。

   第二段：延續上段主題，舉例說明「行所當行，為所當為」之於個人與社會的必要性。

   第三段：說明當正義或中道面臨挑戰時，我們該如何因應，並分析、評論當我們與非法利益或不當行為妥協時所可能導致的後果。

   第四段：再次呼應主題，強調執守正道的重要。

十四、《大學》：「所謂誠其意者，毋自欺也，如惡惡臭，如好好色。此之謂自謙。故君子必慎其獨也。」（試申其義）

1. **題旨**：所謂的「誠意」，就是不欺騙自己。就像不喜歡不好的氣味、愛好美好的顏色一樣，這就叫做自快自足，毫不做作。因此，君子獨處的時候，一定要謹慎，不得隨便。此段是在說明「誠意」的真義，在於不自欺而能慎獨。

2. **寫作導引**

   此類以節錄古文做為命題方式的作文，考生必須先瞭解該段古文的意義，最好是找出其中的關鍵字，並順著文字脈絡，先行爬梳其論述邏輯。

   本段的關鍵字，就在於「誠意」，而何者為「誠意」？重點在於「慎

其獨」，所以，其後的文章發展，便可以此為重點來發抒。

第一段：先行解題，可以順著古文敘述的脈絡來進行翻譯或意見的發抒，除了可以表現本段作文的重點，也可以讓自己釐清之後的論述方向。

第二段：以「誠意」為主題進行發揮，並舉例說明，同時將「慎獨」的修為帶入，更突顯不自欺的意義。

第三段：反以缺乏「誠意」的生命為主旨，與前段對比，說明欺妄的生命對於個人以及國家社會的不好影響。

第四段：總結前文。

十五、論權力與責任

1. **題旨**：此類命題，可用遞進的論說方式進行寫作。首先說明何謂「權力」，權力的重要性為何？其次說明何謂「責任」，個人責任與社會責任是什麼？它的重要性何在？之後，便將權力與責任兩者之間的關係進行連結論述，權力愈大，所需擔負的責任就愈大，而我們該以怎樣的態度來看待權力、執行責任，是考生可以特別強調的重點。

2. **寫作導引**

第一段：泛論權力與責任的意義與重要性。

第二段：以「權力」為論述核心。

第三段：以「責任」為論述核心。

第四段：將以上兩段做一個結合，並加強論述兩者之間的緊密關係。

第五段：總結前文。

十六、心中有愛，人生最美

1. **題旨**：社會新聞中，暴力、令人驚心動魄的新聞層出不窮，這使得現代人很難自適。再加上經濟起飛之後，人與人漸漸疏離，這種疏離感的產生，令我們很少發自內心去關懷我們身邊週遭的朋友，因此使孤獨感更加充斥在我們的內心當中。

其實在每一個人的心中，都有著愛人的能力，不管是對朋友、親人、同胞，亦或是不認識的人，因為這種愛的力量，使我們每個人緊緊

地聯繫在一起，不論我們是接受愛或是付出愛。因此在這種接受與付出的過程當中，我們幫助了別人的人生，也豐富、圓滿了自己的人生。因此本題目說「心中有愛，人生最美」。

本題目的立意，也是因此而來，希望藉由本題目的思考，使每一個人更加關心這個社會上需要關心的朋友，也更加懂得感恩的心，讓我們的人生更加美好。

2. **寫作導引**

第一段：首先，為「愛」這個字下定義，解釋愛的意義。也可以引用哲人的話，來加強題目的意旨，使自己的立論，可以更加清楚明白。

第二段：本題目的主題重點在於「心中有愛」，因此這一段可以先舉正面的例子，來說明題目。心中有愛，因此可以與人分享，藉由這份對同胞人類的愛，來關心需要關心和幫助的朋友。社會上有很多組織都是以愛為出發點，來關心我們的社會和生活的。例如紅十字會、世界展望會，或台灣宗教的慈濟團體皆是。

第三段：前一段舉了正面的例子，因此這一段可以舉反面的例證，來做一對比，使例證更加鮮明。例如社會上有許多人，只為了追求利益而生活著，鮮少去關心人，甚至不願為別人付出關心與愛，因此也不會信任別人對他們的愛，到最後，就只能栖栖皇皇虛度終日了。

第四段：最後以總結法做結，將前面幾段做一全面性的結論。正面與反面的舉例在最後一段回歸於一個源流，即本題目：「心中有愛，人生最美」。

3. **相關名言**

(1) 人生的目的就是追求快樂，世界上各宗教都是在發揚愛與慈悲。人生就需要這種愛與慈悲，才會真的快樂。（達賴喇嘛）

(2) 只要你的心中有慈悲、愛與仁厚，你的心中那扇緊閉的門就會自動打開了。（達賴喇嘛）

(3) 我們因愛來到人世，有一天離開，帶不走錢，只帶得去滿懷的愛。

(4) 愛是無盡的財富。

(5) 愛是一種美德，不只是給別人，也給自己。

(6) 生命中最要緊的事情，是學著付出愛，以及接受愛。

(7) 只有摯於情的人，才能表現愛的真誠；只有致於理的人，才能表現愛的偉大。

4. **範文**

愛，是人的本能，也是人與人之間維繫關係最偉大的力量。就連當我們死亡的時候，帶不走滿身的財富，唯一帶得走的，只有別人給予我們的愛。愛的種類有親情之愛、友情之愛、同胞之愛……，這些「愛」對人類來說，都是彌足珍貴的。而這，也是我認為人類最了不起的地方：不只愛自己，也愛別人。

得過諾貝爾和平獎已逝世的德蕾莎修女，一生都在為人類付出愛，她實踐愛的方式，是「將自己變成窮人，然後再去照顧窮人」。她給予別人的愛，不知改變了多少人的人生，使別人的人生得到幸福，除此之外，也使她自己的人生得到圓滿。因此，無論生前或死後，德蕾莎修女都受到世人無限的尊敬與愛。

自從一八六〇年工業革命之後，全世界許多人的目光都只關注在如何快速累積財富和增加利益的議題上，加上高樓大廈的被大量建築，更加隔絕了人與人之間的關係，於是產生了許多疏離與孤獨的社會問題。自私自利、莫管他人瓦上霜的心態比比皆是，遑論有餘力去關心社會上弱勢或週遭哪些需要關懷的朋友，因此太重於名利追求的人生，往往栖栖皇皇、忙亂終生，毫無意義可言。

因此，所謂真實有意義的人生，是應該學習如何接受愛與付出愛的。心中有愛，就是懂得關懷別人、體諒他人的人。這樣的人，人生往往較為充實、圓滿，就像達賴喇嘛說的：「只要你的心中有慈悲、愛與仁厚，你的心中那扇緊閉的門就會自動打開了」。相反的，心中只有自己，沒有別人的人，就不會懂得真正的快樂，甚至哪些心中充滿仇恨之心的人，鎮日覺得時不我與，只會怨天尤人。因此這些人的人生，就只能是殘缺不全的了，而這都是因為他們的心中，缺少愛的緣故。

你正在等待一個愛你的人嗎？先多多關懷四周圍的人，相信人生一定會更加美好！

搶分祕技第十八招／歷年試題彙編

104年　中華郵政（營運職）

題目　談壓力

在日常生活、工作方面，你曾經遭遇過種種「壓力」嗎？有人說：「壓力」是為了應付「困難和挑戰」所產生的「生理及心理反應」，只要能妥善規劃因應之道，引發正向的情緒，它能夠使人激發潛能，從而得到最好的表現和最理想的成績。你同意這種說法嗎？請以「談壓力」為題，詳加論述。

破題分析

壓力為題眼，依據題眼，適時加入個人的觀點與想法，強化欲表達的中心思想。

中心題材與程度上的限制→壓力與感受之間的關連性，並且舉例說明相關事件原因與過程，以切合題眼。

中心思想偏重在承受壓力過程中→表達生理與心理的反應→敘事兼論說文。

可多引用相關於認真態度的形容詞、例證與佳句，豐富文章內涵，強化寫作抒情的觀點。

寫作引導

清晰表達對於「壓力」的想法與角度，可以舉例輔佐證明，使其中所蘊含的人事物之情感面，具有強烈的意境，讓表情達意更加明顯確切。

第一段：以名言佳句帶出對於壓力的看法，且釋出條件與線索，呼應在後面段落所舉的例子。

第二段：使用第一人稱敘寫，且從正面著手，表達壓力帶給人正面與反面的情緒反應。

第三段：藉由劉俠女士的事例呼應前段所提出的觀點，使讀者感同身受。

第四段：確立壓力可以激發潛能等關連性，緊扣「壓力帶給人正向力量」的主題。

寫作範例

孟子曾云：「天將降大任於是人也，必先苦其心志，勞其筋骨，餓其體膚，空乏其身，行拂亂其所為，所以動心忍性，曾益其所不能。」此番話語相當適合作為「壓力」出現的最佳註解！當上蒼要將重責大任交付給某個人時，勢必會先讓此人的心志受到苦痛，筋骨感到勞累困頓，身體經常覺得飢餓，生活條件也處於貧窮困苦之境，並且再讓其做事時不斷受到阻撓，但是這一切，均是為了要磨練個人的意志力與忍耐力，加強此人原先所缺乏不足的能力。

壓力無所不在，總是讓人憂慮，甚至讓人懦弱退卻，其實，只要轉個念頭，學習與壓力相處，看似阻力的壓迫感，也會變換成助力的成就感！若是可以在壓力到來時，咬緊牙根不被擊倒且勇往直前，努力不懈怠，那麼這股令人難以喘息的「壓力」，就會變成人生裡的試金石，推著我們走向成功的舞台；一旦過了這一道關卡，如同攀上了更高的峰巒，人生的境界、視野會完全不同，璀璨繽紛的世界就在不遠處。假若人在遭遇壓力時，經常意志不堅定、承受力差勁、抗壓性低落，或者一點短暫的挫折都無法接受，如此將很難由低潮中破繭而出，在身體與心靈均耗弱的狀態下，生命會迅速萎縮不振。

曾獲選為十大傑出女青年的劉俠女士，所承受的壓力來源，即是她身體出現的殘缺情況。杏林子於十二歲時便診斷出類風濕性關節炎的疾病，此在發作時手腳會腫痛不堪，行動相當不方便，這也使得她因此對生命的態度消極，直到十六歲時因為宗教信仰的教化，讓心靈找到了寄託，體悟到生命價值的真諦與珍貴，慢慢由原先的消極轉而充滿樂觀和積極。

壓力的出現，難免會使人在身心上都有所改變，若想要讓身體與心靈都處於健康及健全的狀態，便要學習「放下身心的執著」，常常在一念之間，想好，即轉好；想壞，即更糟。不去想在痛苦裡面失去了什麼，而要去思考在痛苦過程中習得了什麼，就像劉俠女士一樣，把原為壓力開端的殘疾，轉化成足以撼動人心的鼓勵！

104年　台北捷運新進助理工程員／助理專員甄試

題目 心中有人，眼中有事

狂妄的人目中無人，自私的人事不關己，各行各業以人為主體，最怕的是遇到狂妄與自私的人。心中有人是道德，眼中有事是能力。如果我是老闆，最想聘用的就是這種有道德、有能力的人。請以自己的經驗談談「**心中有人，眼中有事**」的意義。

破題分析

本題為論述文，因此首段宜開門見山的點出主旨，說明心中有人和眼中有事的定義，後二段再分別舉例闡述，以自己的經驗佐證，亦可舉反面的例子，從另一個角度著手。末段總結，有才未必有德，一個人即使有再多的才幹，若心性高傲，狂妄自大，也不為人所喜，再次強調心中有人、眼中有事的重要性。

寫作引導

第一段：直接點出心中有人和眼中有事的定義，並說明其在我們日常生活處事中所占的重要性。

第二段：舉例說明何謂心中有人，若眼中無人，又有什麼樣的影響。

第三段：舉例說明何謂眼中有事，亦可用反面的例子，並提出與上段的關聯性。

第四段：末段總結，再次強調處事不可目中無人、事不關己，並引用名言佳句佐證。

寫作範例

　　自古以來，深受儒家文化薰陶的中華民族，最重視的便是一個人的品格。司馬溫公在《資治通鑑》中曾說：「才德全盡謂之聖人，才德兼無謂之愚人。」由此可看出其重要性。而身為人最基本的道德便是「心中有人，眼中有事」，心中有人即懂得謙遜的道理，眼中有事就明白何謂無私，二者相輔相成，為成大事之根本。

一個人若是心中有人，便會被他人放在心中同等的位置之上，反之，若是目中無人，狂妄自大，那麼將會流於無法登上大雅之堂之輩，不為人所喜。在人生的每個階段中，不論是求學時或在職場上，總是有機會碰到此等以自我為中心的人，抑或者自己就是這類人而不自覺。在我國中的時候，因為結交的朋友們成績不如自己，因此時常面露傲色，說話口氣總是有意無意的壓過他們，直到某一次的戶外教學，平時要好的同學竟沒有一個人願意和我待在同一組，這才猛然驚覺，自己的人緣簡直糟糕透頂！

雖然經過那次的教訓後，我在心中常常警惕自己，和人相處必須謙虛、以誠待人，不可恃才傲物，不過到了大學時，我才真正發現事情不是這麼簡單。許多課業報告講求的是團隊合作，可在高中以前總覺得讀書都是個人的事，只要能把自己的功課顧好，就已經算是厲害了。因此，有時候事不關己的態度會引來其他人的不滿。在這些大大小小的磨合中，我也深刻的瞭解到，凡事不能只講求自己的利益，眼中不可只有私事，必須顧及大全，才算是真正有能力的人啊！否則所做的一切在他人眼中都是可有可無的。

著名的理論物理學家愛因斯坦曾說過：「現在這代人往往只注意我們這代人發明了什麼，有哪些著作，實際上我們這些人的道德行為對世界的影響從某種意義上來講更大。」出了社會以後，我們更應秉持著「心中有人，眼中有事」的教條為處事方針，在大量汲取外在知識的同時，也不可忘了內在的修練，方能真正的對社會有所貢獻。

104年　台北捷運新進助理控制員／工程員／專員甄試

題目　與日月爭輝

自從《易經》提出「天地人」三才之後，人有了贊天地化育的自覺，以實踐自我的力量，為人類留下一些光輝。因此，曹植上表請求用世，說：「螢燭末光，增暉日月。」但是現代人卻接受《三國演義》「螢燭之光，敢與日月爭輝？」的說法，認為人的力量微弱如螢火、燭光，妄想和日月之光相比，簡直不自量力。對於人「**與日月爭輝**」這層道理，你的看法如何？請以此為題，完成論文一篇。

破題分析

此題目以論述為主，因此首段可開門見山的提出人與日月爭輝的兩種不同論點，其一為積極的態度，另一種則是消極的觀點，需在接下來的二、三段分別舉一例或名言佳句來作闡述。爭輝一定能增輝嗎？而人與日月爭輝的目的其實是為了實踐自我，並非定要勝天，天地只是人類在人生旅途中所設的假想敵，人只要能做最真實的自我，有幾分才就做幾分事，其實就已燦爛如日月。

寫作引導

第一段：點出題目中所述人與日月爭輝的兩種觀點，積極與消極。

第二段：舉例論述，人與日月爭輝的積極態度，對人的言行思想有何影響，又有何意義？

第三段：舉例論述，人與日月爭輝的消極觀念，被提出的影響力又何在？是否和前段產生衝突？

第四段：總結觀點，瞭解自己的特長和能力，日月只是成就自我的陪襯。

寫作範例

　　自古以來，人們便時常將天地萬物以各種形式放入文章中，藉以傳達文人的大小理念，足見其重要性。其中，最常見的即為日月二字，詩文詞曲中皆可見其蹤影。七步成詩的曹植曾說：「螢燭末光，增輝日月。」他將人的力量比為螢燭之光，其光芒雖小，但可為日月增輝。然而《三國演義》中卻提出：「螢燭之光，敢與日月爭輝？」兩者傳達出了截然不同的觀點，前者態度積極，而後者消極以對。

　　古人曾云：「人定勝天。」其流露出的態度就是一種正面積極的力量，此處的天並非是實指某個特定對手，而是人們在各自的人生旅途中所遭遇的各種劫難或是欲達成的目標。當時的曹植正是遇到了困難的關卡，但他認為憑自己微薄的力量定能替日月增輝，也是自我勉勵和實踐的一種方式。雖然人與日月爭輝未必能增輝，可重要的是在爭的過程中所做的努力和得到的收穫，透過這種方式，能夠讓失意的人不再失志。

　　然而不是每個人都想替日月增輝，堯曾經想將天下讓給許由，因此對他說道：「日月都出來了，但是火炬還沒熄滅，它想和日月爭輝，不是很難嗎？」他將許由視為日月，而自己只是微小的火炬而已，理應退位，但最後許由拒絕了。堯不敢與日月爭輝是謙讓之詞，為了捧高對方，而另一種用意則是用來貶低對手，如三國中的王朗，他在陣前勸諸葛亮退兵，言中有藐視之意，認為他們不過是腐草之螢，豈可與日月爭輝。除了上述兩種意思外，尚有第三種，與前段完全相反，充滿了消極的意味，與現代人提出的「老二哲學」不謀而合，他們認為凡事都不必爭第一，不應不自量力，做出超過自己能力所及的事。

　　其實，正如同孔子所主張的因材施教一樣，每個人都擁有不同的心性，也在不同的家庭教育中成長，什麼樣的性格就採納怎樣的觀點，並沒有一定的對錯，只要遵照本心，瞭解自己的特長和能力，有幾分才就做幾分事，挑戰自我，日月只是成就自我的陪襯。

104年　中華郵政第二次甄試（營運職）

題目　成功來自於堅持，傑出來自於付出

景美女中拔河隊拿過無數的世界賽金牌，中國時報陳萬達副總編輯在〈拔一條河，爭一口氣〉這篇文章中指出：這群荳蔻年華的少女們，令人動容的不只是贏取世界賽的獎盃，而是在學習拔河中展現的「態度」——吃得了苦、耐得住操。所以景美女中林麗華校長為拔河隊驚人的表現下一個註腳說：「……成功來自於堅持，傑出來自於付出。」其實不只是拔河，我們立身處世，想要有一點成就，不也應當要具備這種心態嗎？請即以「**成功來自於堅持，傑出來自於付出**」為題，作文一篇，詳加論述。

破題分析

題目為「成功來自於堅持，傑出來自於付出」，引導文章以景美女中拔河隊為例，告訴我們成功的態度為何，故，在分析時要試圖提點到「堅持」、「付出」為成功的先決條件，再去試論如何「堅持」？怎麼「付出」？並舉例說明，好加深論點的堅實性。

所以，光是單純說明成功的態度為何是不夠的，必須試圖在「如何成功？」多加論述，著眼在如何實踐之上，並可以以體育、產學界成功人士為例，輔助說明，文章才有其深度，才不會流於空談。

寫作引導

寫作時可以試著以提問開頭，增加文章曲折效果，使讀者感受特別，因為，此類文章若過於單一書寫，則容易太過平鋪直述，故，可以提問開始，先問運動員、產、學、業界成功人士是如何成功？以此帶出想論述之觀點，如，本文題目為「成功來自於堅持，傑出來自於付出」，即預設了「堅持」、「付出」是成功的條件之一，若開頭直接論述兩者則會過於單調，故可以提問開頭。

提問在於自問自答，故第二、三段就可以分別論述「堅持」、「付出」之可貴以及重要性，並依序安排適當典故、故事輔助，加深文章深度，並有觸類旁通的效果。

最後綜合前文所述，將結論清楚表明，不須再節外生枝，以免文章過於龐雜。

寫作範例

　　每項運動獲得榮耀的瞬間總是亮眼，台上領獎時總是意氣風發，但誰又想到選手們咬牙含淚苦練的過程呢？

　　他們付出超乎常人想像的時間、體力，讓身體承受我們不能承受的壓力、高強度訓練，這些都是我們所看不到的，但是，漫長的訓練、嚴苛的挑戰只為了那短暫的一瞬，這是否值得呢？如短跑選手，一百公司跑出九秒的成績，但他們可能花上九個月的訓練時間，這是否值得呢？

　　這讓我們想到子曰：「譬如為山，未成一簣，止，吾止也。譬如平地，雖覆一簣，進，吾往也。」當你選擇放棄了，那所有的努力就是功虧一簣，為學如此，運動如此，做人更是如此。所以，成功來自於堅持，傑出來自於付出。為了將短跑秒數多前進一秒，選手們願意花上更多時間去累積；為了符合體重標準，景美女中拔河隊還過量的飲食，這些付出都是為了之後的成功，所以，這些都是值得的。

　　景美女中拔河隊，她們雙手緊握粗糙的麻繩，雙腳踏實的踩在土地上，用不怕吃苦的精神、堅持不放手的意志，不僅在世界大賽上爭光，更展現了台灣源源不絕的生命力，就是因為她們有「持之以恆的紀律」這正是成功的基石，簡單的一句話，卻是成功必勝的關鍵。堅持，是成功的魔術師，只要勇敢站起，堅持到底，任憑誰，都不能將你擊倒，「人生不如意十常八九」，人生道路難免有許多荊棘路阻礙道，最重要的是自己的內心，不能因為外在的挫折而灰心喪志，甚至於遺忘了自己的初衷。

　　當你有了目標、堅持的毅力、肯努力學習與認真做事，成就自然就會來。當然，在奮鬥過程中，每個人都會遇到許多挫折，但俗話說：「肯吃苦，苦半輩子；不吃苦，苦一輩子！」所以，辛苦過後，成功必將來臨。

　　故成功來自於堅持，傑出來自於付出，這樣一句話，不只是運動員成功的心法，更是我們做人的準則。

104年 經濟部所屬事業機構新進職員甄試

題目 鼎新與革故

破題分析

本題為論說文，因此可於首段開門見山的點出「鼎新」與「革故」各為建立新制和革除舊弊之意，接著再於二三段分別舉例闡述自己的看法，此二者在公家機關裡起到了何等的作用，對社會和百姓又有什麼影響。最後於末段總結，身為一個公務員，如何運用拿捏二者的分寸，實為至關重要。

寫作引導

第一段：分別指出鼎新和革故各代表的意義，兩者並不相衝突，是公務員的左手和右手。
第二段：鼎新是積極的興利，試舉例說明之。
第三段：革故是消極的除弊，試舉例說明之。
第四段：總結鼎新與革故對國家和人民的重要性，身在公家機關的公務員切不可因循怠惰。

✐ **寫作範例**

　　古人言：「御政之首，鼎新革故。」一開始鼎新革故是用在改朝換代或朝政變革的時候，但隨著時間的演化，現今它有了更深一層的意思。所謂的鼎新，指的便是破舊立新、建立新制，革故則有革除舊弊之意。對上位者來說，如何治理好一個國家，是其所面對的最大課題，因此需要左右手來輔助。而這雙重要的左右手，便是鼎新與革故。

　　一套健全的法制，是需要不斷增修的。因為我們所處的大環境會不斷的變動，再加上科技日新月異，各種的犯罪手法層出不窮，若是律法沒有跟上時代的腳步，只是一味的蕭規曹隨，一心遵照前人規矩卻不懂得變通，那麼很容易就會被社會所淘汰，讓有心人鑽了漏洞，所以必須與時俱進。制度不僅決定了政府制定和執行政策的能力，也影響著一般人民的生活，如近幾年新增的證所稅、二代健保、機車考照新制等等。而在為百姓興利的過程中，身為政策的決定者或執行者，扮演著非常重要的角色，切不可因一己之慾而損他人之利。

　　在興利之前，必先革弊，因為懂得瘡疤在哪，才能有效的對症下藥。故步自封、因循守舊是大忌，將不適用的制度剔除，然後補上創新健全的法制，方能興國，繼往開來。抱殘守缺之人，看不見新社會與舊體制的摩擦，若對其產生的問題忽視不看重，那麼各種亂象便極其容易出現。因此公務員的態度顯得至關重要，身在公家機關，便要有公僕的自覺，避免保守頑固的官僚主義，積極的為人民找出問題的癥結，擔起該職位所應負的責任，並在適當之時提出專業意見，替眾人謀福，而不是被動的順應法規去執行。

　　一個社會想要長足的發展和進步，就得鼎新革故，銳意進取。當然，這不是一個人的力量所能達成的，需要多方的配合，因此有賴於公務員的自發意識和決心。若還沉溺於過去的世界，利用保守的方法來解決目前社會所面臨的實質性問題，那麼，就算是再堅固的堡壘也有變成散沙的一天。

105年　台電新進雇員甄試

題目　成長

破題分析

一個很生活化的題目，每個人時時都在成長，先鎖定自己要寫的方向是哪種成長，是在怎樣的情況下讓自己脫離舊的自己，蛻變成新的自己呢？而這段蛻變的過程，又是怎樣走過的？

寫作引導

一個很好寫很生活的題目，除了要先確立自己寫的方向是年齡的成長、心智的成長抑或是一個重大事件讓自己的成長外，要切記的是避免淪入自言自語般的述說。平淡中要見一定的深度方能打動人心外並獲取好成績。

若是歷經一個事件而獲取的成長，可將前因後果和自己所面臨的糾結與解脫，以深刻細膩的筆觸寫出。

寫作範例

　　「在每個夜晚，數算星子而不是黑暗；在每個生日，數算你的喜樂而不是年紀。」人生在世，匆匆數十寒暑，沒人能預料自己下一秒會發生的事，如果僅是渾渾噩噩毫無目標的活著，或總是在抱怨，總是在遺憾嘆息，這樣的自己，是不是太累太沒目標了呢？每年都過一次生日，可是生日代表的只是年齡上的增長，並不代表自己心智真正成長了。成長總是歡笑淚水堆疊而成的記憶，它是需要磨練，甚至需要付出某些代價的。

　　曾經，我是個討厭自己的人，不諱言的曾經多不想活在這個地球上，覺得活得真的好累啊！為什麼我要跟別人不一樣？為什麼我要接受他人惡意的眼光呢？覺得老天真的好不公平，怎麼跟我開了這麼大的玩笑？真的，一直不覺得活著有什麼快樂可以尋找。直到那天醫生堅定告訴我，我的腦裡有個不速之客，而且非得開刀不可時，醫生問我要開刀嗎？我也堅定的回答：「開！」忽然，真的好不想死，我才二十啊！應該還沒有活夠吧！經過漫長的手術，經過術後的療程，我才深深的體會活著真好的感

覺，才真正體悟到人活著真的還有好多事要做。我將手術的日子視為自己的重生日，以前那個不想活的我已經走了，現在的我，長大了，瞭解了生命的可貴，不會再讓愛我的父母為了我擔心流淚了。這個世上還有多少不一樣的人正努力的活著，有多少弱勢的孩子為了生活拚命努力著，我怎麼可以因為自己那小小的不一樣就埋天怨地呢？「誰苦受的最深，最有可以給人。」這是我成長的喜悅啊！

　　許多人總是對著鏡子感嘆怎麼又多了幾根白頭髮，皺紋魚尾紋怎麼又加深了，嘆息自己怎麼老了。別在意外表的老去，那只是歲月走過的痕跡而已，那也是每個人必經的過程，要在自己漸漸老去的臉上看見成長的印記，而不是單單只有歲月走過的痕跡；當自己回顧昔日的自己時，再看看今天的新我，希望能夠看見一段令自己驚喜的際遇。如果今天的自己，沒有比昨天成長一些，那是不是浪費了今天呢？

　　在成長的過程中，我們一定會跌跌撞撞，一定會經過失敗挫折，而且這些挫折絕對不會只有一次，它們甚至不停的重複出現困擾著我們的心，但，我們絕對不可以被這些挫折打敗，要用足夠的耐心、信心面對這些挫折的挑戰，當突破困境見到陽光時，那種成長後的喜悅，絕對是難以想像的，在成長的過程中，既然我們無法確知自己的年歲有多長，要將每一天都當作新的一天來過，每一天的自己都要努力認真活著，當我們回顧那些走過的日子，那些成長的痕跡，都能露出無悔欣喜的微笑。

105年 中華郵政（營運職）

題目 里仁為美

子曰：「里仁為美。擇不處仁，焉得知？」（《論語・里仁》）孔子講這一番話，至今雖已相隔二千多年，卻依然可適用於現代社會，因為有誰不想要自己所居住的鄉里、社區充滿和諧、仁厚的氛圍呢？但應當怎麼做才能營造出如此令人稱美、嚮往的鄉里、社區呢？請以「**里仁為美**」為題，作文一篇，抒寫您的看法。

破題分析

鄰居對於每個家庭非常重要，因為人類過著群居生活，鄰居在我們的生活中扮演必然的角色；社會由許多家庭組成，而每個家庭又與鄰居由點連接成線，以成為一個社會。由於鄰居的重要性，使得孔子所說的話歷經二千多年依然有它的價值存在。「里仁為美」為選擇住處應該挑選有仁風的地方，引申為敦親睦鄰之義。選擇良好的居住環境與敦親睦鄰都是我們能夠主動實踐而達成目標的，關鍵在於對「鄰居」的意義有正面觀念，以及如何與鄰居相處，最後創造一個和諧融洽的區域生活環境。

題目有「怎麼做」，因此一定要寫出如何營造和諧美好鄉里的方法，可從「和諧美好」構思，發揮自己的意見與看法。

寫作引導

第一段：解釋「里仁」之義及其重要性。
第二段：選擇住處與營造鄉里社區。
第三段：如何營造和諧的社區環境。
第四段：綜合結論。

寫作範例

　　《論語》曾記載：「里仁為美」之語，其意為選擇住處應該挑選有仁風的地方，引申為敦親睦鄰。這是一句禁得起時間考驗的金言，因此，流傳二千多年仍然被人們認同，歷史與時間說明了它的意義，而它的重要性就自然在其中了。人類過著群居的生活，既是「群」表示我們必須與社會聯繫在一起，無法脫離，而社會由許多家庭組合成，換言之，我們都要與鄰居共同生活，那麼，孔子說的「里仁」就十分重要了。

　　當我們選擇住處時，首先要考慮住宅附近的環境，所謂環境並非地價、商店等物質考量，而是四周的鄰居與風氣。如果鄰居的院子、騎樓髒亂，或者觀察到他們口氣粗暴、人際關係常有磨擦等現象，那麼，作為他的鄰居是否要忍受這些對待呢？某人對我們態度不佳或行為蠻橫，或許基於品德修養可以不理會，但是居住並非一朝一夕之事，即使我們不在意鄰居的無禮，但每天必須近距離相處，再大的忍讓度也換不來平靜的情緒，

那又何必當初不慎選鄰居呢？就應驗了孔子說的「焉得知？」這是我們選擇住處應該留意的地方。反之，如果原本的好鄰居搬走，住進來惡鄰居，或是附近的住家氣氛改變了，我們要如何自處呢？其實，外在環境是變動的，不能怨天尤人，而同樣的觀念，外在環境可以變動，那麼，我們如何營造自己居住的鄉里社區充滿和諧融洽呢？

應該從自己做起。以自己去改變環境，例如鄰居不講究禮節，我們在與鄰人相處時表現從容之禮；鄰居不注重衛生，我們則要更勤於整理環境；或者適度地給予勸說引導，讓鄰居瞭解居住品質的可能與必要。鄰居倘若接受，再進一步聯合有志一同者，自發地進行維護社區清潔，亦可製造一些增進鄰居們彼此瞭解的小活動，在互動中，自然而然體會鄰居氣氛和諧與守望相助之價值。人與人之間的衝突往往來自於互不諒解，在社區融洽之後，應該延請耆老或組成一個協調單位，讓鄰里中難以避免的磨擦，有得以疏通的管道。這是從自己做起而改變鄰居所缺乏的觀念或行為，如果覺得一個人力量單薄，就結合有相同理念的少數人，大家一起影響整個社區的多數人。創造一個充滿和諧、仁厚氣氛的鄉里是需要付出，才能獲得的。

在科技發達的現代，由於社會結構改變，以及電子通訊產品之日新月異，造成人與人之間更大的疏離，但是，我們是真實存在於社會之中的，有真實感的接觸才能轉變冰冷科技為人間的溫情。孔子「里仁為美」思想千古不易，說明了它是人類生活的最佳宗旨，「里仁」的途徑有許多種，很重要是由自己做起，有計畫地配合不同的環境而進行改變生活風氣，「里仁」就成為「仁里」──充滿仁風之里了。

105年 台灣菸酒從業職員甄試

題目 宜未雨而綢繆，毋臨渴而掘井

我們常勸人凡事要先做好準備，防患未然，否則事到臨頭，手足無措，懊悔就來不及了。請以「**宜未雨而綢繆，毋臨渴而掘井**」為題，作文一篇，闡述你的看法。

破題分析

你是個懂得把握機會即時去做的人，還是總是在等待，總是想從這艘船跳到下一艘船？就算船來了，你做好準備了嗎？無論在什麼時代、什麼背景，總能看見許多悔不當初的例子，而哪些例子讓你印象深刻、讓你得到教訓而從中學到了哪些事呢？而自己是否有類似的經驗，都可以說出那前因後果給了自己怎樣的成長足跡。

寫作引導

你是不是常覺得計畫比不上變化，是不是常在事後懊悔抱怨「早知道就……」？我們都聽過一步錯步步錯，為了減少自己的錯誤與遺憾，試著規劃自己的人生態度吧！

寫作範例

　　《淮南子・說林訓》：「山雲蒸，柱礎潤。」蘇洵《辨奸論》：「月暈而風，礎潤而雨，人人知之。」在那沒有氣象報告的遠古年代，先人們善用他們的智慧與經驗累積，可以藉由觀察大自然的些微跡象探知即將來的風雨而預作準備，那些微的跡象可以是來自大自然的風雨，也可能是人世間生活的風雨，倘若我們能在日常生活中學會注意周遭的點滴，在決定做一件事之前先做好萬全的準備，必能減少許多遺憾與失敗帶來的損傷。

　　讀書時，相信大多數人都唱過：「總是要等到睡覺前，才知道功課只做了一點點；總是要等到考試以後，才知道該唸書都沒有唸。」當下是不是想「對啊！對啊！就是這樣呢！」雖然大家都知道平時不燒香，臨陣抱佛腳是會被一腳踢開，但人往往仍會忘了事先準備的好處，總是給自己許多理由，總是會告訴自己明天再做再讀還不是一樣，於是當事到臨頭才悔不當初，才想到「千金難買早知道」這句話，有些事，事後補救還能挽回，有些卻將使自己遺憾許久，我們是不是該學會規劃自己的生活？是否有過類似經驗，每年年初會在行事曆上預先做好一年的規劃，當一年結束時回過頭去一一檢視，做了幾樣？完成幾樣？還是半件都沒做虛擲了大好時光呢？

　　《孫子兵法》有云：「毋恃敵之不來，恃吾有以待之也；毋恃敵之不攻，恃吾有所不攻也。」將孫子兵法用於日常生活中，不正說明了凡事我

們都必須做好萬全的準備，一旦突發狀況出現，我們才不會驚慌失措。若用於國家的一些民生議題上，比如台灣每年必有颱風來襲，颱風帶給我們的災害也不是一次兩次了，除了各縣市政府平日要做好河川的整治外，一般民眾更應注意不隨手亂丟垃圾、菸蒂，別以為這只是小小的動作，試想每次河川阻塞的原因何在，是不是多數是因垃圾造成呢？平日民眾養成良好習慣，政府也做好整治清理工作，當強烈颱風來襲河川暴漲時，我們才不用擔心水無法好好排出而造成災害，切莫到災害造成後，再看見互推皮球推諉責任的畫面。

　　預防於未然，否則事後就更複雜難解，所以就從現在起，養成做好計畫的習慣，甚至是自己的健康，也必須注意飲食節制與適當運動，不要以為自己還年輕便糟蹋健康，有健康的身體，才能使自己走更遠的路、做更多的事，學會珍愛自己、珍愛時間，上帝賜給我們每一天，雖然都容許我們悔改修正自己的錯誤，但，我們能有多少機會悔改呢？畢竟人生只有一次，不容許我們在垂垂老矣時，才嘆息後悔！現在就是從前，好好學會規劃自己的日子！

105年　經濟部所屬事業機構新進職員甄試

題目　國營事業之創新與發展策略

先進國家為因應環境日益變遷，在規劃永續發展及勾勒未來方向時，常將「創新與發展」列為重要指標，而國營事業亦屬政府之一環，爰如何以前瞻性思維，規劃整體策略方向及營運方針，以提升國家經濟動能，實屬重要課題。請以「國營事業之創新與發展策略」為題，寫作論文一篇，並加以闡述。

破題分析

既然是一篇論文，請就自己對國營體系的瞭解認知加以論述己見，若自己有一些創新點子不妨加以論述。切忌萬萬不可有尖銳言詞或偏激言論出現於文章中。

寫作引導

這是篇屬於論說性的文章，因此可就自己對國營事業的認識度以及自身對創新與發展策略的意見想法加以闡述；覺得怎樣施行能使國營事業更加茁壯，而國營事業的成功與否對國家經濟有何影響，也可以論述自己的想法。

寫作範例

　　舉凡先進國家的國營企業，無不一一努力朝向國際化與民營化發展，也許國營體系有它的不合宜問題存在，但我們也不可以抹煞國營企業具有穩定國家經濟的力量，回顧台灣自光復後面臨的種種挑戰，我們曾面對殘酷的政治現實－－與美國、韓國等大國斷交，我們曾走過赤腳打拚的日子，也走過台灣錢淹腳目的年代，但可以發現的是，無論是貧困的日子抑或是經濟蓬勃發展的歲月，國營事業始終穩穩的存在你我身邊。然而要非常清楚認知的是國營企業絕對與政治沒一絲的關係，但它穩定民心卻有一定的力量是不容忽視。

　　遠在西漢漢武帝時期，便將鹽、鐵、酒收歸政府公賣，在當時，人民所納賦稅的負擔並沒有額外的增加，卻使國家的收入大增，不但彌補財政上的赤字，並且還有盈餘。台灣在日據時期，日本為加強對殖民地進行榨取剝削的工作，曾將民生物資收歸公家專賣賺取利潤作為主要的政策，在這情況下，當權者的利益是增加了，卻使人民苦不堪言，這並不是國營事業的本意，更不是人民所樂見的結果。也許你曾對國營這個名詞反感厭惡，但試想，若鹽鐵人人可隨意開採，家家戶戶都可以私釀酒並自由販賣，別說會造成多大經濟亂象，人民的安全又將由誰把關呢？殷鑒不遠！勿忘私菸造成的歷史傷痕，全民都應更理性的看待國營事業的重要與正當性。

　　現今民間大小私人事業的蓬勃林立，國營事業所面臨的挑戰明顯變多變重，國營事業會倒閉嗎？當然有這個可能，我想國營事業如果想要永續經營，應該不是因為「國營」、「專賣」，而是要有它不僅吸引民眾目光的行銷包裝，國營事業本身也該慎重考慮它的經營方針與人事管理，若第一線的人員態度傲慢、做事態度散漫無章，必定引起人民的反感，若在此

狀況時,體系中的高層人事仍坐擁高薪厚利,必讓企業營運更加艱辛。在面對民間企業日趨創新的營運模式下,國營事業更應跳脫制式框架、老舊思維,加強致力於文創與網路的行銷,留心最新的流行趨勢與民眾愛好的目光焦點,使國營企業的發展貼近人心,使人民不再一聽見「國營」二字或其相關企業的名稱,便眉頭深鎖、搖頭嘆氣「就是老」「就是肥貓」,而是比起大拇指稱讚外也愛用企業所生產的相關產品。

　　自加入WTO之後,國營事業更應努力朝向國際化,加強人員的培訓與人事管理,因應市場化民營化的趨勢,政府也應給予適當的協助並適時的放手,好讓所有的國營事業能加入新的思考模式,帶領事業走向積極開拓的新局面,使事業本身可以永續經營之外更能與民間企業良性競爭、一起成長,使國家的經濟得到良善的挹注而更加的活絡發展,讓全民均分享到經濟發展得來的利益。

106年 台電新進雇員甄試

題目 談終身學習

破題分析

學習是一輩子的事,也許你並不這麼認為。在你心中學習有怎麼樣的意義?你覺得學習是一件重要的事嗎?終身學習,有這個必要嗎?說說你的想法。

寫作引導

終身學習是一項重要的功課,你覺得怎麼樣的「學習」才是真正的「學習」呢?你覺得學習對自己有怎麼樣的幫助?對於終身學習這件事,你有怎樣的規劃與目標?你看過哪些終身學習或停滯學習的例子?可將例子寫出並與自己做比較。

 寫作範例

　　幼兒牙牙學說話的日子，跌跌撞撞學走路的年月，我們不會記得怎麼會說第一個字、第一句話，不記得摔多少次跤、流了多少眼淚後才學會跨出第一步，可能也不會記得怎樣學會寫第一個字。而你記得哪次學習後的喜悅呢？長大讀書後，成績進步好開心，學會新的知識也露出高興的笑。閱讀時發現不會的字，你會去查字典讓自己認識一個生字嗎？走在路上，你有看招牌的習慣嗎？招牌上的字與店名，是否曾經讓你莞爾一笑，或是讓你百思不得其解，那是什麼意思啊？

　　隨著多元入學制度的施行，大學的錄取率不再那麼低，相對的在人人都有大學可以唸的情況下，個人要怎麼充實自己的能力也更加重要，萬不可荒廢自己四年寶貴的光陰，「逝者如斯夫！不捨晝夜。」我們真的必須把握匆匆即逝的歲月，努力地充實自己，試著找出學習的樂趣，激發出學習的動機，處處留心皆學問，加上現今3C的發達，遇見不會的立刻查詢而後好好記在心坎上，如此要多長了些知識，切莫遇見不懂不會便草草帶過，亦不可有「差不多先生」的心態，方能使自己的知識有所增進。

　　「活到老，學到老」是我們耳熟能詳的一句話，目前各鄉鎮開闢了許多課程，無論是職訓或是社區教室，都是讓我們可以再進修的好地方，應該多留心這樣的資訊，選擇自己有興趣的課程，這些課程並不限制你的學經歷。職訓課程也並非全為謀職而設，有些課程也能讓我們學習自己有興趣的知識或技能。在學習過程中，也能認識新朋友，藉由新朋友而擴增自己的生活領域，好讓自己學習到更多不同的知識。學習能讓人的腦筋不會停滯不前，因為思考，也不容易讓人老化、免於癡呆症上門。找出學習的樂趣，讓自己擁有學習的人生。

　　余秋雨曾說：「閱讀的最大理由是想擺脫平庸，早一天就多一份人生的精彩；遲一天就多一天平庸的困擾。」在千百年前的北宋年間，詩人黃庭堅也說過：「一日不讀書，言語乏味；三日不讀書，面目可憎」，是說進你的心裡還是讓你覺得誇張極了呢？如果你是個愛閱讀的人，你便能體會他們說這話的理由並會有深深的感觸。閱讀是最唾手可得增進知識的方法，每個人都可藉由閱讀將書中的知識咀嚼消化為自己的能量。學習歐陽脩「最佳讀書時，乃為『三上』，即枕上、馬上、廁上」的精神，相信你必能獲得足夠的知識。

107年　台北捷運新進控制員(二)／工程員(二)／專員(二)甄試

題目 超越偏見

在「梅毒」一詞發明之前，這種四處現蹤的疾病有不少名字。義大利人、日耳曼人和波蘭人叫它「法國病」，法國人稱它「義大利病」，荷蘭人堅持叫它「西班牙病」，歐陸另一端的俄國人則叫它「波蘭病」。南邊的鄂圖曼土耳其人就沒分那麼細，直接叫它「基督徒病」。梅毒螺旋體在進攻人體之前，絕不會先調查您是哪裡人。它之所以會有這麼多的名字，更合理的解釋是政治對抗有以致之。醜化抹黑可不是近代發明的新鮮事，民族情結更是散播偏見的沃土。「唯我獨尊、外人皆是邪惡的化身」被奉為至明之理，否則族群認同怎麼形塑？怎麼鞏固？（改寫自楊科‧茨維可夫《偏見地圖1》）

現實生活中，偏見、成見無所不在。請閱讀上文後，思考偏見產生的原因、效應、其可能產生的傷害及如何超越，以「**超越偏見**」為題，完成一篇結構完整的文章。

破題分析

偏見存在於你我身邊，相信自己也對某人、某事有偏見，你是怎樣面對自己的偏見？還是對自己的偏見視而不見呢？

寫作引導

我們會習慣說「他一定不會啦」、「笨死了！」、「醜死了」，我們只是說說，不會察覺自己是否傷到他人，但如果這些話語是直指自己，自己又將作何感想呢？

可舉自己的例子，無論是傷人被傷的前因後果，說說這些事讓自己從中學到什麼，如果再一次，你會怎樣做？

古今中外均有不少因偏見造成遺憾或看走眼的例子，均可加以說明，但要舉自己熟悉的例子，客觀的評論敘述，不可以加偏見的言語喔！

佳句名言

1. 心存偏見的總是弱者。（塞・約翰遜）
2. 人的偏見是一種最頑固的東西。（溫・菲利普斯）
3. 人人反對偏見，可人人都有偏見。（赫・斯賓塞）
4. 真理的最偉大的朋友就是時間，她的最大的敵人是偏見，她的永恆的伴侶是謙虛。（戈登）
5. 我們也許有偏見，但是命運並沒有偏見。（愛默生）

寫作範例

　　常常，我們戴著有色的眼鏡看世界、看身邊的人，我們用自己訂製的框架打量對方，因為他外表不如己意、不符合世俗的美，便先否決了他；常常，因他可能成績不如人，便覺得他笨，不會有什麼前途。然而，你一定看見不少跌破自己眼鏡的例子，原來，他並不像自己以為的那麼不好！原來，他外表不美內心卻美極了。偏見像是一把利刃，總在無形中傷害我們的人際關係，捫心自問，自己在別人眼中幾分？別驕傲自滿的說是一百分，至少是及格吧！

　　螢幕上有許多選秀節目，當參賽者一出場時，你是不是不自覺的已經憑著他的外貌而在心中猜猜他有多少斤兩？是不是想「長這樣也想當明星？」讓我印象深刻的是許多年前在英國的一個選秀節目中，一個其貌不揚，不會化妝，穿著也不怎樣，甚至就是胖胖的大嬸一出場，無論是觀眾、評審立刻露出不屑表情，全場噓聲不斷，評審勉為其難的問大嬸要唱什麼時，這位蘇珊大嬸堅定的說，我要唱「我曾有夢」，笑聲更多了，這首來自音樂劇《悲慘世界》的高難度歌，大嬸能唱嗎？可是當蘇珊天籟般的歌聲一出，全場驚呆了！多少人動容，是啊！我們總是憑第一眼就斷定對方生死，卻忘了拿掉框架用心看。「我夢見了往日美夢，那時希望無限，生活澎湃，我夢見愛情永不消逝，我夢見上蒼包容著一切……」難怪千百年前的諸葛亮曾感嘆說：「夫人之性最難察焉，美惡既殊，情貌不一。」

　　晏嬰，是春秋時期的外交家、思想家，個子矮小，長得其貌不揚，身為一個外交家這種長相是容易被其他國家取笑的，所幸晏嬰不以外表取勝，而是以機智

聰明的頭腦讓人佩服,齊國曾派晏嬰出使楚國。楚人看見晏嬰身材矮小,看不起他,決定羞辱晏嬰,竟在大門旁另開一道小門請他進去。晏嬰不肯進去,說:「如果我是出使狗國,我便走狗門進去,今天我是出使楚國的,那我不該走這個門。」楚人因晏嬰外貌而看輕他,反而自取其辱!記得當年我第一次要替學生上課時,自己內心其實惶恐不安,這時身邊很親的人竟跟我說:「妳長的這麼難看,聲音這麼小,誰要去聽妳上課?」聽罷我不停思索,主任沒因我外表不優而不讓我上台,學生如果因我不是美女而不來上課,那是他的損失!我不是去選美的呀!當時會惶恐也是因為一直以來被太多人用框架評分,讓自己總是處在沒自信的氛圍中,於是我總警告自己:拿掉偏見!每個人都有他比我強一百分的地方。

　　〈馬太福音〉:「為什麼看見你弟兄眼中有刺,卻不想自己眼中有梁木呢?先去掉自己眼中的梁木,然後才能看得清楚,去掉你弟兄眼中的刺。」如果我們能去除自己眼中的梁木,不帶一絲偏見、顏色去面對人、事,我們的世界將因胸襟的開闊而更遼闊,我們也將擁有更多不同的境遇。試試看,拿掉的框架,用心看而不是用眼看,盡可能的看見對方的好而不是故意去找不好的地方,畢竟我們都只是凡人,凡事將心比心,相信擁有的天空將更湛藍。

107年 台北捷運新進工程員(三)甄試

題目 助人快樂多

遊戲「旅蛙」爆紅,不少人虛擬養蛙,期待青蛙旅行、寄明信片回家。心理專家分析,養蛙遊戲可控性低,充滿不可預期,玩家得擺脫本位主義,且遊戲有利他精神,助人能得到快樂。(節錄自2018年2月1日中央社報導)

從小到大,我們不時被教育:助人為快樂之本。上述報導亦明言遊戲爆紅的原因之一,是利他精神。助人為什麼會得到快樂?如何助人才能讓他人受益而自己也快樂?請以「助人快樂多」為題,完成一篇結構完整的文章。

破題分析

一個很生活化的題目，助人為快樂之本是我們從小聽到大的話，但對你而言助人是快樂的嗎？

寫作引導

可以從自身助人的例子寫起，曾做過哪些助人的事讓你印象深刻？自己有從別人身上得到哪些幫助讓你從中得到了怎樣的啟示？助人是快樂的，被人幫助也是快樂的，只是心境不同，生活有許多可用的例子，寫時要避免加上情緒化的字眼及避免陷入褒揚的泥淖，點出值得學習處才是重點。

佳句名言

1. 愛是一個口袋，往裡進是滿足感，往外拿是成就感。（諺語）
2. 你要記住，永遠要愉快地多給別人，少從別人那裡拿取。（高爾基）
3. 贈人玫瑰，手有餘香。
4. 君子貴人賤己，先人而後己。（《禮記・訪記》）
5. 我們必須奉獻於生命，才能獲得生命。（泰戈爾）
6. 一個人的價值，應該看他貢獻什麼，而不是取得什麼。（愛因斯坦）
7. 僅僅一個人獨善其身，那實在是一種浪費。上天生下我們，是要把我們當作火炬，不是照亮自己，而是普照世界；如果我們的德行尚不能推及他人，那就等於沒有一樣。（莎士比亞）
8. 生命最美麗的報賞之一便是：幫助他人的同時也幫助了自己。

寫作範例

　　「施人慎勿念，受施慎勿忘。」許多的時候，我們是否忘了手心向下卻只記得手心向上呢？手心向上是乞憐、是需求，手心向下則必須記住那是付出而不是施捨，我們生活中所需所用得之於人者已太多，只是我們常不自覺身上受到太多他人的付出，當自己要付出時，那隻手彷彿千斤重般的伸不出去，心總在糾結想著不差我一人吧？但如果每個人都因這一己之私而吝於付出，我們的社會將失去光明色彩，只剩勾心鬥角的險惡。

　　記得讀國小時，學校總有愛盲鉛筆、防癆郵票等義賣，那鉛筆和郵票只需銅板，雖對那個年代的我們而言已經很多了，大家仍開開心心的去購買，我想當時的我們並不知道那一枝鉛筆、一張郵票可以救多少人，卻因為小小的付出可以讓我們嘴角上揚開心極了。而因病辭世的孫越孫叔叔，身為藝人辭世能令人惋惜不捨，全因他為社會的付出，在他演藝生涯閃亮時，他竟召開「只見公益，不見孫越」記者會，規定自己一年中有八個月必須用於社會慈善工作。而他真的說到做到，孫叔叔不僅戒菸從事菸害防制、捐血，在那保守的年代他引領器官捐贈，他扶助弱勢家庭、關懷受刑人等，公益形象深植人心。我想這種種付出，真的不是一般人能做到的。想當然耳，孫叔叔必會因減少了演藝工作而讓收入相對減少許多，但孫叔叔得到的快樂滿足絕不是金錢可以衡量的。想想看自己，願意花多少時間在公益上？又願意會多少心思在身邊的人身上呢？

　　劉備臨終前留給兒子劉禪的詔書：「勉之！勉之！勿以惡小而為之，勿以善小而不為，惟賢惟德，能服於人。」我們是否也常常犯了相同的錯誤，以為小小的惡意不會怎樣，怎知卻給人造成難以彌補的傷害，一個惡意的眼神可以讓一個人痛不欲生的！也許我們也總以為助人就是要等自己有錢、有能力、有多餘的空閒時再做，但是，助人並不一定在大事上，今天你扶一位老人家、一位行動不便者上下車、過馬路，對你而言是舉手之勞，一樁小事，卻解決對方可能對撞跌倒的傷害；你看見有人跌倒了，伸手扶他一把也是小小的助人啊！我們總說助人為快樂之本，總說最美的風景是人，就是那不刻意的善念造就出的風景。

　　「凡事都可行，但不都有益處；凡事都可行，但不都造就人。」當你我助人時，應該很少會想到自己能從中得到多少好處，也鮮少想到對方以後會怎樣，可是當我們願意從小處付出，每個人都真心願意付出時，這個助人的圓將越畫越大，現在起，就伸出自己的手、適時扶人一把，適時一個擁抱，我想自己的心也將越來越喜樂，心也會微笑的！

107年　台電新進雇員甄試

題目 談分享（文言白話不拘，但段落要分明。）

破題分析

非常貼近生活的題目，可就生活中遇見過分享的事加以書寫，不見得要用艱深文言的字句。

寫作引導

分享可以說是每天都會發生的事，你是樂於分享還是慣於獨享？你眼中的怎樣的行為才稱做分享？哪些人自以為分享的行為卻讓你為之氣結呢？可提出自身的分享經驗，並針對從中得到怎樣的心情與啟發加以說明，而哪些分享的行為，讓你感覺像是掠奪而不是分享，若遇這樣的行為，你又會怎樣解決呢？分享幾乎是天天會發生的事，在寫作時要盡量避免流水帳似的交待。

佳句名言

1. 所有的東西經分享後，就更為壯大。（麥爾修）
2. 生命中最美麗的報償之一便是幫助他人的同時，也幫助了自己。（愛默生）
3. 當我微笑時，世界和我一起微笑；當我快樂時，世界和我一起活躍。（愛斯莉‧錫瑟）
4. 把你的燈提高一點，好照亮更多人的路。（海倫凱勒）
5. 快樂的香水噴灑在別人身上時，總有幾滴濺到自己。
6. 樂人之樂，人亦樂其樂；憂人之憂，人亦憂其憂。（白居易）
7. 人慷慨好施，反更富有；有人過於吝嗇，反更貧窮。慈善為懷的人，必得富裕；施惠於人的人，必蒙施惠。（聖經箴言）

寫作範例

　　人是群居的動物，生活中不可能只有自己和自己的影子，你總是自己吃飯自己閒逛，還是到了用餐時間總忍不住呼朋引伴？當你手上有不錯吃的東西，喜歡獨享還是和朋友、同事一起分享呢？想想，訂婚是兩家人的事，發什麼喜餅啊？結婚又為什麼請客？因為要分享喜悅、分享幸福快樂。分享，本身就是件快樂的事，當你自己啃一顆蘋果時，它就只是顆蘋果，但當你切成兩瓣和人分享時，你將會發現蘋果對切後的中間是愛心。這就是分享的快樂，一顆又一顆的愛心。

　　讀書時代的你，不知有沒有玩過小天使的遊戲，你每天都會收到一份禮或一張卡，同樣的你又是別人的天使要為你小羊準備東西，不知你當時是怎樣的心情？覺得無聊透頂又浪費錢，還是覺得好棒啊！這小小的遊戲就是一份分享，也讓當下的自己知道不是每隻羊、每位天使都是有能力準備東西的，你要怎樣分享你擁有的卻不讓對方尷尬，也必須要用心。子路曾說：「願車馬、衣輕裘，與朋友共。敝之而無憾。」而你，願意和朋友分享什麼呢？

　　「獨樂樂，與人樂樂，孰樂？」「與少樂樂，與眾樂樂，孰樂？」千百年前，孟子便這樣問過齊宣王，一個人獨自欣賞音樂快樂還是和眾人一起欣賞音樂快樂？是啊！這就是一種分享，當你願意分享你手裡的東西時，你縮回來的手絕對不會是空的，手掌裡雖然沒有看得見的東西，卻有看不見的快樂，當你自己手裡的東西都不夠自己用，卻眉頭不皺的願意分享時，我相信你絕對不會有「沒有」的一天，分享不一定是分享具體的東西，你可以分享你的快樂，讓身邊的人感染快樂而笑聲不斷；你可以分享你的經驗，拉那些無助的人一把；甚至你可以分享你曾有過的悲傷，讓旁邊的人在遇見相同事情時可以引以為戒。

　　「與你分享的快樂，勝過獨自擁有，至今我仍深深感動。好友如同一扇窗，能讓視野不同。」傳唱許多歲月的歌明確的點出了分享的快樂，現在，就可以拍拍你身邊的人，將你的手握住他的手，也謝謝所有在人生旅途中，願意與我分享喜怒哀樂的朋友，因為你們的分享，才讓我的生命不孤單，並增添了許多色彩，往後的路，我們一定要繼續分享繼續一同成長！

107年 台灣菸酒從業職員甄試

題目 面對職場，我應具備的能力

日本豐田汽車前社長奧田碩指出：「日本在21世紀需要偉大的領導者，領導者教育的第一課，就是必須把《論語》學好。」（引自石滋宜2013《向孔子學領導：36堂一生必修的論語課》）例如曾子曰：「吾日三省吾身，為人謀而不忠乎？與朋友交而不信乎？傳不習乎？」就可應用到職場上。請就此語意涵、相關聯想或個人經驗想法，以「**面對職場，我應具備的能力**」為題，完成作文一篇。

破題分析

題目為關於職場的能力，提示裡分別引用日本企業家讚誦《論語》的精神，而歸結於曾子的一段話語，故重點應在曾子所說的話。曾子之語原為自我修養層面之義，因此應該連接個人修養與職場能力進行論述。

寫作引導

提示已指示可從曾子話語意涵、相關聯想、個人經驗入手，因此，文章可由以下三方面論述：一、工作的意義；二、引用曾子之語，先解釋意思，再說明身在職場應具備的能力，以及有此能力的助益；三、充足的職場能力可以反饋從業人員，使其工作更加得心應手而有效率。由於是論文，宜在基本三方面中再加強內容，可於第二段落中引申曾子之語，提及相關聯想，或者以個人的經歷印證，讓曾子之語作為具備職場能力更好的說明。

寫作範例

　　每一個人在求學生涯告一段落後，都要進入職場工作，除了獲取薪資維生，附帶的意義毋寧是增進人生經驗、體會生存之義，使認真工作這件事不至於陷入單調無趣的一種人生項目而已。所以，如何經營在職場之工作能力，讓工作與能力相得益彰則是職場中非常重要的一環。

　　《論語》記載曾子說：「吾日三省吾身，為人謀而不忠乎？與朋友交而不信乎？傳不習乎？」此語主要談的是自我反省，而反省又包括三個內

涵，即：忠、信、學習，對應至每個人生活中必需進入的職場，其意旨為：對工作忠實、同事誠信、持續學習。雖然，《論語》乃中國三千年前產生的智慧，但是其思想於二十一世紀的今日審視仍然足以令人受用，曾子之語的內涵正是我們身在職場應該具備的能力。首先，當一個人對於他的工作忠實就不會見異思遷，不安於工作，時常想跳槽，雖然「人往高處爬，水往低處流」，但是一邊工作、一邊心想到別的地方發展，其工作效率必不高，他所負責的工作必經常出現瑕疵，如何能將工作做好，遑論提升公司效益？其次，對同事誠信即是職場中人際關係的議題，一個人以誠實信任的心態與同事共處，則不會在公司內部結黨營私、引起或明或暗的爭端，造成內部分崩離析；一個公司團隊中，某一人不認真工作至少是小問題，如果他不合群，且心存唯恐天下不亂之心，則波及的是公司全體氣氛，所有工作人員心存憤恨、離心離德，已經由「點」影響至「面」，公司的運作將岌岌可危。至於「傳不習乎？」原典意謂老師傳授的知識道理能不溫習嗎？以現代而言即終身學習的觀念。社會中有一些人學業告一段落便急於以賺錢為唯一目標，在過去的時代也許是行得通、可以理解的，但是隨著時代進步，各方面的知識技能均日日翻新，一個人具有專業能力而不持續學習，終會不知不覺逐漸落後於人，等到驚覺想要彌補時，時空不待人，只有黯然引退一途了。俗語說「活到老，學到老」正是終身學習之意，雖然人的一生有各個不同的階段，然而不論處於哪一階段都要永遠學習；廣而言之，即使不是為了在職場中與時俱進、不被淘汰，就算賦閒在家也是身為現代知識分子必須具備的人生態度。因此，我認為面對職場，應具備的能力是：工作忠誠、與同事和睦、精進學習；有此能力，對個人與公司是雙贏的局面，個人能樂在工作、於合群中享受和諧的工作氣氛、不斷學習增加自己豐沛的力量。個人的這些能力反饋於公司，必能愉悅於職場，擁有源源不絕的工作熱忱，公司亦需要具有這種能力的員工，營造更好的業績而茁壯穩固。

　　日本豐田汽車前社長奧田碩指出：「日本在21世紀需要偉大的領導者，領導者教育的第一課，就是必須把《論語》學好。」國外企業家能有此認知，呼應了《論語》有「半部《論語》治天下」之美譽，治天下乃大範圍，縮小至個人即我們面臨的職場環境，而《論語》中曾子的看法，我們亦可推及為「將個人修養運用為職場能力」，而此三者修養功夫應該藉

由經常反省而成為個人內化的力量，進而發揮於職場生活中成為工作能力，則不論大環境如何變遷、個人在職場遭遇什麼困難挫折，具備此能力，我們將永不退場、樂在工作。

107年　中華郵政（營運職）

題目　親筆寫信傳真情

現代人流行以手機傳遞固定字體的訊息，一旦接到親友郵寄來的信，面對著手寫的筆跡，常油然產生無比的親切感。中華郵政公司因此曾經舉辦「手寫的溫度」活動，倡導「提筆寫字，寫好字；書信寄情，傳溫情」的信念。請以「**親筆寫信傳真情**」為題，作文一篇，抒發你的看法。

破題分析

分解題目「親筆寫信傳真情」則有二義：親筆與真情，此二者強調人的真實溫度，由人的主動性出發。就題目而言，人的溫度又指定於「寫信」，故應掌握此焦點，將「親筆寫信」定義在「人性」而寫作。題目有「抒發看法」，因此，必須寫出自己的意見，否則等於沒有完成此文。

寫作引導

一篇作文至少分三段，由此篇題目的主旨訂架構，應圍繞「親筆寫信」的焦點。第一段寫人們在科技時代的生活中「親筆寫信」的特殊，第二段寫個人對於「親筆寫信」的看法，第三段以中華郵政舉辦的親筆寫信活動總結。

寫作範例

　　二十一世紀迅捷飛快的生活型態中，一切講求便捷，科技成為人類生活的主幹，不論食、衣、住、行均與科技連接而廣泛被運用。科技已排山倒海衝進生活中，簡訊、傳真、e-mail等方式是人們傳遞情感的普遍方式；人們習慣了手機與電腦裡浮現的標準字體，因此，在科技瀰漫的生活中，如果收到一封親筆信函將會使人為之一驚。

　　驚動的是信中字跡如此美好，它不是電腦標準字體，而是你熟悉或者不熟悉但有別於藍光螢幕中呈現出來的對方捎給你的訊息，這是有溫度、有感覺的一種觸動。雖然通訊業者的口號有「科技來自人性」，然而此「人性」仍侷限於電子產品使用上的趨於人性的操作之旨，科技與人之間畢竟缺乏真實的觸感。舉例來說，一部機器人即使設計得如何高超、符合人類需要、效率百分之百，但是機器是冰冷的，它只能「趨近於」人性，終究不能與人性劃上等號。也就是說，科技取代的是人類生活中表層的作用，真正內層的人性意義是永遠無法取代的。因此，以寫信來說，「親筆寫信」永遠比傳真、簡訊、e-mail多了一份人的溫度。在人們生活周遭充滿科技、電子等無線傳輸的今日，親筆寫的信是一份「活著的」氣息，它填補文明進步卻愈失溫暖的生活空間，在科技滿足人們便捷生活的另一面，讓我們感受到冷漠之外的「活的」生命之可能。

　　現代人因為使用電腦，甚少提筆，常見的問題是字跡愈來愈難看，更嚴重的是想不起某字該如何寫。提倡「親筆寫信」除了能喚醒人們久被遺忘的柔軟情感，更能練習寫字，字的存在除了表情達意，也是一門藝術美學；能寫得一手好字，則親筆信可以讓自己與親朋好友交流之間更增添生活品味，藉由親筆寫信而得到人們久已忘棄的生活美感，或許可以在現代冰冷制式的通訊活動中，為自己與他人創造一種清新的恩典。

　　中華郵政公司曾經舉辦「手寫的溫度」活動，提倡親筆寫信傳真情的信念，可謂用心良苦、心意嘉善。秉此觀念，我們在享受中華郵政公司準確無誤、便利快捷的郵政網絡外，應將「親筆寫信」由特殊性轉變成常態，人人能重拾禿筆寫信，重新燃起被無遠弗屆卻冰冷的電子布幔包裹著的人類情感的溫度，喚回電子科技無法完成的人性無可取代的美麗。

107年 中華郵政（專業職(一)）

題目 人生態度

　　下文透過「他」的故事，描述了某一種「人生態度」。請寫一篇250～350字的文章，談談你對此種人生態度的看法。

有一個人，他每天都在趕路，他所走的路，就是世界上的路。然而，他一開始便穿了雙不合腳的鞋，使他走起來不十分如意。這世上的路遍地是砂土，跳進一粒砂，其實極為平常，所以走了不久，他的鞋裡便跳進一粒砂，砂子磨他的腳，使他走一步，痛一步。您想，假如鞋子裡沒有一粒砂，走起來是不是舒服些呢？他只要坐下來，水濱也好，山腳也好，把鞋子脫掉一抖，便可抖出那粒砂子，這是一件非常簡單的事，但他每天都擔心日落前趕不到某個段落，總是急著趕路。天晚了，他疲乏得厲害，還來不及脫去鞋子，便沉沉入睡。第二天，雖然腳底仍然痛著，卻還是迎向那永久新鮮、永久圓滿又光明的太陽，開始一日的行程。

破題分析

提示引文開頭有關鍵字「世界的路」，寫的是一個人穿了不合腳的鞋，然後鞋裡又跳進一粒砂；而題目為「人生態度」，可知此文可寫一個人一生中的所遭遇的困難，以及處理困難的方法，而處理的方法即人生的態度。人遇到事情的「處理方法」即人生態度，故必須找到有關「處理方法」的某個角度切入，展開說明。

寫作引導

大家都知道面對生活要採取樂觀的態度，沒有人故意要悲觀地活著，針對這種顯而易曉的道理，可以由「引用」開始寫起，以名言襯托顯明的道理，能夠順利帶入文章的寫作。首先從提示文中找到自己感受到的主要詞彙，再與題目連結，即可掌握此文主旨。文章限250～350字，故只能敘述一個「點」的問題，不宜談論寬闊的「面」。

寫作範例

　　西諺云：「兩個人同時開窗，一個人看見天上的白雲，另一人看見地下的污泥。」同是一扇窗、一個人、一雙眼睛，天上的白雲如此悠遊自在，飄向無限的前程；地上的污泥惡濁髒膩，任人踐踏，可悲可嘆。此語貼切地說明我們的人生態度，人的一生中所遭遇的事情大同小異，舉凡

生、老、病、死，求學、就業、結婚等，但是在這些類似的過程中，有人活得愉悅光采，有人活得悲慘難堪，主要決定於我們面對人生時的態度。面對一扇窗，同樣賦與你開窗的權力，至於你會獲得什麼，在於眼光往哪個方向看的視角；如果你抬頭仰望，天空一片遼遠，如果你低俯下視，只有眼下一方泥土，人生如何因你的垂頭喪氣而無限遠大呢？心主導人的一切，亦即人生取決於我們面對事情的態度，宜深慎之。

107年 中華郵政（專業職(二)內勤）

題目 聆聽

聆聽，意指有意識地去聽聞某種聲音。聆聽不只展現對別人的關愛，對自己也是大有助益。聆聽能讓我們獲得更多新鮮有用的資訊，聆聽能長養我們的慈悲與智慧，聆聽能讓我們在他人的成敗得失之中有所借鑒。因此，請打開雙耳聆聽，聆聽的對象，不限家人伴侶、同事朋友，對世間一切有情眾生皆當如此。請以「聆聽」為題，寫一篇短文，文長不得少於250字，但也不能超過350字。

破題分析

從寫作提示可以歸納「聆聽」的重點：「展現對別人的關愛」是容人的雅量、「獲得有用的資訊」與「長養慈悲與智慧」是增進自己的能量或修養，因此，內容可由此架構而寫。短文寫作因為字數少，因此可以不分段；但也由於篇幅短則容易在內容上出現無法掌握焦點的缺失。所以，短文寫作要獲得高分必須注意文意暢通，且要有一個主要想法，故先從引文找出「聆聽」之義，再依其義而發揮。

寫作引導

引文提示的「聽聞某種聲音」以下所說是關於「人」的聲音，最後有「對世間一切有情眾生」，故亦可延伸至從某一種「聽覺」發揮，先描寫聽到什麼，再敘述聽到聲音時的感受，最後總結為「有容乃大」。

寫作範例

　　「聽」是人體感覺之一，主司接收外來的聲音，而人們每天接觸最多的，主要是生活四周的人所發出的聲音。社會愈進步所產生的雜音愈多，因此人們對於聲音往往會有應接不暇或無所適從之感，然而群居生活的我們亦不能裝聾作啞、不聽為淨，置社會於身外。在此情勢之下，我們應學習將生理感覺之「聽」提升為「聆聽」，也就是有意識地、用心地聽聞四周之聲。「聆聽」代表的意義是「容人的雅量」，當我們能有雅量，則聆聽讓我們展現對人的關愛，別人也樂於分享他的經驗，間接地增進我們個人智慧。推而廣之，對於外來的所有聲音不要先存成見，除了生活四周人們的聲音外，更學習聆聽大自然美妙的聲響，我們心情愉悅、良善地與他人互動，世界何嘗不美麗、人間何處無溫情呢？

107年　專門職業及技術人員高考

題目　尊重他人、合作共好

　　《慎子》云：「愛赤子者，不慢於保；絕險歷遠者，不慢於御。此得助則成，釋助則廢矣。」這段話指出，疼愛小孩的人，一定不敢怠慢保姆；遊歷遠方險阻的人，一定不敢忽視駕御車馬的人。社會上每一個人，都有他不同的角色與功能，唯有具備這樣的體認，尊重他人，才能合作共好。請以「**尊重他人、合作共好**」為題，以自己或他人經驗為例，作文一篇加以闡述，文長不限。

破題分析

尊重與合作是相輔相成的，若沒有尊重的基礎，合作必會產生嫌隙，什麼是尊重？什麼是合作？二者間必有微妙的關係，可從此下筆。

寫作引導

身邊的朋友當然也包括自己，一定有許多不懂尊重他人、眼睛長在頭頂上的人，那些人給你怎樣的感覺與警惕？而你自己是否知道如何尊重別人呢？你

喜歡單打獨鬥，還是喜歡與他人攜手合作？是否曾有自己單打獨鬥及與他人共同合作的不同經驗，均可加以敘述。

佳句名言

1. 一個人之所以有成就，是看他是否具備自尊和自信。（蘇格拉底）
2. 當他人功成名就時，給以讚揚而不是貶低，就是尊重。
3. 設筵滿屋，大家相爭，不如有塊乾餅，大家相安。（箴言）
4. 莫學蜘蛛各結網，要學蜜蜂共釀蜜。
5. 多一個鈴鐺多一聲響，多一枝蠟燭多一分光。
6. 上下同欲者勝。能用眾力，則無敵於天下矣；能用眾智，則無畏於聖人矣。（《孫子兵法·謀攻》）
7. 唯寬可以容人，唯厚可以載物。（薛瑄）

寫作範例

　　《聖經·創世紀》：「神看一切所造的都『甚好』。有晚上，有早晨。」我們不是神不是上帝，不可能對所有的人事物看起來都「甚好」，我們難免有所抱怨、有所厭惡，但我們往往忘了當我們在替別人打分數，在評斷別人的同時，對方是否也在替我們打分數呢？人生旅途不可能一個人獨自前行，我們需要與他人合作同行，因此，我們該屏棄先入為主的想法，敞開心胸看見別人的好與自己的不足，學會尊重，尊重別人就是尊重自己。

　　成長至今，你覺得自己的生活如何？有得到他人的尊重嗎？別人尊重你，是因為你的地位？你的權勢？還是你的人格呢？要贏得人的尊重，必須要成為一個會尊重人的人，試著從日常生活中學會尊重，比如學會傾聽而不是批評，學會鼓勵而不是指責，學會分享與包容。有時細細回想自己的成長路程，自己今天內心深處是否有些陰影黑洞，造成這些化不開的陰霾，是否是因為自己小時候不被尊重並總是被否定呢？如果有，想要撥開陰霾，更該從學會尊重自己做起，進而尊重身旁的人，學會與身旁的人攜手合作，共享成長的甜美果實。

　　李斯在〈諫逐客書〉中寫著「昔穆公求士，西取由余於戎，東得百里奚於宛，迎蹇叔於宋，來丕豹、公孫支於晉。此五子者，不產於秦，而穆公用之，並國二十，遂霸西戎。孝公用商鞅之法，移風易俗，民以殷盛，國以富彊，百姓樂用。」可以看出無論是秦穆公或是秦孝公，都是為了使國家富強重用賢人，相信在當時無論是百里奚或是商鞅，在獻策時必有些言語冒犯，但穆公或孝公尊重他們的建言，並全力的配合，方能使秦在當時能夠從一個貧窮衰弱的國家躍升為強國，要成功必會經過一定的陣痛，但最後終能微笑品嚐果實。

　　「一般人只看到別人眼中的一根針，而看不到自己眼前的一根樑。」我們總看見他人的小錯並無限放大，卻縮小甚至視而不見自己的缺點，賈誼〈過秦論〉「齊有孟嘗，趙有平原，楚有春申，魏有信陵。此四君者，皆明智而忠信，寬厚而愛人，尊賢重士。」我們必須知道人不能自己給自己加添榮譽，必須是由他人的增添讚美，必須是彼此相互給予。就從現在起，學會尊重別人，敞開心胸與他人合作，學會分享，常聽「好東西要與好朋友分享」，分享比獨享甜美且真實許多！試著用微笑面對別人，你也將得到許多微笑；學會握住別人的手，而不是推開別人的手。你將會發現，你的世界更加開闊。

107年　專門職業及技術人員普考

題目　換取時空

全世界首都房價飆漲，迫使人們不斷尋思因應之道。在英國倫敦工作的上班族，許多人選擇搬到郊區，用通勤時間換取高品質的舒適生活空間；也有不少人買艘小船，過起「枕水人家」的船屋生活，以狹窄的居住空間換取時間的便利性。試以「**換取時空**」為題，作文一篇，抒寫個人處於高房價時代，對住家的體會與抉擇。

破題分析

薪水似乎永遠追不上節節高升的房價，面對那麼多的建案，面對辛苦打拚後不見提高多少的薪資，你對家對房子的渴望還在嗎？你嚮往住豪宅？住透

天？還是有間殼就夠了？房子是讓人安心的地方，你要怎樣換取時空轉換想法呢？

寫作引導

買房應該是多數人的希望，有人一心一意為自己為家人買個好房子，有人寧可拿買房子的錢去租屋，因為不必把自己圈在固定的地方、固定樣式的房，你呢？你夢想中的家是怎樣？從小看的電視好像是回到家媽媽在做菜好香，全家圍在餐桌前吃飯，這是你想像中的家嗎？回想看看當你小時候畫畫，老師要你畫家時，你畫的家長什麼樣子？到現在那還是你想要的家嗎？

你買房的考量是什麼？是適合全家老小同住？還是以交通、以學區為考量呢？說說你想要的房子是什麼樣子，畢竟花了好些積蓄，總該買個稱心的房子，買房不像買衣買鞋，不喜歡就不穿它，一輩子的事，總該細細評估、選擇。

寫作範例

在中國最古老的神話中，從盤古開天闢地到女媧煉石補天，有巢氏教民搆木為巢，燧人氏鑽木取火教民熟食，伏羲氏教民結網捕魚、打獵和飼養牲畜，神農氏發明未耜、教民種植農作物……。先民從茹毛飲血，遊牧民族逐水草而居，一般人民也可能露宿野外、到搭個帳棚，再到傳說中的有巢氏教民搆木為巢，開始有地方睡、有地方休息，開始安心的繁衍下一代，我們也看見當初造字時的巧妙，什麼是家？房屋裡住著一隻豬，因為養了豬而有了安定，也開始了定居生活，於是，人類開始定居生活，因為定居了，家，成了必需，房屋更成了必需。

小時候當你玩辦家家時，是否夢想著自己的家是什麼樣子？成長過程住在家裡，是否也想著「我長大以後，我的家要……」看著路上那麼多新舊房屋，建案一件件推出，那些新蓋的房子，無論是透天、一般公寓抑或是豪宅，哪個讓你想走進去一窺究竟，或在心中下定心願「等我存夠了錢，我一定要買下它！」買它是因為漂亮？交通便捷？還是學區好？哪個條件最優時才使你決定買它呢？許多建案蓋的好近，櫛比鱗次的高樓大廈，卻始終不會是我想走去看看的。

　　也許從小住眷村習慣了那有院子的平房，喜歡那可種花、養小動物的院子，於是一般人喜歡的交通便捷、機能性好，似乎不是我的考量，寧可交通不便、購物不便，卻環境清幽，而且有個院子讓我養養小動物、種種花，也許個性關係，遠離塵囂反倒是我對住家的選擇吧！別告訴我這建案有哪些名人當鄰居喔！那不重要的，我的家不需要名人的加持，我的家只要環境舒適，住著愉快就夠了。

　　面對高房價且不盡己意的房時，有時真想有塊地蓋出自己想要的房子，有時想想以前人們住的樹屋，三合院的紅瓦房多美，宋代文人王禹偁〈黃岡竹樓記〉中「夏宜急雨，有瀑布聲；冬宜密雪，有碎玉聲。宜鼓琴，琴調和暢；宜詠詩，詩韻清絕；宜圍棋，子聲丁丁然；宜投壺，矢聲錚錚然；皆竹樓之所助也」多棒的竹樓！相信不僅可以聞到竹香，還比水泥磚塊房涼爽許多。倘若能離開水泥叢林，我真的寧願住在竹屋啊！真的不喜台灣那又高又沒特色的高樓大廈，可惜我不像王老先生有塊地，沒法蓋出自己想要的房子外加可以養一堆毛孩子，能擁有一間環境清幽的家，也只能努力存錢才追得上高房價的惡夢。

107年　台電新進雇員第二次甄試

題目　我的座右銘

破題分析

有些人有自己的人生座右銘，你有嗎？它給了你怎樣的啟示？

寫作引導

我想大家都讀過崔瑗的「座右銘」，當你在讀時你想到了什麼？有屬於自己的座右銘嗎？它是在怎樣的情況下成為你的座右銘？在你失意挫折時，曾給了你怎樣的激勵？在你得意時，是否也給了你某些提點呢？

✏️ 寫作範例

　　你是怎樣看待自己的人生？面對挫折不順、面對種種的困厄，你是樂觀看待？還是怪罪於自己上輩子做了太多壞事，所以這輩子才會得到報應呢？雖然我從青春期開始，便面對罕見病的糾纏，便開始承受不友善的眼光與態度，我最糟的情況，是覺得活著好累、好累，卻從來沒覺得是因果報應的關係。只是用著悲觀的心情面對自己的生命，覺得為什麼兄弟姐妹中只有我生病，為什麼我要承受這麼大的苦，我真的撐得好苦、好累。

　　倪拓聲說：「誰苦受得最深，最有可以給人！」這句話給了我極大的震撼，打醒了我消極的心，是啊！兒童癌症病房中那些來不及長大的孩子，他們的生命才剛剛開始，他們還沒真正開始享受人生的喜怒哀樂，就必須與死神拔河，跟他們比得來，我是不是幸運太多？跟許多的殘障人士相比，我有手有腳，我能跑能跳、能寫能說，我只是長得跟平常人有些不一樣，再說跟同樣病症的人比，醫生也說我算輕症了，既然這樣，我還有什麼好怨好嘆呢？我知道，這是上帝給我的功課，讓我從疾病中學會感恩、學會付出，這世上有太多的人需要我們雙手扶他一把，而不是給他惡毒眼神與嘲譏。

　　生命因愛而改變，不要看見自己沒有的，要看見自己有的！是的，以現實的眼光看，別說我不漂亮，甚至可能有點奇怪，可是，我有愛我的家人，我有對我好的朋友，我有挺我的學生，我更有愛我的上帝，我不該只看見自己外表與你們的不一樣，你們能做的我也能，而且我還要做更多！我要盡力幫助那些受苦中的人，讓他們知道自己可以很好！真的不要被世俗的眼光綁架，要相信自己很漂亮，我想自然便能散發出漂亮的光彩。

　　《聖經》中曾形容一些聰明人：「似乎貧窮，卻是富足的；似乎一無所有，卻是樣樣都有的。」我想只要懂得珍惜自己擁有的幸福，只要相信自己的人都是富足的。「誰苦受的最深，最有可以給人！」我會謹記這句話，隨時隨地準備付出幫助那些我有能力幫助的人與毛小孩，我看不見自己的不一樣，希望有天你們看見我時，也沒看見我的不一樣，看見的是我的喜樂與微笑。也希望大家看見那些與我們好像不一樣的人時，收起憐憫與不屑，給他們溫暖的笑靨。

108年　台電新進雇員甄試

題目　己所不欲，勿施於人

破題分析

每天我們總會遇見形形色色的人，可能也會遇到令自己匪夷所思的人與事，面對這些人這些事，你會怎麼做？會不會反身想想自己也是這麼令人厭煩呢？

寫作引導

「己所不欲，勿施於人」是人們耳熟能詳的話，可是該怎麼做、自己做得到嗎？可在首段先以自己對這句話的見解加以述說。

第二段可舉身邊或歷史上你所知道的好例子加以描述，並述說它帶來的影響及自己對這事的感觸。

第三段可以反面例子加以論述，好與正面例子做一比較。

末段可述說若大家都能謹記「己所不欲，勿施於人」，我們的社會將會怎麼的不一樣。

寫作範例

　　路加福音：「你們願意人怎樣待你們，你們也要怎樣待人。」我們常希望別人用我們想要的方式對我們，卻忘了也該以同樣方式對別人，不該用我們以為對方可能會喜歡或我們喜歡的方式對他們。還想，我對你這麼好，你怎麼沒看見？不是他沒看見，而是我們應該以他們希望我們對待的方式來對待他們，或者給予他們可能值得的一切。同理，我們是不是也希望別人以我們值得的方式對待我們呢？

　　戰國時魏惠王任白圭為宰相，白圭善於治水，他在國內大興水利，發展農業，在治理洪水方面白圭採取修築堤壩，阻攔洪水流入國內，看起來好像真的不錯。可是國內的水全去哪了呢？原來，白圭將本國氾濫的洪水通通排入了鄰國，將別的國家當成了魏國洩洪的水泊。白圭看見國內沒水了，卻看不見鄰國為水所苦，還得意的覺得自己比同樣治水的大禹還屬害。孟子知道了，說：「子過矣，禹之治水，水之道也，是故禹以四海為

壑。今吾子以鄰國為壑，水逆行謂之澤水。澤水者，洪水也。仁人之所惡也，吾子過矣。」白圭所行，完全與「己所不欲，勿施於人」的理念相反，造就了國家的安逸，卻造成別國的災害。我們日常所行，是否也常在無意中造成別人的損失或不悅而不自知呢？

你平時看見別人做什麼事會讓你皺眉頭？是隨手亂丟垃圾？菸蒂？還是說話時完全無視他人存在的大呼小叫呢？這些你不喜歡的舉動，自己是不是也不知不覺的做了呢？責人容易責己難，當我們要求希望他人別做某件事時，是不是該從自身做起，當自己不做這些讓人皺眉頭討厭的事時，才能去要求身旁的人，否則只是讓別人不方便而已。

子貢問曰：「有一言而可以終生行之者乎？」子曰：「其恕乎。己所不欲，勿施於人。」千百年前的孔子就告訴我們這個道理！己所不欲，勿施於人，簡單的說就是「推己及人」，每天都要在自己心中種下一顆「善」的種子，每天都要將結出的果實帶出去，遇事試著站在別人的立場想，凡事都有同理心，能將心比心，不要眼裡只有自己，馬太福音：「你們願意人怎樣待你們，你們也要怎樣待人」，當我們都能處處為他人設想時，相信我們的社會乃至於國家，都將更加祥和與富強。

108年　台灣菸酒從業職員甄試

題目　實事求是

一個人的成功與失敗，其關鍵在於能否實事求是。所謂「實事求是」，指從實際情況出發，探求事物的內部聯繫及其發展的規律性，認識事物本質，嚴格按照客觀現實思考或辦事。一言以蔽之，就是客觀地、全面地、本質地看待問題和解決問題。如此一來，成功之期，當指日可待。反之，弄虛作假、好高騖遠、華而不實、招搖撞騙、眼高手低、自吹自擂，必嚐失敗苦果。

請以「**實事求是**」為題，寫一篇結構完整的論說文，文長不拘。

破題分析

每個人都有夢想，你的夢想是什麼？為了這個夢想你是怎樣去追夢的呢？空話每個人都會說，要怎樣將空話變為實話呢？

寫作引導

首段可就自己對「實事求是」的理解提出看法，在第二段可寫正面成功的例子，亦可述說自己追求理想的正向方法；第三段可寫反面失敗的例證，同樣可舉自己失敗的例子；最後一段呼應第一段。無論正面或反面的例證中，切記不要有情緒性的批判。

寫作範例

　　「人生有夢，築夢踏實！」相信每個人或多或少都曾替自己勾畫過美好的遠景，這些遠景，是虛無飄渺的海市蜃樓，還是只有努力付出，便可以一步步的實踐理想呢？築夢前，先掂掂自己有多少能力，願意付出多少時間、多少努力來築成這夢，目標明確後就放膽努力去做，讓每一步的踏實去「築」夢，而不是跟跟蹌蹌的「逐」夢。不看輕自己的能力與目標，不怕跌倒與失敗，盡全力往目標邁進，「流淚灑種的，必歡呼收割。」

　　明張居正《辛未會試程策二》：「其所以振刷？理者，皆未嘗少越於舊法之外，惟其實事求是，而不採虛聲。」張居正是明代著名的政治家、內閣首輔，他曾在十三歲時寫下詩句「鳳毛叢勁節，直上盡頭竿」。三十年後，他終於在一片混亂的政治浪濤較量中「直上盡頭竿」了。張居正剛上首府時，明王朝正處於危機重重中，張居正擬定改革方針，並提出改革核心為「整飭吏治，富國強兵」，他不是畫張大餅說空話，而是實事求是的去改革去做，明確地把解決國家「財用大匱」作為自己的治國目標，因為有他的改革，才將明朝的頹敗興起。嚴凱泰先生剛接裕隆集團時，他知道外界不看好他，甚至將他視「敗家嚴」，但他沒忘記父親的心願，他知道美夢要成真，靠的不只是膽識、財力，現實就擺在那裡，所以只有更努力。嚴凱泰先生律己甚嚴，他說敗家也不會是他敗的，他的努力造就了今

天的裕隆王國，他說過：「如果一個人不知道自己為什麼成功，將來一定也不知道自己為什麼失敗。」足見他實事求是的心多堅定。

　　清末鴉片戰爭失敗後，從南京條約一路到馬關條約，一連串的不平等條約不僅賠款還割地，終於激發一群知識份子改革的想法，改革的想法是對的，想中國更富強的夢是好的，可是必須要有萬全的計畫方能成行啊！只可惜想改革的人太多、想法也太多，不幸這些改革如斷髮、易服已經侵犯到祖宗法制，改革的人又有自己的私心，如戊戌六君子之一的康有為，他的弟弟康有溥都曾說過：「伯兄規模太廣，志氣太銳，包攬太多，同志太孤，舉行太大。當地排者，忌者、擠者、謗者盈衢塞巷，而上又無權，安能有成？」於是，戊戌變法注定是場無法實現的理想、注定失敗。

　　你的日子如何，你的力量也必如何，每個人都想成功，雖然理想有大有小，那都是在自己心裡不知勾畫多少次的輪廓，當你寫下我的志願那一刻，你是認真面對還是就是個夢啊！要怎樣將夢想化為理想，在於自己是否認真的走每一步，對小事忠心盡責，才能完成大事，不要怕跌倒，將每個絆自己跌倒的石頭變為墊腳石，謹記每次失敗的教訓，才能讓自己更剛強的站起來，「築夢踏實」！別給自己訂太虛幻不切實際的目標，了解自己的斤兩，忘記背後，努力向前，向著標竿直跑，夢想不再只是夢想！

108年　中華郵政（營運職）

題目　追二兔者不得一兔

相信大家都聽過長者的勸勉：做事必須專心致志，否則一心二用，恐難以成事。其實這就好像上山打獵，想要同時追趕兩隻兔子，由於顧此失彼，可能連一隻兔子都捉不到的道理一樣。請以「**追二兔者不得一兔**」為題，作文一篇，闡述你的看法。

破題分析

題目是一種狩獵現象，但對應的是一個修養問題。提示已點出「專心」，可以善用提示裡的「追二兔者不得一兔」與「專心致志」關聯進行寫作。關於專心的典故與例子很多，亦可重新舉一例說明「專心」，最後再與「追二兔者不得一兔」連結。

寫作引導

提示文開頭：做事必須「專心致志」即為本文主旨。文章開頭先說明專心的重要，接著舉例專心的歷史典故或個人經驗，反面論述則從「知易行難」切入，最後呼應做事專心的重要。

寫作範例

　　想要做一件事情能夠成功，先決條件必須專心致志，才能集中心力完成工作；否則，處理事務時，手邊做著這件事、心裡想著那件事，未能專心一意，即使當事情完成時沒有出錯，但是其事之滿意度必然是扣分的。

　　漢靈帝時，管寧和華歆是很好的朋友。有一次，管寧和華歆一起在院子鋤地，忽然掘到了一塊金子，當時管寧就像沒看到一樣，繼續鋤地不停；但華歆卻不禁心動了，把金子撿起來看一看，再丟去一旁。又有一天，管寧和華歆一起讀書，忽然門外有坐著轎子的官員經過，管寧讀書依舊，華歆忍不住放下書本，跑到外面去看，還一臉羨慕的說：「當官真是好啊！」管寧因為華歆不專心讀書，又羨慕做官的人，再加上撿金子的事，認為華歆不是個可以交往的朋友。於是，管寧就割斷了席子，對華歆說：「從今天起，你不再是我的朋友！」這是成語「割席絕交」的典故，其主旨即是「專心」的問題，管寧不想和不專心讀書做事的人交朋友。這固然是個人對朋友的認知與選擇，但回到個體本身而言，我們每個人都應該期許自己做事專心認真，倒也不完全為了在朋友之間表現為是一個值得結交的人；做事專心，不僅事半功倍，事情能夠早日完成，增加工作效益；反之，凡事不專心，不僅拉長完成事情的時間，在做事過程中，一山望過一山高，試想，何時才能將手邊進行的事情完成呢？或許，在不專心的情況下功虧一簣也未可知。

做事專心是人人懂的道理，然而如何專心卻考驗著每個人的能力，因為「知易行難」，且人心的狀態很難掌握，所謂「心猿意馬」心與意就像猿與馬一般容易躍動奔跑，難以穩定，故「專心」是需要培養的，其開始就起於培養責任心。責任心的培養是從自己、從小事做起，對自己負責，凡事用心就會成功，凡事用心是負責任的表現。至於對小事負責，責任感當然不分大小事，但如果養成連小事都注意做好，大事更沒有問題了。責任感牽涉能力的高低，包括完成工作、目標管理、情緒智慧的能力等，一個人如果這些事情能力高，其責任感也會是高的。在職場中，「有責任感的人」是最受老闆和主管喜愛的員工，也是職場上極欲尋求的人才。一個有責任感的人，不論身處何種環境都會自我要求、以身作則、勇於承擔，對承辦的業務負起完全責任。他的表現將會協助公司提升至另一個層次，創造出超乎預期的佳績。

綜上，培養責任心、做事專心，我們要對自己的「專心」負責。俗語說「追二兔者不得一兔」，如果將人生比喻為一場狩獵，當我們專心一致追尋目標時能認真負責、心無旁騖，相信必然是豐收的人生。

108年 中華郵政（專業職(一)）

題目　懷疑

下面有兩種關於「懷疑」的觀點，你比較認同哪一種觀點？或者你認為兩種觀點皆有道理？請寫一篇250～350字的短文，談談你的經驗和看法。

甲、如果你想追求真理，人生至少要有一個階段必須勇於懷疑。

乙、懷疑讓我們怯於嘗試，最終輸掉本來有機會贏得的好事。

破題分析

題目為針對「懷疑」提出自己的看法，「懷疑」的心態有好有壞，提示文亦點出兩個觀點，因此比較好發揮，想一下甲、乙的敘述，選其中一個自己認同的觀點來寫。甲、乙的兩個觀點，基本上都是「懷疑」，只是在懷疑之後，自己做事的態度與方向不同，因此會有兩種結果。題目需要寫到自己的經驗和看法，如果自己沒有「懷疑」什麼事情的經驗，可以從這個角度說明。

寫作引導

提示文的焦點是「懷疑」並指出兩種觀點，如同提示文指出的：可擇一自己認同的觀點發揮或兩者均認同。由於是短文寫作，篇幅有限制，應掌握主要敘述點而寫，避免枝蔓。形式上，不必訂題目、不用分段落，寫成一段即可；內容上，應寫出自己的經驗、看法。

寫作範例

　　「懷疑」是人性之一，但是此態度有好有壞，好的方面是適度的懷疑能夠讓我們贏得機會，壞的方面，如果對人對事一律先抱持懷疑眼光，非但行事不成，恐怕別人會對你敬而遠之了。以個人來說，在我創業之初，親朋們均不贊成，理由是經濟不景氣、市場太小，成功機率很低。但我的懷疑是：經濟不景氣就不能創業嗎？事在人為，只要謹慎、不浮誇，為何不能把握年輕，拼一次青春呢？因此，我從一人公司開始，在家接案做設計工作；一年後，業務穩定了，我再邀請一位很有能力的同學入股，他負責對外業務，我負責對內管理，現在我擁有一間小公司，雖然不能媲美家大業大的知名公司，但是我證明了自己的能力，當初正是懷疑「景氣不佳就不要創業嗎？」造就了我的機會，雖然我不知道未來如何，但是我相信：人生只要觀念正確、謹慎行事，勇於懷疑人云亦云的事物，終究能創造一片晴朗的天空。

108年　中華郵政（專業職(二)內勤）

題目　關注臺灣網路成癮問題

「網路成癮」亦稱「網路沉迷」。「網路成癮」，在臺灣年輕人當中有相當高的比例。特別是智慧型手機問市以來，「網路成癮」的具體反應則是「手機成癮」。許多年輕人的日常：玩電玩、迷動漫、上臉書IG、賴你賴我，終日沉迷網路世界，大量吸收網路雜訊。如何讓你我「愛玩而不陷溺」，確保我們身心的健康，已成你我的共同難題。

請以「**關注臺灣網路成癮問題**」為題，寫一篇短文，文長不得少於250字，但也不能超過350字。

破題分析

「網路成癮」是個普遍的社會現象，也許我們自己本身正有這個問題，相信身陷其中的人都瞭解此事的嚴重性，因此不論是否願意承認自己使用手機過度，應該有很多角度可以切入。此題目的焦點是「關注」，需注意提出自己對於此事的意見。

寫作引導

雖是短文寫作，但有指定題目，故應以題目為重心而發揮。因為是短文又有題目，可以直接以關鍵字「網路成癮」開頭，接著說明「網路成癮」的隱憂，最後提出「愛玩而不陷溺」的意見。

寫作範例

　　「網路成癮」的問題在科技飛速的今天是個普遍現象，根據調查顯示，在臺灣，手機不離身、二十四小時不關機的情況時有所聞，尤其年輕人占了相當高的比例。網路的科技功能改變人類的生活方式，促進人類文明的進步，但是當網路「成癮」就不是好現象，因為凡事只繞著手機打轉，讓社會充滿虛擬、犯罪、懶散等亂象，那麼，手機的「進步」是否成了人類「退步」呢？眾人皆知臺灣「網路成癮」的危機，但似乎並未見提出因應之道；這個科技怪獸既然無法阻止其存在，而手機使用的方便性、娛樂性又不可諱言，如何因手機的不可避免而能不陷溺，唯有從自己做起，因為如果不能自制，再多的教條或控制依然是無效的。而家庭中亦需父母規範子女使用手機的時間，「網路成癮」其實也是父母造成的。因此，這需要從小教育開始。此問題從自我節制開始，輔以家庭與學校的關注，能讓此現象得到一個開始轉變的機會。

108年 台北捷運新進助理工程師／工程員／專員甄試

題目 善用數據，創造機會

這是一個重視數據的時代，能掌握且適當運用數據的人，往往更有機會成為贏家。然而，數據只讓我們觀察到「現象」，並不等於理解「原因」，也不會自動帶來問題的「解方」，遑論數據還可能存在種種陷阱。那麼，我們該如何檢視並運用生活中無所不在的數據，打造成功？
請以「**善用數據，創造機會**」為題，作文一篇，闡述己見。

破題分析

題目雖是「善用數據」，但是「說明」裡提到數據可能存在種種陷阱，因此，此題需要論述現代社會運用數據的利弊，然後取利捨弊；重點在科技不能凌駕於人類之上，數據是人類發明、統計出來的，人類是數據的主宰，無論時代與科學如何進步，人的力量應該是永遠優先於一切的考量。

寫作引導

第一段開門見山指出現代社會重視數據，以及數據在生活中好處。第二段說明數據更廣泛的運用情悅，再指出只依賴數據的缺點與陷阱，可以舉例生活上或社會上的事件印證。數據既然不能完全依賴它，如何善用數據是一個更重要的議題，如此，數據才可能是人們的幫手，而非人類受制於數據而反受其害。最後總結數據雖然扮演朋友兼敵人的角色，應該將敵人收攏為戰友才是現代與未來面對數據世界的良策。

寫作範例

　　人類文明日新月異，時至二十一世紀的今日，除了攸關人們至為重要的醫學、科學、生物學等實驗不斷進步外，與人類生活最貼近且實用的更有電子科技方面的使用；舉凡手機、電腦、通訊、傳輸等的開發，業者替人們的生活開啟便利迅速大門，食、衣、住、行的需要均能及時處理，獲得生活上的解決，在這一方面，電子科技是被人們稱讚且接受的。

　　數據是電子科技發展之一，其運用已行之有年，「數據」指經由調查或實驗、觀察、紀錄，再對事物進行邏輯歸納的結果，它是可識別的、抽象的符號，例如字母、記號、圖形、視訊等，將事物的屬性、數量、位置及相互關係以抽象化標示；舉凡天氣陰雨或學生的檔案紀錄、貨物的運輸情況等都可以利用數據顯示資料。數據的功能是讓生活與社會運作能夠快速歸納化，獲得更舒適便利的效率。然而，世間之事有利必有弊，數據之利人所皆知，而其弊在於：數據雖經過實驗或觀察，但它只是呈現數字或圖形，卻尚未有效處理的數值。因此，對於人們而言，數據的存在只是一種客觀的結果，只讓我們觀察到「現象」並不等於理解「原因」，數據也無法自動解決它所呈顯的問題；亦即數據代表的僅是事物的一個單一存在狀態，並非該事件的整體，所以就可能存在著種種陷阱。舉例言之，「經濟部水利署」設有「臺灣水庫即時水情」圖表呈現了臺灣各水庫的有效蓄水量；而網路平臺上，許多行政單位的網頁均以數據方式蒐集了：各行各業近十年平均薪資、全臺灣各縣市用電量、全臺六都負債對比；以及犯罪違規、生育保健、就醫退休、休閒旅遊等等許多數據。以上述兩例來說，其利與弊為：各水庫的蓄水量一目瞭然，表面上似乎掌握了各水庫的情況，但是如果沒有另設一套機制，亦即運用人力或電子系統整合這些數據，即使某一水庫蓄水量極低或超過警戒值，水庫依然會發生危險、傷害百姓。再以犯罪數據來說，從犯罪數據看不出所有的犯罪活動，數據反映的只是報案資料而已，報案資料又會因為很多因素而有偏差，例如惡作劇報案或是警察處理的是小犯罪事件；相反的，有人被傷害了，但是被害者選擇自認倒楣，沒有報案，前者會與重大案件同樣被列入數據裡面，後者則被丟落在數據之外，那麼，此數據所呈現的報案頻率應該如何被看待，以及它代表的事實是什麼呢？

　　由此可知，數據雖是客觀紀錄下來的圖像、字母……等，但並不客觀，它需要再加以分析解讀，最後使它成為一種電子科技發明而人類能從它得到實質有效的結果。分析數據時，務必考量其中所含有的偏見，畢竟數據系統的運作仰賴的是邏輯和機率，此二者並不完美，「人」的功能應該優先於數據之上，也就是說，我們應該控管這些圍繞在生活之中的數學字母。數據的特質是兼具變異性與規律性，前者是世界上不同的事物都具有不同的特徵，因此，其數據表現也不同；後者是正因為數據有變異性，

對數據的研究才有必要，如果任何事情都有相同的數據也就沒有分析的必要了。我們應該結合人文與科技人的專長，把解讀數據成為能夠有效過濾數據偏差的缺點，這已經不只是商業利益和效率的問題，最重要的是科技世界裡根本上的道德問題。解讀數據時出現的誤差必須透過發明這些數據的「人」進行分析與修正，才可以詮釋人們從數據中找到的解決事情的方法。

　　既然數據只是呈現「現象」，無法分析現象的原因，而這個部分是需要人類動腦動手去完成，因此，欲解決數據之弊需要實際進行「分析」；分析包括檢視與運用數據，不能處處依靠數據而導致以數據為準、「唯數據至上」的態度，數據只是現象的某一部分，其更多的方面才是身為發明數據的人類應該著手進行努力的事，如此，科學的數據方能被人們理性聰慧地運用，瞭解數據告訴我們的事情以及問題背後所隱藏的問題，這樣，數據才是真正幫助人們對於上自天文、下至地理、旁及日常生活的一切，才能是人類最重要、最可敬的戰友。

108年 台北捷運新進工程員甄試

題目 迎向未來該有的準備

資訊科技和生物科技攜手之後，人類社會將帶來巨大的顛覆與重塑。當此之際，我們應該思索迎面而來的挑戰為何？又該如何因應準備？
請以「迎向未來該有的準備」為題，作文一篇，闡述己見。

破題分析

題目是「迎向未來」但範圍在「資訊科技和生物科技攜手」，因此文章應以資訊科技、生物科技為基礎，一方面述及未來將面臨什麼樣的挑戰，並提出「該有的準備」之方案，此方案可以是現實的實際事件，也可以是觀念心態方面，總之，此文重點在「該有的準備」。

寫作引導

第一段解釋何謂「生物科技」，現今資訊科技和生物科技攜手之現象，第二段說明兩者結合帶給人類的轉變與危害，人類應該如何迎接其挑戰、如何因應，此段重點在提出「未來該有的準備」方法或主張，而提出的主張最好避免單一理由，因為說服力不夠。如果自己對此議題曾經思考過就很好發揮，如果沒有，應該將想法化繁為簡，指出大方向，最後結語重申臺灣創造生技生活圈的期望。

寫作範例

　　一般對生物科技的定義，指利用各種與生物相關的步驟或程序，進行研發、製造產品或提升產品品質，以改善人類生活的科學技術。這是一項新興且多元的技術領域，包含農業、食品、環保、醫學等。由於是以生物為基礎的各項技術，故著重於與人類生活息息相關的事物，也就是利用生命體生產有益人類的物質，因應人類生活需求之技術。

　　生物科技對人類而言很重要，可以解決人類的許多問題，例如：糧食危機、溫室效應等。利用生物科技可培養抗旱耐鹽作物，至於溫室效應，目前有許多科學家將鐵撒入太平洋，使浮游生物得以生長並且行光合作用，將二氧化碳轉為自己的物質，藉以降低二氧化碳的量，改善自然環境的惡化。有些國家人口老化日益嚴重，因此長期醫療保健之需求大增，而生物科技應用於尋找治療方法，延長生命並提高老人生活品質。可以說，繼電子資訊之後，生物科技以更具科學性的姿態出現在我們生活中，此現象有其正向的意義，但是愈往前發展亦值得令人從反面省思這個科技科學的新寵。生物科技也被定義為「任何可以修改基因的技術」。這個名詞在現代社會常被賦予「賺錢」的意義，這是屬於比較狹義的講法，但卻也是現代生物科技發展的主流方向，尤其是著重於與現代人類藥物研發有關的技術，其「改善與增進人類生活條件」是重要指標，同時也將會是引起爭議的論題。

　　未來環境的變遷將提供生物科技發展的舞台，並衍生許多的商機與投資機會，以及一些具競爭性與關鍵技術的發展。可預見的是：未來二、三十年後，幾乎所有的公司的主要業務都會與生物科技有關，以生技進行生產製造或支援或解決問題，有利人類永續發展。情勢既然如此必然重

要，未來世界依賴它的局面將無限廣闊，其隨之附加的利益亦日漸龐大，依物極必反之規律，資訊科技與生物科技結合未來也會形成另一種威力反撲人類。此反撲的勢力之大可能無法形容，最簡單地說，未來的危機焦點應該集中在人類的貪念之上。生技帶來的商機，再加上結合資訊科技傳播之迅速，兩者加乘作用是以雙倍、四倍、八倍……速度成長的。古今中外，人性的弱點之一是貪欲之心，在極大利益誘惑下，資訊與生物科技結合的隱憂是：其一，不肖者利用它們製造出表面有利於人類，其實暗藏著傷害人類的產品；其二，利用生技謀取暴利，最後的結果可能是某一種生技被另一種生技壓制，或者壓制後再產生第三種禍害，就會導致由人類的福祉醜惡地變身為人類的災難。此為未來世界的資訊與生技結合，吾人必須思考的挑戰。那麼，如何因應挑戰呢？我們該如何迎接電子資訊與生物科技結合帶來的世界之重整與顛覆，個人以為：敞開心胸接受它的效益與優勢，另一方面提升人類的道德良知，在這個商機的背後需要有人性的輸入；在資訊無遠弗屆的特色上，發展生技首先需要發展者自身的良知，能夠認知未來生技發展是正當之事業，並且，以之求得的利益不能是不義之利，如果沒有這層認知為基礎，生技未來是另一種災難而非創造人類幸福之產物，此為資訊與生技結合的主動性力量；其次，更應該有相關之管理措施，針對各領域的開發與推展制定關於人才培訓、發展規則、智慧財產權等法規，使得資訊與生技從事者有被動性的規範；政府亦應主動建立並不斷維持與廠商、民眾溝通管道。如此，在主動與被動，主觀與客觀方面能使得資訊與生技結合所創造的人類之幸福不致越軌而行，人類的發明善意反成為惡意且無所警覺的憾事。最後，民眾對生物科技產品的態度也是影響未來市場的重要因素，公眾對生物科技產品的態度會隨著新發現與媒體報導而有所改變，因此不論各種形式的傳播媒體亦應善盡責任，應該確實報導，發揮傳播者的社會力量，共同為此一未來的趨勢努力。

　　由生物科技實現的「永續發展」已成為人類未來經濟發展追求的目標。發明與創新並不是讓我們顧此失彼，而是在人類面臨大自然的危機日漸嚴重之下，能夠有所反省與改變，在可預見的危機之前設想因應之道，並付諸行動。期待臺灣確實建構資訊科技與生物科技之創新體系，以因應生物經濟時代之來臨，提昇人類的生活福祉，並創造永續環境為目的之新生命科學。

108年　中央銀行駐衛警察隊員

題目　我看佛系青年

「佛系青年」是中文網際網路上的熱門用詞，詞語與宗教無關，只是借用佛門清心寡慾、淡泊名利的概念，反映時下有些青年男女的特定人格特質與極簡生活態度。例如：凡事依自己節奏行動，不喜顧慮周遭，嫌戀愛麻煩，由於怕麻煩因此熱愛獨處，崇尚一切隨緣、不苟求、得過且過，凡事都無所謂，傾向與世無爭的極簡生活。

有越來越多的年輕人，自居為「佛系青年」，這種現象的蔓延與感染，究竟反映了什麼樣的社會問題？你又怎麼看待這樣的人與現象？

請以「**我看佛系青年**」為題，寫一篇結構完整的文章，文長以750字為限。

破題分析

文章主旨為提示中的「佛系」，而題目為「『我看』佛系青年」，因此這篇文章牽涉佛系青年的處世態度，以及提出自己的看法。提示裡已經解釋什麼是佛系青年，可以歸納這些現象，整理出佛系青年的觀念與生活特色。由於此詞是借用佛教修行的概念而成，可將佛系青年與佛教清修比較，其中的差別在哪裡，以此為基礎再順勢提出自己的看法。所謂「結構完整」的文章指文章形式必須有開頭、發展、結尾，因此在敘述上，應注意整篇文章的完整性。至於自己的看法可人從正、反面分述，無論持哪一種看法都必須說明此情況的問題何在。

寫作引導

此文可以運用層層遞進的寫法，開頭指出現今時世下的青年之生活態度，再引出「佛系青年」的特色，最後提出自己的看法。一篇文章需要發揮的是中間部分，因此可以在佛系青年的特色之後，加以說明何以社會青年出現這樣的生活態度，而這個原因亦可以引出自己的看法。

寫作範例

　　近年來，因網路、手遊、插畫、貼圖之熱門，風行起「佛系」一詞，這是年輕人傾向不結婚、不生子、不買房、不買車的趨勢，他們喜歡自己獨處。在經濟普遍低迷的「低慾望時代」下，「佛系」的意義變得更廣，代表的不再是特定人格特質，而是一種生活態度。

　　佛系青年的人生態度是「有也好、沒有也好、不求輸贏」，不禁令人疑問，這樣的觀念態度不是已屆退休或者老年人安於自己曾經燦爛的一生之寫照，怎麼會發生在年輕人身上？佛家教義深刻，對於一般人所瞭解的佛家修行來說，或許僅止於吃齋唸佛、清心寡慾，而佛系青年似乎只取清心寡欲一義，只取一義而忽略其他未必是「佛」的真理。因此，我覺得佛系青年並非真正清心寡慾，只是一種群眾流行。從天地萬物來說，年輕是昂揚向上的，大自然的規律是春生、夏長、秋收、冬藏，試想年輕人正處於夏長階段，如今卻略過夏長，直接秋收、冬藏了呢？從另一方面而言，社會處境艱難、世界風雲多變，於是產生佛系心理，雲淡風輕固然好，但凡事不堅持、隨世浮沉，對於年輕的生命不能不說是一種太早的決定，人生缺少曾經奮鬥過的嘗試，無奈亦是一次生命遺憾。我們不能斷言佛系青年是逃避，也不必指出「佛系」的優劣，因為世界確實在愈來愈多變的環境裡無法被人們掌握，社會不安定，人與人之間缺乏信任感。然而想要達到佛系無欲無求的超脫境界，也必須付出一番努力，在年輕人流行佛系青年之時，我覺得面對未知的一切，問清楚自己在乎的是什麼，永遠比做個佛系青年來得重要。

　　做個佛系青年沒什麼不好，但重要的是自己內心要有所主，有一個自己真正在乎的理想主宰著一生，這樣，即使世界如何令人不安，絕對比沒有思考過、自甘做個佛系青年來得踏實且充滿勇氣。

108年　第一銀行經驗行員

題目　我的生命價值

人的一生，有的人期望轟轟烈烈，縱使戰死沙場也在所不惜；有的人則希望平平淡淡，只願恬適一生即心滿意足。但無論如何，都必然有其對生命價值的體認與想法。請以「**我的生命價值**」為題，撰寫一篇短文抒發你的想法，文長約在300-400字左右。

破題分析

題目為短文寫作，故文章篇幅只需三、四百字即可。生命「價值」為抽象的概念，故此文內容應把握以具體寫抽象，不需用太多修飾語詞或高談闊論，應將焦點落於實際。由於是短文寫作，因此需注意字數的要求，且必須在文中說出自己的價值觀。

寫作引導

此題不宜討論太多生命的價值。文章開頭先點出我們生而為人的重要性，接著直接進入主旨敘述自己的生命價值觀，不要因為生命價值的嚴肅性把文章寫得高遠偉大，平實敘述反而是寫作要點。

寫作範例

　　同為自然界之生命體，人類不同於禽獸草木，必有特別的生命價值。每個人對於自己的生命價值也有不同的定義與追尋，有人希望獲得金錢，有人期待名利、光宗耀祖等，大家竭盡一生都在追求生命價值。世界上有太多吸引人追求的價值，舉凡物質、精神各方面均有，我的生命價值在於我活著的意義，生命價值必須是正面、有意義的。一生當中有不同的階段，不論我是什麼身分、職業、角色，人生價值觀是轉換的，而不論一生中會有什麼變化，在每個階段都不會是單一角色，我覺得盡力於家庭、工作，努力且善意地付出就是生命價值。一個人的生命價值不需要像教科書上寫的宇宙、開創、承繼那般崇高偉大，能夠確定個人的安身之道、發揮最大能量的努力，生命的價值必然會在人生終點顯現並收穫。

108年　專技普考地政士

題目

有世界最美小鎮之譽的奧地利哈爾施塔特（Hallstatt），近年來因為遊客太多，嚴重影響居民生活品質。因此，自2020年起，地方政府決定採取總量管制，每年入城巴士數量限制為1萬3000輛，入城規定：旅客必須在城裡停留超過2.5小時。哈爾施塔特小鎮，海拔511公尺，人口數不到一千，面積約60平方公里。小鎮緊鄰湖畔，群山環繞，風景秀麗，可說是人間仙境。1997年，哈爾施塔特被列為聯合國世界文化遺產，同時入選為世界最美小鎮，是奧地利熱門的旅遊景點。觀光產業可以繁榮經濟，但也連帶衝擊生態環境，影響當地居民生活品質。如果你是哈爾施塔特鎮的居民，你會希望怎麼做？請撰文一篇，評論前述對觀光巴士入城的總量管制，以及旅客停留城鎮的時數限制等措施是否妥當？有無其他具體措施，可以更兼顧觀光產業發展、居民生活品質以及生態環境等要求？

破題分析

這是一篇關於觀光旅遊之文，提示文裡已指出文章要寫到的重點有：觀光景點之車輛、旅客以及兼顧生態環境等之具體管理措施，因此是觀光產業與環境保護的議題。此文重點在評論，因此必須對提示文所說的現象說出自己的看法意見，最好這個部分應該占較多篇幅，如此才能根據題目焦點而寫，下筆之前能掌握重要的焦點，文章就不會離題且更容易發揮。

寫作引導

此題沒有特定題目，但是仍需分段落而寫，且必需與觀光有關。文章首先說明觀光旅遊在每一個國家所扮演的角色以及觀光業發展之利弊，接著以實例證明此問題產生的生態或其他問題，就自己所知，可以各舉中外之例，或者以自己瞭解的臺灣觀光業過度開發而導致的生態環境問題，並提出己見，以因應情勢之惡化，最後強調觀光與生態不能失衡，可以引用與旅遊或觀光相關之語，代表自己的意見與看法，但需注意是切題的。

寫作範例

　　隨著時代進步、文明發達，世界各國的經濟模式產生變遷，許多國家在維持本國農、工業基礎外，紛紛開發觀光旅遊產業。這是所謂「無煙囪工業」，兼顧生態環保與發展國家特色之新興事業；對旅遊者而言，現今交通發達、資訊充沛、消費能力提升，到世界各國旅行成了人們最嚮往的休閒娛樂之一。旅遊者與旅遊業者彼此互需，觀光業因此在世界各地蓬勃興盛。

　　各具地區特色的國家絞盡腦汁推銷旅遊，而本來負有盛名之地點，旅客更是不請自來，一波波遊人如織，年年不絕，甚至造成居住在馳名景點的人民不堪其擾，拜託旅客「不要再來旅行了」。以義大利威尼斯為例，這座古老城市，從17、18世紀時代就是許多歐洲人嚮往的觀光勝地。現代旅遊業興起後，其魅力依然不減，從世界各地到訪的遊客絡繹不絕，並帶來極高的經濟效益，但是對於威尼斯當地人而言，這頂殊榮與國家利益卻也沉重得難以承受。於是，威尼斯居民抗議觀光客過多的現況，他們主要希望政府與外地人能注意大量觀光客占用了公共資源，破壞當地的生活機能，讓當地生活品質下滑；一些觀光客還不斷侵犯當地歷史傳統：例如在教堂附近大小便、亂丟垃圾，更誇張的還有全身脫光準備跳到運河游泳，目睹這些事情的威尼斯人無法忍受，喊出「威尼斯不是迪士尼樂園」之語。於是大量人口被迫離開，威尼斯的居住人口逐年遞減，激烈的抗議者甚至希望觀光客全部離開。

　　臺灣方面，新近流行的是天空步道。臺灣為了「天空」觀景熱潮，一共建了十八條空中步道，南投縣更占了八條。各縣市政府在搶救觀光之下，一窩蜂建築空中步道，各景點朝向比高、比長、比創意較勁，愈驚險刺激，愈能製造話題。這些觀景設施在風光過後，許多因為缺乏維護經費與人力，開幕時擠破頭的景象不復見，建造天空步道不僅破壞環境，許多步道蓋了之後則乏人問津，不久就真的淪為天「空的」步道。由此可見，不論中外，觀光產業可以繁榮經濟，但也連帶衝擊生態環境，影響當地居民生活品質，確實是在生態、經濟與當地居民的生活品質之間的沉重考驗，應該在觀光事業與在地需求之間尋找平衡點。有世界最美小鎮之譽的奧地利哈爾施塔特（Hallstatt）限制遊覽車入城的管制，以及旅客停留城

鎮的時數限制等措施；在此議題上，個人是贊成的，另外，我以為要解決觀光與生態環境並存的方法可從人與環境兩方面思考，以下述之。

　　人的方面包括在地居民與遊客。例如：任何景區都應推行以當地人為優先的政策，讓在地居民可以優先使用公共資源，不必為了賺遊客的錢而犧牲居民；遊客方面，應制定具有賺錢功能與吸引遊客再度旅遊的策略。臺灣所謂新潮的天空步道很難吸引國際觀光客，絕大多數都是一日旅遊的老人團，觀光人次容易衝高，但創造的觀光效益有限，原因在於，遊客都是為了體驗刺激來到景點，而不是透過步道的帶領親近自然，由於旅客的獵奇心態，導致旅遊行為之短見，不願意為了旅遊更深刻的理由停留下來，地景反而失去原有的價值。而且就算有人潮，通常只是曇花一現，「只有人潮，沒有錢潮」是遊客方面的問題，遊覽車載來一批批觀光客，但他們走了一趟步道後，又上車離開，九成以上都不會到該城市其他地點觀光和消費，因此，對環境衝擊的評估不能忽略「遊客容許量」，不是只看多少遊客來，而是遊客來到後，對當地環境造成的衝擊；不讓遊客來，其實就是人潮、錢潮一併沒有了，這是消極而激烈的做法，亦屬不智之舉。以國外為例，威尼斯市有幾項措施，例如在特定區域設置人數計算機，並將及時計算結果公開，鼓勵遊客往不同地區分散；在地圖上標示更詳盡的公共設施，例如廁所的標示可減少遊客隨地大小便的可能；增加員警數量，取締行為失控的觀光客。規模更為浩大的舉措，還包括禁止在舊城區內開設新的零食小吃店，以免遊客帶來過多的垃圾。在義大利，羅馬市政府規定，在特定區域禁止飲食以免破壞古蹟，嚴禁因一時好玩而跳入水池、利用噴泉洗腳的行為等，違反規定者都將予以重罰，這些都是足以借鏡之措施。

　　環境方面：觀景帶來新體驗卻引爆環境大危機，諷刺的是，臺灣興建天空步道初衷，本來要讓遊客親近山林，沒想到環境卻因此遭到破壞。天空步道入侵山林，濫砍林木，破壞山坡地且干擾生態，最顯而易見的是挖掘危崖造成水土保持的隱憂，隨處可見的鬆落土石更是不定時炸彈，增加人與車行走的危險。因此，關於遊客、遊覽車的問題讓我們思考：觀光業可以不要這樣失衡發展，其實，臺灣不一定每個縣市都要發展觀光，有的縣市做好擅長的農業，也會變成亮點。個人以為不應在沒有詳細計劃下興建新的建築物，即使興建，出發點需考量環境的和諧，在保護生態原則下

興建，也就是思考限制建設減量，發揮在地化特色。對觀光業而言，「人潮等於錢潮」之語是事實卻也等於巨大的環境壓力，接納觀光客需要付出代價，牽涉的不僅是在地居民的生活品質，還攸關寶貴的在地傳統或歷史文化之存續問題。設下限制不代表拒絕觀光遊客，如果真要禁絕遊客與遊覽車未免太過不切實際。應是在接納觀光客的同時，也能讓當地人安居樂業，並妥善保存珍貴的歷史文化，總之，關鍵在於「觀光需求與地方需求之間能達到平衡點」，如果忽略了這點，觀光產業所帶來的破壞，顯然不是金錢收益能夠彌補。

曾有關心威尼斯公共議題人士，貼切地將威尼斯比喻成龐貝，但並非讚詞而是：「威尼斯正漸漸變成龐貝城，一個人們造訪、讚嘆其壯麗的地方，不過沒有人居住。」此語是兼顧觀光、生態、居民生活的箴言，唯有發揮智慧以推行觀光，方不致於將大自然與歷史賜給人們的美意扼殺，直到有一天，可以預防的問題演變成即使想出解決辦法也無法挽救時，只能面對美景嘆息，而嘆息聲迴盪在空虛的天際，無邊無盡。

題目　當時只道是尋常

團圓飯桌上父母聆聽兒女的笑語；回家一進門就看見心愛的小狗猛搖尾巴圍繞著自己打轉；路上巧遇久未聯絡的舊時好友開心寒暄；百忙中偷閒安靜獨享深得己心的電影、書本、音樂⋯⋯。人生中存在著不少這般不經意間得來的小小歡愉。蘇軾說「人間有味是清歡」，平淡尋常的事物往往比跌宕起伏的大悲大喜更能帶給我們雋永深長的回憶。我們常執意於追逐高度的歡樂，忽略了身邊日常、平淡的美好，等到時移事往、物換星移，才不免興起如李清照般「當時只道是尋常」的惆悵。請以「**當時只道是尋常**」為題，作文一篇，敘寫當時自己不以為意的平淡歡愉，以及事後追憶的心理感受。

破題分析

這個題目並非論說文，提示裡「敘寫當時自己不以為意的平淡歡愉，以及事後追憶的心理感受」，因此是記敘兼抒情的文章，也就是內容需包含一件事情以及心情感受，而這件事情最好是稀鬆平常之事，然後由簡單之事引起自己的情感體悟。所謂抒情文是抒發自己之情，但是經歷過同一種遭遇，可能

每個人的心理感受並不盡相同，因此所抒之情需顧及合情合理，能夠引人共鳴而不濫情與無病呻吟。提示有蘇軾說的「人間有味是清歡」與李清照「當時只道是尋常」，故文章也可以引用所知的詩詞，藉詩詞輔助文章所抒之情，但是要引用得恰當，如果對詩詞不瞭解就不需採取此一寫法，否則引用的詩句與文章所敘之事不夠恰當，反而適得其反。另一個需注意的是，此文一定要敘及人生的體悟。

✎ 寫作引導

此文是敘述兼抒情，重點在全文的中間，故第二段應寫出自己人生中有所感受的一件事，以及該事引起的情感；而回頭來說第一段，可以運用引用法，引出第二段將要敘述的事情之相關語；或者不使用引用法，直接說明情感在人生中扮演的角色，需注意第一段的文意是為了第二段欲敘述之事所開的頭。第二段寫下所要講述的事情，第三段敘述這件事情引發的感觸。

✎ 寫作範例

　　人的一生自幼至老，不論求學、工作、婚姻、家庭哪個階段，經歷過的事情不知凡幾。有些事情過去了就如煙雲，飄逝而去，留不住也記不得；有些事情深刻凝重，一生都占據著心田；還有一些事在此兩種輕與重之間，它不特別嚴重，也許當時不以為意，多年之後的某個時刻，因為情境之觸發，那件平常之事卻引起特別的感受，讓人領會平淡中的深刻。

　　我的家族，伯叔們已分家，各自生活。習慣上，每一個月大家約好某個時間到大伯家聚會，彼此聊天，討論家族的事情；沒有什麼大事的話，大人們會搓麻將，小孩子就在一旁玩耍、看電視；晚飯通常叫外賣，打打牙祭，不外乎炸雞、漢堡等，吃一些平時不在家裡菜單中的食物，大家其樂融融，雖然我們一個大家族，平日並不住在一起，但是感情一直十分緊密。記得十多年前的週末，大家一如往常在大伯家聚會，當時我因為需要趕交作業，並未同往，一個人在家埋頭寫功課。傍晚時分，安安靜靜的門口，突然有轉動鑰匙的聲音，我心想這時候沒有人會來開門呀，走出房門一看是父親拎著一個便當，說要給我的晚餐，因為家族聚會當晚吃麥當勞，父親說我在家趕作業一定會隨便吃一吃，草率打發，所以特地買便當

給我。放下便當，父親又轉身去大伯家搓麻將了。其實，當晚我接過便當，埋怨父親不要多事，那是冬天的夜晚，大伯家在三條街外，我自己會吃晚飯，父親不必在這時候買便當回家給我。兩、三天後，有一個超級寒流過境，父親冒著冷風上班，在公司即身體不適，請假回家休息，中午我們送他去醫院，醫生說要住加護病房，大家都不明所以然，那天下午父親就撒手人寰，沒有留下半句話。

父親驟逝已十餘年，至今我依然懷念他。街上的便當店林立，店內的菜色五花八門、豐富繁盛，也代表人生中各種酸甜苦辣的滋味。其實，自那年之後，我不再以便當為餐食，工作再忙碌，我寧願泡一碗麵而不買便當吃，因為便當這個稀鬆平常的物品帶給我的感觸太深。我後悔當年那份埋怨父親的念頭，也領悟人生不可避免的意外隨在身旁，更領悟父親的恩情也許不在自出生至長大的撫養，只是一個百元不到的小便當。我從一個便當瞭解父愛的平淡卻濃厚，雖然父親永遠不會再買便當給我了，那個最後的便當卻在我一生中，迴旋不已，終生縈懷。

108年　專技普考記帳士、不動產經紀人

題目　我的未來

傳統社會的流動性不大，個人能夠選擇的工作或職業並不多，加上教育不普及、人們對外在世界的認知有限，當然也因壽命比現代人短了許多，限制了轉換人生軌道的可能性。在這樣的環境下，多數人常依循慣例，安於現狀，社會的創新與進步相對變得緩慢。反觀現代社會由於科技不斷創新、社會的價值觀趨於多元，人們的工作與職業有了更多的選擇，加上教育普及、壽命延長，對於未來的規劃與實踐機會要比過去高。

請以「我的未來」為題，設想一種不同於目前工作與生活方式的人生，詳加描述，並深入說明對自身與社會的意義。

破題分析

題目是一種期待的方向，可以針對目前的工作之期待或計畫轉換跑道來寫。需注意「未來」未必等同於「夢想」，因提示文有「對於未來的規劃與實踐」，所以此題盡量不要寫成「我的夢想」，除非自己對於此夢想已有詳細規畫與把握，否則夢想含有較多天馬行空的意味，「夢想」與「未來」其實有所不同。此外，另一個思考點是：自己所設想的未來不一定需要對社會有意義，也就是不要危害社會也許正是自己的未來對社會的意義，關於這一部分不必然一定要寫得多麼冠冕堂皇，落入制式口號。

寫作引導

第一段先點明社會生活的現狀與現狀中可能的發展變化，第二段主要是「我的未來」，可以從自己的職業說起，也可以直接寫出在現實社會中，自己所規畫的未來；最後提到對未來的盼望或者自己設想的未來所應該執行的準備工作，並總結全文。

寫作範例

　　生活在社會中，每個人都有工作或事業，即使身不在職場的家庭主婦，她的日常生活包括照顧孩子、買菜煮飯、整理家務等也可視為她的工作。因此，我們每個人都有廣義的工作，不論此工作是何種型態，我們可能安於現狀、可能思索異動或者正儲備能量將轉換跑道。每個人都受限於個人的家庭、思慮、心態而安於或不安於工作，這是無可奈何之事；但是現代生活的幸福比之舊時代，人們還是幸運的，那就是社會轉變讓我們可以勇於突破，不再受老舊觀念擺布，有較多空間能夠掌握自己的前途與未來。

　　我任職於一家貿易公司，平日的工作瑣碎，除了負責公司進出口，還需要出差，或許前往下游工廠緊盯製作進度，或許至各地考察、參加商展等。這是一份尋常的工作，我大學畢業後，由於家鄉南投大都是傳統產業，我與大多數年輕人的認知一樣，臺北比較有工作機會，於是，離家來到現在工作的繁華城市。我的個性嚮往樸實，雖然目前的工作不需要衝鋒陷陣、與敵廝殺般充滿挑戰，我也能夠得心應手地處理事情，但是心中總有某種缺憾難以言喻。前幾年，父親把祖先的幾塊田地預先過戶給我們兄

弟三人，因此我擁有一塊農地。有時，工作忙碌時，我何嘗沒有想起陶淵明說「少無適俗韻，性本愛丘山」正切合我心，但是，現實環境不容許我依照本性而走，因此必須認定目前是最佳狀態；其實，我很想拋棄穩定的工作，當一名農夫。屆時，我並不會翻轉在進步的城市裡原本朝九晚五的作息，甚至會早起，在農地上耕種，做著播種、施肥、除草的工作，我也計畫養雞、養鴨，自己調配飼料，盡量利用廚餘，不用店家製作的現成飼料；看著菜苗一天天長大，鴨子戲水可以作伴，我可以呼吸新鮮空氣，平日就能勞動而不是每天坐在辦公室盯著訂單上的數字，生怕出錯，還要特別花錢去健身房運動。如果種菜養雞有了心得，也許在農地旁擺個小攤，賣著有機無毒的多餘青菜、雞蛋，這種生活應該更加舒心，可以延年益壽。

「誒！小陳！」同事的叫聲喚回正坐在辦公室桌前的我。現實依舊圍繞著一堆報表訂單而存在，但是我的未來並非夢想而已，我會努力工作，好好規畫，一旦時機成熟馬上實行種田生活，回歸大自然。我的未來不一定有多麼高貴的社會意義，但是懷抱著心目中未來的祥和心境與樸實理想，將引導我更誠意地做好目前的工作，我不必怨嘆世道艱難、賺錢不易，我的未來是陪伴我走過目前現實環境的一個美好目標。

題目 聽雨

宋末元初的蔣捷有一闋膾炙人口的詞〈虞美人〉：
少年聽雨歌樓上，紅燭昏羅帳。
壯年聽雨客舟中，江闊雲低、斷雁叫西風。
而今聽雨僧廬下，鬢已星星也。
悲歡離合總無情，一任階前、點滴到天明。
蔣捷藉「聽雨」描寫他自己人生三個階段的情懷。事實上，對任何人而言，不同年紀、不同境遇、不同地方的「聽雨」，都會令人有不同的感觸。現在，請以「聽雨」為題，追索回憶，作文一篇，描述你個人聽雨的經驗與感受，文中須先說明自己對蔣捷此詞的理解和體會。

破題分析

這是一個論及人生境界的題目，蔣捷之詞歷來被人傳誦，因此文章內容最好往哲理方面進行，所謂哲理並不是談什麼高深的哲學，而是自己對生活或生

命高於一般吃飯睡覺、賺錢消費等俗世之層面而寫。題目焦點有：聽雨、回憶、經驗與感受、對蔣捷詞的理解；因此全文依此順序而寫，提示裡規定「須先說明自己對蔣捷此詞的理解和體會」，因此必須對蔣捷所提的人生階段與情緒加以說明。建議可以再引所知的古典詩詞，能夠關於雨的更佳，藉以與蔣捷因雨而興之情比較，順此脈絡抒發自己的體會。

寫作引導

此文的開頭寫法有多種，例如寫出一次聽雨的場景、引用某首歌曲之歌詞、寫出雨的意象等作為開頭；第二段為回憶、經驗與感受，依提示的規定，先將蔣捷詞的理解寫出來，再配合自己聽雨引發的事件與心情，文章要把握連繫事件與情感，因為只有描寫事件，構不成抒情的條件，只有描寫情感可能流於空洞，為抒情而抒情，兩者均非切題的寫法；第三段評論蔣捷之詞，依自己的領悟解析詞意，提出自己是否認同此三個境界，如果不贊成必須提出另一種看法。

寫作範例

　　下雨的時候，雨絲輕飄過窗前，輕輕如煙讓人有夢幻之感；狂風驟雨的時候如千軍萬馬奔馳，砰砰轟炸彷彿窗外正進行一場水浪的戰爭。雨是大自然現象之一種，再平常不過了，卻帶給人不同的感受。每個人不乏聽雨的經驗，文人墨客對雨無限傷情，雨同時也因季節、境遇不同而使人興起各種獨特的情緒。

　　蔣捷有一闋膾炙人口的〈虞美人〉：「少年聽雨歌樓上，紅燭昏羅帳。壯年聽雨客舟中，江闊雲低、斷雁叫西風。而今聽雨僧廬下，鬢已星星也。悲歡離合總無情，一任階前、點滴到天明。」以「聽雨」的時間、地點、心情，分別點出人生的少年、壯年、老年三時期的生命感受，其表達之情頗切合人生。少年之時，歌樓表示了縱情於悅樂享受的態度，羅帳在紅燭氤氳裡昏昏，一派溫柔浪漫，這是人生第一個階段，可以什麼都不管，只順著自己的渴望過生活；壯年之時，則是人生志氣飛揚、掛帆迎向生命之旅，你不知道旅途會發生什麼事、遇見什麼人、產生哪樣的結果，但是壯志令你勇敢前進，並且吞納壯年受到的社會折磨，帶著悲壯一心一

意向前衝；「斷雁叫西風」意謂在淒屬的秋風中，孤獨飛翔，斷雁是失群之雁，西風淒涼，此兩個意象寫出人到中年面臨挫折仍勇敢奮起，這正是中年的壯麗。老年在僧廬下聽雨，表示此心已淡靜，對於淅淅瀝瀝的雨聲落下石階已經沒有興滅之心，整夜滴答卻「一任」它擾亂睡夢，此時的雨聲不再干擾自己，如果雨聲暗指人生的不如意，老年之時都可以靜心接受，沒有煩怨亦無悲喜，一切自然。生活中，一年四季不知下過幾場雨、聽過幾回雨，聽雨的經驗因時因地因心情而不同。平心而論，我的聽雨感受並沒有蔣捷的境界，比較多的是自己當時的心情連繫起雨聲而興之情。春天的雨，淅淅嗦嗦，微冷又輕飄，擺脫冬季的陰霾。我覺得一年將開始，必須努力；夏天的雨，溽溼悶熱，有颱風來襲時則大雨夾風狂打窗戶，世界似乎要為之崩塌，我想到貧窮人家的簡陋屋舍被打擊得亂七八糟，天下多少可憐人！秋冬之雨，形態亦如春雨之細，但是卻更加淒冷酷寒，裹著厚重大衣外套，感覺到的依然是冰冷的天地；此時，我會聯想沒有親見過的高海拔下雪，想起曹雪芹《紅樓夢》裡的結局：「落了片白茫茫大地真乾淨」，雨是雪的前身，如果延續蔣捷詞的思路，「一任階前、點滴到天明」，當雨滴不再落下，雨所結成之雪似乎就是「白茫茫真乾淨」了吧！蔣捷所提到的人生三境界，其實每個階段似乎都有「什麼都不管」的意味，然而這種「不管」自有其深層境界。在我個人而言，我體會的蔣捷詞的境界只有「斷雁叫西風」，因為現實環境總是讓人當個「過河卒子」，如果不能拼命向前，只有淪落；當一個人精神上淪落，那麼又何需走過身而為人這一遭的意義呢？

　　我的年紀尚未領悟「聽雨僧廬」，但是經歷的事情多了，內心也從年少時的桀驁不馴、自以為是而開始轉變；人生的境界會隨著欲望遞減、智慧成熟而改變聽雨的心境，過了壯年應該慢慢學習「知其不可如何而安之若素」之心，因為人生已過大半，若不學習慢慢放手，生命只是徒增痛苦。人的一生並不是每個人都會從經歷的事情中感悟道理，藉著蔣捷之詞，隨著命運過日子，但願我到了老年，也能有智慧體會「眾裡尋他千百度，驀然回首，那人卻在燈火闌珊處」的洞明與了悟。

109年　台電新進雇員甄試

題目 如何建立和諧的人際關係（文言白話不拘，但段落要分明。）

破題分析

題目有「如何」二字，因此要注意文章必需提出方法。人際關係是現代社會重要的生活態度，人際關係不佳往往會阻礙生活，此文除了需要提出方法，並要解釋人際關係與社會生活的利弊。人際關係與社會生活的適用對象乃群眾，故可從群眾入手，再鋪寫個人，指出個人修養以包涵群眾社會，而能達到的影響與價值。自己所提出的方法不需太細緻，因為，嚴格來說，人際關係是一個複雜的議題，盡量縮小成自己能掌握的敘述，以免離題太遠而缺乏焦點。

寫作引導

第一段先說明現代社會中，人際關係的意涵與重要性；既然人際關係對於人們的生活至關重要，第二段則提出建立和諧的人際關係之方；而主張或意見又關係著實踐的問題，故再接著說明建立和諧人際關係在實踐上的困難性或者如何確切落實主張；結束時，重申人際關係之和諧對於人們過著幸福的社會生活之價值。

寫作範例

　　社會是由許多的個人組合而成，社會安定富足則是生活於其中的人們最大的幸福。然而，個體有差異，社會中許多的差異即需要一套規則來穩定，因此，人們制定法律規矩，大眾共同遵守，以確保個人差異在社會中造成的齟齬，才能有安定的社會。

　　法律條規是人們共同制定的，人人遵守，社會穩定；而社會也有另外一部分，不需要法律規定但同樣能維繫群眾心理、社會和諧的，那就是人際關係。人際關係指社會人群的交往互動而構成的社會關係，包括人們生活圈子中的各種身分，例如朋友、同事、傭傭關係等。人是群居動物，每個個體均有獨特之個性、背景、行為模式、價值觀，彼此間的磨擦在所難

免，我們是否能與他人建立和諧的人際關係考驗著個人的生活智慧並決定工作成就之高低。如何建立和諧的人際關係應該從「差異性」思考，由於每個人有不同的思想行為，要想達到和諧的人際關係，首先必須從減少個體差異性為第一步，亦即凡事不要以自我為中心，應該謙讓。現今社會中劍拔弩張之人不在少數，如果每個人遇事都如刺蝟一般，即使對方有意和平相處，恐怕並非事情都能夠完滿解決。其次，應該有主動的親和力，「自掃門前雪，莫管他人瓦上霜」是古代明哲保身的良言，但是，如果在現代社會仍抱持如此想法，必然人際關係不佳，而且影響了我們在生活與工作上的進度；凡事都處於被動狀態，不主動互相關心幫忙，相對地，別人也不願意關心你，遇到難事只有自己扛起，孤立無援，即使事情最後完成了，事倍功半，焦頭爛額，又何苦呢？再次，不要有計較心。孟子主張「反求諸己」，就是遇到與自己不合的時候，要先回頭思考自己不足之處，而不是先責怪別人。例如自己以禮待人，而人卻不以禮待我，就該反省是不是自己還有做不好的地方；而非開始怨懟別人、批評報復，結果只是造成惡性循環，哪裡有和諧的可能呢？因此，建立和諧的人際關係需要從自我要求做起，能夠以群體共榮為目標，時時恪守「反求諸己」的原則，就能隨時自我警惕改進，久而久之，就能建立和諧的人際關係。做人做事先要求自己、檢討自己，就能以包容諒解的心面對周遭的人、事、物，如此則有助於人際的和諧，更能促進自我成長、增加智慧、凡事順利。這是一種良性循環，社會上每個人都能自覺建立良好的人際關係，也就是一種「無為而化」的最好社會境界了。

可以說，人際關係是社會上毋需規定的法律，人們有意識地經營人際關係，不僅自己在生活與工作中能與他人相互依存與聯繫，最重要的是有利於社會氣氛、增進工作環境與組織效率。和諧的人際關係建築出和諧的社會，我們生活於其中，自然幸福感倍增，人生美好，不復有暴戾動盪了。

109年　經濟部所屬事業機構新進職員甄試

題目　如何提升自我在企業組織中的價值

企業組織成敗的關鍵取決於員工，員工是企業組織中最重要的資產，因此，企業組織常需建立各種制度化的措施，例如：薪資、升遷、福利、退休等，以激勵員工奉獻其心力。然而，除了這些外在的激勵措施外，員工如何向上提升自我價值的積極態度及行動，則更為重要；此不僅攸關企業組織的成長與茁壯，也關係到員工自我在企業組織中的職涯與發展。請以「**如何提升自我在企業組織中的價值**」為題，寫作論文一篇，並加以闡述。

破題分析

企業招募人才，總希望每個進入企業的人都能為企業所用，而不是招募到一些難為企業盡力的人，企業怕招錯人，求職者也怕進錯企業，所以當你認定這家企業時，你該怎樣裝備自己？

寫作引導

可以自己的經驗或他人的例子，那些在企業體工作的人成功或失敗的實例，成功、失敗的原因是什麼，你有什麼看法，如果是你自己，你認為該怎麼做，才能為企業做出作好的付出呢？

寫作範例

　　《路加福音》：「在最小的事上忠心的人，在很多事上也忠心；在最小的事上不義的人，在很多事上也不義。」當自己有幸進入一家企業，無論企業大小，無論職位高低，都要盡好自己的本分，對自己的工作內容盡心、盡力，切勿眼高手低的覺得自己配得更好的位職，不管企業是大是小，不管職位如何，只要知道自己的心在哪裡，自己的心和眼光在哪裡，才可能造就自己的位置與未來。

　　有些人一上班看見同事便人來瘋般的說三道四，要知道，嘴巴是用來問安或請教，不是用來說八卦的，如果有時間說八卦，何不用這時間、

努力去請教比自己有能力的人，解決自己的問題，真的不要怕自己比別人差受到嘲笑，說實話，自己再強大，總會遇見比自己強的人，要將自己當成一個容器，一個沒有裝滿的容器，才能時時裝進別人的建議或經驗，《書經·大禹謨》：「惟德動天，無遠弗屆，滿招損，謙受益，時乃天道。」用謙虛的心去學習去認真工作，如果被人嘲笑看不起，記住，要努力強大自己的能力，要抬起頭努力做好給別人看，記得要爭氣而不是無謂的生氣！

　　無論自己的學歷如何，都要努力充實自己的能力，尤其是與企業本身有關的專業能力，都要時時充實，要知道無論是企業或是自己，都不是要與過去比較，而是要與現在和未來競爭，不要汲汲營營的去爭那不屬於自己的位置，要讓別人看到自己的能力，自己的能力有多少，才能決定自己是不是能坐上那個位置，但能坐多久，除了能力之外，我想還有自己的態度與品格，我是覺得，一定要做到有禮貌、口不出惡言與髒話，品格與能力，一起決定自己能否可以扛下責任。

　　馬羅奇：「如果你不能做康莊大道，就做一條羊腸小徑；如果你不能變成太陽，就做星星。你成功與否，不在你成就的大小，而在你是否已盡力做到最好！」在自己的位置上盡力做好，別抱怨為什麼別人沒看見自己的能力，要知道鑽石原本只是一堆礦苗，但它禁得起錘打，你禁得起嗎？那些登峰造極的人，絕不是一蹴可幾的，而是苦心耕耘的結果！《周易繫辭》：「德薄而位尊，智小而謀大，力小而任重，必遭禍殃。」所以，有多少能力、做多少事、說多少話，當自己的能力夠強時，才是自己往上走一步的時刻。

109年　台灣菸酒從業職員甄試

題目　我認為好主管的條件

在《三國演義》中，徐庶對水鏡先生說起，徐庶曾去投靠劉表，但對劉表的印象是：「久聞劉景升（劉表）善善惡惡，特往謁之。及至相見，徒有虛名。蓋善善而不能用，惡惡而不能去者也。故遺書別之，而來至此。」請由以上的這段故事，以「我認為好主管的條件」為題，結合自身見聞，作文一篇。

破題分析

工作場合一定會遇見主管，你認為一位好主管必須具備怎樣的條件？或許你自己就是一位主管，在同事眼中的你是好是惡，為什麼？

寫作引導

好與壞的界定有時是很主觀的，在寫時盡量站在客觀的立場論述你覺得的好主管是具備怎樣的條件特質，若要舉例，好主管切莫誇大他的好，壞主管也無須過度批評。試想，若有一天你成為主管，希望自己怎樣做？自己要能做到的，才能希望在他人身上看見！

寫作範例

當你進入職場工作時，是抱著怎樣的心態呢？無論你的學經歷如何，是個平凡的普通人也好，是個因背景夠硬方能進入企業也罷，是認真的想做好，還是只打混摸魚騎驢找馬呢？想多數人都會想在工作上一展長才，最好也能藉著工作吸收新的知識，讓自己更為進步。先調整好自己的心態，給自己最好的裝備，學會謙遜有禮，別人怎樣端詳你，取決於你的工作態度與處事為人，希望遇見怎樣的同事、主管，自己也該有怎樣的表現。

經過面試進入工作場合，一定希望遇見一位的好主管，可以帶領我在工作上，不僅有所發揮更能成長，希望他是一位可以溝通、擁有同理心的人，並關心所有員工願意給大家一個互相包容的和樂環境，我認為的好主管自己也要是個肯學習並接受批評的老師，一個循循善誘告訴我正確方法的好老師，而且不僅擅於和大家溝通也樂意分享他的經驗，不會頤指氣使的讓下屬只做隻應聲蟲、不敢有自己意見聲音的哈巴狗，給大家個明確的方向並讓我們可以發表意見，只要是為了公司好，大家可以腦力激盪出最佳的策略，也讓我們清楚知道自己的任務定位是什麼。

總會遇見自以為是不聽下屬說、不與下屬溝通的不良主管，更甚而遇見與員工爭功的主管，最怕那明明自己做錯了還不承認，並把責任推給下屬的主管，當我有疑問問他，他卻顧左右而言他，如果不幸遇見這種主管，真的不要和他當面起衝突，如《彼得前書》中：「凡事要存敬畏的心

順服主人；不但順服那善良溫和的，就是那乖僻的也要順服。」所以我們不但要順服那些好的主管或掌權者，就是那乖僻的也要順服。這順服不是諂媚、不是曲意奉承，而是與人為善，仍盡心盡力做好自己的工作，最好是能以自己的誠心與努力，讓這位壞主管發現他自己的缺點而加以改進。

　　無論公司規模或大或小，若想永續經營，任何經營者都該慎選主管的人選，當上主管後不可沾沾自喜的忘了繼續累積能量，希望每位主管都能放下身段的傾聽，接受建議，並且要能持續的學習才有更多更好的資訊教導下屬，好的主管不該怕下屬的能力超過他，彼此有競爭，一起學習，也才能一起進步，一個有同理心體恤下屬的主管，必能打造一個喜樂溫暖的工作環境，讓大家願意為工作竭誠付出。

109年　專技普考地政士

題目　向上

人人皆有向上追求的動力，向上的方式則各自不同。有人選擇跟眾人一起爬樓梯，雖然不確知最終能登上那一層，但目標明確、方向固定。只要按部就班，持續努力，就能一層一層往上升；而爬得越高越快，就能獲得越多的掌聲。有人選擇自己一個人爬樹，在喜歡的枝幹上攀爬。如果發現這裡看不到他想要的風景，就往別處爬去。雖然不確知樹幹是否安全，但視野的豐富變化，讓他充分享受攀爬的自在。爬樓梯與爬樹，都可能有需要承擔的挑戰或風險。人生之路，你會如何攀爬向上？請以「向上」為題，闡述你願意承擔和不想面對的分別是什麼？

破題分析

題目主旨為人生的動力，提示文給予兩種途徑：眾人一起、獨自一人，又分別以爬樓梯、爬樹形容與眾人、自己努力之不同。因此，「人生的動力」雖然是句平凡之語，似乎可以信手寫來，但需要注意提示文所解釋的這兩種形容。文章可依這兩點進行說明，分別論述在人生路上與眾一起爬樓梯或自己爬樹有什麼不同，再以此論述自己選擇哪一種方式，其間需提到題目所問「願意承擔和不想面對的分別是什麼」。如果自己有其他想法，認為自己向

上的途徑在「眾人」與「自己」兩種之外，則可另從自己的想法而寫，此方式由於與提示文不同，可採「開門見山」起頭法，直接點出自己獨特的看法，顯示與提示相異之新穎，此方式更需具有說服力，避免淪於強詞奪理或浮沙建塔，那麼，就不如依提示文所給的譬喻而寫為上策。

寫作引導

開頭先說明人生具有追求向上的必要，第二段以提示文的爬樓梯與爬樹，闡述兩種方式的性質與不同，爬樓梯與爬樹是個看似簡單的論題，此段可以多加形容兩者之間的異同，以及自己對兩種方式的看法。第三段提出自己的選擇，並且要說明理由，不能因為題目問的是自己的選擇，而只有給出答案，應該也要對自己的選擇解釋出來，否則對於此題是一種沒有寫完的情況。

寫作範例

　　人生是一條長路，走在路上的我們就是隨著歲月的腳步不斷前進。前進的步伐必須要有向上的動力，否則宛如老牛拉破車，步伐蹣跚，永遠不知道前面的風景如何，走過的是一個衰弱無趣的人生。因此，人生長路上必須有追求向上的精神。

　　每個人追求向上的方式不同，舉例言之，有人選擇與眾人一起爬樓梯，雖然無法確知終站到底在哪一層，但是目標明確、有安全感，而且通常路上已有指標，只管往上爬就可以到達目的地。然而，有人選擇自己一個人爬樹，挑選喜歡的枝幹攀爬，如果發現這棵樹上看不到他想要的風景，就再挑選另一棵樹繼續爬；同樣也不確知樹幹是否安全，但視野豐富變化，在向上的路途上擁有充分自由。這兩種向上的意義相同，都是為了追求更好的人生，但是追求的心態與向上的過程卻是有差異的。與眾人一起爬樓梯，路上比較安全，因為樓梯早已砌好，大樓是鋼筋水泥，環境是穩固的，只要按部就班，持續努力，就能一層一層往上，且爬得越高越快，就能獲得越多掌聲。自己一個人爬樹呢？一來沒有身旁眾人較勁的壓力，不必費心在意自己是落後或超前，二來周圍的風景必然比樓梯的冷硬好很多。人生向上的動力要選擇哪一種方式，在於個人的選擇，且與個性有極大關聯，什麼個性形成什麼想法，就會主導人生路上追求向上的方

式，爬樓梯或爬樹依個性而異，我們不能說與眾人一起是乏味，自己爬樹則是勇敢；等而下之，連選擇都不想，只是隨俗浮沉，向不向上均無所謂，這種人可能不足與論，徒令人感嘆罷了！

爬樓梯與爬樹都需要承擔挑戰或風險。我追求向上的路途願意承擔人生的風浪，所以我要一個人爬樹；然而，我也明白自己有害怕與懦弱的時候，不想面對即使努力卻沒有成績的狀況，但是沒有人能給我爬樹是否必能成功的答案或保證。因此，在爬樹的過程，我會同時花費一些時間瞭解人生某些真實，在自由爬樹的人生路上，如果遇到阻礙或災難，內心能有力量支持自己不忘初衷。我們不能祈求人生永遠不要有難測的風雲或旦夕的禍福，只要自己有勇氣承擔，我想，追求人生向上的動力就不會是選擇爬樓梯或爬樹，而是充養自己內心無懼的能量的問題了。

題目　旅行與我

孔子說：「知者樂水，仁者樂山。」古人有云：「讀萬卷書，行萬里路。」小說家亨利‧米勒也說：「旅人的目的地並不是一個地點，而是看待事物的新方式。」可見在我們的人生中，旅行是很重要的經驗，而旅行的經驗也經常帶給我們許多意想不到的收穫。

請以「**旅行與我**」為題，敘寫你在具體的旅行經驗中所見、所感與收穫，並以此說明旅行的意義。

破題分析

題目為「旅行與我」而非「我與旅行」，因此，需著重於「旅行」而「我」居於陪襯地位，這是此題應該注意的地方。從提示文中可知，此文應描寫的內容包含個人旅行的經驗，以及從旅行中所感受到的體會、旅行的意義。個人的旅行經驗相對容易寫，可選擇自己一次難忘的旅行加以敘述，至於旅行的意義可能因人而異，每個人對於旅行的想法不同；雖然提示文說旅行別有價值，但如果個人認為旅行只是純粹離開既定的環境而暫時放鬆亦未嘗不可寫。文章講求抒發真實的情感與思維，看懂題目，將提示文所指出的都能融合於文章，即是好文章。

寫作引導

首段說明人生與知識的關係，引用名言做為開端；第二段論述旅行的價值並說出自己的旅行經驗，敘述其過程而引出感想；旅行的意義因人而異，可以條列自己認為有些什麼意義亦可以著重某一點發揮，最後重申旅行的意義與價值。

寫作範例

　　莊子說：「吾生也有涯，而知也無涯。」「知」的性質包含有形、現諸於文字、書本上的古今知識學問，無形的「知」尚含有人生閱歷、生活經驗等等。每個人接觸有形的文字知識，通常至求學階段為止，畢業之後踏入職場，書本上的知識，除非工作需要，似乎不會主動去獲取；反而生活中的無形知識總是不經意地讓人接觸得愈多，甚至超過書本的知識。這些非書本上的知識也是人生中重要的學習內容，除了生活中「不經一事，不長一智」外，透過旅行能讓人增廣見聞、豐富心靈，為有限的人生增加無限的新奇，彌補書本中無法盡知的知識。現今鑑於資訊、交通、經濟水準的提升，旅行成為各國人士流行的一種生活方式；到全世界各地旅行是許多人工作之餘的人生目標，一般的觀念，旅行需要有錢有閒的人才能達成，如今基於觀光市場之熱絡廣闊，自助旅行、自由行等盛行不衰，「說走就走」成了各種促銷產品的廣告口號。有一年暑假，我與姐姐去日本旅遊，主要行程在大阪、京都；京都是日本著名古都，充滿濃厚的懷舊氣氛，在當時，總是不免俗地只曉得購買許多紀念品，走馬看花瞥過京都。回家之後，時常懷想那個古老的城市，我和姐姐不約而同有一樣的感受，於是，我們約定每年都要去一趟京都。後來，每年暑假我們都有京都一遊，主要是探訪各個神社，我並沒有特定的信仰主題，只是喜歡京都市內窄窄的街道、神社的幽靜；京都的神社給予我不同於臺灣寺廟的感覺，也許是巧合，我到過的臺灣寺廟，每每信徒如潮、煙霧裊裊，寺廟本身的建築富麗堂皇、滿眼金玉；當然，每個不同民族的信仰風尚不同，我比較喜歡京都的寧靜與幽雅。每年的京都之旅，我不再注目於琳瑯滿目的紀念品、瘋狂的購物行程，只是找一二間神社，在他們的院中坐一個上午，也毋需索取景點簡介、瞭解歷史來源等等，那不是我來此的目的，寺廟的發展無非基於人們對平安的渴望，然而，人生必有風雨，一生平安未必能

求，但是不論在什麼時刻，能保有平靜的智慧面對生命的浪濤，恐怕才是拜遍千寺、求遍萬佛所最終獲得的啟發。

如果我們不只是為了遊玩而旅行，旅行能讓人從中得到遊玩之外的更多體會，也能讓行李中帶回來的紀念品遠遠豐富於我們出發時的行囊。旅行讓人親眼目睹原本只是書籍上的圖文介紹，透過實景實地，領略從「想像」旅行到「身在此地」的真實。如果用心體會，旅行的意義並不在「到此一遊」，而是體驗新環境、新事物之餘，瞭解踏出家門的目的。時代進步，現代生活中，很少人沒有旅行的經驗，重要的是，不要讓旅行僅是一次遊玩而已，沉浸滿足於旅行的娛樂功能，而是用心眼觀看我們所前往之地，體會異地風光與人文，讓旅行是一種尋覓新能量的行動。

在旅行結束時，帶著一顆新的心，面對原本會因習慣而愈來愈乏味的生活，期待下一次旅行，生活會永遠充滿盼望與活力。

109年 彰化銀行第2次（新進人員）

題目　無欲則剛

清朝兩廣總督林則徐（1785～1850），在查禁鴉片時期，曾親筆手書一幅自勉堂聯：「海納百川，有容乃大；壁立千仞，無欲則剛。」上聯告誡自己廣泛聽取各種不同意見，下聯砥礪自己杜絕私慾，做個剛直不阿的好官。

其中，「無欲則剛」，對於法務從業人員，尤為重要。「欲」，泛指「欲望」，舉凡食欲、物欲、名欲、利欲、色欲、權欲等皆是；「剛」泛指「公道原則」，是順其天道自然的一種正義，也是順其自然的一種堅持。

「無欲則剛」，揭示了一個處事原則：人一旦去除私慾，就能無所畏懼；無所畏懼，就能一身正氣，剛直不阿。

請以「無欲則剛」為題，寫一篇250～350字（含標點符號）的短文。

破題分析

無欲則剛、有容乃大是耳熟能詳的話，但，什麼是無欲則剛？真的能無欲嗎？

✍ 寫作引導

在功利社會，身邊太多爭名奪利的人，你是否有許多感慨呢？寫下你的看法，試卷上有限定字數，一定有控制好自己的筆，不要洋洋灑灑寫了近千字，這可不會幫你加分的。

✍ 寫作範例

　　顧炎武《歲暮》：「自覺分寸長，用之終已短。」當你眼中只看見自己的長處沒看見自己的不足，當你處處想爭權奪利時，往往不自覺的曝露出自己的不足，只要知道自己的能力有多少，只要自己能不貪不求，能懂得知足與感恩，必能使自己在任何地方都站得穩。

　　東漢羊續為官清廉，屬下想討好他於是送他魚，羊續將魚掛在門口風乾了，之後又有人送魚給他，羊續便將風乾的魚拿出給對方看，表明自己不受賄的心志，于謙曾寫「喜剩門前無賀客，絕勝廚傳有懸魚。清風一枕南窗臥，閒閱床頭幾卷書。」讚揚羊續的清廉。「無欲則剛」，不貪不奢求，才是本分，當你拋開私慾時，方能真心做好一件事、一份工作。好施捨的，必得豐裕；滋潤人的，必得滋潤。

109年 財團法人台灣票據交換所新進人員甄試

題目 從容

人需要從容，在平順安逸時如此，在遭遇困境或橫逆時更是如此，而無庸置疑的是，心浮氣躁之人往往不能把事情處理得更圓滿、更美好，因此從容之重要性乃顯而易見。請以「從容」為題，寫一篇約250～400字的短文，並從生活或工作上的實例，談談您的親身經驗。

✍ 破題分析

可以自身或朋友的例子書寫，從容是許多人忽略的事，要怎樣落實於生活中呢？要注意的是有字數的限制，千萬不要寫得太高興，洋洋灑灑寫了數千字喔！

寫作引導

一個算貼近生活的題目，可以不用太多的嚴肅例證，用最生活卻不是流水帳的方式寫出自己的經驗，不可過於美化或苛責，因有字數限制，切記不要洋洋灑灑的寫了千字喔！

寫作範例

　　當你低著頭走路時，你將看不見天上的彩虹和散步的雲；當你生活過度緊張匆忙時，你將看不見身邊跟你微笑的臉。想想，自己是不是好久沒抬頭看看天空、看看雲，是不是錯過了正在盛開的花朵？是什麼將自己綑綁著如此的緊？是不是總在跟自己、跟身邊的人競爭，忘了不是每個人每次都能第一，忘了不是第一也很好，已故屏風表演班創辦人戲劇大師李國修曾說：「人，一輩子只要能做好一件事，就功德圓滿了。」

　　我曾是個在某些事上要求完美的人，從沒注意到我的要求會讓別人有壓力自己也不見得快樂，幾年前意外倒下必須重新調整步伐後，才發現自己真的好久沒好好大口呼吸，沒好好靜下心看看這世界，是啊！上帝為我關了扇門卻開了扇窗，讓我看見了蔚藍的天空，讓我學著放鬆。

　　如果當你找不到東西時，別找了、別抱怨了，靜下心，不久就看見了，人在慌忙中，總是混亂的，學會放鬆、學會放慢腳步，你將會看見久違的美景！記得放慢你匆匆的步伐，抬頭看看散步的雲，你會嘴角上揚的！

109年 中華郵政身障人士甄試（專業職(二)內勤）

題目 樂在其中

人一生中最幸運是能從事自己所享受之事，但往往不如意十之八九，亦非事事順利，因之每個人都能從生命中體悟出獨特的滋味。如孔子曾言：「發憤忘食，樂以忘憂，不知老之將至…」以其對興趣的積極追求來消弭生活的諸種憂患；又如宋朝陳造：「吾輩可謂忙里偷閒；苦中作樂。」從

繁忙的公務與沉重的生活之縫隙，創造出珍貴的樂趣。凡有志者多能不滯於隨時可能出現的憂苦與繁忙，想方設法以「樂在其中」而展現出其超凡之生命的價值。請以「**樂在其中**」寫一篇短文，文長不得少於250字，亦勿超過350字。

破題分析

詳讀引文給的提示，但切記不要被引文框住了。

寫作引導

想想自己或他人，那看似很苦、很無趣的事，別人卻能做得那樣的歡喜，為什麼呢？真的單純是喜歡這份工作嗎？

寫作範例

「待他自熟莫催他，火候足時他自美。黃州好豬肉，價賤如泥土；貴人不肯吃，貧人不解煮。」當蘇軾因烏台詩案好不容易躲過一死，被貶黃州的他，被「迫」不准簽署公文，被貶又被剝了權的蘇軾，換作他人，可能早灰心喪志自怨自艾，而他卻樂的開心，文思泉湧的他寫下了《赤壁賦》《後赤壁賦》和《念奴嬌・赤壁懷古》等名作，更因自己愛吃，寫下這首〈豬肉賦〉並研發烹飪方法，黃州團練副使，一個微不足道的工作，蘇軾卻能將它做得快意盎然。我一位好友是跑課老師，總被笑跑到金山、苑裡去上課不累嗎？她總說教書是我喜歡的工作，沿途我可以看海，多美的事啊！想想這樣的心情，就算去墾丁，她也會覺得真好。

不是所有工作能盡如己意，但，總要在不如意中找出快樂的點，才能微笑的面對工作，想想自己能工作能思考，是多幸福又感恩的事！

110年　台電新進雇員甄試

題目 如何做好時間管理（文言白話不拘，但段落要分明。）

破題分析

一個算是貼近生活的題目，時間管理是你我必修的課題，你有怎樣的管理時間、善用時間的方法呢？

寫作引導

相信每個人都希望自己能將一天僅有的二十四小時好好利用，以免浪費光陰後老大徒傷悲，可以引用你熟知的古人為例，也能用自己或身旁親友的例子為例。

寫作範例

　　每年年末，當你回顧走完的三百六十多天時，是感慨自己好多事沒做，白白浪費了一年，還是開心自己完成了多少事。你有替自己擬訂來年讀書計畫或工作目標的習慣嗎？我們不常有新年，但永不間斷的都會有新的一天，當你每天都過得充實美好，是不是也代表了你一整年都會過得充實美好呢？是否總覺得時間不夠用，好希望自己一天有四十八小時才能做許多事，只可惜，上帝是很公平的，不管你是誰，你再有錢有勢，我們一天都只有二十四小時。永恆的真諦總是由零碎的片斷連綴起來的，千萬別以為自己還很年輕，還有一大把的青春可以揮霍，要知道當你一鬆手，日子變從指尖溜走，再也追不回了。

　　歐陽脩《歸田錄》卷二：「余平生所作文章，多在三上，乃馬上、枕上、廁上也。蓋惟此尤可以屬思爾。」雖然歐陽脩是指他讀書和寫作的時間，但細看細想不難發現，歐陽脩是個多會利用零碎和臨睡時間的人，你跟我是不是也該效法古人利用這三上呢？丟掉手機，你滑手機的時間累積起來，不知道可以做多少事，不要再說「明天再說、明天再做啦！」現在就做，每個現在轉眼都成了過去，所以請珍惜現在，每個今天都是一年中新的一頁，都該用心好好寫。「昨天止於昨夜。」每個今天都是最棒的日子。

　　你希望自己成為怎樣的人？希望自己這一生有多大的成就，無論你是想擁有多少財富、多少名聲，還是只想當個充實卻快樂的平凡人都好，我們只要專心的一項重要的目標，每天都竭盡努力的去做，都會有所成就的，《聖經‧腓立比書三章》：「我只有一件事，就是忘記背後，努力面前的，向著標竿直跑。」不要隨意停下你的腳步，努力的走，持續的走，你總會走到目的地的，登峰造極的人絕對不是一蹴而幾的，而是苦心耕耘的結果！

　　當你還在賴床時，想想有多少人已經努力的做事；當你還在低頭追劇玩遊戲時，想想多少人正在努力工作、用功讀書。每個人都只有一天二十四小時，想想自己有多少零碎的時間，相信當自己善用零碎時間，替自己規劃好一個目標時，將會看見一個嶄新的自己。記住，每個今天都是最好的日子，每個現在，都要緊緊把握！

110年 中華郵政甄試（營運職）

題目 走出自己的格調

我很喜歡拿樂譜和城市的地圖相比：我要從這個點到達那個點，但是路線可以任意挑選。兩個點之間永遠存在許多不同的路徑。可以用自己的方式走出自己的格調，這正是趣味之所在。——皮耶‧布列茲
兩點之間，因為不同的選擇，可以發展出許多的路徑，看見不同的風景。然而，想要如布列茲一般，領略這其中的趣味，除了要有願意冒險的勇氣，還要有不畏迷路的自信。請以「**走出自己的格調**」為題，作文一篇，闡述個人的體會。

破題分析

「可以用自己的方式走出自己的格調，這正是趣味之所在。」可從這句話去思考，你覺得要怎樣方能走出自己的格調。

寫作引導

可寫自己的例子也可寫身邊的例子，是在怎樣的情況下決定走出自己的格調，是成功還是失敗了呢？

寫作範例

沒有長得一模一樣的花，就算是同卵雙胞胎，也不是百分之百的一樣。正因為每個人都屬於自己的樣子、脾氣，這個世界才會多采多姿，才會充滿驚奇。你是否曾經羨慕某某某怎麼這麼帥、這麼漂亮，自己卻平凡的可以；是不是曾羨慕別人才華洋溢，自己卻什麼都不會呢？也許，有人覺得你好可愛、好善良，你卻不以為意，你在乎的又是什麼呢？

金鐘影后鍾欣凌給人的印象始終是胖胖的，曾因自己太有肉演出似乎都被局限於搞笑，她自己也承認自己經常在「找回自我」與「討好眾人」之間往返躑躅。有次她去看人類圖老師，老師跟她說：「若你是洗衣機，就不要當烘衣機。讓別人笑，不是你的責任。」這句話給她很大的啟示，她努力證明就算是諧星也是一個會演戲的諧星，就算是胖子，也能是很漂亮的胖子。是啊！多少人總在乎自己是不是多了幾公斤的肉，是不是該減肥了，努力計算卡路里拚命的將自己瘦成紙片人，相較於鍾欣凌是用演技走出自己的路，而且一路不忘感恩，讓所有的人看見的是她的真誠與演技，而不是胖胖的身材。

當年自己要上台前，也曾被譏長得這麼難看、聲音這麼小，誰要聽我上課，一開始真的被打疼，一位前輩告訴我，「妳不是美女，但一定要當麻辣老師，懂嗎？」想想教過我的老師們，也不全是俊男美女啊！曾有學生回來看我叫我美女老師，她的學弟笑說「長這樣也能叫美女？」學姐告訴他上過課就知道什麼是美女了。美真的不是靠外表，外表的美會隨時間老去，真正的美是從內心散發出來的，我不是美女、不是辣妹，要靠自己的力量裝扮自己，走一條屬於我的路，無論在哪，都要讓相處的人覺得舒服，根本不在乎我是美女或是醜小鴨。

出生在富裕或平常的家庭不是我們能選擇，長得美醜也是注定，但要活出怎樣的人生卻不是命中注定的，要走怎樣的路，但憑自己的抉擇，或許有點挑戰有點艱辛，或許一路順暢，全看自己的心怎樣決定與面對，

《路加福音》：「你們的財寶在哪裡，你們的心也在哪裡。」我們無法決定自己生下來的美醜，卻能決定自己人生路的美醜，讓自己活得漂亮美麗比生得如花似玉好的多，試著走走不一樣的路，吃吃不敢吃的食物，也許真在轉角遇見驚喜，每一個人都有一個寶藏正在等待你，只看你有沒有勇氣或想找尋的動力。如《牧羊少年奇幻之旅》所說，當你真心渴望一件東西時，整個宇宙都會來幫你的忙。

110年　中華郵政甄試（專業職(一)）

題目　換位思考

「換位思考」，指站在對方立場，設身處地的一種思考方式。人跟人相處，有時需要從他人的角度和立場來看待問題，這樣就更能體會對方的需求，也不會有過多的責怪。因此如何換位思考，讓這個社會更有同理心，少一點苛責，已成為你我共同思考的問題。請以「換位思考」為題，寫一篇短文，分享你的經驗（或見聞）、體會。文長在300字左右。

破題分析

這個社會總有許多不必要的爭論，找出你想寫的那個點，但要注意的是有字數的限制。

寫作引導

既然是「換位思考」，記住在寫時，無論是寫經驗、見聞體會，都要站在中間立場，不要有指責謾罵，這樣就寫偏了。

寫作範例

　　「己所不欲，勿施於人。」自己都不喜歡、不願意去做的，憑什麼要求別人要做得完美呢？「博愛座」的爭議常上新聞版面，當你看見一個你覺得好手好腳卻坐博愛座，而旁邊有個看起來需要坐的人，你會當起正義魔人要他讓位嗎？曾經上了有點擁擠的火車，一位年輕人過來拍我說要讓

我坐，我笑說「謝謝你，你坐就好，我沒那麼老啦！」他說「我只覺得妳看起來好累！」當下心好暖，如果每個人都能有這份心，想到別人累了可能要坐著休息，「博愛座」的爭議，應該就不會那麼多了。

　　換位思考其實也能說是將心比心，問題不能只看見表面，靜下心想想，如果自己是當事人，自己會怎麼做，會做得更好些嗎？有時，真相往往是在表象的後面！《聖馬太福音》：「為什麼看見你弟兄眼中有刺，卻不想自己眼中有梁木呢」？

110年 中華郵政甄試（專業職(二)內勤）

題目 憶

在不同的人生階段中，總有一些與自己息息相關的人事物出現，它或者讓您感到愉悅快樂，但也可能帶來傷悲痛苦。回頭省視，這種種不同的情感作用，不斷地在我們生命裡輪番上演，我們無法拒絕，因為它是成長過程裡所必須的養分。請以「憶」為題，寫作短文一篇，寫出生命中感受最深刻的事，以及您的應對方式。文長在300字左右。

破題分析

每分每秒都可能有讓我們回憶的點滴，找出最令你難忘的事，點出它為什麼令你難忘。

寫作引導

有些回憶雲淡風輕，有些卻刻骨銘心，真心的寫出那段「憶」，要注意有字數限制。

寫作範例

　　青春正燦爛的日子，無情的病魔正巧找上我，當醫生告訴我，我的病不僅無藥可醫外，而且外表還可能越來越不一樣時，一開始還不覺得怎樣，當身體的不舒服越來越明顯，身邊不友善的眼光日漸加劇時，我的痛

才逐漸擴大，同學對我的霸凌更難言喻，我，多不想活在這世上！直到那年我必須動腦部大手術，在面臨生死攸關時，我才有了不同的體悟。

　　歷經大手術後，才發現活著是件多感恩的事，謝謝當年那群視我如病毒的同學們，因為你們對我的傷害，我才體會那些不一樣的人多需要我們友善的眼光，多需要我們適時的扶他們一把，知道一個惡意的眼光、一句惡毒的話，真的足以摧毀一個人，「誰苦受得最深，最有可以給人。」謝謝那些曾經傷害我的人以及每雙扶過我的溫暖雙手。

110年　專技普考地政士

題目　適當的行動

美國西雅圖市中心的一家銀行遭搶，一個戴太陽眼鏡、鴨舌帽的歹徒把一個背包推到櫃台前面，命令行員把錢裝進去。年輕的櫃台行員恰好是位運動好手，他不僅跳出櫃台，還成功把搶匪壓倒在地，直到警察到來。這位行員卻在兩天後被銀行開除，因為他違反了銀行的規定：銀行要求行員碰到搶劫時，必須順應搶匪要求，並儘快使搶匪離開銀行。依照規定，銀行的錢都有聯邦保險；但如果跟搶匪格鬥，將會造成人員傷亡。西雅圖的警察也只要求市民做個「好的目擊者」。生活裡常會碰到意外的事情，這時候該如何行動，我們往往會陷入思考；但有時受到個人感受與行為習慣影響，不易採取適當的行動。因此，目擊突發事件如何採取適當的行動，需有更深入及理性的思考。請以「**適當的行動**」為題，首先針對上述事例，對於銀行要求行員的規定，表示你的看法；而你又從這件事情得到什麼啟示？再舉另一事件為例，敘述自己目擊突發事件時的感受，並說明最後決定所採取行動的理由。最終闡述你對什麼是「適當的行動」的想法。

破題分析

給了引文，除了要從文章中寫出行員的行為是否恰當外，也要寫個自己的例子，引文是個很簡單的社會事件，小心別把自己困住了。

寫作引導

在分析引文中的社會事件時，別用太多情緒化的字眼去責怪，也不要非理性的衵護，記住要理性客觀的寫出你的觀感。

寫作範例

有時，我們希望證明自己有能力、有辦法，也或許是為了爭功，在第一時間強出頭，忘了三思而後動，忘了讓自己冷靜一下。總有許多意外，便是因衝動而造成不可挽回的悲劇。文中這位行員仗著自己年輕力壯又是運動好手，在第一時間壓制搶匪，忘了可能造成的危險，忘了如果搶匪也是運動好手，更忘了如果搶匪除了槍，或許還有其他的爆裂物，是不是對其他人員造成更嚴重的傷害呢？雖然自己是運動好手，卻沒想到萬一自己有所閃失受傷了，是不是讓搶匪可能以他為人質外，更讓家人提心吊膽呢？

騎車回家，正逢下班時間，路上車好多，驚見前方有位走路搖搖晃晃的奶奶要橫越馬路，沒一輛車停下來讓她，我趕緊停車衝去，穿過車陣一手挽著她一手擋車，奶奶又驚又喜，我說：「沒事的，我帶妳過馬路！」問她要去哪？索性帶她去，那兒人車這麼多，如果被撞到怎麼辦？這是我當下衝去帶她過馬路的念頭，有天我們都會老，我們的家裡也有老人，遇見老人家自己巍巍顫顫的過馬路，為什麼沒人願意停下來讓讓他呢？

適當的行動就是在對的時間做對的事，沒有衝動、沒有個人英雄主義作祟，除非是事情發生過於緊急，你無法「等」，但，就算在危急時，也該深呼吸靜下心，以免衝動做出錯誤又遺憾終生的決定。在日常生活中，許多人都在等待最好的時機好一展身手，可是所謂的好時機，應該是自己已經有了充分的準備，當機會來時，你可以做出最適當的行動接住它或轟出全壘打，做出最漂亮適當的行動。當你做好了準備，記得要跨出你的腳步，不要等機會來敲門，當有了萬全的準備，跨出堅定的步伐，做出最好的行動。《雅各書》：「身體沒有靈是死的，信心沒有行為也是死的。」

題目 食物的記憶

英國的甜甜圈，一點都不辜負它的中文譯名，甜之又甜。

留學英國時，第一次在實驗室開會，桌上擺了一盒甜甜圈，油炸的麵包上滿覆巧克力，裡面還有甜滋滋的奶油，嗜甜的同學莫不大快朵頤。唯獨我，牙齒一咬就受不了，胃也吃不消，結果連晚餐都省下了。其後，每逢實驗室開會，甜甜圈的出席率經常是最高。

有趣的是，結束實驗室生活以後，我經常去買那種甜到膩人的甜甜圈——當然不是為了省一頓晚餐。那些年的實驗室會議，是我科學研究知識成長的重要場域，每當吃到甜甜圈，腦海總浮現往日充實而美好的時光。

現代人注重養生，過甜的食物總是忌口，上文的作者對於甜甜圈情有獨鍾，因為它勾連著一段人生的美好記憶。在你的生命裡，一定有不少食物的記憶與成長的喜怒哀樂相關，請以「**食物的記憶**」為題，書寫一篇首尾完整的文章。

破題分析

每天我們都在吃，可是總有個味道是你念念不忘，那是什麼？為什麼對它特別想念？寫出那份眷戀感為何。

寫作引導

一定很多食物是你愛吃的，但題目的意思不是問你愛吃什麼、想吃什麼，不用介紹各地的好吃美味有什麼，而是寫出可能經過好多歲月後，你仍想念它的味道，不見得要寫出食物的真實味道，而是寫出你記憶中屬於它的溫度。

寫作範例

每當農曆年前，總愛走訪傳統市場，不為採買，而是找尋記憶中的味道。「湖南臘肉」、「正宗湖南臘肉」，是啊！臘肉，我就是要找你。外表色澤不會差太多的，我便會駐足，聞聞它的味道，並問問老闆是怎麼燻的啊？用什麼燻呢？老闆當然以為我只是好奇隨口問，便會告訴我怎麼燻所以一定好吃，而我，總在心理皺眉犯嘀咕。有回去了個店面，我問老闆我可以看看燻臘肉的地方嗎？老闆帶我去瞧，這回犯的嘀咕更大了，這樣燻出來的臘肉，哪會好吃呢？

　　小時候住在村裡，靠爹一份微薄薪水養一家子，生活過得有些拮据，大概在小一、小二時吧，爹忽然扛了好多紅磚在後面砌了一個竈，接著又搬了好幾個大大的陶缸回來，心想爹要我們效法司馬光嗎？過了沒多久，他買了好多豬肉啊！肉在缸裡，爹施魔法般在裡頭加了我們家的獨門配方，就是我們每餐飯後水果所剩下的橘子皮，橘子皮要和爹背回來的甘蔗皮一起曬在前院，這些香香的皮要拿來做什麼呢？家裡的狗狗和我一樣納悶吧！肉醃了幾天後進竈了，橘皮、蔗皮和米糠原來是火種，但還是不知爹要做什麼，只知爹夜裡都要起來添火；只知沒幾天，巷裡全是臘肉香。爹攤開紅紙、研好墨，寫了好幾張「湖南臘肉上市」，然後牽著我的小手去村裡公布欄張貼，臘肉好快便賣完了，爹也用蒜苗炒給我們吃，喔！原來這是我們湖南特有的菜，原來，這是爺爺奶奶獨門秘方。邊吃邊想，爹一定也是邊做邊吃，邊遙念海峽那端的爸媽啊！

　　這樣賣了幾年，確實讓我們那幾年的過年好過許多，可是有天清晨我還在睡夢中，卻被一陣兵荒馬亂的聲音吵醒，爹中風了！原來寒冬夜裡爹起來添火時冷著了，爹被送進醫院，當年的湖南臘肉沒有如期上市，從此，我們家的獨門湖南臘肉不再飄香……尋找臘肉不是為了吃它，明知道記憶中屬於爹的味道是不會再吃到的，只是單純的想找尋記憶中的美味，爹大大的手牽著我去貼紅紙的記憶，那味道，叫做幸福！

111年 台電新進雇員甄試

題目 天生我才必有用

破題分析

「天生我才必有用，千金散盡還復來。」李白的經典名句，在你心中會怎麼詮釋它、演繹它呢？

寫作引導

先設定好自己要寫的方向，是要寫自己還是他人的例子呢？這是一個很生活化又常見的題目，記得寫時不要寫成「我的志願」。

寫作範例

　　《風之影》：「好好保存你的夢想，你永遠不知何時用得上。」小時候，每當寫「我的志願」時，你的「志願」，沒有被嘲笑過？覺得你簡直是在作夢，長大後跟朋友說起你的夢想，是被鼓勵還是被笑說「別作夢了啦！就憑你？」是啊！就憑你，你真的一無是處、真的那麼差嗎？被說在做夢，你，退縮了嗎？開始嫌棄自己這、嫌棄自己那，真的覺得自己實在糟透了？還是鼓起勇氣，努力追夢去，無論怎樣要相信自己一定能做到，放膽去飛。

　　西漢時的韓信，曾經窮的沒東西可以吃，被漂母贈飯餵飽，什麼都沒的他，膽敢誇下海口若有天發達了，一定報答贈飯之恩，韓信還曾被街頭混混笑是膽小鬼，他受了「胯下之辱」。所幸有一身將才的他自己沒放棄自己，知道找尋機會，能遇見蕭何受到賞識後輾轉遇見了劉邦，才可以一起開創西漢天下。若韓信當初因自己的窮困潦倒而自怨自艾，就算有滿腔熱血和一身將才，又能如何呢？

　　經營之神王永慶先生既不是含著金湯匙出生，也不是曾經出國留學擁有高學歷，出生貧苦茶農的他，在那貧窮吃不飽、穿不暖的年月，並沒有被命運打倒，沒有放棄過自己，年輕時的王永慶曾養過鵝，窮到連養的鵝也只能吃草的王永慶，卻在瘦鵝身上得到啟示「人在困頓或失意時，若能像瘦鵝一樣忍耐飢餓、鍛鍊毅力，當真正的時機到來，必能迅速地強壯起來，而一鳴驚人。」現實生活中，多少人忍受不了失意困頓，總怪這怪那，卻沒好好檢討自己，甚至有人便開始放棄自己不思振作，覺得自己懷才不遇、覺得自己就是沒人優秀，就是注定失敗。王永慶因出生貧寒，他在很年輕的時後便深深體會到「先天環境的好壞不足喜，亦不足憂，成功的關鍵完全在於一己的努力。」而我們現在生活的環境早已脫離貧窮，是不是該更振作加油呢？

　　如果只是傾盆大雨中的一顆小水滴，我要做最美的那顆小水滴；如果我是滿天星斗中最微弱的那顆小星星，我也會努力發光到黎明到來前。「人生有夢，築夢踏實。」不要只會在行事曆上寫今年想完成的夢想是什麼，不要只會想我要做什麼？我想做什麼？卻從來沒踏出腳步，不要擔心如果失敗了怎麼辦？不要想自己這麼笨、這麼醜，學歷又沒有很漂亮，一

味的退縮怎麼會做得好呢？每個生命都是獨創的、貴重的，風知道它要吹的方向，人也要知道自己要走的方向，《申命記》「你的日子如何，你的力量也必如何。」永遠不要輕易向命運低頭，許多人一失意便求助命理師，花大錢改名改運，要相信命運是掌握在自己手中，一定要努力往前，向著標竿奮力衝刺！

111年 台灣菸酒（從業職員(類別全)）

題目

有一對夫妻準備出門，老公想穿黑色鞋子，老婆卻希望他穿棕色鞋子，互不相讓。眼見快遲到了，老公只好退一步——右腳穿黑鞋，左腳穿棕鞋。

我們常聽人說「退一步，海闊天空」，但國際談判專家卻以上面這個小故事提醒我們：千萬別各退一步（Never Split the Difference），因為看似折衷的協議，往往糟糕至極。

在與他人斡旋或讓自己內心平衡時，真的不能「退一步」嗎？「退一步」到底是睿智還是不智？或者，「退一步」應該看事情、看時機而定？請結合你的經驗或見聞，寫一篇300～400字的文章，說明你的看法。

破題分析

引文中給了正反兩種說法，可依引文中的敘述說出自己對「退一步」的想法。

寫作引導

無論是贊成或反對都是自己的主張，沒有對錯，所以記住不可有情緒性的字眼出現在反對那方的文字中。有規定字數，千萬別洋洋灑灑的寫太多。

✎ 寫作範例

　　我們都聽過黑羊與白羊的故事，兩隻羊在橋上遇見了，誰都想先過，你不讓我我也不讓你先過的情況下，最後兩隻羊都跌落橋下了。想想此時，若是其中一隻羊願意退一步讓對方先走，結局就不會是悲劇，而是兩隻羊都能順利抵達彼岸了。在許多事上，我們是不是也像黑羊與白羊，誰想爭先、想贏，彷彿晚一步就輸了就慘了，忘了退一步後的自己，或許會更平心靜氣而有更好的結果，自己是不是總想強出頭呢？當你握緊拳頭想爭時，心裡是在想什麼呢？

　　古人說：「忍一時風平浪靜，退一步海闊天空。」《馬太福音》中耶穌也說：「不要與惡人作對，有人打你右臉，連左臉也讓他打。」雖然在霸凌事件層出不窮的今天，也許你會覺得這樣做只會助紂為虐，只會讓對方更囂張狂妄，所以自己應該硬起來強悍一點，但，硬碰硬的下場，是不是更慘更難以收拾呢？

　　退一步並不代表裹足不前，並不是膽小示弱，而是讓自己有更清晰的思緒後，心平氣和的面對眼前的人事物，不做出讓自己後悔的事，畢竟「千金難買早知道！」

111年　中華郵政（營運職）

題目 時間花在哪，成就就在哪

把時間用來挑剔，成就了刻薄；把時間用來學習，成就了智慧；把時間放在養生上，成就了健康的身體。時間是中立的，只是我們的使用和選擇不同。有人將時間投資在自己身上，有人將時間投注於社會公益，也有人沒有規劃地，浪費在一些瑣事或無意義的事情上。如何運用時間，展現了一種生活和做事的態度。現階段的您，最想成就什麼？又要如何運用時間去成就？請以「時間花在哪，成就就在哪」為題，作文一篇，說明自己的想法與行動。

破題分析

題目是「時間花在哪，成就就在哪」，本文主要在闡述時間與成就之間的關係，如果把時間花在培養技藝、專長、身體健康、事業等方面，那就能得到相應的收穫；反之，如果把時間花在玩樂、瑣事上，那麼將一事無成。根據此一論點，結合個人經驗以做佐證，證明自己的觀點與看法。

寫作引導

1. 首段先破題，論述善用時間的重要性。
2. 第二段論述善於規劃時間與成就之間的關聯性，為何善用時間的人能夠獲得成就；而不懂得善用時間的人就一事無成？
3. 第三段，以個人經驗為例，證明上述的觀點。
4. 第四段，做全文總結，再次申述善用時間的人較容易成功，以及獲得成就，因此善用時間是件重要的事情。

寫作範例

　　時間，是抽象的概念，如果沒有計時器提醒我們時間的話，很可能它就在不知不覺中悄悄溜走了。人的一生的時間是有限的，因此如何運用時間就變得很重要，如果我們把時間用在培養自己的能力上，那麼我們就能學會某項技能或專長；相反的，如果我們把時間浪費在看電視或者滑手機上，很可能一天過去了，但卻一件有意義的事情都沒做。

　　由此可知，如何規劃、運用時間是非常重要的，如果我們漫無目的的去過每一天，時間很可能會不自覺的浪費在吃飯、睡覺、玩樂等這種瑣事上，而當你抬頭看時鐘時，會十分驚訝一天已經過去了；反之，如果在前一天晚上就先計劃好明天要做什麼，就會妥善的分配時間，決定要花多少時間吃飯、盥洗，要花多少時間運用在正事上，按照自己的規劃，什麼時間去做什麼事情，這樣才能把生活過得精采、有趣。

　　我很喜歡寫作，寫作不只是我的興趣，更是我的工作，在家工作者需要具備的條件之一，就是時間管理，正因為在家工作沒有上司與同事的監督，很可能會不知不覺把時間浪費在瀏覽網頁或者其它瑣事上。我每天都

會規劃自己的時間、幾點起床、幾點吃飯，什麼時候要工作，以及今天的進度要到哪裡，都必須事先規劃，因為我善用時間，所以至今已經創作了將近三十本書。

　　成就，是用時間累積的，有句俗語說：「羅馬不是一天造成的，成功也不是一蹴可幾的。」有的人一生無所事事就這樣度過了；有的人把一生的時間運用在有意義的事情上，前者注定一事無成，後者雖然不必然能夠成就一番轟轟烈烈的大事，但至少會比前者過得有意義有收穫。假如，把時間花在讀書上，即便沒有如願考上理想的學校，但學到的知識是別人無法搶走的；把時間花在學技藝上也是如此，即便不能成為該領域的佼佼者，至少也能有一技之長，總有用武之地。

　　因此，懂得規劃時間的人，往往比別人更容易成功。

111年　中華郵政（專業職(一)）

題目　傲慢與偏見

「傲慢與偏見」是人性中普遍的兩大弱點，以愛情來說，正如英國知名作家珍・奧斯汀(Jane Austen)在她小說中所說：「傲慢，讓別人無法來愛我；偏見，讓我無法愛別人」；若以此推論，是否你／妳（或所認識的朋友）在人生旅途中無論是工作、交友……上也曾犯過如此錯誤？請以「**傲慢與偏見**」為題，敘述你／妳的這段人生經歷或省思，文長約300－500字左右。

破題分析

題目是「傲慢與偏見」，應先對傲慢與偏見的定義稍作解釋，然後再根據自己生活中的經驗舉實例證明自己的觀點。

寫作引導

1. 短文寫作可以大致上分為四段，首先闡述人何為傲慢與偏見？
2. 第二段，可從自己的生活經驗來舉例證明，曾經以傲慢與偏見的態度去看待他人，而造成怎樣不好的結果。

3.第三段，經由某個事件讓自己意識到傲慢與偏見的態度是不正確的，只會造成人我之間的互相對立，而進行反思並且改正這樣的態度。

4.第四段做總結，闡述傲慢與偏見所產生的問題，應該改正這樣的心態才能使得人際關係變得和諧。

寫作範例

　　曹丕在〈典論論文〉中說：「文人相輕，自古而然。」中國自古以來，文人就互相輕視，總以為別人寫的文章不如自己，這是一種傲慢與偏見。

　　在我就讀研究所時期，自從被指導教授退回整本論文後，之後就發憤圖強，在我不屈不撓的堅持下，終於寫出了讓教授滿意的論文。從那時候開始，我就以老師傳授給我的至高標準去品評同學們的碩博士論文，發現普遍的論文都只是堆砌材料，把各位先賢的論述加以整理，很少能以問題意識展開，提出自己的見解，就算是有，也很少以問題意識貫串整本論文。因此，我就開始形成一種偏見，認為在碩博士的論文之中，別人寫的論文都不如我；同樣的這也是一種傲慢。

　　有一次，我去北京大學參加哲學研究所主辦的碩博士生論文發表會，發表人需要互相充當評審，我評論的論文我自己覺得有上述的問題，因此打算如實講評，當時有一個與會的學姊勸我，她說：「妳不給別人台階下，他日別人也不會給妳留有餘地。」之後我不斷的反思，認為學姐說得很有道理，無論別人寫得如何，總是有下一番苦工的，豈能自以為是的對別人的努力全盤否定。

　　自此之後，我學到傲慢與偏見只會使人與人之間變得更加對立，而一個社會有和諧友善，需要彼此之間更多的包容，因此我逐漸學會了謙虛，改變了傲慢與偏見的態度。

111年 中華郵政（專業職(二)內勤）

題目 論孤獨

「孤獨」，幾乎是每個人都曾面對的一種狀態，我們可以正面看待「孤獨」，因為正視孤獨，有助保有自我，懂得和自我共處，不必受限他人眼光。但同時，孤獨者往往也有不被了解的寂寞，隱然有孤立的姿態。您如何看待「孤獨」？當您感覺孤獨時，又如何安置「孤獨」？請以「論孤獨」為題，撰文一篇，分享您的看法，文長約300-500字。

破題分析

「孤獨」是幾乎每個人都會有的感受，有些人可能會認為，朋友很多的人必定不會感到孤獨，其實不然，因為每個人都希望有一個能與自己心意相通的人，這種朋友稱之為知己，你不需要多做解釋，對方就能心領神會你想表達的意思，這種朋友稱為知己。然而知己可遇不可求，因此每個人難免會有空虛寂寞的時候，可就自己的經驗來闡述如何看待「孤獨」？並且在感到孤獨時，如何處理孤獨的感受？

寫作引導

1.短文寫作可以大致上分為三至四段，首先闡述人為何會有孤獨的感受？可從孤獨可分為生理的需求與心理層面的需求來做論述。
2.接著可從自己孤獨情緒的產生，以及如何應對來做說明。
3.最後做總結，闡述孤獨是一種內心的感受，如何正視並面對這種感受的方法。

寫作範例

　　人是群居的動物，因此需要人的陪伴，這是出自原始的需求，也因此一但離開了同伴我們就會感到孤獨。然而孤獨也可以是心靈上的一種空虛的狀態，即使有人天天陪在身邊，心裡難免還是會感覺到空虛寂寞，此時的孤獨就不再是原始的需求了，這是內心的孤獨與空虛，想要排遣這種孤獨的感受首先就要釐清，導致孤獨的原因是什麼？

　　古人說：「高處不勝寒」。處在高位擁有權勢的人往往會有這種感受，覺得人間難以覓一知己，而感到空虛寂寞，正所謂：「相交滿天下，知心能幾人。」由此觀之，並不是一定朋友多的人就不會感到孤獨，與人相交容易，但要尋覓一知己則是難上加難。

　　我也經常會有孤獨的感受，這大概與我是家中唯一的孩子有關，從小我就缺少同齡的孩子的陪伴，家中圍繞在我身邊的大多也只有長輩，因此我比較不知道該如何與人相處，在我就讀國小時，幾乎沒有什麼朋友，因為我不知該如何與同學們一起玩樂，更別提是聊天了。後來隨著年齡的增長，我漸漸知道如何敞開心扉與人聊天，那時才交了幾個能夠說得上話的朋友，但是知心的朋友卻是不曾遇到過。

　　孤獨，其實是一種內心的感受，這是出自人類的天性，然而隨著社會的發展，僅僅是有人陪伴已不足填補內心的空虛，人類需要的是更深層的心靈交流，因此我們會生出遇見知心朋友的渴望，然而知心的朋友可遇不可求，若是一生都無法遇到，也只能自我排遣這孤獨與寂寞了。

111年　台北捷運新進控制員甄試

題目　歸零

人心就像一個容器，當面臨改變或學習新事物時，必須清空自己，才能使心靈澄澈而更易接受新想法。就像歷經千辛萬苦攀爬到山頂後，縱然有登峰的喜悅與發現，還是需要下到山谷，重新再挑戰新的高峰。請以「歸零」為題，就自身經驗或見聞，書寫一篇完整的文章，闡述看法。

破題分析

什麼是「歸零」？什麼時候會讓你想歸零？每個人都應當有歸零的時候，歸零像是倒空可是不是放空，一個讓你去省思自己內在的題目。

寫作引導

許多人都有被生活壓到喘不過氣的時候，有人寧可被壓死也不願意放過自己，你是想被壓垮，還是想從麻袋探出頭呼吸新鮮空氣呢？想想看自己在何時突然大大嘆口氣，想重新再來過呢？當你寫作時，記得不要將引文當成自己的內容，可從引文中去思考你心中的歸零該是如何？

寫作範例

　　希臘哲人赫拉克利特：「人不可能兩次踩在同一條河流。」是啊！萬事萬物、世間的種種都是沒有定性的，就算你一直踩在河水中沒離開，但，河水不停的往前流，它早已不是原來你踩的那些河水，而你呢？每一分鐘的自己說難聽點，都老了一分鐘，你已經不是一分鐘前的你了，這河水，是不是也洗淨了你某些塵埃呢？身上的塵埃容易洗滌，心上的塵埃，便必須自己有足夠的勇氣將它抖落與洗淨。

　　我想多數人都不是含金湯匙出生，我們必須靠自己的雙手打拚，從讀大學前選填志願，到進入職場開始工作，你都是選擇自己喜歡的還是跟現實低頭，讀了、做了自己不喜歡的呢？都說一山還有一山高，人不可能永遠第一名，如果總是要爭第一名，是不是太累、太辛苦了，這樣哪天不小心絆到腳滑到第二名，是不是痛死了呢？不要把自己綁得這麼緊，無論走的路是不是自己所喜歡，一定有好累、好無力的時候，甚至常常被長官、同事認為你不夠好、不夠努力，明明已經這麼努力了，怎麼還有這些多的話語呢？而你，對自己的要求又在哪？

　　每個人都有許多可能，不要替自己畫圈圈，不要害怕跨出改變的那一步，孔子說：「君子不器。」你怎知跨出這一步，將現在的自己倒光，重新再慢慢填滿，不是一件好事！曾在某處工作，一直猶豫是否該換工作，一位同事問：「繼續在這，妳會怎樣？」我說：「煩人的人事繼續煩。」「離開呢？」「我會快樂！」「那就離開！」你是想繼續嘆氣還是重新開始呢？相信多數人都不想甚至害怕改變，許多人一大把年紀後仍不知自己究竟喜歡什麼、想做什麼，有時，真的不妨停下腳步靜下心，傾聽自己心底的聲音，聽見自己最真實的聲音，你的心在哪裡，你的寶藏也在那裡。每次的失意或許都有上帝最好的安排，將自己生活的時鐘重新調過，回到0:00，讓自己從心出發，準備好倒空自己了嗎？

　　當你走進賣場或便利商店的飲料區，站在玻璃門前挑選時，有沒有發現沒有一瓶飲料是全滿，而應該都算是八分滿，有沒有想過為什麼呢？《易經》：「日中則昃，月盈則食。」裝滿的水無法再加水，只有七分八分滿，代表你還有再裝的空間，當你是可以晃動的水時，代表還有好多不一樣的可能，你想替自己的瓶子加點什麼呢？勇氣？快樂？成功……？如果瓶子的空間不夠，記得倒掉負面的思緒，許自己一個乾淨的瓶子，不要害怕將自己倒空、歸零，歸零後重新出發，每一步都充滿喜樂與自信，「你的日子如何，力量也如何！」微笑的張開雙臂迎接燦爛的陽光。

112年　台電新進雇員甄試

題目 我最想做的一件事（文言白話不拘，但段落要分明。）

破題分析

一個很生活化也不難發揮的題目，從自己的平常生活中的想望下筆，但千萬記住別寫成了「我的志願」。

寫作引導

每個人都有想做的事情，那件事並不是一份職業，而是一直想去做、想去完成的事，除了別想成我的志願之外，別在內容文字中過分的美化自己，也別拉拉雜雜的寫太多廢話，好好說出自己想做的事，哪怕是很難做完成的事。

寫作範例

　　「走走走走走，我們小手拉小手，走走走走走，一同去郊遊。白雲悠悠，陽光柔柔，青山綠水一片錦繡。」抬頭看看天空，無論是晴朗的藍天白雲，或者是狂風暴雨的灰濛，都是讓我想要張開雙臂擁抱，並且大口暢快呼吸的美，這個世界好大、好美麗，我們的雙腳能走多少路呢？

　　遠離塵囂，想帶著一隻筆、一本筆記本，丟掉手機，帶著我的相機、隨身聽，遠離怪獸似的高樓大廈，去青康藏高原騎馬奔馳也好，去台東看

看美麗湛藍的大海也好，走去汨羅江找屈原的魂魄聊聊天，登上長城遙想當年的千軍萬馬是怎樣的被秦始皇的這座城阻擋，行萬里路勝讀萬卷書，更何況書上寫的很多都不是那麼回事，只有透過自己的雙腳走過、雙眼看過，才是真！

　　世界是一本本的好書，我也想透過旅行用我的雙眼去看各地珍藏的好書，這世上的書怎麼讀也讀不完，能多讀一本算一本吧！最想去找尋屬於曹雪芹的《紅樓夢》後四十回，真想在有生之年讀到《紅樓夢》真正的終局，想去看看古時那些真跡古書，聞一聞筆墨舊紙的味道，配上大自然的香味，那將是多棒、多快意的事。

　　這個世界好大、好美、好多意想不到的驚喜，別把自己宅在家，更別被手機制約了，想想以前沒手機時，是不是比較輕鬆自在，手機真是個討人厭的東西，別聽手機鈴聲了，去聽聽蟬鳴鳥囀，在《巫士唐望的世界》唐望要卡羅斯去聽風跟他說了什麼，卡羅斯覺得唐望瘋了，我是來學巫術的，你居然要我去聽風說了什麼。而你相不相信風真的會說話呢？我想去聽聽各地的風跟我說了什麼，想去看上帝造的這一本好書！去造訪各地可愛的貓咪朋友，去讀一本本真實的好書，眼睛不是就該用來看世界、看好書的嗎？生命最浪費的時候，就是沒認真過日子啊！

112年　關務特考三等

題目　我對鯰魚效應的看法

漁夫如果在沙丁魚群中，放入一條牠們的天敵鯰魚，沙丁魚會為了生存而被激發出活力，有人稱這種情形為「鯰魚效應」（Catfish Effect）。「鯰魚效應」可以為舊團隊帶來危機感，有利改革、創新；但若運用不當，也可能產生紛爭，打擊士氣。請以「**我對鯰魚效應的看法**」為題，作文一篇，舉例說明「鯰魚效應」的正面、反面作用，並闡發看法。

破題分析

就自己工作的經驗或你聽過的事例，寫出你的看法、想法，如果你是當事者，你會怎麼處理。

寫作引導

引文中已經指出什麼是「鯰魚效應」，所以在寫作時不需要解釋什麼是鯰魚效應，鯰魚效應又是怎麼來的，只要寫出你的看法，你曾經歷過鯰魚效應給你帶來怎樣的影響與衝擊。

寫作範例

當我們進入一家公司行號工作時，應該都是抱持著快樂的心情，希望工作順心、希望在工作中能夠和公司一起成長，當然最重要的是能夠獲取不錯的薪資，但為什麼總有些企業會被某些問題打垮，有些會淹沒在金融風暴的浪潮中？在新聞中看見某某企業宣布倒閉消息時，會不會擔心自己工作的地方，有天也關門了。

無論規模大小、資本多寡，我想沒有一個老闆不希望自己的公司可以永續經營，除了自己經營的理念、方向要正確外，更必須要選對員工，經營者自己也要不斷的成長，才能給員工新的刺激，任何的公司行號都需要充滿精神、充滿正能量的員工，而不是一進門上班便開始抱怨嘆氣，也不需要一個自以為很幽默的八卦製造機，那只會拖垮進步的腳步。

之前曾經待過一家已經營多年，升學率不錯的補習班，新學期的暑假努力招生的招生、努力帶班的帶班，身為教務的我努力打電話和老師排課、敲課，但其實大家都失去了過往的熱忱，大家每天都不想去上班，因為老闆空降了一位氣焰囂張的新主任，連他手下的工讀生也各個囂張，與他和老闆通通溝通無效，眼見我好不容易敲好的課程被他否決，心涼了！好吧！你了不起，你自己去排課吧！老闆丟這隻鯰魚進來，並沒達到他預期的效果，一丟進來便激起滔天巨浪，結局是造成了我們這群心力交瘁、欲哭無淚的老員工集體辭職。鯰魚跳進來了，波濤洶湧，終局卻是滅頂。

替自家企業適時注入強心針，一隻精力充沛的鯰魚可以帶動大家努力往前游，倘若是一隻生病的鯰魚，帶來的就不是前進而是後退了。希望企業成長，適時給員工不同的新資訊、新刺激都是必須的，而領導者若能放下身段，傾聽、解決，只要是能讓企業成長，讓所有員工在和諧的氛圍中工作、成長，笑聲取代抱怨，讚美取代指責，若要丟隻鯰魚進來，別是隻有背景關係、難以溝通的魚，免得最後鯰魚沒做成反成了烏賊。

題目 那一趟旅程

英國作家毛姆（W. Somerset Maugham）寫道：「我從一趟旅程帶回來的不全然是出發時的自己。」所謂旅程，未必是真的到某地旅遊，閱讀、想像、日常生活等，也都可能帶給我們一趟難忘的旅程。請以「**那一趟旅程**」為題，作文一篇，書寫某趟你印象深刻的旅程，並說明那趟旅程帶回的「你」與出發時的「你」有什麼不同？

破題分析

引文中已指出不用是實質的旅行，因此先選好要寫的是哪樣的經驗，別東寫一點西寫一些，朝一個方向著眼就好。

寫作引導

並不是要寫真正去哪兒玩的經驗，寫的也許是自己對某些方面的體悟感觸，可以用感性不矯情的筆法，好好寫出那次讓你永難忘懷的旅程。

寫作範例

　　「不要哭！等等會全身麻醉，妳不會覺得痛的。」「我是怕我再也醒不來，再也看不見爸爸、媽媽。」走去手術室的路好長、好長，盪著護理師的腳步聲，我的淚汨汨流出，像是告別我的青春。

　　雖然從身體從小便不是很好，雖然瘦瘦小小，卻也沒什麼大問題，直到青春期時，我突然發病了，白皙可愛離我好遠、好遠，可怕難看緊緊圍繞著我，於是我像病媒蚊般地受到排擠，套句現在的用語是霸凌，我從一個愛笑的女孩變得不愛笑、不愛說話了，躲進自己小小的蝸牛殼裡，這時的我多不想活下去，我寫信給張老師、打電話給張老師，告訴張老師我寫好遺書了，我不想活了隨時都會自殺……。高三那年新的導師巡堂，拿起我桌上的小鏡子，他看著我在後面寫「君為女蘿草，妾做菟絲花」嚴肅地跟我說「妳不准做菟絲花，要做自己，我知道妳一定受到很多惡意的眼光，這是上帝給你的功課！」第二天他給我他用書法親手寫倪柝聲的一段話：「估量生命原則，以失不是以得；不視酒飲幾多，乃視酒傾幾何；因為愛的最大能力，乃是在於愛的捨棄；誰苦受得最深，最有可以給人。」我看著他跟他說：「老師，我懂得！謝謝您！」

　　以為就只是這樣和醜醜的罕病共生、共存就好了，哪知命運之神又和我開了個玩笑，這次，死神狠狠撞了我一下！很痛、很痛，如果不開刀我便掛了，就算開刀也可能面對未知後果，在新公園狠狠淋雨，我才二十歲耶，我還有好多夢沒實現，我怎麼會可能就要死了？我好不甘心！我要活下去！發病後從沒這麼想好好的活下去過，歷經八小時的手術，術後的我讓醫生擔心我的狀況，甚至懷疑我就此跛腳了，我告訴快哭出來的母親說：「放心，上帝不會對我這麼壞的！」出院那天，我是好好走出去的。

　　惠特曼說：「從此我不再希求幸福，我自己便是幸福。」青春期開始與罕病為友，因為受過太多惡毒眼光與嘲笑，覺得自己怎麼這樣倒楣、這樣不幸，好討厭自己，真的是討厭到想死。但那次狠狠地和死神擦肩而過，在醫院看見許多更辛苦的人，尤其是那些還沒好長大便必須和死神打交道的癌症小朋友，看看自己，我能說能看、能聽、能唱，我還可以罵人呢！只是不漂亮而已那又怎樣呢？其實我是很幸福的，幸福不在某個地方，不在下一個工作下一個人身上，幸福就在每一個有自己的地方。我也知道，當我遇見那些跟我一樣在受苦的人，我要用同理心對待他們，給他們一個溫暖的微笑，我知道生命不在長與短，而在有沒有認真好好的活過。

112年　關務特考四等

題目　成功絕非偶然

班·卡森醫師，是世界聞名的約翰·霍普金斯醫院小兒神經外科主任，也是世界上第一位成功分離後腦連結之連體嬰的醫生。小時候，他不但脾氣暴躁而且學習成績也很差，在同學眼裡就是最笨的孩子，所以經常被人取笑。卡森醫師在其著作《Think Big》一書中，就以自身為例，說明他的成功靠的是鍥而不捨、百折不撓的精神與持續不斷的努力。請以「**成功絕非偶然**」為題，作文一篇。

破題分析

你心中成功的定義是什麼？都聽過一些成功的經驗，從引文中可以知道成功並不單指做大事。

寫作引導

以自己熟悉的例證去寫，也可以寫自己成功或失敗的經驗，畢竟那是自己的寫起來也會比較得心應手。寫他人的也要選自己熟悉的來寫。

寫作範例

　　多數人都想成功，成功的定義是什麼？成功一定是要做大事、創建大公司嗎？不是這樣吧，如果是這樣，恐怕你我都沒有成功的一天。李國修曾說：「人一輩子做好一件事，就算功德圓滿了。」我想人一輩子做好一件事，便算是成功了，一輩子做好一件事並不是那樣輕而易舉的，想想，我們曾經立下多少宏願，真正去做又做好的有幾件呢？

　　阿里巴巴創辦人馬雲，你以為他是含著金湯匙出生的嗎？並不是的，不但不是出自富裕家庭，大學還考了三次（對岸稱高考），第一年考時數學考不到十分，曾因自己的長相面試時被拒絕，曾借錢來創業，如果他因為那數學差的可以的分數而沮喪，曾因自己長相而嫌棄自己、放棄自己，就不會有今天的阿里巴巴，馬雲曾說「人生最大的財富，就是過去失敗的經歷。」不少人失敗後便失去信心，自怨自艾，馬雲將每次的失敗當成的墊腳石，最後他成功了，也說了「每次成功都可能導致你的失敗，每次失敗好好接受教訓，也許就會走向成功。」

　　羽球一姐戴資穎，我們見的是她今天在球場上為國爭光時的犀利球風，我們總為小戴的表現鼓掌喝采，但你我沒看見的是她訓練時的辛苦與汗水，她從小便開始練羽球，哪個孩子不愛玩呢？當我們假日都在玩時，小戴幾乎都在練球、打球、比賽，因為她對羽球的熱愛，也因為戴爸爸曾經告訴她，以後可以打奧運，對她有信心。果真，小戴成功了，2020東京奧運時小戴真的來了，而且奪得銀牌，記得那一刻螢光幕前的球迷開心之餘難免失望，怎麼不是金牌呢？看看小戴想想自己，我們能為了學某樣技

能犧牲玩樂，一個漂亮的女生可能一身是傷疤呢？這樣努力犧牲，真的能換得成功的果實嗎？

我們可能都曾覺得自己不夠好，我們都努力地想在某件事上成功，無論是在哪件事上努力，要知道不是眼前出現的每一座山都要爬，一定要爬的，只有心裡的那一座山，當我們努力追求成功，認認真真、扎扎實實付出後，無論結果怎樣，回頭看自己努力過的日子，都不會後悔。成功不是偶然更不是僥倖，努力過後的果實，才是甜美的，〈詩篇126：5〉：「那些流淚撒種的，必歡呼收割。」

題目 徒步的經驗與收穫

王家祥：「徒步時頭頂就是天空，很完全的天空，可以慢慢地閱讀日影的位移，雲的變妝，風的流動，群樹的身姿，那是一種無限寬廣的印象，你必須把自己完全放在大地之上，才能擁有那種與天地密合連接的感覺。」

「徒步」行走能夠增進人體器官功能、強筋健骨、接近大自然、結交朋友，增廣見聞等。請以「**徒步的經驗與收穫**」為題，就個人徒步行走的親身體驗與收穫，作文一篇。

破題分析

一個算是生活化的題目，用自然的筆法寫，不需要文謅謅的咬文嚼字。

寫作引導

引文中作者寫了許多他徒步時的收穫，記住別將它們抄在自己的文章中，如果你真的沒有徒步的經驗，運用想像配合引文的引導，千萬別寫的誇大其辭，連自己都不相信那是真的。因為是寫自己的經驗，不用舉你朋友或古人的經驗，真實的自己就好。

寫作範例

《戰國策·齊策四》：「晚食以當肉，安步以當車，無罪以當貴，清靜貞正以自虞。」我們的一雙腿，一生能走多少路、能走多久路呢？現在交通如此發達，到哪都有車，高鐵、捷運、火車、汽車……，你還記得屬於自己的11路嗎？有常「搭」11路去看看風景去玩嗎？

　　記得以前讀小學時，旅行是中、高年級的事，低年級的小朋友就是遠足囉，遠足就是每個人搭自己的11路一起去玩，小時候能去遠足就好開心，那時候都不會覺得累，彼此分享只有遠足時才能吃的零食。大了怎麼好像都懶得走路了，去哪不是搭車就是騎車，11路快生鏽了，是不是該擦擦油了呢？

　　意外倒下必須練走復健的我，因為每天要走啊走的，才發現住的附近竟是這麼的美麗、可愛地方，以前騎摩托車經過可能只要五分鐘的路程，現在要走至少三十分鐘，原來這邊有這麼多的開心農場，遇見有主人在栽種果菜時，便問他們這是什麼、那是什麼，原來我錯過了這麼多可愛的蔬果。有時換條路走，意外地看見了美麗的花田，就算可能會迷路了，怕什麼？路長在鼻下嘴巴上啊！不怕的，有時遇見可愛的流浪貓咪、狗狗，有時看見不愛飛愛走路的八哥，意外地成了朋友呢！因為練走，將之前錯過的美景都慢慢看了，才發現自己以前怎麼把生活過得這麼匆匆，匆忙地忽略了身邊點點滴滴的美景。

　　你有多久沒聞聞花香、沒摸摸樹葉、小草？有多久沒抬頭看看天空散步的雲了？哇！原來雲也可以這樣漂亮，原來每棵樹都有自己的樣子，原來山會因為天氣而改變顏色，去走走吧！去聽風的聲音，去聽聽婉轉的鳥鳴，張開雙手擁抱美麗的大自然，別嫌棄偶遇的車聲煙味，用腳走、用心看、用耳朵聽，其實也不需要去任何的名勝古蹟、國外美景，也許在自家附近就有意外的收穫，脫掉鞋子，光著腳去感受泥土的溫度，安步當車。

112年　中華郵政甄試（營運職）

題目

「砍掉重練」最初是網路遊戲用語，意指刪除培育不佳的舊角色，另創新角色重新培育。後來引申為處境陷入泥淖，乾脆放棄重來。

有人認為：出生背景、天賦等無法像遊戲一樣完全砍掉，所以整個人生能重練的，只有努力的方式。有人則只從所做之事來談：既然卡關，就不必在原地虛耗，或者另謀新出路，或者原路退到某個定點，調整步伐重走。

然而，砍掉，並非輕而易舉；重練，也不是一蹴可幾。

顧慮成本的多寡，勢必影響砍掉時的下手輕重。對於已投資的心血，可以怎樣看待？

如果要砍掉的事物，涉及他人、公司或社會，是否反而泥淖越陷越深？重練之路又該如何起步？請參酌上述，結合經驗或見聞，敘寫你對「砍掉重練」的體會與看法。文章不用訂題目。

破題分析

此題「文章不用訂題目」是比較容易的寫法，因為文章主旨可以不必是出題者給出的一個框架；然而，即使如此，文章仍須有主旨，只是這個主旨是自己可以預定的，應注意並非不用訂題目就可以隨便寫作。

寫作引導

此題有兩種寫作方式，一種是自己本身有電玩遊戲經驗者，可以從自己的遊戲經驗中，對「砍掉重練」的發生、過程、效應進行完整敘述，是比較直白的寫法；若不想從這個方面寫，可以寫個人對「砍掉重練」的想法，是否認同事情必須如此才能有嶄新的創造；如果認同的話，則如提示文所談到的，要說明如何重練，畢竟在這個議題中，這個部分是需要說明清楚的。

寫作範例

有一句網路用語「砍掉重練」，雖然是流行用語，然而，流行有其社會原因，另一方面也有發人深思的內涵。依字面來看，為何要砍掉，以及要如何重練？這是生活中的一種狀況，此詞頗有「置之死地而後生」之意，雖然「重練」可能會創造出另一番新局面，但面對毀壞的局勢，一定要走上絕滅之路才能有重生機會嗎？唐代杜牧有〈題烏江亭〉：「勝敗兵家事不期，包羞忍恥是男兒。江東子弟多才俊，捲土重來未可知。」此詩對於中國歷史上楚漢相爭，項羽最後的結局提出不同看法，認為在垓下之戰後，如果項羽能面對現實，忍辱負重，重返江東，再整旗鼓，那麼，勝負之數或許尚不能估計的。

對照這句網路用語，項羽做到了「砍掉」但是他的自刎則不是「重練」而是放棄，杜牧之意，即使沒有「砍掉」還是大有可為的，可惜的是

項羽最終因不肯放下身段而自刎了。因此，個人以為在人生戰場上，「重練」不一定必須「砍掉」。勝敗乃兵家常事，一個人如果善於把握機遇，聽取他人意見，則成敗由人；尤其現代社會重視團隊、群體之間的和諧，如果要砍掉的事物涉及上司、朋友、公司，是否反而「砍不斷，理還亂」呢？而重練之路並非坦途，重啟爐灶的成本是否真堪負荷？因此，面對一件糟糕的事情，值得「砍掉」嗎？是否個人的意氣占了較大的比重，原因只在於自己輸不起？遇事情棘手，直接「砍掉」可以不用面對失敗，其實是替自己找下臺之階，那麼，砍掉或許是一種變相逃避。

　　人生是複雜的，若從多方角度來看，有許多定論是值得商榷的。世界上未必只有冠冕堂皇的語詞才是重要的；對於「砍掉重練」的體悟，重點在於當人生遇到瓶頸時，「敗不餒」的不屈不撓或許遠勝於「砍掉重練」的決裂，此道理值得我們認真對待。

112年　中華郵政甄試（專業職(一)）

題目　人生的轉彎處

有人說：「生命就像一條河流，會不斷地出現轉彎處及迂迴。」人生不會是一條筆直的康莊大道，當我們來到轉彎處，也是面臨抉擇的時機，你是否也面臨過此類處境，而改變了你人生的方向？請以「人生的轉彎處」為題，撰寫一篇短文，文長不得少於300字，也勿超過600字。

破題分析

因為是短文，不需分段。提示文沒有指定需要寫出自己的經驗或見聞，因此可以採取泛論方式寫作，也就是總論人生轉彎處的各種議題加以敘述。所謂轉彎其實就是轉變，而轉變不一定是往壞的方向變化，也可以是好的轉變，這些都是能夠掌握的切入點。

寫作引導

先思考「轉彎」的意思，而人生旅途都會有轉彎處，所以轉彎會帶給一個人什麼樣的局面，生活中的轉彎處對每個人來說是好事或壞事？先想一下「轉彎」在人生中的意義，在這個基礎上發揮，就會有許多材料可以利用而寫出一篇文章。

寫作範例

　　每天的生活都要面臨選擇。大方面有工作業務上的判斷，小事甚至晚餐吃什麼，可說無處不是做出決定的時刻。然而，抉擇有輕重之分，前述的晚餐吃什麼，雖是抉擇，但不會產生太大影響；例如決定吃麥當勞，後來改吃牛肉麵或甚至不吃晚餐了，都無關緊要；但是生命中有些抉擇卻能左右人的一生，這種抉擇就需要嚴肅以待。人生的轉彎處可能是挫折也可能是成功，因此很難統計人的一生有多少個彎處，但是，轉彎都是毫無預警襲面而來；可能是天資聰穎，卻懷才不遇；可能是努力工作，卻換來主管無情的冷落；可能是無法抗拒的天災地變或預料之外的生老病死等等，正應驗了「人生不如意事十之八九」這句話。

　　由於人生有多次轉彎，轉彎的場景又有悲有歡各不相同，我們無法預測彎處前面的路是柳暗花明又一村，還是孤村無人的懸崖峭壁，因此，人生的轉彎處重點並非在轉了什麼彎，而是我們應該如何站在轉彎處。當處於歡樂的轉彎處時，或許不必費太多心思，古老的智慧告訴我們不要得意忘形就好，因為會導致樂極生悲，而挫折的轉彎處恐怕需要更多智慧對待。世界上，很少有人無法忍受歡樂，但是無法忍受挫折的大有人在，這就牽涉到面對各種不同的挫折，每個人的「容忍能力」，亦即一個人承受挫折的能力越強，累積的能力與成功的機會也越多；承受打擊的能力越弱，往往所做的反應就是逃離現場，如此就喪失了磨練的機會。

　　人生有很多轉彎處，懂得「如何轉彎」相當重要。只要不懼怕人生的轉彎處，我們會發現轉彎其實是一個出口，就算前面是「此路不通」，至少可以回頭去找另一條叉路。因此，面臨人生轉彎處的態度就是「別怕轉彎」，絕處逢生，人生的轉彎處都有出口。

112年　中華郵政甄試（專業職(二)內勤）

題目　過猶不及

常言道：「過猶不及」，即做事過分就好比做得不夠一樣，任何事情唯有做得恰到好處才是最適當的。這句話你或許同意，或許感到困惑，甚至有其他的體會。請結合自己的經驗與見聞，以「**過猶不及**」為題，撰寫一篇短文，文長不得少於300字，也勿超過600字。

✍ 破題分析

提示文「你或許同意，或許感到困惑」因此，可以同意或反對這句話，亦即可以贊同「過」、「不及」是好事。另外，提示文又有「結合自己的經驗與見聞」指出一個比較寬闊的寫作方向，也就是可以寫及自己聽說過的事件，未必要自己的親身經驗，因此，此題目相對是比較容易發揮的。

✍ 寫作引導

「過猶不及」是一句經常聽到的成語，此題可以有兩種寫法：破題、導入法。前者採用開門見山，直接說明此詞的意思，接著再舉例敘述；後者可以先由「過猶不及」相關的某個論點開始，再導入「過猶不及」的效應，讓題目在文章中間才出現，應注意「結合自己的經驗與見聞」，因此此文必須舉例說明。

✍ 寫作範例

　　「過猶不及」是生活中經常聽到的一句話，它的意思是：做事過分與做得不夠都是一樣的，告訴我們任何事情唯有做得恰到好處才是最適當的。然而，所謂「恰到好處」其實是令人迷惑的，遇事如何才是「適當的作法」很難有定律；因此，有時「舉棋不定」反而是人生經驗中的真實情況。既然許多事情都可能讓我們舉棋不定，表示生活中時常需要決定一些事情該如何進行，而事情的做法就牽涉「過」與「不及」的問題，那就是這件事情需要做到什麼程度？

　　在做事的態度上，個人以為「過」比「不及」更具危險性，因為做事的態度並非與成功為正比關係；「過」可以解釋為「過分積極」，而凡事「積極」不一定會有成就，難怪臺灣社會流行的一首歌「愛拚才會贏」，也有人解釋為「會贏才能拚」，一味「拚」未必能成功，要看準能成功才去「拚」，不就意味大家認同事情不應傻傻地埋頭苦幹就行的嗎？此為「過」之害處。相反地，「不及」表面上似乎是努力不夠，但對於整件事情來說，至少它是有空間的；當事情做得不夠好時，因為當初「不及」，於是有再加把勁的可能性，事情有扳回一城的希望了。因此，雖然人們常說「過與不及」都不好，但是我認為「不及」比「過」相對接近人性；只是，「不及」並非教人凡事消極、以無關緊要視之，其義在於保留實力、以應事變，因為沒有人能預期一件事的成敗。面對事情時，預留空間，隨著事情變化再決定進或退，也許是「過猶不及」的另一種解釋吧！

112年　高考三級

題目　肯定自己創造生命的價值

現今文明社會、民主時代，因為環境生態變遷、生命價值多元，兼之以科技發達、百業繁興，而在各種不同的生命形態中，我們應該慶幸自己為萬物之靈的「人」；尤其值得高興的是：生為「現代人」，我們能有最佳的機會為和諧的人類社會而努力。而人的可貴，在與其他生物所共有的「食色之性」之外，更有人所特有的「仁智之性」。我們知道怎樣去做一個「人」；怎樣建立和諧、進步的人類社會，而人的智慧也總是輔助人的「仁性」，義不容辭地朝著這一方向而積極前進。

今天我們所面臨的是東西文化的激盪，以及新舊時代的突變，歷史證明：有容乃大，與時俱進。因此，吸收外來文化，領導思想主流，這個責任有賴我們這一代勇敢承擔起來。有幸身為「人」，必須肯定自己的「仁智之性」，然後對人類前途才能充滿信心，而一切文明也必須在這個基礎上始克建立，進而含弘光大。經由充分認識因而肯定自己國家文化之悠久與優美，以及自己今日肩負承先啟後，融合東西責任之必然，才會表現出一種泱泱郁郁的風度，與舍我其誰的氣概來。

承上說明之意涵與旨趣，試以「**肯定自己創造生命的價值**」為題，作文一篇，闡論己見。

破題分析

題幹的說明文字，是以「大我」為導向，強調以人類本有的「仁智之性」，經由充分認識因而肯定自己國家文化之悠久與優美，以及自己肩負之責，進而表現出一種泱泱郁郁的風度，與舍我其誰的氣概來。

寫作引導

在寫作時可朝以下幾個面向來發揮：肯定自己所展現的力量為何；古往今來人們如何藉由肯定自我而創造不凡的生命價值（以舉例加以說明）；面臨生存環境的劇變，我們該如何發揮肯定自己的能力，締造屬於自己生命的璀璨花朵。

寫作範例

在沒有盡頭的歷史長河中，人渺小如滄海一粟，但能迸發出的力量卻又足以撼動天地，因為在我們的身體存放著仁智之性的基因。是以劉邦以區區亭長之職，攫取楚漢相爭的勝利果實，開創大漢盛世；朱元璋曾因家貧而剃髮出家，卻能一統南方諸強，北滅大元帝國。無論時勢造英雄，或者英雄造時勢，唯有肯定自己，相信自己，我們才能創造出生命的價值，才能使生命更有意義。

近百年來，世界處於劇烈的變動中。民主政治取代君主專制與獨裁，中國最後一個王朝，隨著武昌起義進入歷史；柏林圍牆倒塌，兩德宣告統一。交通革新，人際交流日益頻繁，東西文化的衝突也越演越烈。科技的快速進步，越來越多人類的工作機會被AI取代。改變讓人迷惘，讓人膽怯，讓人不知所措。然而改變也創造了新的契機，它讓我們在這多元繽紛的世界裡，有了絕佳的機會去為人類社會的和諧與進步、文化的兼容並蓄盡一分心力，而我們也義不容辭。

今天我們所面臨的挑戰，是如何從東西文化的交鋒中綻放出更燦爛的花朵，是如何修正新舊時化的衝突而締造美麗的新世界。而這個重擔有賴

吾輩中人勇敢承擔。就如同康有為、梁啟超甘冒大不韙，手書一萬八千字的〈上今上皇帝書〉，在動亂的社會政局下毅然決然的向光緒皇帝公車上書，以救國家於挫敗之中。此刻我們亦必秉持自己的「仁智之性」，肯定自己能肩負承先啟後、繼往開來的重責大任，使自己的生命在此發光、發熱，創造不朽的生命價值。

「舜何人也？予何人也？有為者亦若是。」肯定自己，能帶給我們自信的光芒，克服人生道路上的一切阻礙，引導著我們順利的朝目標向前行。抓住機會，展現舍我其誰的氣概，必能為生命創造無限價值。

112年　普考

題目 我深受感動的人生風景

彰化師大前副校長林明德教授近期發表一篇散文〈景美一對兄弟樹〉，文前小標題—「天賦萬物權，大樓人樹相為伴，各有一片天」，內文節略如下：

> 景美，舊名楻尾，日治改為景尾，後稱景美。明治三十年（1897），景美國小創立，毗鄰景美溪，靠近景美老街。
>
> 國小旁邊有兩棵茄苳，互相依靠，情同兄弟，老大有百年身分認證。兩樹朝看小朋友上學，唱〈哥哥爸爸真偉大〉、吟〈春曉〉……；晚送小朋友哼著〈放學歌〉，一路蹦跳走回家。年年歲歲聆聽溪水、鳥鳴、叫賣、車流……交響聲，而左右上下鄰居的喜怒哀懼愛惡慾起心動念，一概聽之不聞、視而不見，清淨自在。
>
> 兄弟樹的住家，原本是在景美衛生所的庭院，後來改建成為十七層大樓。有了百年認證，成為土地記憶不可分割的一部分。為維護樹權，大樓讓出一角兩面方位，樓樹共伴同存。兩樹住家在原地透天，根深柢固，一面向小學，一邊對老街市場集應廟遙望仙跡巖。
>
> 樹、人與大樓結為一體，極其獨特稀有，成為美麗、動人的風景。清晨鳥聲到好鄰居枕邊，黃昏一樹喧譁，倦鳥歸巢，日日譜寫自然旋律，如天籟。

閱讀此文後，試以個人生活周遭環境所接觸，以及生命情景所感悟，對於自然生態與人文風華的感思，以「**我深受感動的人生風景**」為題，作文一篇，敘述闡論親身所見、所感與所思。

破題分析

這個題目我們可以分兩部分來說，其中深受感動是屬於限定的部分（必須是深受感動的），而人生風景則包括了景色的描寫以及生活經驗的陳述。也就是說要「寫出生活中令人有所感悟的風景，一個限定的景」。

寫作引導

在題材的安排上必須包括下列幾項：讓你感動的景（有什麼樣的景致？有什麼與眾不同的亮點或是傳承已久的故事及傳說）、從景中得到的感懷（個人的悲喜或對大環境的憂心與期待）。

寫作範例

　　身為坐落在南方濱海的港埠都市，高雄無疑是極有風情的，同樣身為開發較早的城市，不同於臺南的靜謐溫吞，她倒像《飄》中的郝思嘉，有著一副嬌柔溫順的皮囊，骨子裡卻盛滿了壓也壓不住的熱情和生命力，這種不怎麼調和的氣質，卻給了高雄一種獨特的美感。

　　我愛極了海，在高雄看海並不是件難事，可是那些港口的海、碼頭的海、旗津沙岸的海，平靜的浪頭、沁涼的海水、喧鬧的人潮……總讓人覺得千篇一律，好像那百年來旺盛的、不服輸的能量，全都被壓制在咖啡、百貨、談笑之中。時常有朋友問我來高雄要去哪裡玩，我總是回答不知道，現在想來，大概也是覺得如今的高雄跟她的海一樣，乏味，而且茫然。

　　第一次去小自然，是在網上看的路線。那時心情煩躁，剛好看到一篇介紹小自然的文章，便興起了出發的念頭。搭公車在中山大學文學館下車，前行三百公尺後順著左方的坡往下走，瞬間被茂密的綠植擁抱。隨著小徑的深入，彷彿來到一處久未經訪的祕境，林木參差，錯落有致，一旁的老榕樹臂膀向上伸展，厚重又安靜地撐著這片天空，不讓一絲南部的灼熱落在祂所庇護的小生命身上；氣根像是窗簾一般垂下，點點日光從縫隙中透出，行走間無意抬起頭來，不禁讓人晃了眼。

　　穿過小徑，來到一處崖邊，有一條細繩蜿蜒往下延伸；往右望去，可以看見另一處崖頭，一簇簇鮮綠的仙人掌威風凜凜立在頂端。攀著細繩下去，就到了海岸邊。

　　我至今仍無法細緻形容那是怎麼樣的海，跟我往常看過的高雄的海十分不同，海浪不再是客氣地在岸邊徘徊，而是拍打在大大小小的珊瑚礁岩塊上，碎成細膩的雪白泡沫，轉瞬又潛伏進岩縫中，徒留一點碎末緩慢消融，沒有綠蔭遮擋，陽光熱辣，襯得帶水氣的岩石金光閃閃。耳邊沒有紛擾的人車聲，只有海浪一遍又一遍，沉默的、有力的奏著獨屬於她的奏鳴曲，驕傲自信的，又低調沉靜的，不調和卻又奇異的彼此相容。

　　我就在岸邊靜靜坐了許久，直到夕陽染紅了高雄的海。

113年　台電新進雇員甄試

題目　我的朋友　（文言白話不拘，但段落要分明。）

破題分析

　　此題是比較簡單的作文，因為每一個人都有朋友，不管是什麼樣的朋友，就有可供寫作的材料。此題有兩種寫法：一是寫人的記敘文，二是論說文；基本上記敘文比較容易著手，因此，如果以記敘文寫作，可直接敘述自己與朋友交往的緣起與經過；如果以論說文寫作，則論述朋友的意義以及對人生社會的影響。

寫作引導

　　範文是以記敘文寫作，首段指出一個人生命中，朋友的出現與意義，中間一段寫出自己記憶深刻或某個個性突出的朋友，說出自己與朋友交往之間經歷過的事件，末段為感想，可以寫中段所敘述的那位朋友的感想，亦可總結朋友的普遍價值作為結束。

✎ 寫作範例

一個人自呱呱落地，在父母懷中備受照護；稍成長後，在家有鄰居互相玩耍，上學有同學相伴。此時，朋友這種人際關係便開始成立，與一個人的一生互為終始，別人是我們的朋友，我們也是別人的朋友；因此，朋友是我們生命中十分重要的角色。

我的朋友從小學開始，因年齡漸長，在同學之外，加上生活的接觸面愈廣，朋友也愈多；有些朋友一年見不到幾次面，但是託電子科技之福，傳簡訊問候也能維持友誼不減。朋友的意義帶給天性群居的人類一種存在感，使得我們除了家人之外，在社會上與人交流、建立關係而感受自己的價值。中國古代不乏有多位有名的隱者，他們息交絕遊、或潛心研究學問或清心修行的事蹟流傳不絕，但是畢竟是少數，大多數人們，不論你願不願意交朋友，也不管朋友多寡，我們的生活總是與朋友交疊在一起。我的朋友從小學一直累積，有同學也有職場上因工作認識的，各色個性的朋友都有，畢竟世界上沒有相同的兩個人，每一個人都是獨立的個體，當然也有不同的個性，由於這些不同的朋友，讓我的生活增加多采多姿的樣貌。我曾經受到朋友幫助而度過難關，也曾經被很要好的朋友欺騙過。所謂欺騙，當然被騙的我是後來從另外的朋友處才得知「原來如此」，那時當我醒悟被欺騙時，心中的怒火難以壓抑，最生氣的是竟然自己最後才知道事情原委，想到那一段自己被欺騙還傻傻跟大家一起聚餐的羞愧感，讓人更加痛苦。後來，我潛意識裡不再喜歡結交朋友，因為悲觀地想到，再怎麼要好的朋友都是假的，誰知道哪一天又要遭受致命一擊？事隔多年，年歲增長，我又再一次醒悟：不論要好或點頭之交的朋友，我們都無法綁住別人的心，換句話說，朋友要對你好或背叛你都是無法預知的，因為人心總是會變，既然如此，朋友會欺騙我也是常理之事，只是自己心裡過不去那個羞愧的關卡而已。

孔子說：「友直，友諒，友多聞。」是三種有益處的朋友，依據我的經歷，那位曾經欺騙我的朋友並不在此列，但是相信他也是對我有益的，因為藉由這位朋友，我瞭解對待朋友不能一味推心置腹，人與人之間還是需要經過相處才能明白對方到底是怎樣的人。當我這麼思考時，當年的痛苦便隨著時間逐漸消退了，雖然已經不與那位朋友聯絡，但是我依然還有其他的朋友。

113年　台鐵從業人員甄試（第8階）

題目 成長的啟示：從不解到領悟的旅程

在我們成長的過程中，經常會遇到一些時刻，這些時刻讓我們對於過去父母或長輩所說的話有了更深的理解和體會。這些話可能在我們年幼時聽起來似乎模糊不清，甚至覺得無關緊要，但隨著時間的推移，經過人生的種種考驗和經歷，我們開始明白這些話背後的深意。從處理人際關係的微妙之處到面對生活挑戰的堅韌不拔，這些成長過程中的啟示往往成為我們價值觀形成的重要部分。請以「**成長的啟示：從不解到領悟的旅程**」為題，作文一篇，分享您在成長過程中的某些關鍵時刻或經歷，以及這些經歷如何幫助您理解那些曾經不甚了解的道理，並對您的人生觀產生了哪些影響。

破題分析

成長是喜悅苦澀交雜而成的過程，回首來時路，有多少前人的經驗引領著自己前進，也許是正面的，也許曾有負面的，無論是正是負的影響，給了你怎樣的啟示呢？

寫作引導

會成為現在今天這個樣子的自己，都與自己的成長環境有關，想想看你說話的方式、你長的樣子、你的小動作是像爸爸還是像媽媽呢？除了這些外人看得見的「像」之外，外人不知道的「像」又是什麼呢？這些「像」對你有怎樣的無形又默默地影響呢？

寫作範例

　　從小，父母對我們的管教算是嚴厲的，尤其是父親。也許是因為經過了1949逃難的艱苦，父親是非常惜福的，從小，父親總要求我們珍惜這珍惜那，非常重視我們的禮貌；從小，洗完澡要將自己的衣物洗乾淨晾好，吃完飯要洗自己的餐具；從小，小說漫畫是禁書，父親教會我查字典，去讀中央日報和家裡的古書吧！從小，父親教我們做人要學會感恩，他總含

著淚告訴我們他之所以能逃到台灣，多虧了住在台南的陳伯伯當年的一條金手鍊，千交代萬交代不能忘記陳伯伯的大恩！……以前不懂這些囑咐，雖然我從未違逆過父親的話，長大後才然發現，這些囑咐時時在我生活中發酵。

　　當同學都在迷一《簾幽夢》、《聚散兩依依》時，我只能看中央日報的副刊，讀什麼《三國演義》《紅樓夢》背唐詩三百首的，那時也多想讀讀看瓊瑤在寫什麼啊！長大後才發現，從小父親便在我的心中種下文學的種子，我都跟朋友說，如果今天我的國文比別人好一分，我感謝的不是哪一位國文老師而是我親愛的父親，如果不是小時候托著下巴查著字典，一手油墨的讀副刊，搖頭晃腦背唐詩，今天的我也不會真的愛上文學吧！曾經千里迢迢地去金山教國文、作文，主任很感謝，我跟她說您曾幫助過我，從小我的父親便告訴我滴水之恩，湧泉以報。

　　父母從沒打過我們四兄妹，就算是責備我們，也從沒說過半個髒字，於是我們四兄妹絕對不會說髒話，你再怎麼氣我、鬧我，我也絕不會說半個髒字，如果我今天有一絲一毫的好脾氣，比你更懂禮貌，都要謝謝從小父母的管教，長大後，才深深體悟為什麼小時候，您倆總會說「不可以這樣！」長大了才知道，禮貌是多重要、多棒的一項美德，偏偏又是好些人欠缺的呢！曾有人問我為什麼那麼愛說謝謝，我笑說因為你有幫我就該說謝謝呀！從小我爸就這樣告訴我的。

　　我們常會覺得老人家好囉嗦，同樣的話不停地說，常言說的好，他們走過的橋比我們走過的路還多，細細思索他們的經驗、他們的話語，有多少都是我們的指南針，當我小的時候，謝謝父母您不停說著成長的故事給我聽，那或艱辛困苦或無憂快樂的歲月，都是我滿滿的生活能量與處世良方，回首自己成長歲月，不是一路平坦順遂，跌過多少次跤摔得坑坑巴巴，是您倆老給我的能量，讓我可以好好地站起來！我從兒時走到年少，再從年少走到現在，深知從小那一口飯一瓢水，是父母多少的汗水換來的。感恩我已在天家二十多年的父母，希望今天的我沒丟您倆的臉，是個善良有禮的人。

113年　台鐵從業人員甄試（第9階）

題目　生活中的坎

蘇東坡的朋友王鞏被貶謫蠻荒的嶺南，赦免罪責後返京，一日與東坡相見。歌席之間，東坡見到隨同王鞏前往貶謫地而一同歸來的侍女寓娘，臉色、丰采極好，似乎比貶謫前更加年少精神。東坡於是問她：「嶺南的生活應該不好過吧？」沒想到寓娘的回答卻是：「只要是心安處的地方，就是我的家鄉。」

《莊子・養生主》中說：「安時而處順，哀樂不能入也。」《莊子・養生主》中說：「安時而處順，哀樂不能入也。」聖嚴法師十二字箴言道：「面對它、接受它、處理它、放下它。」你對於上述故事有怎樣的想法呢？請以「生活中的坎」為題，敘說個人面對困境的心境、觀感或啟發。

✍ 破題分析

你有解決不了的生活問題嗎？每個人多少有個難解的問題，那橫在你面前的問題是什麼？是怎樣發生的？

✍ 寫作引導

面對生活中的困境，你是選擇勇敢面對還是逃避躲藏呢？可以自己的經驗或你所知曉的例子來寫，自己是怎樣面對困境？而別人是勇敢跨越還是選擇逃避？勇敢與逃避給了你怎樣的啟示呢？

✍ 寫作範例

　　不是出現在前的每一座山都一定要去爬的，一定要去爬的，只有心中的那一座。你愛爬山嗎？征服了多少座山呢？但你是否爬過心中的那座山？跨過了心中的那個坎呢？生活中難免有過不去的坎，有些看似簡單，對自己卻如穿著鐵鞋般的提不起腳，自己總猶豫不決到底該不該鼓起勇氣跨過去，有些卻是自己縱容自己視而不見，反正跨不跨過去，坎始終都在，那就算了吧！只要門檻跨過了沒被絆倒就好，是這樣嗎？

　　被稱為鋼鐵醫生的許超彥醫生，原本是位精神專科醫生，擁有個幸福的家庭，看似是人生勝利組，卻在一次滑雪意外中將他一百分的人生摔成了負分，沒了雙腿無法正常行走，甚至大小便失禁，不僅裝了義肢還必須長期的復健，許醫生也曾灰心也曾想放棄，但看見年邁父母為他擔心的畫面，看見妻子不離不棄的悉心照顧，再加上許醫生是位虔誠的基督徒，在家人和信仰的力量支持鼓勵下，許醫生跨出了失去雙腿的坎，他說：「我要認出心中的敵人，唱衰自己的聲音、壞心情、負面情緒，然後把它們狙擊掉，才能夠繼續往前走。」許醫生最讓我震撼的一句話是「癱了下半身，我才真正站起來。」

　　那年我的右手長出一顆痘痘，以為是被蚊子咬，可痘痘怎麼從來不癢而且不會消失呢？接著痘痘越長越多而且開始出現斑點，接著我的臉型變了，我知道我成了罕病患者，我知道我成了同學路人眼中的怪物，多少次想著要怎樣結束自己的生命，於是不用穿制服時，就算夏天我總穿著高領、穿著長袖，只因我不想看見你眼中異樣的眼光，不想一個陌生人又走來指著我說「唉唷！那是什麼啊……」、「我介紹妳很有效的藥喔……」直到有次學生說「妳以為我們不知道妳為什麼穿長袖啊？脫掉脫掉，妳跟我們長的一樣啦！熱死了脫掉！」眼淚差點掉下來，是啊！我跟你們一樣只是比較醜一些而已！為什麼始終跨不了心中這個坎呢？那麼多失去雙腿或顏面傷殘或生病的人都那麼勇敢地活著，我怎能因比較醜些、比較怪些就討厭自己討厭到想死呢？美麗的外表會老要整型，美麗的心不會老不用整型的，如果因為我的外表你就遠離我，我就該笑著跟你說謝謝！不用聯絡了！現在我終於敢不穿高領不穿長袖就出門，你若再吃驚或嫌惡的眼光指著我問那是什麼時，我會笑著告訴你，那是上帝愛我的記號！

　　我想只有少數人一生是順順遂遂無風無浪的，每個人心中多少都會有個過不去的坎，當你猶豫不決擔心害怕時，握緊拳頭跟自己說加油！而不是用手掌遮住了自己的陽光，不要只看見自己的不好忘了看看自己的好，每個人都是獨一無二的個體，不要在乎別人口中的你是什麼樣子，若要在意，你大概會訝異怎麼有那麼多不同樣貌的你，忠於自己的心，勇敢地跨出那個阻礙自己前進的坎！

113年　台鐵從業人員甄試（第10、11階）

題目　成功，是⋯⋯

法國軍事家拿破崙征戰各地，一度在歐洲獲得巨大的勝利；至聖先師孔子周遊列國，四處宣揚政治理想，終不得重用而返國發憤著述，至今仍影響深遠；臺東賣菜阿嬤陳樹菊立志助人，她省吃儉用，把賣菜所得捐獻出來，累積捐款上千萬，並於2010年登上時代雜誌。這些人物，各自展現了不同面向的成功。

你又是怎麼看待「成功」呢？是否有什麼關鍵而難忘的成功或失敗的經驗呢？請以「**成功，是⋯⋯**」為題，在題目中為成功簡明扼要地定義，同時在文中陳述自己對於「成功」的看法，並舉例說明。

破題分析

對你而言什麼才算是成功呢？無論大小的成功都可以，可是在你眼中、心中，為什麼算成功呢？

寫作引導

古今中外許多成功的例子，也有不少半途而廢的人，他們成功的過程遇見了怎樣的事情讓你有所感觸？你自己有哪些也算成功的事呢？自己的例子是最難得可貴的喔！

寫作範例

　　什麼是成功？真正的成功不一定是完成豐功偉業的大事，那畢竟不是每個人都能遇見而且做到的，對我而言，只要盡心盡力去做，徹頭徹尾地將一件事情完成，並且戰勝了自己的心魔，打敗了所有惡劣環境下的蜚短流長，讓那些一路喝倒采的人跌破眼鏡「你居然做到了！」這就是成功！〈腓立比書〉：「忘記背後，努力面前，向著標竿直跑。」別在乎別人怎樣看你，努力認真做好每一件小事，必能完成一件大事！

　　戰國時代大小戰爭不斷，每個王都希望有賢人使自己的國家富強不敗，那時在魏國的衛鞅（商鞅）擁有滿腔抱負卻無法施展，他的老師公叔

痤拜見魏惠王，但惠王沒意願任用衛鞅，公孫痤甚至對魏惠王說：「主公如果不用公孫鞅，一定要殺掉他，不要讓他投奔別國。」好險魏惠王沒放在心上才能讓衛鞅在秦孝公的招賢令下被納用，甚至封於商而賜姓商，商鞅的變法歷經千辛萬苦，但他和孝公都知道要使秦富強一定要變法，變法途中他不知得罪了多少擁有權力的貴族，但孝公始終反持他甚至臨死前還想將王位傳給他，商鞅拒絕了王位卻拒絕不了命運，他的變法成功的讓秦國由衰轉盛，由弱轉強，但最終仍被繼位的秦惠文王以車裂賜死。商鞅最終雖然死於車裂極刑，但他的變法卻是成功的，完成了他一心想做的事！

　　不知你是否記得許多年前的那位蘇珊大嬸，當一頭亂髮有點胖又有點年紀，甚至有些其貌不揚的她一出現在〈英國達人秀〉的舞台時，不僅觀眾報以噓聲，就連評審都搖頭、皺眉，但當音樂一響起她開口唱〈悲慘世界〉中的〈我還有夢〉時，全場幾乎是站起來報以熱烈的掌聲，蘇珊用歌聲成功征服了觀眾和評審的耳朵，雖然礙於規則她並沒拿下冠軍，但我相信她敢站在舞台敢開口，是用了多大的勇氣才成功地戰勝了心魔，賽後的蘇珊一度生病幾乎走不出來，但她再次成功的戰勝了病魔！「現在我對自己哪裡出錯有了更清楚認識，我覺得鬆了一口氣，對自己更寬待一些。」蘇珊她非常感謝這遲來的診斷，讓她知道自己其實早已經生病，也才知道當壓力來襲，能用更好的方式應對。

　　不用希冀自己能用洪荒之力創造什麼驚人的大事，只要在小事上盡忠做好每一件小事努力超越自己，我們總說失敗為成功之母，因為失敗了，我們才可以了解自己的實力，也才有檢討的機會，所以不要害怕失敗，只要記得不要被同一顆石頭絆倒兩次，將每次的失敗化為下一次努力的墊腳石，努力綻放屬於自己的光彩。

113年　警察特考三等

題目

十九世紀後期，英國牧師甘為霖抵達水沙連時，日月潭只是一個小湖泊。湖中間有一耕作小島，上面還住著建立私塾的漢人。到了日治時期，為了發電的需要，日本工程師從武界擷取濁水溪流水，淹沒附近的小山丘，日

月潭才有今日遼闊的水面。在電廠興建初期，到訪的佐藤春夫在其發表的《日月潭遊記》中卻認為工程竣工之後，「到那時，不管有什麼新的、別的美觀產生，但那也不會是今天我所看到的大自然了。思及此，我不禁興起無限感傷。」

當年日月潭電廠興建完工，湖水發電占臺灣水力發電的一半強，效益甚鉅，但根據經濟部能源署2023年的公告，「臺灣發電量占比，以燃煤仍最高，占42.23%，依序為燃氣（39.57%）、再生能源（9.47%）、核能（6.31%）、燃油（1.34%）、抽蓄水力（1.08%）」，而今日月潭電廠水力發電效益已微乎其微。

人與自然的關係問題長久以來都是全球關注的熱點，起因於人類面臨著一個共同的危機，即生態環境的危機。面對滿目瘡痍的自然景象，許多人又開始懷念遠古的森林、綿延的綠洲，並在悉心描繪人與自然和諧共處、相安無事、共同發展的美景。人類與大自然的關係到底是征服，還是被征服？究竟是「天命難違」抑或是「人定勝天」？

根據上文，請就下列兩問題作答：

一、佐藤春夫面對初期的電廠興建時的日月潭，為什麼會產生「無限感傷」？請說明你的看法。文長不超過300字。

二、人類與大自然的關係到底是征服，還是被征服？究竟是「天命難違」抑或是「人定勝天」？請以「人與自然」為題作文一篇，舉出實例加以論述，清楚闡釋你的觀點。

破題分析

此題為近年來世界各國均面臨的問題，因為人類破壞了生態導致地球極端氣候的反撲，不僅影響人們的生活，身家財產也遭到威脅。人與自然的關係有多個角度可以論說，例如人是萬物之靈能夠戰勝自然，或者從大自然的威力不容小覷方向寫作；無論如何，人類應該尊重自然，不能為了自己利益而無止盡破壞自然，這是一種概念，依此概念去發展人類文明，人與自然方能相安無事，而不會是大自然毀了人類的問題了。

寫作引導

「自然」有生物學與哲學方面的意義，此處並非哲學意義，因此首段先言自然對於人類的意義；次段舉例說明人類與自然的和諧或博鬥之過程，以及最後產生的結果，並以結果提出自己的看法。最後綜合前述，自己認為是天命難違或人定勝天，這樣就能照顧全文。

寫作範例

一、佐藤春夫產生無限感傷之因，乃因日月潭電場竣工之後，日月潭再也「不會是今天我所看到的大自然了」。興建水庫原是為了取得水力發電，但同時也破壞了大自然，因為必須開山、炸石，改變原本的地形，蓄水之後，該地的自然環境生態亦隨之變化，或許昆蟲鳥兒等生物失去棲息地而遷徒或死亡。近年也有無良民眾往水庫裡隨意丟棄外來魚種，人們原本把它當做寵物養著，一旦厭倦就將之棄養，美其名放生，事實上影響本地魚類生態甚為嚴重。這就是人工開發自然的副作用，我們獲得電力卻損傷了生態，但是發電廠終究會老舊衰退，失去功能，而自然生態已經無法恢復了。

二、「自然」，廣義言之即自然界、大自然，指不斷運行演化的宇宙萬物，包括生物與非生物界，人類則生活於自然之中。自古以來，許多哲學家探討人與自然的關係，百家爭鳴；然而現代，全球關注的焦點在於生態危機，因為近代以來科技進步，人類在發明新機器、新工程改善生活之餘，其弊即造成地球氣溫上升而對人類帶來很大的傷害。人們日常生活中的小例子之一是冷氣、汽機車啟動排放一氧化碳、碳氫化合物和氮氧化物等廢棄物造成地球溫度升高，逐漸暖化的結果使得世界各地極端嚴重的水、旱、火災頻傳；大自然反撲，人類身家財產毀於一旦者不計其數。洪災及旱災之外，日本2011年3月11日在福島發生第一核電廠事故，在此之前，1986年4月26日有烏克蘭車諾比核電廠的核子反應爐破裂亦震驚世界。由於人類不斷發明現代化設備，帶來生活便利，於是用電需求必然更加迫切，當水力、火力、風力發電均不敷使用時，人類就發明了核子能發電。世界許多國家都建有核能發電廠，除了核廢料存放問題，任誰都無法保證核能發電的完美安全性。日本福島核電事故乃由於東北太平洋近海地震和伴隨而

來的海嘯所引發，事故將大量放射性物質洩漏在周圍環境中，成為前所未有的極重大核事故，日本政府將福島第一核電廠周圍二十公里的地區劃為警戒區域，共計約10萬居民撤離。而2013年，在事故發生之後，日本東京電力公司首次承認福島核污水放射性污水正流漏入太平洋，污水足以危害附近居民健康，不僅如此，放射性物質更洩漏到大氣、土壤、水坑、井、海水以及地下水中，核污染之後的污染性極其恐怖。

地球暖化引起的世界各地極端氣候以及車諾比、福島核災顯示的是大自然因人類違反自然而造成的災害。近而言臺灣，今年花蓮地震損毀的太魯閣國家公園滿目瘡痍，已不再是觀光客心目中的美麗之地，至今仍不斷大小落石崩塌；大自然正警示人類：「人定勝天」是不可能的，人類的干擾會得到大自然反擊之教訓，只是衝擊力道不同而已。那麼，兩難的是：人類由於用電需求增加，在水、火、風力發電外再發明核子發電這種相對污染較少的發電方法，但是仍躲不過天災地震的襲擊，核能發電是人類戰勝了自然，但是核災又是大自然打擊了人類，我們不禁要問：是人定勝天或是天命難違？其實，在古代科技不發達的年代，人定勝天有其積極意義，它代表著文明進步，人類因此受惠；然而時至今日，人類文明雖然進步了，各種創新與開發的反作用卻又證明天命難違，顯現大自然不容壓制與扭曲，因此兩者可說各為一面之詞；「人定勝天」鼓勵人類勇於創新、接受挑戰，「天命難違」會限制了文明進步，因此；在這兩種觀念之中，不論人類對於文明發展做了多少突破，我們應該謹遵「敬畏自然」的基本理念。只有懷著敬畏自然的心發展文明，才不會被「人定勝天」或「天命難違」兩種各有利弊的命題所左右而不知該努力創造、贏得更美好的生活，或謹守界線、屈服於大自然會攻擊人類的恐怖而卻步不前。

大自然的脈搏原有其運作秩序，如今，臺灣東部的地震、風災似乎已成常態，面對此危機，我們更應記取教訓、謙卑地對待大自然，以適當的方式介入大自然、與之相處，並以虔敬之心敬畏大自然。經驗告訴我們「人不一定能勝天」，唯有將遵循大自然的法則擺在任何創造發明面前，人類才有可能在大自然不斷反撲之今日獲得生機，持續與大自然共生存。

113年　警察特考四等

題目

來自彰化的詩人蕭蕭，離開家鄉到臺北教書二十年後，將一次投宿彰化旅店的心情，紀錄於《在家鄉的土地上流浪》。文章中寫道：「我仔細看著一磚一瓦，一街一柱，是熟悉又陌生的感覺，熱鬧的人群裡沒有遇到一個熟識的身影，是離鄉太久了嗎？……在家鄉的土地上，我成為漂泊的人。在家鄉的土地上，我投宿在旅店裡。」

而受到疫情影響，無法出國的李清志，轉向國內旅遊，卻感受到以往未曾留意的美景，也完成了《在自己的城市旅行》一書。書中表示：「我在池上發現了普羅旺斯的悠閒與純樸；在新竹車站體會到義大利文藝復興古典建築的黃金比例；在臺南老房子骨董店『鳥飛』裡，找到京都的典雅與古趣；在日月潭畔『涵碧樓』的清晨，感受到歐洲高山湖泊的寧靜與清幽；在臺中的『孵空間』遇見安藤忠雄般清水混凝土的感動；我搭上集集JIJI的支線列車，想像自己搭乘京都叡山電鐵，進行著山林鐵道的旅行；然後在臺南小巷弄裡迷路，才想到自己也曾經在迷宮般的威尼斯迷路過。」

對於我們生活的土地，蕭蕭因為投入深情反而產生漂泊之感；李清志則是刻意拉開距離，看似陌生卻多了一份雅趣。可見，看待事物的心態不同，所得到的結果也就大相逕庭。握太緊，手中的沙子流失得越快；抽離，讓自己變成有距離的觀察者，反而增加了與事物的親近感。

根據上文，請就下列兩問題作答：

一、人類到底是習慣定居的住民？還是喜歡四處遊歷的探險家？對於你曾經居住過的地方，你的情感經驗比較接近蕭蕭或者是李清志？請說明理由。文長不超過300字。

二、請以「距離是一種美感」為題作文一篇，以自己的生活經驗為例，思考人與人、人與環境的關係。

破題分析

距離產生美感是一個美學觀點，雖然耳熟能詳，但是要將之論述清楚也是一件難事。所幸提示文有「以自己的生活經驗為例」正好能夠將深刻的美學論題具體寫出來。此文的重點是：題目抽象但可以具體敘述，讓文章流暢。

✏️ **寫作引導**

開頭說明距離在生活中的意義，以提問的方式引起話題。距離、美感在直觀上是矛盾的，一般的觀念，擁有才能產生美感，沒有擁有即是空虛，何來之美？此時就可以舉例說明距離為何是美感的事實，末段總結距離是一種美感對人生的意義。

✏️ **寫作範例**

一、一個人習慣定居或喜歡四處遊歷與個性有關，而個性又可能是環境所養成的。例如一個人若從小隨著父母由於工作或家庭因素到處搬家，他必定渴望能定居於某處，不再遷徙、不再因轉學而適應不同的鄰居與同學；相反地，一個個性開朗、不受羈絆的人，大多喜歡四處闖蕩、體驗生命。而我剛好是個隨遇而安的人，在此論題中的情感經驗是蕭蕭和李清志的綜合，我適合定居也適合遊歷探險，生命中，沒有什麼事情一定要這樣、或一定要那樣的需求。在某地住久了，習慣當地的人們與食物，因為換了工作又搬去他地，我收拾行囊走入另一個家鄉。我心中沒有留戀或不捨，因為留戀可以重新培養，至於不捨，人生最終，身外、身內之物不管你願不願意都要捨下，這樣一想，就沒有什麼至關重大或複雜的情緒了。

二、擁有自己想要的人、事、物是人類的天性。我們想要與所愛的人長相廝守、朝夕相見；想要住在出產自己喜愛吃的食物店家旁邊，想吃隨時可買；想得到一份適合自己、環境好、薪水高的工作等等。可是，一旦與相愛的人早晚相見、日夜吃著愛吃的美食、工作忙碌到以公司為家，你覺得如何呢？

這是一件弔詭的事情。當我們喜歡某件物品，等到千方百計得到後，放在身邊或桌前，慢慢地，它似乎不再那麼吸引我們了，這就是生命中一個重要的命題：距離產生美感。以朋友為例，親密得形影不離的兩個人，由於平時親近，雙方對於彼此的優缺點是非常清楚的，但是心情好時，一切可以接受；偶一有口角或嫌隙反而大爆發，再小的缺點都可以使得天塌下來，從此一拍兩散，即使並非老死不相往來，情誼也會變淡了。相反地，與朋友保持適當距離，距離產生美感，並且減少因為太親近而容易有磨擦的機會，朋友之間反而更能細水長

流，情感不變。人與環境亦然，從小，我的願望是長大後賺很多錢去
環遊世界，然而，真正長大後才瞭解，終我們一生，僅有極少數的人
能踏遍世界各地，以我區區上班族來說，工作、結婚、生子，努力一
輩子，等到年老了退休，財力與體力也未必能勝任跋山涉水，因此，
長大後才感覺環遊世界的夢想不真實。於是，不知怎麼的，我逐漸喜
歡觀賞電視裡的國外旅遊節目，如今傳播媒體技術進步，在節目攝影
師手中，世界各國的美景，不論高山平地、大海陸地，透過高畫質機
器傳輸到我眼前。在欣賞而感到愉悅之時，不禁令我想到：雖然由於
無法達成夢想退而求其次，但這豈不也說明距離的美感？同樣是某個
知名景點，但我是透過一片螢幕欣賞美景，許多人對於美景勝跡往往
力求「身歷其境」才能感受「到此一遊」的滿足情緒，其實，現代的
旅遊觀光意願抬頭，加上景點再被所謂網紅推薦，人們爭睹或品嘗美
食，不論是否假日，四處人擠人、交通阻塞、人山人海，對於原本嚮
往去旅遊的名勝，此時若真正身在其地，美景是否仍是心目中的美景
呢？而電視節目替我們排除這些不愉快，同樣能感受美麗風光的魅
力，正是「到此一遊」與「在家看電視」不同的美感經驗。
「距離是一種美感」蘊藏的意義正是「留餘地」，凡事留餘地就可拉
開兩方靠得太近的壓迫感，進而減輕厭倦或仇視，自然增加人與人
或人與環境之間的柔和度，凡事不會針鋒相對、四目發火而產生磨
擦。因此，不論在人際關係或人與空間的問題上，距離產生美感教
會我們人生「留餘地」之重要性，這是一種修養更是追求，適當的距
離能夠美化許多事情，對於人、事、物保持心理距離，做事不要追求
「盡」、「絕」，社會可以祥和，人生能夠更綺麗。

一試就中，升任各大
國民營企業機構
高分必備，推薦用書

共同科目

2B811121	國文	高朋・尚榜	590元
2B821131	英文	劉似蓉	650元
2B331141	國文(論文寫作)	黃淑真・陳麗玲	470元

專業科目

2B031131	經濟學	王志成	620元
2B041121	大眾捷運概論（含捷運系統概論、大眾運輸規劃及管理、大眾捷運法 👑 榮登博客來、金石堂暢銷榜	陳金城	560元
2B061131	機械力學(含應用力學及材料力學)重點統整＋高分題庫	林柏超	430元
2B071111	國際貿易實務重點整理+試題演練二合一奪分寶典 👑 榮登金石堂暢銷榜	吳怡萱	560元
2B081141	絕對高分! 企業管理(含企業概論、管理學)	高芬	690元
2B111082	台電新進雇員配電線路類超強4合1	千華名師群	750元
2B121081	財務管理	周良・卓凡	390元
2B131121	機械常識	林柏超	630元
2B141141	企業管理(含企業概論、管理學)22堂觀念課	夏威	780元
2B161141	計算機概論(含網路概論) 👑 榮登博客來、金石堂暢銷榜	蔡穎、茆政吉	660元
2B171121	主題式電工原理精選題庫 👑 榮登博客來暢銷榜	陸冠奇	530元
2B181141	電腦常識(含概論) 👑 榮登金石堂暢銷榜	蔡穎	590元
2B191141	電子學	陳震	近期出版
2B201121	數理邏輯(邏輯推理)	千華編委會	530元

編號	書名	作者	定價
2B251121	捷運法規及常識(含捷運系統概述) ♛ 榮登博客來暢銷榜	白崑成	560元
2B321141	人力資源管理(含概要) ♛ 榮登博客來、金石堂暢銷榜	陳月娥、周毓敏	近期出版
2B351131	行銷學(適用行銷管理、行銷管理學) ♛ 榮登金石堂暢銷榜	陳金城	590元
2B421121	流體力學（機械）・工程力學（材料）精要解析 ♛ 榮登金石堂暢銷榜	邱寬厚	650元
2B491131	基本電學致勝攻略 ♛ 榮登金石堂暢銷榜	陳新	690元
2B501131	工程力學(含應用力學、材料力學) ♛ 榮登金石堂暢銷榜	祝裕	630元
2B581112	機械設計(含概要) ♛ 榮登金石堂暢銷榜	祝裕	580元
2B661141	機械原理(含概要與大意)奪分寶典	祝裕	近期出版
2B671101	機械製造學(含概要、大意)	張千易、陳正棋	570元
2B691131	電工機械(電機機械)致勝攻略	鄭祥瑞	590元
2B701112	一書搞定機械力學概要	祝裕	630元
2B741091	機械原理(含概要、大意)實力養成	周家輔	570元
2B751131	會計學(包含國際會計準則IFRS) ♛ 榮登金石堂暢銷榜	歐欣亞、陳智音	590元
2B831081	企業管理(適用管理概論)	陳金城	610元
2B841131	政府採購法10日速成 ♛ 榮登博客來、金石堂暢銷榜	王俊英	630元
2B851141	8堂政府採購法必修課：法規+實務一本go！ ♛ 榮登博客來、金石堂暢銷榜	李昀	530元
2B871091	企業概論與管理學	陳金城	610元
2B881141	法學緒論大全(包括法律常識)	成宜	近期出版
2B911131	普通物理實力養成 ♛ 榮登金石堂暢銷榜	曾禹童	650元
2B921141	普通化學實力養成 ♛ 榮登金石堂暢銷榜	陳名	550元
2B951131	企業管理(適用管理概論)滿分必殺絕技 ♛ 榮登金石堂暢銷榜	楊均	630元

以上定價，以正式出版書籍封底之標價為準

歡迎至千華網路書店選購
服務電話 (02)2228-9070

千華網路書店

更多網路書店及實體書店

博客來網路書店　　PChome 24hr書店　　三民網路書店

MOMO 購物網　　金石堂網路書店　　誠品網路書店

查詢實體書店

學習方法 系列

如何有效率地準備並順利上榜，學習方法正是關鍵！

榮登金石堂暢銷排行榜

連三金榜 黃禕

翻轉思考 破解道聽塗説	適合的最好 調整習慣來應考	一定學得會 萬用邏輯訓練

三次上榜的國考達人經驗分享！
運用邏輯記憶訓練，教你背得有效率！
記得快也記得牢，從方法變成心法！

作者線上分享

網路書店

作者在投入國考的初期也曾遭遇遇過書中所提到類似的問題，因此在第一次上榜後積極投入記憶術的研究，並自創一套完整且適用於國考的記憶術架構，此後憑藉這套記憶術架構，在不被看好的情況下先後考取司法特考監所管理員及移民特考三等，印證這套記憶術的實用性。期待透過此書，能幫助同樣面臨記憶困擾的國考生早日金榜題名。

最強校長 謝龍卿

榮登博客來暢銷榜

作者線上分享

經驗分享＋考題破解
帶你讀懂考題的know-how！

open your mind！
讓大腦全面啟動，做你的防彈少年！

108課綱是什麼？考題怎麼出？試要怎麼考？書中針對學測、統測、分科測驗做統整與歸納。並包括大學入學管道介紹、課內外學習資源應用、專題研究技巧、自主學習方法，以及學習歷程檔案製作等。書籍內容編寫的目的主要是幫助中學階段後期的學生與家長，涵蓋普高、技高、綜高與單高。也非常適合國中學生超前學習、五專學生自修之用，或是學校老師與社會賢達了解中學階段學習內容與政策變化的參考。

推薦學習方法　影音課程

立即試看

每天10分鐘！
斜槓考生養成計畫

斜槓考生 / 必學的考試技巧 / 規劃高效益的職涯生涯

看完課程後，你可以學到　　　　講師 / 謝龍卿
1. 找到適合自己的應考核心能力
2. 快速且有系統的學習
3. 解題技巧與判斷答案之能力

立即試看

國考特訓班
心智圖筆記術

筆記術＋記憶法 / 學習地圖結構

本課程將與你分享　　　　講師 / 孫易新
1. 心智圖法「筆記」實務演練
2. 強化「記憶力」的技巧
3. 國考心智圖「案例」分享

千華影音函授

打破傳統學習模式，結合多元媒體元素，利用影片、聲音、動畫及文字，達到更有效的影音學習模式。

○ 自我安排學習時段
○ 循序漸進厚植實力
○ 節省通勤時間
○ 提升準備效率

課程品質
業界No.1

2014、2017 獲頒學習科技金質獎

自主學習彈性佳
· 時間、地點可依個人需求好選擇
· 個人化需求選取進修課程

補強教學效果好
· 獨立學習主題　· 區塊化補強學習
· 一對一教師親臨教學

嶄新的影片設計
· 名師講解重點　　· 簡單操作模式
· 趣味生動教學動畫　· 圖像式重點學習

優質的售後服務
· FB粉絲團、 Line@生活圈
· 專業客服專線

系統化
學習流程

04 STEP 考前衝刺期
實力養成期 01 STEP
03 STEP 能力檢驗期
專業強化期 02 STEP

四大關鍵階段
學習安排，
突破國考重重難關！

超越傳統教材限制，系統化學習進度安排。

推薦課程

■ 公職考試　　　■ 特種考試
■ 國民營考試　　■ 教甄考試
■ 證照考試　　　■ 金融證照
■ 學習方法　　　■ 升學考試

影音函授包含：
· 名師指定用書+板書筆記
· 授課光碟，學習診斷測驗

頂尖名師精編紙本教材

超強編審團隊特邀頂尖名師編撰，
最適合學生自修、教師教學選用！

千華影音課程

超高畫質，清晰音效環
繞猶如教師親臨！

TTQS 銅牌獎

多元教育培訓
數位創新

 面授

實戰面授課程

不定期規劃辦理各類超完美
考前衝刺班、密集班與猜題
班，完整的培訓系統，提供
多種好康講座陪您應戰！

現在考生們可以在「Line」、「Facebook」
粉絲團、「YouTube」三大平台上，搜尋【千
華數位文化】。即可獲得最新考訊、書
籍、電子書及線上線下課程。千華數位
文化精心打造數位學習生活圈，與考生
一同為備考加油！

遍布全國的經銷網絡

實體書店：全國各大書店通路

電子書城：

Google play、 Hami 書城 …
Pube 電子書城

網路書店：

千華網路書店、 博客來
MOMO 網路書店 …

書籍及數位內容委製
服務方案

課程製作顧問服務、局部委外製
作、全課程委外製作，為單位與教
師打造最適切的課程樣貌，共創
1+1= 無限大的合作曝光機會！

多元服務專屬社群 @ f YouTube

千華官方網站、FB 公職證照粉絲團、Line@ 專屬服務、YouTube、
考情資訊、新書簡介、課程預覽，隨觸可及！

國家圖書館出版品預行編目(CIP)資料

國文(論文寫作) / 黃淑真, 陳麗玲編著. -- 第十七版. -- 新
　　北市：千華數位文化股份有限公司, 2024.10
　　　　面；　公分
　　國民營事業
　　ISBN 978-626-380-712-9(平裝)

　　1.CST: 漢語　2.CST: 作文

　　802.7　　　　　　　　　　　113014176

[國民營事業] **國文(論文寫作)**

編　著　者：黃淑真、陳麗玲

發　行　人：廖雪鳳
登　記　證：行政院新聞局局版台業字第 3388 號
出　版　者：千華數位文化股份有限公司
　　　　　　地址：新北市中和區中山路三段 136 巷 10 弄 17 號
　　　　　　電話：(02)2228-9070　　傳真：(02)2228-9076
　　　　　　客服信箱：chienhua@chienhua.com.tw

法律顧問：永然聯合法律事務所
編輯經理：甯開遠
主　　編：甯開遠
執行編輯：陳資穎
校　　對：千華資深編輯群
設計主任：陳春花
編排設計：林婕瀅

千華官網
／購書　　千華蝦皮

出版日期：2024 年 10 月 1 日　　第十七版／第一刷

本書如有勘誤或其他補充資料，
將刊於千華官網，歡迎前往下載。